小镇奇谈

SECRETS OF THE LOST TOWN

七月 著

人民文学出版社

图书在版编目（CIP）数据

小镇奇谈/七月著. —北京：人民文学出版社，2021
（光分科幻文库）
ISBN 978–7–02–015597–2

Ⅰ.①小… Ⅱ.①七… Ⅲ.①幻想小说—中国—当代 Ⅳ.①I247.5

中国版本图书馆CIP数据核字（2021）第139036号

责任编辑　赵　萍　秦雪莹
责任印制　任　祎

出版发行　人民文学出版社
社　　址　北京市朝内大街 166 号
邮政编码　100705

印　　刷　三河市鑫金马印装有限公司
经　　销　全国新华书店等

字　　数　370千字
开　　本　880毫米×1230毫米　1/32
印　　张　15.75　插页2
印　　数　1—10000
版　　次　2021年8月北京第1版
印　　次　2021年8月第1次印刷

书　　号　978-7-02-015597-2
定　　价　59.00元

伟大的故事最终都要回到本源

文 / 潘海天

一群总是被大人忽视的小孩儿拯救了世界，类似的故事在我的脑子里也盘绕了近十年，但七月抢先一步占有了它。我愤怒还愤怒不过来呢，竟然还叫我写篇序？

盘检我脑子里关于七月的回忆，一个有着羞涩清秀面孔的男生，却像个二流子一样拖着话筒上的电线，在讲台上幽灵一样走来走去。台下笑声阵阵，如在德云社现场。我不觉得有朝一日七月会成为德高望重的老作家，因为他看起来就很搞笑，头部加上奇特发型后，占据了全身很大的比例。而且，他的字又写得难看，被他签过名的书在孔网上价格都会下跌一截。再说了，他在网络上也不怎么活跃，微博上总共才发几条消息，就知道他的社交能力怎么样了。

还有什么？

懒呀。

有一次我拉到一笔投资，向他咨询某个游戏项目。这个在游戏行业浸淫多年的家伙发来了长篇论文，帮我分析团队建设、分析市场、分析技术，说得头头是道。我说好的，给你三百万，弄吧。

什么？他震惊了，我就是给你点建议，我才懒得工作呢，在家躺着不好吗？

这一点都不奇怪，你们说说看，什么样的年轻人会选择成都这样的安乐窝？

可就是这个七月，从2019年的《群星》开始，突然爆发，《群星》之后是《白银尽头》《岩边的禅院》，现在又是这本……这太难为人了！我尚未从《群星》的震撼中脱身而出，突然间又捧着一本《小镇奇谈》开始读了。

可以这么说，这是一本描述1999年保卫地球之战的书。

这是一本并不存在的书。

这是一本带回失去记忆的书。

这提醒了我，也许我关于七月的记忆全是被修改过的。不然世界无法合拍。

自从欧洲核子研究组织进行大型强子对撞机及量子计算机的实验，成千上万的人开始经历曼德拉效应。北极的地图有冰帽吗？玩具的"具"里面到底有几横？"五十六个民族"还是"五十六个星座"？写出《三体》的那个科幻作家不是叫刘念慈吗？米老鼠穿的不是背带裤吗？……我也不怎么相信现在这些答案。

也许这个世界一点也不稳定。既没有稳定的过去，也没有稳定的现在。那还有可以相信的东西吗？

七月在尝试回答这个问题。

他在书里划出了一道辽阔的边界，包含了谁都搞不懂的量子力学、宇宙和时间的真相、荒谬离奇的民间传说、备战备荒的大三线建设，还有满口粗话的老和尚，在他指东打西的神奇笔下，各种新鲜又毫不相关的存在，居然能无缝衔接。

一群小孩儿被世界质疑和抛弃时，是被迫接受现实，接受一辈子的负疚和沉沦，还是与全世界为敌证明回去？他们别无选择。

伟大的故事最终都要回到本源，就像我也想写的那个关于小孩儿拯救世界的故事一样，它也有一些模式可循，但由此生发的横冲直撞、幻想的火花和隐藏于火山深处的岩浆是属于作家个人的。

它的杰出之处，不仅在于从封闭小镇一步跨越到宇宙基础层面的宏大构思，更重要的是，你可以从故事里读到那些典型的中国焦虑、中国情感和中国愤怒。无论如何，我很嫉妒七月的寻找和描述。我喜欢这个故事。

世界正处在发生深远变化的窗口上，不同派别争相讲述，抢占讲台。我觉得，用中国视角讲述的故事，是在微妙的时局中最值得去发出的声音：我们每一个人，也曾经站在历史当中。请认真对待。

我并不惧怕变化。中国人历来认为没有什么不处在变化中。有些变化甚至是一种面向过去的蝴蝶效应，现在的蝴蝶扇动翅膀，看待过去的方式也会随之变化。

有些变化，是一种进步。何况，在这场凶猛的洪流中，在这单电子来回穿梭的世界里，在这无数剪辑碎片组成的暴风雪中，我们还能死死抱住那些最珍贵的东西。

目　录

序　野史与往昔　　　　001

第一章　外　人　　　　011

第二章　刺　激　　　　021

第三章　专　家　　　　037

第四章　进　山　　　　057

第五章　怪　事　　　　073

第六章　谁?　　　　　087

第七章　废　工　　　　105

第八章　崩　　　　　　125

第九章　鬼　声　　　　137

第十章　魅　影　　　　149

第十一章　摇　杆　　　161

第十二章　黑　箱　　　171

第十三章　癔　症　　　185

第十四章　阿　婆　　　203

第十五章　轮　回　　　219

第十六章　胡　闹　　　241

第十七章　兆　　　　　263

第十八章　急　转　　277

第十九章　钥　匙　　289

第二十章　双　缝　　303

第二十一章　涂　改　　317

第二十二章　因　果　　327

第二十三章　秀　龙　　341

第二十四章　龙　门　　365

第二十五章　单电子　　385

第二十六章　墙　　391

第二十七章　超　越　　409

第二十八章　龙　变　　417

第二十九章　父　子　　433

第三十章　延　迟　　449

第三十一章　宇　宙　　457

第三十二章　终　末　　463

第三十三章　余　烬　　481

后　记　　493

序　野史与往昔

从成都出发，往东北方向有一条大件公路，本地人简称为大件路。顺着大件路，走不到一百公里，就到了这条路的终点，一座名叫德阳的年轻城市。

大件路兴修于二十世纪八十年代初，顾名思义，是为运输"大件"货物特别修建的公路。所谓"大件"，指的是战略级大型物资，比如三峡大坝发电机组的叶轮、大亚湾核电站的转子、火电蒸汽涡轮机组。这些都是不涉密、可以叫出名字的物品，此外，还有许多不便公布最终去向的物品。

如果没有亲眼看见，普通人很难想象这些"大件"的体积和重量。据说，这条路上运输过最夸张的物品，长超过三十六米，宽超过十米，高超过七米，重量高达三百六十吨。至于百吨以上、长度超过十米的物品，更是家常便饭。这些"铁砣砣"远超铁道的长宽高限制，无法通过正常铁路运输，只有"大件路"能走。

所以，每当有"大件"运输时，这条道都会封路。本地人风传是为了保密，其实是因为巨型运输车体积太大，车速又慢，如果有社会车辆通行，存在较大的安全隐患。

这些"大件"的来源就在这条路的尽头，那座还很年轻的城市：德阳。外省人时常把这座城市跟四川另一座更著名的城市——绵阳搞混。比起历史悠久的绵阳和成都，德阳建市极晚，1983年才设立，差不多跟大件路同龄。四川的大小城市动辄千年历史，相比之下，这座城市自然算很年轻的。

"大件"主要由德阳的三个大厂生产：404、205，以及7201。这三个厂均是二十世纪六十年代三线建设时期为了预备第三次世界大战，响应"好人好马上三线，备战备荒为人民"，从外省迁入四川的。这些厂各自顶着一串数字代号，在绝大多数场合里都不会使用厂名。如今很多企业恨不得把自己的经营范围都列进名字里，就像日本流行的轻小说标题一样；而在当年，国内所有军工企业都采用统一编号来代替名字。这种编号对"系统"外的人来说如同天书，绝对猜不到工厂是干什么的。

据说，这种编号是为了保密。但还有一种说法，内行人能通过某种识别方式，仅从这串数字就认出这个厂属于哪个系统，大概是做什么的。

这三个厂子中，有两个位于市区，剩下一个则离市区很远。从德阳往北走五十公里，便到了四川盆地的北缘——龙门山脉。如果继续再往北，就是巍巍群山，不算在天府之国的地界内了。在龙门山脚下，有一个三面环山的小镇，名叫汉旺。

那个远离市区的厂就位于此处，它的编号是404[1]。

按照工业常识来说，汉旺是一个完完全全不适合建设重工厂的地方。它的山太多，是龙门山脉里真正的崇山峻岭。在404正式落户前，这座小镇甚至找不到足够的平地来为这个有上万职工的巨型工厂修建厂房。汉旺镇虽然与长江上游的支流绵远河相邻，但绵远河汛枯两期变化剧烈，夏季洪水滔滔，怒波汹涌，冬季河床见底，卵石若鳞，数百米宽的河道完全没有航运条件。而在三线建设时期，我国的公路运载能力也是相当堪忧。

对于重工业来说，原材来料，成品出厂，一来一去的运输是命脉所系，可这个小镇几乎是被点满了死穴。

因为没有足够的平地修建厂房，404厂在龙门山脉炸山平地，硬是沿着山推出一层层的平台来。自三线建设内迁开始，404厂先用了数年时间，把一座山硬生生改造成了逐层渐落的平台，然后才顺着平台造出了一座工厂来。这座工厂的大门就位于山脚，沿山往上错落着各种车间、办公楼，一路崎岖上行，工厂最高处与入口大门的海拔落差足有数百米。

光是平山建厂就已经够奇怪了，更令人费解的是，404厂的产品是巨型电力机组。404厂隶属于我国三大电力设备集团之一，而跟它配套的动力机组厂，也就是战略地位相当的兄弟厂205，却设在了一马平川的德阳市区。

---

1. 404厂为作者虚构。

那404厂为什么会选在这个叫汉旺的小镇呢？似乎没人说得明白。

在1966年404建厂之前，汉旺是一个非常偏远的山村小镇，地处深山，几无经济，只住着为数不多的四川本地人。而在过去，它甚至不是一个镇，本来也不叫汉旺，而被当地人叫作"汉王庙"。

在这个偏远荒凉之地，唯一被人知晓的就是汉王庙，这名字来源于一段野史。据本地野史记载，公元23年，即王莽篡汉创立新朝的地皇四年，刘秀，也就是后来的汉光武帝，被王莽军追至此地。两千年前，这里的山还没被404厂暴力硬炸改平，刘秀为躲追兵单人避入深山。

山高路险，但王莽早已下令，务必诛灭天下刘姓之人。刘秀身为皇族支脉起兵造反，他的人头比万户侯还值钱，已经把他追上绝路的士兵自然不会放过这个升官发财的良机。封山搜捕数日后，山中没有粮食补给，刘秀困饿待毙，自知绝无生路。

眼见搜捕的官兵已近在咫尺，刘秀欲逃而无路，欲战而无力。

然而正所谓"真天子百灵相助"，那时本是晴天白日，莫名间一道厉闪落地，正击在刘秀左近——也不知打中了什么，剧烈的爆炸引起了山火，追兵们被雷声震得眼花耳鸣。等回过神来扑灭山火再去找寻刘秀时，早已不见踪影；若是他因雷击而亡，也没有见到尸首。被围得死死的无路可走的刘秀，便如日本传说中那般"神隐"而去。

此后不久，刘秀重新现身，骑牛上阵，只领着区区几名

"义士"——也就是农夫——重整旗鼓。这人竟如开挂一般，联绿林，反王莽，娶阴丽华，从更始帝又反之，建立东汉，最终一统天下。作为戎马皇帝，他不仅实现了一统，还重振乱世疲惫，真正做到了国运昌隆，史称"光武中兴"。

刘秀出身低微，虽是皇室血脉，但旁支已远，而且九岁时就成了孤儿。他幼年务农为生，甚少读书，直到起兵之初也未显雄才大略。都说刘邦出身流氓亭长，刘备乃是织席贩履之辈，但真说起来，无论比起自己的先祖还是后人，这位建立东汉的刘秀都更缺少帝王之相。在野史传说中，直到那次意外脱险后，刘秀才忽然显出无数奇才之术，文治武功，骤然有了开两百年东汉基业的能耐。

关于刘秀这场命运逆转的天雷异变，正史上并无记载，只存在于汉旺当地的传说野史中。史书虽无载，这里却因此传说而得名汉王庙。在404厂平山前，山中有应此传说而生、祭拜光武帝刘秀的寺庙。

中国野史传说甚多，跟正史不符是常事，但有趣的是，汉王庙的乡野传说竟然还解释了为何正史中没有这段记录。传说刘秀一统天下后，命亲信回当地搜山，灭口所有知情者，甚至要把一切有关的记载全部抹除。可惜百密一疏，派来的亲信本是当年在汉旺拥戴刘秀的数位"义士"之一：他深知若按刘秀旨意行事，回朝后自己必定身首异处，也被"抹去"。于是，亲信归乡隐居，变乱了线索，让刘秀找不到这处无名的荒山，自己也因此保全性命。在所有的正史记载被篡改后，正是这位亲信的后人建庙，留下这样的乡野荒谈。

正史对刘秀评价极高，《后汉书》称他"举无过事"——

所做的决断没有过错。后世更有学者如此评价：两千年封建帝王，风流人物众多，但能乱世开国的定鼎帝王便有限，而能整顿疲惫的中兴之君亦是罕有。自秦始皇称皇帝以来，中华文明两千年帝王中，唯刘秀一人既能乱世定鼎，开东汉一朝，又能整顿疲敝，成光武中兴，可称唯一兼"定鼎帝王"和"中兴之君"于一身的奇人。

只是，关于刘秀的老年生涯有一些奇怪的记载。《资治通鉴》说他后来痴迷"谶纬"，也就是卜算、神占，身为"中兴之君"，甚至痴迷到了信占卜而不信臣子、不信逻辑、以卜算定国是的地步。

总之，在正史不载的荒山雷变将近两千年之后，1966年，在新中国的三线建设中，这座山被重造，一座代号404的重工厂出现在了这个名叫"汉旺"的小镇上。

当然，这些传说并不能解释404厂为何在此的疑问，所以很明显，汉旺镇是一个神奇的地方。要理解这种神奇，我们必须从一段特殊的历史时期说起：二十世纪六十年代的三线建设。

如今的人们很难想象三线建设的内在逻辑，也就无法理解那种强大力量洪流的凝聚力和来源。我们必须回到那个时代去，用当时中国人的思维来理解那一切。

二十世纪六十年代，中华人民共和国成立只有十几年。自1840年鸦片战争以来，两百多年间，中华大地一直国无宁日，外敌不断。对于那时的中国人来说，外来入侵是常态，而和平却是罕有。后来，虽然新中国宣告成立，但战争的阴影并未远去：1950年打响抗美援朝战争，1962年中印边境自卫反击战，退据台湾岛的国民党也一直战备不息，意图反攻。这还只是明处的热战威胁。

而在暗处，中国仍是美苏争霸的前沿锋面，虽然抗美援朝之后，没有再跟美国发生正面战场冲突，但猖獗的侦查与间谍活动从未停歇。与此同时，中苏只经历了极为短暂的蜜月期，不久便反目。六十年代后中苏正式决裂，两国曾经的兄弟盟友关系彻底冻结。在冷战的铁幕下，中国夹在美苏之间，腹背受敌。

美国与苏联彼此为敌，可中国却要同时应对两个超级大国。而且，美苏两国都拥有足以毁灭世界的核武器，如果他们入侵中国，中国会发生什么？

从1840年开始，这样的侵略已经发生了太多次，几乎从未停歇。如果它再次发生，对当时的中国人来说，简直毫不意外。

那时，新生的中国有两个工业基地，一个是东北三省，一个是长三角。东三省接壤西伯利亚，长三角邻近台湾，一个顶不住苏联的坦克洪流，一个挨不住美军的轰炸机——都不是在第一轮战事里能存留下来的地方。

基于这样的考虑，三线建设启动。为了应对美苏可能发起的第三次世界大战，也就是全球核战争，中国需要一个能在第一轮战事后还能存在的后方工业基地。这个基地的位置，就选在了川陕的群山当中——大三线。

第一线是沿海、东北；第二线是华中中原；到了川陕，这个既不适合工业建设、也不方便敌人突袭的地方，才终于是大三线。

四川当时几乎没有重工业基础。李白诗云"蜀道难，难于上青天"，重工业万分依赖交通运输的基础建设，这里没有重工业乃是自然规律。三线建设开始，四川一无设备，二无人才，怎么搞呢？

答案很简单，搬。没有路，可以修；没有平地，可以移山；没有设备和人才，从东北和长三角搬。连人带厂，一起搬。在第三次世界大战爆发前，在厂被炸平前，赶紧搬。

404厂一半来自哈尔滨，一半来自上海。以前中国两大电力设备集团，哈尔滨电力机组厂和上海电力机组厂各取精锐，共同进入四川的深山，搬到了这个叫汉旺或者叫"汉王庙"的小镇上，共同建立了新中国第三个电力设备集团。

汉旺原本是一个人口稀少的小镇，顷刻间迎来了上万外地工人。他们大部分来自东北和上海，还有不少河南、北京、江苏等地的人，这些人操着五湖四海的口音，带来一整套现代工业体系，从此变成了四川人——讲不来也听不懂四川话的四川人。

事实上，第一代三线人不仅自己听不懂当地话，最初的时候，他们彼此之间也交流不畅，但突然把这个镇给"同化"了。从此之后，这个四川小镇的语言、饮食、衣着，一切全然不同，汉旺迅速"三线化"，像弹珠一样被巨力击出了原本的轨道。

这个镇为第三次世界大战准备着，为苏联或美帝打响第一枪准备着。准备无数核弹在地球上升起蘑菇云，准备全世界毁灭一半，中国牺牲三亿人。

然而，什么也没有发生。

第三次世界大战没有发生。大三线没有等来核战争。

从404建厂的1966年算起，转眼间三十三年过去了。一切都在流动、改变，直到1999年，三线建设的所有理由都已不复存在……

第一章　外　人

1999年，王瑞十四岁，上初二。

很多年后，等他长大离开汉旺这个小镇，回过头来真正认识到这个自己长大的小镇的奇异之处时，王瑞首先想到的就是这年的四月底，也就是劳动节之前的那个早晨。那天，404子弟中学初二三班来了一个转校生。

2000年就将开始实施"五一黄金周"，之后的劳动节假期少则五天，多则八天，但在1999年，五一假期还只有三天。四月三十号正是星期五，第二天便是劳动节。假期对王瑞来说很重要，但更重要的是，他昨天没写作业。

王瑞早上七点二十就出了家门，七点二十五赶到学校门口，等子弟中学七点半开大门。到七点三十二分的时候，他用钥匙打开了教室门。作为初二三班的学习委员，王瑞掌管着班里的门钥匙，现在到学校的人还不多，只有稀稀拉拉七八个。

趁人少，王瑞立刻动手解决自己的燃眉之急。

"交作业，交作业……"他以学习委员的身份催促着大家，从同学手上接过数学、语文、物理等一大堆作业，然后从里面抽出一本开始抄。这是最便利的监守自盗。初一时，王瑞刚当上学习委员，第二天就敏锐地意识到了这点。抄别人作业是很麻烦的事情，你不能抄成绩太差的，抄来都是错，铁定会挨老师骂；但你想抄好学生的呢，那得先看对方愿不愿给人抄，就算对方愿意给人抄，也不会给所有人抄，否则分分钟被老师发现。于是，在有限的可以抄的人里包不包括你，就要看关系了。

唯有学习委员不在上述范围内。因为他负责收作业，作业一定会到他手上。所以，学习委员只要想抄，就一定抄得到。通常在老师的概念里，学习委员都是好好学习、不会抄作业的好学生。王瑞显然是个例外。

他掌握的这个完美漏洞只有一个小小的问题：作业停留在自己手里的时间太短了。因此，王瑞一般只抄数学和物理——这两门作业做起来麻烦，抄起来却快。

因为忙着抄作业，王瑞错过了薛晶的八卦时间。薛晶是他的好友，最擅长搜集并扩散闲话，从进教室就在他耳边叨叨个不停，可王瑞什么也没听进去，作业一直抄到七点五十四，还是哥们儿程凡冲他喊了一声"老师来了"，他才连忙把最后几个字潦草写完，阖上本子，继续完成学习委员的职责：上课前把全班作业收齐，用纸条记好哪门课哪些人没交。

这时，班主任周老师伴随着高跟鞋的嗒嗒声穿门而入。人还没站上讲台，班长温佳燕就高喊道："起立，老师好！"全班齐刷刷站起，只有王瑞还在前面走着收作业。忽然，班上响起一片窃窃私语，不少同学探头探脑地望着虚掩的前门门缝，不知道在看什么。王瑞也顺着大家的目光往外瞧。门外站着一张陌生的面孔，男生，胖乎乎的，一件荧光白的罩衫，是他没见过的样式。初中男生倒不怎么在意样式，但那件罩衫还是让王瑞瞪大了眼——衣服胸口处是一个很大的对勾！

耐克！王瑞心里一跳。镇上没地方卖耐克，县里也没有，市里也没有，只成都才有！爸妈说如果期中期末都考了年级第一，就奖励他一件耐克的衣服或者一双耐克鞋。只能选一样，毕竟一样就要好几百块，将近一个月工资哪！

教室里叽叽喳喳的声音更响了，"耐克，看，耐克。"不止他一个人发现了。

周老师清了清嗓子，说道："同学们，今天，有一位新同学会加入我们班上，跟大家一起学习。大家鼓掌欢迎！来，刘子琦，进来吧。"

"耐克"或者说刘子琦从门口走了进来。刚到一个陌生环境，这孩子显然还不适应，脸上有些胆怯，又有些无奈和厌倦。因为这身衣服，大家鼓掌欢迎得格外热情。

"刘子琦同学自我介绍一下吧。"周老师说。王瑞抱着作业站在讲台边不动，离耐克很近。耐克头发有些长，如果是自己，早在几个月前就让老妈押着去剃了；身材也很高，跟他差不多，有一米七，看上去挺有肉。王瑞一路打量，最后看到了他的鞋，耐克站在讲台旁边，全班只有王瑞能看清他的鞋。

三叶草。阿迪达斯！王瑞觉得自己全身鸡皮疙瘩都出来了。耐克的鞋子还是阿迪达斯的！但是不好改名了，就还是叫"耐克"吧。

"我叫刘子琦。"耐克自我介绍道。说了五个字，然后就住嘴了。全班同学屏息凝视等了一分钟，耐克没再说一个字。周老师有些尴尬，提示道："给同学们讲一下是哪三个字？怎么写？"

耐克"哦"了一声，拿起粉笔，转身在黑板上写下自己的名字：刘子琦。还是不说话。

周老师只好自己解围："刘子琦同学是从上海转学过来的。"下面哗地热闹起来。老师压了压手，"安静，安静。刘子琦同学的父亲是国家专门从上海调来支援我们厂的技术专家，所以他跟着父亲来到我们这里，大家要跟他搞好团结，共同进步。"

耐克仍在一旁一言不发。这年纪内向的孩子很常见，尤其是转学生，周老师也不强求，指着教室的一处空位，"刘子琦你先坐到……"座位两个字还没出口，时钟滑过早晨八点整，外面传来嘹亮的汽笛声——

呜……呜……

那声音初时低沉，转而愈发高亢，足足响了半分钟，而且越来越响。汽笛的穿透力极强，从远处山间传来，辨不清来源方位，声音响彻整个小镇，在山谷中回荡不息。汽笛里透着惊惶之音，听得人毛骨悚然，但全班所有人连老师在内，全都若无其事，仿佛没有听见似的，只是停下说话等这声音过去。

只有新同学耐克闻声色变。他转头望向教室外的天上，又惊疑地望回教室，班上众人毫无反应，只有他眼睛瞪得溜圆。耐克疑虑片刻，转身便要往教室外逃。

周老师不知新同学要做什么，也没来得及反应。还是王瑞眼疾手快，没等耐克发足狂奔，已经一把抓住对方胳膊，虽然被拽了个趔趄，但还是拉住了他。"怎么了？"王瑞关心地问："耐……刘子琦你跑什么？"

耐克这才转头过来，惊慌失措地大叫："防……防……防空警报啊！快跑！快跑啊！"

全班师生目瞪口呆地看着他。王瑞问道："什么东西？"

"防空警报啊！"耐克大叫。这警报声已催得他心乱如麻，满屋的人却稳如泰山地坐着，一动不动。"拉防空警报了，我们快去避难啊！"

一听这话，班上又响起一片窃窃私语，还是班主任问他："什么防空警报？"

刘子琦指着窗外，"就是这个，这个声音就是防空警报啊！"

外面"呜……呜……"的巨响终于停了。

"停了。就是这个啊！"刘子琦说。"这不是防空警报吗？"

班内安静片刻后，突然爆发出笑声。周老师摇了摇头，这才恍然大悟，"安静，安静！"教室最后排传来一个声音："那是上班汽笛啦。哪来什么防空警报。"

"就是，就是。是厂里的上班哨啦。"

然后就有小声传来的嘀咕："外面的人嘛……""就是……"

刘子琦僵在原地，有些摸不着头脑。周老师大声叫道："大家安静！"好容易镇住场子，这才转头对刘子琦说："这是我们404厂上班的汽笛，每天都会拉，不是什么防空警报。"

班上同学纷纷点头。但这个公认的答案刘子琦没法认同，依然分辩道："可是……可是……这个声音，就是防空警报啊！以前我在上海的时候，每年防空演习都有防空警报，就是这样的啊。"

周老师也不知道该怎么回答，这个转校生一下让她头痛起来。最初听说有专家子女从上海转到自己班，她就有些惴惴不安。早上刘子琦被校长带过来时，也没见到他的专家父亲，这种不安就更强烈。校长这才告诉她，这孩子幼年丧母，父亲又忙于工作，班主任得多费心。后面她简单跟孩子聊了几句，发现刘子琦似乎很内向，不喜欢说话。谁知八点一到，厂里的汽笛一响，突然就闹了这么一出。他的话是变多了，但多得不是地方。这孩子咬死"在上海这就是防空警报"，这不光是在挑战这里的常识，也是在挑战老师的权威。周老师有点下不来台。上海，大城市，是上海的规矩管用，还是这里的规矩管用？

她有些生气，声音不由抬高了些："这就是厂里上班的汽笛。全班同学都知道的。不是什么防空警报。每天厂里会响……"班主任掰起指头数了起来："早上八点上班哨，中午十二点下班哨，下午一点四十预备哨，两点上班哨，六点下班哨。一天五次。五次汽笛，不是防空警报。明白了吗？"

"但是……但是……"刘子琦并非坚持自己掌握了真理，但这十四岁的孩子真被突然响彻云霄的声音吓坏了，"这就是防空警报啊……"

眼看周老师脸色不对，王瑞插话说："在别的地方可能是防空警报，在我们厂里就是提示上下班吧。一个东西在不同地方用处不一样。应该是这样吧？"

周老师看了王瑞一眼，这个学习委员平日也是让自己头痛的家伙，不知多少同学告过他抄作业、放学进游戏厅、上课聊天开小差。本来让他当学习委员是希望激励他，结果毫无用处。但偏偏他脑子快，很多时候没他还不行。今天他这一番话真是给了两个人台阶下。

"应该是吧。"周老师说，"橘生淮南则为橘，生于淮北则为枳嘛。刘子琦同学你放心，没有飞机来轰炸我们的，不用害怕。"

"我不是怕飞机……"刘子琦怯生生地说，有了这个台阶，他也没那么坚持了。

"那你怕什么呢？"周老师说，"你是男子汉啊。你看班上这么多女同学都没怕呢。"这话其实很没道理，班上女同学早就知道这是404厂的上班哨，当然不会害怕。

哪知刘子琦说出一句让人毛骨悚然的话来："不是说这个地方是美国核打击的目标嘛，我害怕的是核导弹……"

班上同学显然没从这个角度想过。九十年代的初中生，虽然算不上全懂，但还是大概明白"核打击""核导弹"是怎么回事儿的。一瞬间，班上原来窃窃私语的、嘲笑外地人没见识的、羡慕他全身名牌的，尽数安静了下来。

周老师脸色一变，"别乱说，你这话听谁说的？"

这问题一出口，周老师当即就后悔了。要是这孩子说"听我爸爸说的"，怎么办？她刚才自己说过刘子琦的爸爸是国家派来支援404厂的技术专家，给他父亲树立了权威。

好在刘子琦只嘟囔了两句："就是……听人说的……"周老师悬着的心才稍微放下来。不能在这事儿上纠缠下去了，再扯下去不知还会搞出什么幺蛾子来，"好了，刘子琦同学，你刚来我们这里，很多东西都要重新适应，很正常。我们这里确实跟上海不太一样，老师希望你能尽快习惯。什么地方都有些稀奇古怪的流言传说，因为你对这里很陌生，容易搞混淆，这没什么，以后不要偏听偏信就好。有什么搞不清楚的，可以多跟同学老师交流，我们都会帮助你的。好了，马上上课了。"

周老师这才想起被汽笛打断前要说的话，指着王瑞旁边空着的位置，"你就坐王瑞边上吧。王瑞是我们班的学习委员，有问题你可以多问他。"

404子弟中学的班规模都不大，初二三班一共四十二个人。除了讲台边"特别关注"的两位，全班分了四个小组，每组十人，五张课桌。王瑞的位置在中间第二排，他旁边的空座算得上绝好的位置——至少所有老师都这么认为。这么好的位置，前后都是满的，要不是王瑞跟谁都能在上课期间聊起来，这种"皇帝位"哪能一直空着？

刘子琦倒是没想这么多，只以为是早给自己留好的。王瑞心中大喜，抱着作业往老师办公室送去，心想：终于又有同桌了，还是耐克。太好了！

周老师离开教室，走出挺远后心还怦怦乱跳。二十多年前，她从师范院校刚毕业就被分配到了404厂子弟中学。刚来汉旺镇时，厂里的"汽笛"也吓了她一跳。但她只是觉得声音大得过分，方圆十几公里都能听到，今天刘子琦一语点破，她才突然明白，那就是防空警报，难怪这么有穿透力。这么一想，虽然没有像那孩子一样在别处听过拉防空警报，但老电影里的防空警报隐约就是这个样子，自己怎么从没联系起来？

用防空警报来当上班哨？周老师从没意识到这有问题，这时也觉得有点奇怪了。

她一边走，一边想，正巧碰见物理老师小谭走出校长办公室。小谭大概还在闹着要调走。周老师微笑打过招呼，突然心念一闪，记起了什么。

小谭自毕业分来学校就一直不喜欢这里，最近结了婚，更是闹着非要调走不可。其实，404子弟校既有政府财政拨款，又有厂里出钱，工资比普通公立学校高出不少，班里学生少，教学任务也轻，除了汉旺这地方实在太偏僻，没什么不好。真调去别的学校，忙不说，光工资就要少一大截呢。

与此同时，周老师又想起了另外一件事：小谭刚结婚的爱人是二炮部队的军官。这个八竿子打不着的八卦竟跟刚才那个转校生说的防空警报连了起来。

"核打击目标。"

莫非……小谭知道些什么？所以才……

周老师连连摇头，把这些胡思乱想抛开。什么乱七八糟的。一个上海转校生，竟然搞得自己心乱无比。

第二章　刺　激

周老师担心刘子琦几句话会吓到班上同学，实在是过虑了。大人总是会忘记小时候有多没心没肺，或者说无忧无虑。耐克偶尔的一句"核打击""核导弹"比起他身上的耐克和阿迪达斯来说，影响实在小太多了。

1999年的时候，能在乡镇中学同时身穿这两个牌子，其轰动效应怕是连日后开宾利上学也无法媲美，刘子琦对初二三班的冲击之大可想而知。刘子琦刚坐定没两分钟，后面有人就悄声探过头来，"侬上海宁啊？"

耐克吓了一跳，上海话，有些走调，但确确实实是上海话。他惊讶地回过头去，看到一个身形干瘦、个子很矮的男生正努力从后面把身子探过课桌来跟他聊天："吾亦是上海宁呀。"边说话，边对他笑。刘子琦不知道是惊喜多还是诧异多，一时转不过舌头，用普通话问："你也是转学过来的吗？是上海哪里的？"上海哪里带着这种奇怪的口音呢？

说话的人正是喜欢八卦的薛晶，王瑞的好朋友，他就坐在王瑞斜后方，也就是刘子琦的正后面。薛晶大笑，用普通话回道："我是汉旺的上海人啦。"

从小学到现在，这是薛晶第一次在班上跟人讲上海话。

1966年，404厂刚搬过来的时候，上海人和东北人最多，不过三十多年过去，第一代移民已经是爷爷奶奶辈了。现在上子弟中学的孩子多半都是第三代了。经过三十多年的语言文化融合，这个地方的标准语既不是四川话，也不是上海话、东北话，而是普通话。薛晶的爷爷奶奶外公外婆全都是上海人，父母也是出生不久就离开上海，在四川长大，之后在404厂上学接班，结婚生子。而像薛晶这样"土生土长"，还能在家里保持着上海方言的已经很少了。绝大多数404厂出生的孩子完全没有所谓的方言乡音，只会说普通话。

薛晶自出生以来，从没回过上海"老家"——其实上海也没有他的老家，只有极少联系的远房亲戚——不过，他家里始终认为自己是上海人。除了他这样从没去过上海的上海人，镇上还有一些类似的"东北人"和"河南人"。

现在，班上多少人盼着跟新同学说话，就算不说话，凑上来仔细看看衣服鞋子也行。裤子认不出牌子，但衣服是耐克，鞋子是阿迪，裤子想必也是什么进口名牌。

两节课连堂，虽然有了"上海人"的交情，但在老师的重点关注下，他们也不敢聊天。好不容易挨到铃声响起，课间操时间到了，同学们向操场蜂拥而去。刘子琦看上去有点六神无主，王瑞这才找到机会，"耐……刘子琦，走，去做操。你知道自己排哪儿吗？"

他当然不知道。铃声未落，由三个男生组成的小团体就围住王瑞的课桌叫道："王瑞走啊，走啊！"叫的是王瑞，盼的却是赶紧和王瑞的同桌认识。

刘子琦大概从未被这样围着，几个男生拥上来，嘴上喊着王瑞，眼睛却都烧着自己。他有些不知所措，还是汉旺上海人薛晶主动破冰："我叫薛晶。上海人。李勇。我们班上的帅哥。"

李勇大马金刀地点点头。虽然年纪还小，但已经看得出帅哥的坯子，眉如剑，眼如画，足以让同龄女生过目不忘。虽然是主动过来，但这哥们儿还是有股等人拜码头的傲慢。

"程凡。班上第一名。"程凡抓了抓寸头下的头皮，对他一笑，"Hi！"

然后，一群人簇拥着往操场而去。人一多，王瑞就不怎么说话，薛晶却跟话篓子一样跟刘子琦你问我答，问的也就是些平常的问题：什么时候来这里的啊？还习惯吗？上海人吃不吃得惯这里的东西啊？你哪一年什么星座的？四川的气候跟我们上海不太一样吧？这里比较凉快吧？

刘子琦的回答常常就几个字："嗯。""没有啊。""还好。"他本不喜欢这种刨根问底的聊天，开始还有些烦，但就这么一来二去的，孩子初来乍到的不安就慢慢淡了下去，新学校也没有刚进来时那么陌生、那么面目可憎了。唯独薛晶问起是爸妈一起来的吗？他回答："我没有妈妈。"众人一同沉默，好在马上岔开话题，假装没有尴尬发生。

大家在操场排起课间操的队形来。王瑞发育得早，初一一年长了十多厘米，刚初二身高就一米七，站在班级队伍的后面。薛晶是班上最矮的几个男生之一，程凡和李勇身高一米六出头，算是中等，几个人高高矮矮，站得很开。刘子琦跟王瑞身高相仿，王瑞便让他跟着自己，站在队伍的最后。不过今天，薛晶他们三个并没有回到自己的位置上，都插在王瑞前面。

"帮助新同学适应环境。"李勇对挤走的同学解释道。同学虽然不满，但被李勇铜铃般的大眼一瞪，自知惹不起，嘟囔几句也就走开了。

薛晶寒暄了半天，终于问道："刘子琦，你这身耐克、阿迪很贵吧?"四个人全都竖起耳朵来。

若是子弟校的其他任何一个人穿这样的进口名牌来学校，肯定巴不得别人问，一问便如大坝决堤般滔滔不绝，说的人兴高采烈，听的人艳羡不已。

但刘子琦只说了三个字："还好啦。"然后就学着王瑞他们的动作，笨拙地做起课间操来。

没想到等了半天就听到这三个字，李勇转头对薛晶示意，薛晶又问："是在上海买的?"

"嗯。"

"是要转学过来，你爸为了讨好你才买的吧?"

刘子琦没有回答。一时间，五个人都有些尴尬，薛晶又问："你爸是做什么的呀? 工资一定挺高的吧?"

刘子琦答："我……我不知道。"

李勇虽然跟他隔着王瑞和薛晶两个人，但一直竖起耳朵听着。刚才听这位上海大少爱答不理就有些意见，觉得他端着大城市人的架子，这时见他连这么简单的问题都不愿回答，更认定他瞧不起自己这些小地方的人，顿时生起气来，哼了一声："什么呀，你连你爸做什么的都不知道?"

"我只知道他是搞研究的。"刘子琦一边伸展胳膊,一边答。

"研究什么?"李勇追问。

"那我就不知道了。"

李勇不信,"怎么会有人连自己爸做什么的都不知道?"

刘子琦有点急了,"他不给我说,我从哪里知道?"

李勇问:"那你知道他调到厂里的哪个车间吗?铸造车间?主机车间?二轻车间?总装车间?转子车间?……"

听他稀里哗啦丢出一堆从未听过的名词,刘子琦完全摸不着头脑。还是王瑞插话进来给他解了围:"阿勇你真傻,他爸是国家专门调来的专家,肯定是去十二层大楼了。怎么会去车间?"

十二层大楼是什么地方?刘子琦一头雾水。这里似乎有一套自己的黑话,他听不懂,也不知道该从哪里问起。但这名字一说出来,众人都"哦"了一声,显然是觉得有道理,便不再纠缠了。

他并不知道这群同学为什么要关心自己的父亲,更不知道王瑞一句话帮了他的忙。404子弟中学跟他在上海读过的中学有很大不同,也跟全国百分之九十九的中学不一样。那时候,国内几乎所有的学校都是公立的,404子弟中学自然也是公立中学,但它又是这个厂的附属配套单位。全校几乎所有学生,都是404厂职工的子女,也就是所谓的"厂子弟"。

在这样的背景下,"厂子弟"某种程度上继承着父母在工厂的地位和权力结构。而"十二层大楼",也就是厂总部办公室,自然是整个404厂地位最高的地方。

大家对转校生的热情,尤其是对阿迪、耐克的热情没有得到什么回应,加上他父亲也神龙见首不见尾,王瑞、程凡、薛晶,尤其是李勇多多少少都有点热脸贴上冷屁股的感觉。当课间操做完,大家最初那好奇躁动的心都有些淡了。

"你喜欢打街机不?"见三人抛开刘子琦,回到了小团体内部的嬉闹中,王瑞突然问了这么一句。

刘子琦眼睛一亮,用力地点了点头。众人目光重新聚回来,王瑞鸡贼地笑着,"你有钱买币吗?"刘子琦从兜里掏出两张十块钱来。四个人立刻瞪大了眼,"大款啊!"

"人家新同学,第一天你就要带去游戏厅。"程凡骂道,"你还是我们班的学习委员啊!"

"那你放学别来。"王瑞满不在乎地挥挥手。李勇一把攀住刘子琦的肩膀,"《街霸》打得咋样?《拳皇97》会吗?"

气氛马上重新热烈起来。

回到教学楼的走廊上时,发生了一个小小的插曲。五个人刚走上楼道,几声巨大的爆破猛地从学校对面的山上传来,震得整栋大楼玻璃直颤,然后他们听到巨石从上坡上滚落的声音。刘子琦不明所以,吓得脸色有些发白。还攀着他肩膀的李勇大笑道:"别怕,别怕,没事儿的。"然后他指着正对面的山说,"炸矿而已,不是……"他想起先前刘子琦的话,"不是美国的核导弹。"

距离教学大楼不远处就是绵远河的河堤,枯水期时,几百米宽的河床铺满了卵石,过了河就是龙门山脉。山腰升腾起白色的烟圈,几秒钟后又是巨响传来,黄色巨岩被炸碎,从山腰岩壁上垮塌下来。仔细看去,碎石在山腰上堆成坡状,运输车停在碎石滚落的安全距离外,等着运送矿石。

刘子琦在上海哪里见过露天采矿?何况就算是露天采矿,用炸药碎山如此豪放做派也实属罕见。他愣了半晌,才问:"我的天,炸矿?什么矿?"

这话把李勇问住了。他回头看向程凡和王瑞，程凡答道："是磷矿吧。这边的清平磷矿好像是全国四大磷矿之一。"

"就……就这么开矿？"刘子琦震惊不已，"不危险吗？"

"嗯。"程凡点头，"反正我们从小这里就一直这么炸。炸了这么多年，山也没啥变化。"

"太……太刺激了！"刘子琦忍不住感叹道，"你们这个地方好刺激啊！"

其余四人面面相觑，"这有什么好刺激的？小镇旁边还有超大的煤矿呢。"李勇摇头，"你们这些外面的人，真是啥都没见过。"大家听着纷纷点头。

之后这一整天，四个人都盼着早点放学，用刘子琦那二十块钱去游戏机厅玩到爽。中午十二点，厂里下班汽笛响起时就是放学，刘子琦虽然有了准备，却还是被那警报惊惶的呼啸声吓得心怦怦跳。下午又听过两次后，他终于有些习惯了。

相比以前读过的城市学校，乡镇初中课业负担并不繁重，除非老师留堂，下午通常只有两节课。所以三点五十五放学时间一到，王瑞就赶紧拉上他，"走啊！"

五个人飞奔着冲出学校，王瑞带头跑进了几百米外的游戏厅。

不许玩游戏，这是中国教育，尤其是小学和中学教育一以贯之的理念。尤其是电子游戏，那是电子海洛因。二十世纪九十年代，全国教育界还搞过声势浩大的抵制活动"告别两室三厅"，电子游戏室就名列第一，与台球室、卡拉OK厅、舞厅、录像厅并称"两室三厅"。

身为学习委员的王瑞开学时还受命组织过全班签名仪式，并且带领大家宣誓:"我是xx,承诺新学期好好学习,告别'两室三厅'。"

然而,告别并不难,进去才难。因为每个游戏币要卖三毛钱,技术不行的话,三分钟就能输掉。在那段大家兜里连一块钱也少有的年月里,进游戏厅大多数时间并不是玩儿,而是围观。站着一看就是一小时,连摇杆都没机会摸是常事。

可今天,有来自上海的转校生刘子琦包里的二十块钱。

刘子琦当然不知道游戏厅在哪里,一路跟着大家瞎跑。没一会儿,他就远远看见路边一个门面,厚蓝布的帘子把里面挡了个严实,他马上明白:到了!

原来四川和上海的规矩是一样的,游戏厅的门口都挂着蓝布帘。有了这块帘布,父母就不能路过时一眼望见里面有没有自己的小孩,除非专门进去抓,否则老板的客人就是安全的。也不知这是全国老板们共通的智慧,还是卖游戏机的商家传授的诀窍。

店不大,但也不小,跟上海的差不多,当然了,跟大商场的高级游戏中心是比不了的。但里面十多台机器,装载着《街霸》《拳皇》《三国志》《小飞侠》《恐龙快打》《名将》《彩京》……应有尽有。

薛晶说:"只有你有钱哦。"这是让他请客的意思。刘子琦点了点头,掏出十块钱就去找老板。程凡见状立马从后面拉住他,"别啊!"

他一脸疑惑,王瑞赶紧解释:"三毛钱一个币。两块钱老板给你七个币。但你拿十块钱去就只给你三十三个,二十就给六十六个。你两块钱买一次,十块钱能买三十五个,二十能买七十个,能多四个呢。你别一次买啊。"

听了王瑞的讲解，刘子琦立刻算了一下。三毛钱一个币，跟他们那里价钱一样。三块钱买十个，两块钱买七个，少一毛就抹掉了，也是一样的。是啊！他彻底反应过来，这么多年，自己亏了多少币啊?!

刘子琦一边肉痛懊悔，一边去买了七个币。自己三个，四个伙伴一人一个。刘子琦技术不行，很快死光，又买了七个。李勇跟刘子琦水平差不多，死完了便来找他要。程凡和王瑞双打《彩京1945Ⅱ》，过了三关，跟上海的同学一样，第四关就过不去。唯独薛晶技术惊人，其他几个人已经耗掉了好几个币，薛晶玩《合金弹头2》一命不死到了最后一关。

刘子琦第一次见到《合金弹头2》的通关画面，看得眼睛发直，不由对这个瘦小的汉旺上海人佩服起来。

"他有一次打《小飞侠》，一币通关了三次，占了机器一下午。"李勇再次死光，过来见刘子琦看着薛晶发呆，从他手里不客气地拿了一个币，"最后老板气得把机器的电源给他拔了。"

大家一边玩游戏，一边无拘无束地瞎聊天，凭借游戏这种社交硬通货，刘子琦终于跟大家真正熟悉起来。

程凡，成绩最好，年级第一，读书多，懂得多。喜欢飞行射击游戏，但技术平平，输了会跳脚。最开始一个币用掉，又再要了一个，又输完后就没再要了。刘子琦主动给他，他挠挠寸头说："不用了，多不好意思。"

王瑞，班上学习委员，年级第二，特别讨厌做作业。什么都玩儿，除了《三国志》能背板[1]，其他游戏都很水。他每用完一个币，

1.能背住游戏中的地图和敌人出现的顺序，从而预先做好准备。

就站在旁边看刘子琦玩儿，不断给他出主意，暗示两个人双打多好玩儿。刘子琦"听信谗言"，立刻给他投了币，王瑞见状还悠悠叹气说："那我就来帮你过关好啦。"

李勇，有些暴躁，死了会拍机器，然后过来毫不客气地再拿一个币，而且还会顺路指手画脚一番："你选的这个人不好用的。发波啊，发波啊！唉！叫你发不发，太矬了。"

薛晶用第一个币打了三十分钟就通关了《合金弹头2》，第二个币玩《三国志》死在了最后一关吕布手里，第三个币让刘子琦见识了《恐龙快打》里的大BOSS——博士变身的第三形态。死的时候刘子琦忙不迭说："接一个，接一个马上通关了！"说着就要投币。但薛晶拦住不让，"好亏啊！这个币只能打一分钟了！"薛晶收下刘子琦给的币，往包里一揣说："都要六点了，以后再玩儿吧。"

游戏厅的挂钟显示五点四十，也就是说，二十分钟内他打什么游戏都不会死。刘子琦对薛晶佩服得五体投地。

薛晶小心地收好游戏币，问刘子琦说："明天五一放假，我们几个说好去山上玩儿，你要不要一起来？"嘴上说着，眼睛却望向王瑞和李勇。刘子琦顿时明白过来，这两个人才是小团体中拿主意的人。薛晶想要邀请自己也是要这两个人至少一个通过，或者两个都通过。

王瑞愣了一下，"明天我们要去山上吗？啊！"刚一分神，关羽便被许褚一锤敲死了。

"我早上给你说的时候，你没听到吗？"薛晶问他。

程凡冷不丁地呛道："他那时候抄别人作业呢，能听到什么啊。"

"哪个山啊？"王瑞确实没听到。

薛晶长叹一声，"你没听到别答应啊，说得好好的。跟你说了你说没问题，我才跟大家说的。我以为都确定了呢。"

"没啥特别的事儿，去什么山上。"王瑞有些不好意思，嘴上却不松口。

如果是炸山开矿那边，不会很危险吗？刘子琦嘴上没说，心下却这样想着，但少年心性又使他隐隐有些期盼。

"那我再说一遍吧。反正刘子琦还不知道。"薛晶深吸一口气，突然换了一副神秘的表情，"听说昨天晚上，我们厂的后山那边，有什么东西大半夜突然亮了，把半个山都照亮了。好多人下夜班时，在厂里的地上发现了很多死鸟。还有人捡到死了的老鹰！早上还有很多虫子、蚂蚱什么的，也都死了，翻在草里，从树上掉下来的。"

"咦！"王瑞害怕各种蠕虫，听到这话浑身不自在，"说得跟你亲眼见到一样。谁要去看那个啊！不去！"

"都说好了啊！"李勇死死盯着屏幕上的《彩京1945Ⅱ》，"不去怎么行？哎呀！"他放掉了最后一颗保险炸弹。

"第一，你不觉得听起来很神吗？说不定会发现什么有意思的现象呢。"程凡也劝王瑞，"第二，你之前不管听没听到，你反正是答应了，做人要言而有信。第三，你看刘子琦也很想去的样子，你是他同桌，应该帮助新同学熟悉我们镇上的环境。"

"行吧行吧。先说好，谁再敢拿毛虫吓我，我弄死他。"王瑞只能认了。

这时，李勇那边突然传来一声不满中又有些怯意的声音："你干吗？"

四人立刻看了过去，只见一个年龄和他们差不多的男孩儿正跟李勇抢着摇杆，他的言语中带着一股从《古惑仔》里学来的横气：

"哎呀，你炸弹都放光啰，马上就要死啦，剩下给我耍会儿三。"说的是一口四川话。

除了刘子琦，他们四个都认识这人——闫涛。上个学期，闫涛还是隔壁班的同学，但是除了开学当天，谁后来也没再见过他。连续旷课九十天后，校方在期中奖惩大会上宣布把他开除学籍。他现在也甩掉了404厂的普通话口音，在社会上学来一口脏字不断的四川话。据说，他现在混社会混得可以，按本地的说法，十四岁就已经是一个"小超哥"。

每当在游戏厅遇见他的时候，王瑞就觉得，告别"两室三厅"其实还是有点道理的。眼见两人抢着摇杆，屏幕上的飞机也左摇右晃——

"算了，阿勇你给……"王瑞话还没说完，耳边就响起一串急促的脚步声，只见刘子琦冲上前去，猛地一把将那"小超哥"推开，"你干吗？自己买币去啊！想抢吗?!"

糟了！王瑞瞬间汗就下来了。这人据说是真抢劫过啊！闫涛身板并不强壮，被胖乎乎的刘子琦这么一推，立刻往后面的墙上撞去，只听咚的一声响。伴着这声响，旁边两个本来趴在机器上看人玩儿《恐龙快打》的高大家伙站了起来。

真高啊，高了王瑞大半个头。

"跑！"王瑞大喊一声，这时也顾不上哥们儿，转身第一个冲向了游戏厅的蓝布帘。薛晶反应也快，跟着跑了出去。程凡一把推开自己面前的家伙仓皇逃窜。李勇大喊："刘子琦你快跑！"然后把冲向刘子琦的家伙往后一拽，又转身跟闫涛虚晃一拳。等刘子琦反应过来逃出去后，李勇才敏捷地闪出两个人的包围，转眼就跑没了影。

王瑞发疯一样往前跑，不敢回头，听到背后的脚步，也不知道是自己的兄弟还是闫涛他们。游戏厅里好像有几个他们社会上的人？五个？六个？快跑！刘子琦他们几个没事儿吧？自己先跑回家属区，真出事了可以找家长，找同学……

镇上的格局很简单。404厂占据镇西面的高山，工厂在山脚的一南一北有两道门，两道门的中间是一条一公里多长的街道，这便是汉旺镇上"地方"[1]的范围。游戏厅就在这条狭长的街上。这条街往东是一条小河，过了河再往东，就回到了404厂占地几十公顷的巨大家属区。

王瑞第一反应是往自家方向——也就是东面家属区逃。冲过家属区的门，就是自己的地盘了。这是厂子弟的本能，汉旺镇的街是"外面"，家属区和工厂是"里面"。回到里面，到处都是熟悉的叔叔阿姨，"小超哥"就不敢拿自己怎么样。

他一路冲过河上小桥，冲过家属区敞开的铁栅栏门，这才敢回头。

这时，恰好看见薛晶、程凡两人气喘吁吁追上来，然后是刘子琦（王瑞松了口气），最后是李勇慢悠悠地跑回来。李勇没进大门就骂道："忍者，你倒是跑得越来越快了啊！跑那么快干什么？他们没有追！你们几个倒是回头看一下啊。"

"忍者"是王瑞的绰号，因为他遇到风吹草动消失得最快。几

---

1. "地方"是三线建设造就的一个概念。在厂区建设前，这里的城镇规模非常小，甚至是无人区，因此出现了一个奇特的现象：大而全的厂矿及其下属配套设施成为当地城镇的绝对主体。这些职工、实体，被称为"厂里的""厂矿的"。相对的，城镇中不属于这个厂的一切实体，例如非工厂下属的学校、医院、商场，都被称为"地方上的"。

个人相视大笑。彼此攀着肩膀，都狠狠松了口气。薛晶重重拍了刘子琦的背一下，"你是不是我们上海人啊！我们上海人都不跟人动手的啊。"

"就是。"李勇的爸爸是哈尔滨人，妈妈是四川人，"都说你们上海来的就没见过会打架的。你是不是上海人啊？"少年们劫后余生，放松地说笑着。

没过半分钟，六点到了，下班汽笛骤然拉响。刘子琦沉浸在惊吓中又忘记了汽笛的事情，惊惧地抬头一看，随后记起了这声音是什么含意，重新松了口气。

四人都看在眼里，王瑞说："没事儿，你待一周就习惯了。"

六点，全厂下班，大家的父母都会在不久后回到家里。厂很大，家属区也很大，根据车间离家远近，基本都会在十几二十分钟内回屋。按理说，他们所有人都该在两小时前回家写作业了。

"回家！"李勇叫道。

"等一下。"王瑞拦住大家，问刘子琦，"你现在住哪儿？"

"404宾馆，"刘子琦一五一十地说，"我爸说下周厂里会分房子给他。"

"宾馆有厂里电话的，你知道号码吗？"刘子琦摇头。"你爸叫什么？回头我可以打宾馆主机查。"

"刘佩。玉佩的佩。"

"好，明早见！"说完，众人赶在父母回来前各自飞奔回家。

刘子琦一路回到宾馆，心还一直咚咚跳个不停。来这里之前，他一直非常不开心，莫名其妙从上海转学到这么个地方，心里窝着一股火。可没想到，第一天就这么刺激。太刺激了！一天五次防空警报；学校对面有人用炸药炸山，飞石乱滚；游戏厅还遇到了"古惑仔"。也许正因心里这股邪火，自己这个上海人在游戏厅跟人打了起来。

像有魔鬼追一样逃跑，跑到心脏跳出嗓子眼儿，然后劫后余生一样傻笑。

在上海哪有这种事情？

十四岁的孩子没有那么多忧愁，对父亲的积怨也消了不少。此刻，他也不恨爸爸成天不着家，没人管他了，也不恨他好容易回来一趟就说："子琦啊，爸爸有个工作调动，必须去很远的地方。你要转学了。"

现在，他就盼着爸爸早点回来。

等啊等，等到七点，终于门响了。他饿得快不行了，冲到门前，叫道："爸，你知道这地方用防空警报当上班铃吗？"

刘佩拖着疲惫的身躯，也没接儿子的话："子琦你还没吃晚饭吧？我叫了宾馆的盒饭送到房里。我马上还要回单位，你晚上不要等我了。做完功课看会儿电视，不要太晚，早点睡。"

刘佩一边说，一边翻自己的行李，取出一个黑色小箱子来，转动密码打开，从里面找到了几个牛皮纸封袋，清点了一下，然后装进了随身包里。之后他把箱子锁上，放在了房间的角落。

"爸，这边的山上还用炸药炸矿……"话还没说完，刘佩已经头也不抬地出去了，顺便带上了门。

刘子琦愣了一会儿，等了两分钟，他抓起桌上的电视遥控器往地上死命一摔。

地毯吸收了绝大部分冲击，但遥控器电池还是摔了出来。他又踹了两脚墙，这404宾馆的墙也不知道是什么做的，硬得要死。

"回单位回单位！"刘子琦冲着刘佩的行李箱怒吼，"天天就知道待在单位！我死了你才不会回单位吗?!"

谁也没想到他一语成谶，第二天去山上，就真出了事。

第三章 专 家

其实不用儿子说，刘佩早就注意到了404厂的防空警报。出于职业的敏感，他第一次听到这响动就起了好奇，随即追根溯源，把这奇葩做法摸了个大概。比起这地方其他的古怪，上班汽笛的事情要正常得多。

厂里工人对这个上下班"铃"的叫法并不统一，分了好几种。"响汽笛"，是上海系的叫法；四川人叫它"昂哨"；最奇怪的是哈尔滨系，叫"拉牟"。"牟"大概是某种动物的拟声。所有人都明白彼此的意思，但又坚持着自己的叫法。这个细节看似无关紧要，但也让刘佩觉得这地方比自己过去工作过的单位要多些麻烦。

这古怪的来龙去脉刘佩不用问也大概能猜到。二十世纪六十年代建厂时没有普及手表，没有统一的计时器。厂里是三支队伍，有哈尔滨、上海两系老人，外加没有现代工厂工作经验的四川新人，加起来上万人，要管控训练好他们的工作纪律，必须有统一的、不会被忽视的打卡控制机制。

这个机制最后的选择落在防空警报上倒并不太出奇，这东西简单直接，声音响彻云霄，足以保证厂区、家属区内所有人都能听到统一的指令，在任何时间、任何地点都不会错过。直到今天，除了防空警报，鲜有能做到这点的。

但这里面又暗含一个问题：这地方是重点防空区，这样使用防空警报等于废弃了它原来正常的功能，这是意味着它原来的功能不需要了呢，还是有更好的替代方案呢？

这些东西刘佩没有足够的保密级别去了解，让他一时有些好奇。又想到刘子琦一向对这些感兴趣，得空的时候若是讲给儿子听，儿子一定会开心。不过，这些念头很快就忙得顾不上了。

入职手续到傍晚才办好，等刘佩把文件和资料收拾妥当后，走出宾馆，上了那辆黑得有些深沉的桑塔纳。司机等候已久，门刚关便掉转车头往厂里去了。车开出家属区的铁门没一分钟，就能看到河边一个挂着蓝布帘的门脸，刘佩并不知道儿子下午在这里有过一段小小的冒险，注意力尽数放到了前方镇广场中央十多米高的雕像上：一个骑马的古代英雄昂首而立，手持长剑。雕像大虽大，技法却很粗糙，造型僵硬，人物表情也很呆板，据说是东汉的开国皇帝刘秀。车驶入大门，爬过一连串坡道，最后在一栋宽体大楼旁停了下来。

大楼一共十二层，一面傍山，楼顶挂着404厂的招牌。建筑外立面有些老旧，蓝白色的涂料已经褪色，配色本身也显得过时。大城市已经学欧美建起了亮堂耀眼的玻璃大楼，而它依然透着苏联时代的气息——封闭，冷漠，庄严。

刘佩下车，在司机的带领下进了大楼正门。和厂里其他工人一样，司机穿着蓝色的厂服，看起来千人一面，毫无特点，他也没有惯常的寒暄和介绍，只是一言不发地走在前面。

大楼的正门没有门卫，进去没两步就是电梯间，但司机没有按电梯，也没有上楼梯，而是径直往前，绕过电梯间，朝后方的狭长通道走去。转过几个弯后，刘佩仿佛进入了另一个世界，声息全无，前面没了路，只有一个蔫不拉唧的同样穿着厂服的老头儿在门边的铁凳子上坐着看报。见到这人，司机也不说话，转身就走了。

隔着老花镜框，老头儿抬眼打量着刘佩，目光竟然很凌厉。刘佩伸手摸了好一会儿，才找齐自己"三证"：身份证、安全证、临时许可证。正式的证件是一张先进的IC卡，刷一下就可以，但一时半会儿还没办下来。

"真是不好意思，麻烦您专门等我。"他不忘客气一下。

老头也不搭话，接过证件仔仔细细看了好一会儿，不时还跟刘佩本人对一下。时间似乎拉得格外长，终于见他点头，把"三证"递了回来。刘佩接过来的时候，证件下面已经多了一张纯白色的卡片。大爷没起身，更没给刘佩任何指引，又埋头继续看报，仿佛恢复成了一尊雕塑。

手里握着卡片，刘佩不由多看了两眼，这东西他在别的单位也见过，每次都觉得很神奇：这东西用的是射频信号，不像磁卡需要插进去刷，更不用等老半天。有了这张卡，只要靠近识别装置，卡里的身份信息就能全部传输过去。和很多东西一样，这项技术是美国人的发明。刘佩在手中拨弄着卡片，心想：什么时候我们自己也能发明这么方便优秀的技术就好了。

他走到过道的尽头，将那张白卡片贴在墙上。整整一面墙上白下蓝，用来识别卡的区域并没有任何特别的标志，就听到一下微不可闻的嘀声。慢慢地，靠山的那面墙壁无声向上打开，刘佩走入黑暗中，背后咔啦一声关上，落锁。

等背后落锁关严，灯才亮起，四面是冰冷粗砺的花岗岩，半是自然半是人工。通道小而矮，一次最多容两人并排通行。刘佩顺着蜿蜒的隧道走了十来米，只见一道金属大门挡住了去路。他摁下墙边电钮，门上一个狭窄缝隙从内侧唰地打开，刘佩把三张证件叠好塞了进去。

一双和善的眼睛出现在缝隙后面，"刘佩同志，稍等。"

金属门的最右面降下一幅，整个门一共三幅，开了三分之一，只容一人进出。门后要宽敞许多，虽然没有十二层楼那么大，整个空间也有一栋六层写字楼大小。

这栋不存在的楼，隐藏在十二层大楼背后的山里，从外部看不到一丝痕迹。十二层大楼背山的一面是条从山上淌下的小溪，厂里沿着小溪修了登山廊道，立着玉兰灯和水泥架。水泥架年代久远，上面的藤蔓已经掩得严严实实，夏日一到便繁花盛开，鸟鸣不断。没人会想到这下面另有乾坤。

迎接刘佩的是一位穿着蓝色褂子的老人，同样也是工厂制服，但不是劳保样式。老人身量挺高，一头花白头发，已经快到正常退休的年纪，看起来满脸疲惫，一见面就伸出了右手，然后亲切地埋怨道："刘佩同志，等你好久了。手续这才办完？也太慢了。刚才老领导在外面有给你说什么吗？"

老人名叫唐援朝，是这里的负责人，从行政级别上他只高刘佩半级，但从刘佩在此地执行任务的那一刻起，唐援朝便是刘佩的直属上级。之前等手续的时候，他已经跟这位唐援朝聊过几次，因为军工系统的缘故，这里的规矩比刘佩待过的许多地方都更严格。在保密手续和档案审核完毕前，关键性的资料唐工硬是一句也没透露过。偏偏手续又折腾了许久，刘佩早就心急难耐，见到唐工便笑道："这点手续折腾得我头都大了，来来回回弄了几天，好在总算是弄完了。老领导？你是说在外面检查我证件那位？"

"每次有新人加入，他都会借机过来看一眼。等你以后拿到正式卡也就见不到他了。只要离开工作岗位，谁也不能进小楼了。他在这里等了几十年，偏偏连看'异客'的第二眼都没有等到。"

刘佩心中一凛，"严格管理是应该的。那我现在总算是进了山门，可以见正神了吧？我现在能看'异客'第一眼了吗？"

"那当然。"唐援朝点头，"你着急，我们也一样啊。"说着便带他往里走，径直上楼。

"异客"存放在三楼上，小楼基地没电梯，只有金属架的楼梯，刘佩跟着爬了上去。山体里面很潮，为了驱赶潮气，通风机又开得很大，于是整个基地又潮又冷。

"'异客'现在是什么情况？"刘佩边走边问。

唐援朝叹了口气，"你要我用几句话说明白，这可太难了。还是等你先看了本体再聊吧。"

两人上了三层，又是一扇钢铁大门。

唐援朝去按门上的一个圆形区域，过了大概一分钟，听到嘀的一声。原来是掌纹识别锁，刘佩暗想，这里面的安全装置真不少啊。此时，门还没有开，圆形区域旁边的一个十寸左右的显像管亮了起来，上面开始跳动着蓝色数字。

最开始，数字出现得比较慢——3。

转眼间，速度快了起来：.14159265358979323846264338327950 28841……

然后，越来越快，眼睛已经跟不上数字的刷新：9716939937510 58209749445923078164062862089986280348253421170679821480865 13282306647093844609550582231725359408128481117450284102701 93852110555964462294895493038196442881097566593344612847564 82337867831652712019091456485669234603480……

刘佩一眼就认出这是 π 的值。从数字出现的方式来看，显然是用某种算法现场计算了一遍。这是做什么？他疑惑地望向唐工，一脸疲惫的唐工，却头也没抬。显像管上的数字停了下来，一个绿色的边框提示"核算通过"，又是嘀的一声，门终于开了。

只见里面是一个偌大的空间，但一层层球体嵌套将其分隔开来，满眼都是加固钢条和新打的密封圈。最外面的仪器控制台边坐着五个工作人员，显然是在等待唐工，见到他立刻站了起来。唐工也没开口，只是摆了摆手让他们坐下。

房间临时加固过，还有一股焊锡和胶水的味道。四面有许多管道顺墙蔓延，里面传来嘶嘶的风声。那是加压气循环装置，如有必要，可以在瞬间完成舱内高压换气，不管换的是空气、毒气，还是超低温制冷剂。

白色的日光灯照亮了房间，最外围被装置仪器塞得密密麻麻，而两层铅玻璃封闭门后却有一个敞亮的空间，最靠边也安放着些仪器，但中央却很空，正中间堆着几块岩石。唐援朝笑着解释道："我们连客人带客厅都搬了进来。"

客厅还真是敞亮呢。

这笑话却没逗出刘佩的笑来，他虽有心理准备，但从望见它的第一刻，他就觉得喉头一阵发紧，心跳似乎都停了。

这就是"异客"。

他看过照片，看过描述说明，也看过录像带，详细阅读过资料，看过了那些东西之后，刘佩提出的第一个问题是："从现有资料来看，没有充分证据证明这是生命体，为什么所有人都默认它是生物？"

但亲眼看见之后，刘佩才意识到，很难想象这东西不是生物——

趴在粗砺玄武岩上的"异客"，微光在它身上变幻流动着，它的形状也随之不断变化，像烟一样飘动，但又凝聚不散，宛若一团有生命的浓缩的雾。

刘佩通晓六种语言，在这六种语言里，他找不到任何词语来描述"异客"的形状，录像也不足以准确记录"异客"的光和形状的微妙脉动。

对"异客"的样貌只有一种最接近事实的描述，一种不应该用于描述生命的语言：数学语言。

"异客"的形状，像是一个以递归迭代方式生成的分形体。

分形体在世界上并不罕见，它代表一种不同尺度上自相似的结构，比如花菜的宝塔就是一个分形体，每一个小结构都和大结构相似，局部特征和整体特征彼此重复。但"异客"的分形体却显得非常复杂，就像无尽漩涡一样层层纠缠。

"关灯。"唐工说着，朝上面打了个手势。从外到里，几层灯光逐渐熄灭。"异客"幻变的光在黑暗中显得清晰无比。黑暗中，这东西更像是在漆黑深海里拍摄到的某种荧光水母，缓慢地变形，放射着五颜六色的光彩。

"异客"表面的材质难以分辨，类似水母，又像半透明的塑料。

此刻，它的形状微微变化着，在黑暗里看那流光变化，分形构造的特征更加明显了。刘佩像是被吸进去了一样，渐渐分不清那形状是放大还是缩小：每层小结构里似乎还卷曲着更多的层次，无限的细节以无限的层级包裹在里面，刘佩甚至觉得它在不断放大，不断释放更多看不见的细节，但这所有的细节又只是在重复着自己……无穷无尽……无休无止……

它当然是一个生命，微微放缩的律动中将无限萦绕在有限的体积内，就像黑洞一样，刘佩觉得自己正在被吸入，往深处跌落……

"别盯着看太久。"唐工突然在旁边说，"会陷进去的。"这句话让刘佩打了一个寒战，恍然惊醒过来，自己也不知道盯着"异客"看了多久，好像时间凝固了一样。

刘佩这才注意到里面的日光灯还发着蓝白色的淡淡荧光，那灯的电源早就关了。他指着灯问："'异客'的辐射很强吗？"

唐工答道："强度一般，主要是 β 射线。"

β 射线，自由电子流，这些自由电子射在荧光涂层上激发出蓝白的光，不过 β 射线穿透力很弱，棉布都能挡住，所以不用担心辐射问题。

"这些天辐射强度有变化吗？"刘佩问。

唐工猜到他大概的意思，"一直有波动，但没有统计意义上的衰减。总体来说，这些天强度一直很稳定。"

"我看资料说，你们测算过，它没有消耗氧气？"刘佩问。

唐援朝点头："对，不光没有消耗氧气，根据我们的测量，它这几天甚至没有跟环境中的任何东西进行任何分子层面的交换，周围物质的化学成分也没有测出变化，除了 β 射线能量激发的效应以外。"他看了一眼荧荧的日光灯。

"异客"的迷人幻彩给人一种惊人的宁静，就像纪录片里的璀璨银河、奇异深海。看它的人仿佛坐在桥头凝视奔流的河水，无尽的波涛会将人催眠，忘记周围的一切。刘佩有些不舍地说："开灯吧。"

灯重新打开。"没有消耗氧气，没有诱发化学反应。"刘佩念叨着，不知是自言自语，还是在跟唐工商量，"β射线也没有衰减，那β射线需要的能量是从哪里来的呢？我们地球上，恐怕不会有这样的生命吧？"

其实，"异客"这名字便体现了刘佩话里的意思。"异客"，来自异乡的客人，不属于这里的外来之物。从看到这东西的第一眼开始，就很难想象这是属于地球的东西，而这分形体的精妙外形，生命般的节律脉动，让每个看到它的人都发自本能地感觉到：

这是来自另一种文明的智慧体，或者是某种智慧的造物。

刘佩问："报告上说，我们尝试沟通了，但没有回应？"

唐援朝憔悴的面容露出苦笑，"是啊，想尽了办法。你说'异客'看起来像智慧生物吧，却不知道怎么跟它沟通。电影里的外星人都是操着一口流利的英语，哪里的事儿啊。我们监听了它各种可能的信号：声音、无线电、振动，尤其是光谱和β射线，没有任何有价值的发现，更别说含有智慧的信号了。"

"都没有？"刘佩吃了一惊，"怎么可能呢？你确定连光谱和β射线都没有智慧信息？"

这确实让人难以置信，但刘佩这直白的语气似乎是在质疑唐援朝之前的工作，唐工答道："你现在有权查看之前所有的原始数据，能看到所有信号记录的原始谱线。我不敢说所有解码手段都试完了，但以我们目前的技术水平，确实无法从里面发现智慧的影子。"

话里软中带硬，刘佩又觉不好意思，又觉失落，忙道："唐工，我不是那个意思。"

唐援朝一摆手，"没事。之后我们又尝试了跟它主动沟通，主动输入信息。声音、光谱、低强度的 β 射线，在全频段的无线电上编码放送信号。通信组尝试过素数序列、问候语音编码、斐波那契数列、交响乐……"唐工掰着手指头数下去，最后一声长叹，"唉……全都没有反应，就像泥牛入海。"

这么说来，在刘佩到来前，这边已经用了五种方式，尝试了至少六种不同的内容信息跟"异客"建立沟通。听起来不多，可方法内容配合起来至少做了三十种以上的尝试，光这块儿就不知已经没日没夜地干了多久，结果却是一无所获，难怪唐工如此憔悴……刘佩顿时理解了。

"如果'异客'有智能，无论如何这时也该有点反应了。实在搞不懂。"唐援朝摇头，望向刘佩，"大致情况就是这样，详细的资料和记录回头你可以参考。这'异客'的行为跟我们的预期完全不一样。"

正是这样，所以才需要刘佩。刘佩是一个全科专家，虽然每个学科都不如专科专家那么精熟，但胜在视野开阔得多。世界上买不到《跨智慧文明接触》这样的学术专著，当语言学、符号学、信息论都在"异客"面前派不上用场时，只能靠刘佩这样的人打开接触之门。

"生物采样测试有结果吗?"刘佩问，"我之前没有看到相关资料，当时应该还没出结果吧。"

这普普通通的一句话，只见周围的人连唐工一齐脸色微变。刘佩立刻察觉，"怎么了，哪里不对吗?"

"这个……"实验室里所有人都放下了手头的工作，齐刷刷地转头望向负责人唐援朝，唐工这才解释，"不是还没出结果，是根本没采样，采不到样。"

刘佩微微一愣，转头望向内室里的"异客"，"什么叫采不到样？"

"这是绝密信息，之前发给你的资料上没有记录。"唐工也望向"异客"，瞳孔中大有异色，"采不到样，是因为我们接触不到它。它不让我们碰！"

"啊？"刘佩更不懂了。

"说是说不明白的，我们操作给你看吧。"唐工说着，对工作人员下达了指令："准备重复117号方案。"他一边说着，一边用力捏了捏鼻梁上的睛明穴，深吸一口气。

实验室里里外外折腾了十多分钟，几个工作人员忙而不乱，显得高效有序，将一个遥控机器人组装起来，机器人并非人形，看上去就是履带上夹着两根六轴活动臂。它拖着线缆，由外部的工作人员进行操控——不用无线遥控，是为了避免辐射环境的干扰，导致控制失误。这时，机器人进入了隔离舱，平稳地到达内室。

唐工一边指挥，一边低声说："本来'异客'就带有强烈的 β 辐射，谁也不敢对一个强辐射源胡来，万一这东西像核弹一样爆了怎么办？所以从最初开始，生物采样操作就进行得非常谨慎。谁知道结果这么异常。"

机械臂上用丁腈橡胶做了覆盖，双臂上各抓了一根 ABS 工程塑料的圆棍。"本来用的是采样棒，想在'异客'表面蘸取一点表皮结构。结果……你自己看吧。准备完毕了吗？"

"一切就绪。"抓着摇杆的女实验员回答，声音有些紧张。

"开始。"

机器人动了起来。"现在,我们是让机器人尝试用塑料圆棍去接触'异客',差不多就是用棍子去戳它一下。"女实验员向刘佩解释道。听起来很简单,但她好像有些喘不过气。刘佩心想:这么常规的方案,能出什么异常?不让碰?它会躲开?

如果会躲开,那也只是普通的生物应激反应,有什么奇怪的?

刘佩目不转睛地盯着内室。

"现在,根据'异客'所在的位置,我们把圆棍移到'异客'的左侧边缘,坐标'5403,1037,2271'。"随着实验员报出坐标点,一个红色的光圈出现在她面前的屏幕上,正是镜头前"异客"现在所处位置的左边缘,正挨在它身体或者外壳的边上。

电钮按下,ABS工程塑料质地的黑色圆棍被机械臂推着,缓缓向坐标点移去。这个形态飘忽不定的分形体会躲闪呢,还是会主动接触,甚至是攻击?刘佩心头暗想。

从肉眼看,刘佩没有看到"异客"有任何移动,但机器人指令执行完毕停下时,塑料圆棍离"异客"的身体却差了一毫米有余。

"它……躲开了?"刘佩不确定地问。"什么时候躲开的?"他确实没有感觉到它有所动作,但分形体的边缘外形让人眼花,盯久了很难说自己能看清。

"圆棍离'异客'一点一毫米,现在我把圆棍向左移动,再靠近'异客'三毫米。"操作员一面说,一面望向唐援朝,唐工点了点头。

圆棍向"异客"靠近,然后,"异客"动了。分形体结构发生了奇妙的变化,像是复杂的波纹被振动激发一样,"异客"让开了圆棍移动的三毫米。

"所以……"刘佩不知道他们在大惊小怪什么，"它会躲开圆棍。这只是很普通的生物应激性。既然它有应激性反应，说明我们能设法向它传递信息，那么……"

"等一下。"唐援朝打断了他，"最开始我们也是这么想的，后来发觉没这么简单。汤敏，继续。"

名叫汤敏的女操作员得令后一面继续，一面解释："请注意摄像头放大的画面，看圆棍和'异客'相对移动的关系。"

刘佩紧盯屏幕，长焦放大的画面上，机器臂和"异客"都在缓慢移动。在汤敏的提示下，他注意到两者运动的关系，越看越觉得不对。不近不远，两者的距离卡得非常精确，就差那一毫米，黑色塑料圆棍就是碰不到那变幻蠕动的光体。

刘佩这才觉得不安。如果是一种生物的话，这速度也太精确了，如果要逃离，速度不该这么稳定，不该把距离卡得这么准，这么惊险，好像挑逗，好像在跟自己开玩笑一样。

他脱口而出："如果加速呢？不是恒定速度呢？"汤敏再次望向唐工，唐工点头。见他俩的目光对视，刘佩立刻猜到了会发生什么，心中一紧。

果然，圆棍变速移动起来，但"异客"依然精确无比地拉开那恒定的一毫米，圆棍无法越雷池一步。

"它不让碰。"

刘佩正试图理解这意味着什么，汤敏从牙缝里发出一个古怪的声音。"怎么啦？"一旁的刘佩马上问，"什么情况？"

"我……始终觉得……"汤敏发觉唐援朝脸色不对，于是压低声音，"不……没，没什么……应该是我的幻觉……"

刘佩转头问："什么幻觉？"

"没有……没有……我……"她吞吞吐吐，目光在"异客"、控制面板，还有唐工的眼睛间跳动。刘佩脸一沉："没有什么没有？什么是幻觉？什么叫应该？你看到了什么？说！是不是幻觉我跟唐工来判断，不是你来判断。"

唐援朝叹了口气，"算了，没事儿，你说吧。"刘佩这才明白过来，她这话一定是说过，但唐工对她的想法另有意见。他转而温言道："说来听听。幻觉也无所谓。"

汤敏犹豫了一会儿，然后说："我……我还是觉得好像……我还没按下去……它……它就开始动了。"

"什么意思？"

唐援朝解释道："她有一种感觉，她有时候还没启动操作命令，机器人还没动，'异客'就开始躲避了。这怎么可能呢？"

"我就是……嗯……看错了吧。"汤敏低下头。

想来也是做多了，产生了幻觉。这事常有，就像重复书写一个字多了，自己反而好像不认识这个字了一样。"异客"这时候在岩石上变幻成一个明显的凹型，然后停了下来。

就在"异客"停下的同时，但又好像晚了那么百分之一秒，机器人操作的塑料圆棍位移到了终点，停住了。

刘佩迟疑了。

幻觉吗？发生了什么？为什么"异客"先停下来？不可能吧？

如果不是汤敏之前说的那话，他完全没注意到这个细微的地方。刘佩的心突然猛跳起来。这不对头啊。

"异客"不愿意被外物刺激，想要逃跑，这是很正常的。生物的感知器官非常多样，如果不是地球生命，那对感知系统的猜测完全可以更大胆，比如感应到了电感，进化出了声波雷达，甚至是 β

射线雷达，在碰到外物前躲避是很正常的。

但是它怎么会先停下来，在机械手停下前就知道圆棍"马上会停"呢？难道操作员说的是真的，它在按钮按下前就开始动了？

"刘佩同志？同志？"唐工喊了他两声，他才发觉自己思考得出神了。"录像！"他突然想起来，"把录像调出来！"

系统内开始安装监控录像设备是这两年才开始的事情，刘佩差点没想起这东西。大家对新设备用得不是那么熟悉，捣鼓了二十分钟才把录像带从机器里弄出来，并找来回放设备播放。很遗憾，录像机没有高速摄像功能，用慢速一点点过，画面上一直抖动着波纹。

视频倒是找到了，但谁先动谁后动，谁先停谁后停，大家看下来意见并不一致。而且，操作员甚至否认起自己之前的说法，"肯定是我看错了。"

"如果把机械手的速度调快，最快能到多少？"刘佩突然提出一个问题。

唐工一惊，"你要做什么？"

"你们都是从旁边缓缓靠近，假如不采用这种慢动作，让机械手用最快的速度去戳它呢？"

唐援朝愣了一下，没有说话，伸手拉了一把刘佩，示意他跟自己去楼梯间。

"刘佩同志，这是你在我这边提出的第一个自己的方案。按说我不该反对你，虽然我是这边的行政负责人，但上面派你过来，未来应该由你主持研究方案。但你提出的这个办法太危险了，我没办法同意。这是一个强辐射源，对'异客'我们基本一无所知，万一出了问题谁负责？不能这样。"

刘佩望着他几乎光秃秃的头顶、疲惫的眼神，心如明镜。在这个岗位上干了几十年，唐工最初的激情已经磨灭，本来的使命也变得遥远，工作更多成了表面功夫，普普通通，按部就班。

"但是你们慢慢来，它不让碰啊。"他说。

"机械手能在十分之一秒内加速到每秒一百米的速度，这样的冲击力你自己可以算一下，不能这样搞。"

"唐工，你觉得我为什么会被派来这里呢？"刘佩突然问。

"这个……"

"我知道你的意思是慢慢来。但是，我不得不问一句，上一次'异客'出现是什么时候？"

唐援朝的脸色黯淡下来，嗫嚅道："三十……四年前。"

"上次'异客'出现了多久？"

唐援朝没有回答这个问题。

"花了三十年，这里一直只有一点遗迹碎片可以分析。我觉得也分析够了吧？我们是打算再等不知道多少年吗？出问题谁负责，我想问问唐工，假如这次还再错过，谁负责？你应该懂上面派我来的意思。"

唐援朝深吸一口气，心情也随着呼吸坠入谷底，过了片刻他才点了点头，"我只希望不要出事。"

"我也不想出事。"刘佩说，"我儿子还在宾馆等着我呢。"

两人重回实验室，刘佩走在了前面。

"速度开到最大，以'异客'的纵轴中心为目标，划过去。"刘佩命令道。

果然不出所料，圆棍像刀一样瞬劈而过，"异客"的流光形体却往下一缩，躲了过去。因为速度太快，又没有配备高速摄像机，肉眼看不清，只留下滑过岩石的吱吱声和一道黑印。

"我们需要高速摄像机。"刘佩说。唐援朝在一边点了点头。其实，刘佩也没想过第一次见面就做这样的尝试，他本来计划今天先大概看一眼，明天开始研究"异客"不见衰弱的强 β 射线。源源不断的辐射能量从何而来？是永动机，还是某种遵循质能方程的可控能量反应，比如反物质、聚变、裂变？

但此刻，他完全被"异客"躲避圆棍的应激反应迷住了。

生物体对外来刺激的应激反应有两个前提：第一是感知能力，第二是反应速度。比如苍蝇和蚊子能感觉到气流变化，所以当人类用手拍它，手掌带起的风会让它察觉到危险，立刻逃走；而它们的身体反应速度又远快于人手，所以总能游刃有余地躲开。

就算"异客"的感知能力再惊人，它也是需要反应时间的。

"两根圆棍一起，一根诱它移动，另一根往上戳。"

刘佩看着"异客"和它身下的玄武岩，这才明白，唐工之前一定是想了各种办法也没法碰到"异客"，最后只能连它带"底座"整个搬走。

"异客"是真不喜欢被人类的造物碰到。

两根圆棍一起动了起来。

这个柔软的光体以微妙形变躲过了两根黑色圆棍的快速袭击。机械手速度极快，液压杆和马达发出急促的嗡嗡声，两根圆棍像匕首一样朝"异客"戳下去，快得连刘佩都看不太清，更别说年纪更长的唐援朝。只听到圆棍不断转换方向，刺入，继而收起的嗒嗒声，似乎每次都要碰到"异客"那宛若轻薄无物的形体边缘，但总在最后的瞬间光体变形，躲了过去。棍子戳在岩石上，留下一个黑点。

圆棍收起，"异客"同时还原，它的移动显出惊人的优雅，难以形容。

这时，两根黑棍仿佛是怒火中烧的蠢笨莽汉，"异客"却是脚踏飞燕的绝世剑姬。

"两根机械臂，十只手指，全部捆上棍子。"刘佩说。这绝不是地球上任何可能存在的生物的反应，他想，这也超出任何用生化反应来驱动的物体反应速度的极限了吧？

所有人都屏息凝视，木棍数量一多，这就不是匕首，而是十把枪。此时已是深夜，实验室里每个人却情绪高涨，都盼着能有一根圆棍碰到"异客"。

"启动！"刘佩下达了指令。

没有反应。机械臂没有反应。

"启动啊！"刘佩再喊。

"我按了！"汤敏回答，"设备没反应！"这时大家才发现，控制面板上亮起了红色的报错灯。

"大概……是顶不住 β 射线，程控板坏了。"唐工说道。他有些失望，又仿佛松了口气。

"β 射线强度有发生变化吗？"刘佩问。

一直监视读数的一个长发年轻人答道："没有变化。"

"虽然没有变化，但这样的工作强度下，程控板随时都可能坏，也很正常。"唐援朝说，"毕竟不是为了高辐射环境准备的。"

"你说得对。"刘佩点头，"只不过，这也太巧了吧。"

这种巧，让他惴惴不安。

随着设备失灵，刘佩首次研究"异客"的工作也到此为止了。

唐援朝带着他出门时，他发现门内侧也有一道掌纹锁。门禁又

计算了一次 π 的值，跳出"核算通过"后才打开。这时，刘佩已经没有力气问这锁的用处，他离开小楼，从通道回到十二层楼，再穿过侧门走出大门。当他呼吸到新鲜空气时，时间已经是第二天零点了。

刘佩叹了口气，也不知道儿子第一天转学适不适应，过得好不好。

站在山腰，脚下是那个叫汉旺的陌生小镇。此刻天色漆黑，只有404厂家属区的路灯，为下夜班的工人照亮回家的路。小镇的周围群山环绕，龙门山脉压着一片深沉而静谧的蓝，被月光勾出些许轮廓。

这片深沉而静谧的蓝下埋藏着能改变世界的秘密，但有多少人知道呢？很少，少得可怜。

有些事情他越想越不明白。"异客"既然能轻易地避开外物的接触，证明它完全能获取外来信息。应付高速机械手它显得游刃有余，那多半蕴藏着不逊于人类的智慧。那它为什么对所有的信息交流毫无反应呢？它是不愿意，还是在等待什么？

又或者，"异客"认为根本不需要跟人类交流？

三十四年前，内部编号404的科考队在这里第一次看见了"异客"。第一次，中国人自己的科考队在大地上发现了足以被称为"奇点"的东西——一个肉眼可见的与物理学、与现实世界格格不入的异象。

三十四年前，这位"异客"在严密的看守下沉默了半年，随后在404科考队的十几名队员的亲眼见证下突然消失得无影无踪。以建国初期的科技水平，那一刻，队员们还没来得及从"异客"身上得到任何东西。"异客"消失前，研究核物理的九院调来核心成员和设备，在烧坏了仅有的几台从苏联进口的精密机器后，依旧一无所获。

"这不是我们这个世界应该有的东西。"三十多年前，某位如今已是两弹元勋的研究员如此感慨。

这是一个来自异乡的"异客"，一个沉默的"异客"。

刘佩抬起头，夜空昏暗，已近中秋的圆月却一片浑浊，看不到月海，看不到明暗光阴，只是一个亮着的带晕黄球。大概是因为镇上几个矿场的污染所致吧，刘佩想了起来，刘子琦有鼻炎，不知道会不会在这里加重。

儿子刘子琦，不也是独在异乡的异客吗？

刘佩暗下决心，明天（实际已是今天了）一定只工作到晚上八点，无论如何也要早点回家。争取早点把分给自己的房子落实下来，不能让儿子一直住宾馆……

第四章 进 山

今天是五一劳动节，放假！但早上六点半不到，王瑞就被妈妈叫起床，催他洗脸刷牙，然后出门去跑步。王瑞的妈妈是老师，对儿子的管理自然是严格得很。

可是，从小严格的督促反而造就了王瑞偷奸耍滑的个性，他洗漱完后换了运动鞋出门，围着家属区慢悠悠绕了一圈。大概混够跑八百米的时间后，王瑞最后五十米冲刺回家，把自己弄得微微见汗，以免被爸妈识破。

吃早饭时，他对父母说："今天我跟同学约好了去山上玩儿。"果不其然，母亲立刻紧张起来，"去哪里的山啊？玩些什么呀？去多久啊？约好的同学都有谁？……"眼看着一连串问题袭来，父亲忙拦住她，"你儿子好容易想跟同学去趟山上，又能运动锻炼身体，你问那么多干啥？去吧去吧，不要天天除了在家里看书，就是打电脑跟游戏机。"

虽然父亲开了口，但母亲并不打算就此放过，"你这个人，说得容易。总要问一下跟哪些人去啊？几点回来？中午回来吃饭还是晚上才回来？一放假就出去玩，作业做了没有？再说，物理奥赛和数学奥赛都要选拔了，准备得咋样了啊？你儿子以前可是省一等奖，班上老师都指着他今年拿奖呢。最近奥赛题也没怎么做吧？我给你拿的教参看到哪里了？"

父亲不耐烦地反驳："哎，这有啥好问的嘛？肯定还是跟程凡、薛晶、李勇他们几个关系好的哥们儿嘛。你管他中午还是晚上回来，把饭留着就是了，冰箱又不是放不下。我不信少看一天书，我儿子连个奥赛预赛都进不去了咧，能有那么邪？都说了出去玩儿，你不让他去，他一天心如狗刨的，一样看不进书，一直盯着电脑屏幕尽伤眼睛了。他要去玩就让他去嘛。"

就这样爸妈例行争了一会儿，最后给了他五块钱当今天出门的零花和饭钱，王瑞这才给几个同学打电话。

李勇说："等半个小时，我稀饭还没熬好，等做好了再出门。"

王瑞问："你爸妈又通宵麻将去了？"

"嗯，才回来。等我给他们留好早饭，免得他们醒了没饭吃。"

王瑞也知道催没用，"行吧，那你快点。"

薛晶家接电话的是他母亲，"是王瑞吗？你们今天是老师安排的，让你们几个带上海转学来的新同学去熟悉环境？"

"啊，对啊，是周老师说的。"

"哦，那好的啦，不要去游戏厅哦。你跟程凡要多帮助薛晶学习，你们成绩这么好，不能让朋友掉队对吧？要多帮他辅导功课，薛晶你不懂的也要主动多问啊。你看他上个月物理才考八十三，才刚开始学，怎么连九十分都上不了啊……"

王瑞挠着头等阿姨絮叨完，才跟薛晶说上半句话："走啦！"

程凡家电话响了半天，才有人生气地接起电话，"哪个啊？大清早的！"

王瑞愣了一下，反应过来："叔叔，程凡呢？"

就听对面大叫："程凡！程凡！人呢？"

然后阿姨在远处怒道："瞎叫什么？一回来就知道鬼叫！你儿子出去了你不知道啊？"

"谁他妈的鬼叫了！我时差还没倒过来就被吵醒，他出去了我怎么知道！"

然后是啪啦摔电话的声音，好在另一个子机已经接起来，阿姨的声音压着火："啊，是程凡的同学吧？他已经出去了，说是去404宾馆门口等大家。"

王瑞跟父母说了声"出门了"，不免又听了半天嘱咐，耽误了些时间。他一路小跑往404宾馆去，倒是薛晶和程凡早到了，正在宾馆门口跟刘子琦聊天。

还没走近就听程凡和刘子琦大笑，料定薛晶又在讲什么好玩的事儿，连忙三步并作两步跑上前，大声招呼："说什么呢？这么好笑？"

程凡笑得合不拢嘴，指着薛晶道："你……哈哈……你让他再给你讲一遍。"刘子琦虽没他那么前仰后合，但也笑个不停。

薛晶摇头，"再讲就不好玩儿了。好吧，看你可怜，我大人大量再讲一遍。是这样的，刚才出门的时候，听见路边——"他指着身后拐角，"那个烟摊的老阿姨在跟人聊天，她是这么说的。"

薛晶立马装出一副中老年妇女的口吻来："张姐，你懂得少。我给你说嘛，那个千年虫，就是那个Y2K，那个是英文。唉，英文我也不懂，他们说就是两千年的意思，可厉害了。"

王瑞插话："那大妈还懂千年虫？没看出来啊。"1999年已过了小半，Y2K的风险闹得正凶，那是计算机底层代码的一个陈年漏洞。几十年前，最初有计算机程序的时候系统存储容量有限，为了节约空间，年份日期的代码只用两位数，所以从1999年进入2000年的时候，99变00，老代码可能误以为是1900年。据说，可能导致计算机系统大量崩溃，飞机从天上掉下来、银行丢失账目什么的。那个卖烟的大妈不像是摸过电脑的人，竟也能聊上几句？

"那是一个病毒，"薛晶接着学，"那病毒可凶了哦。你想想，活了两千年的病毒，白娘子白蛇精才好多年道行？才一千年嘛。两千年成精的病毒，好吓人哦。"

虽然刚听过一遍，可程凡和刘子琦还是止不住笑，王瑞眼睛瞪得大如铜铃，"啥玩意儿？"

"这个千年虫病毒放出来就了不得咯。要死好多人哦。那个一千多年前的欧洲预言家叫啥子？叫诺查啥子玛斯，人家早就算出来的，恐怖大王从天而降，飞机从天上落下来，说今年要世界末日嘛，你想那个Y2K千年虫有多厉害？这个病毒精传染出来比白血病癌症还吓人，怕要弄死好多人哦……都要世界末日了，张姐你还喊王哥戒啥烟嘛，哎哟……"

越听越不像话，王瑞先还是忍着轻笑，可薛晶学得惟妙惟肖，尤其是最后那句"张姐你还喊王哥戒啥烟嘛，哎哟"，他笑不可遏，唾沫竟呛进气管，让他咳嗽起来。"什么乱七八糟的！"王瑞边笑边骂，"把千年虫漏洞跟人会得到病比就算了，还两千年成精！我还是头一回知道，原来诺查丹玛斯1999年世界末日说的是千年虫……"

大家哄笑一阵，又等了几分钟，八点半，李勇姗姗来迟。程凡笑他："阿勇你架子真大，连人家刘子琦都跟我们一起等你一个。"李勇是忙着给家里做早饭耽误了时间，这事儿却也不便在众人面前说，也不解释，只白了程凡一眼，"就你话多。"

"所以我们今天去哪里玩儿？"刘子琦问。大家都看着薛晶，初中生就是这样，一吆喝人便聚起来，具体什么内容却没人先打听明白。去山上玩儿是薛晶的主意，大家自然都盯着他。

"去山里。"薛晶说，"不是说山上有奇怪的事情吗？说不定会发现什么有意思的东西。"

"什么算是有意思的东西啊？"李勇问。

王瑞答道："能量水晶！"

李勇不明所以，薛晶眼睛却一亮，叫道："你买到《星际争霸》的盘啦？"

"要是买到了我才不出来咧。"王瑞说，"走啦。下次去成都电脑城看看有没有碟吧。"

王瑞是全年级唯一一个家里有个人电脑的。一台奔腾MMX200的多媒体电脑，花了将近一万块钱。家长们的工资其实相差无几，但王瑞父母为孩子花起钱来绝对豪气，相对的，王瑞家里就没有别人家都有的三碟连放VCD、录像机和卡拉OK。

五个孩子由王瑞带路往西边走去，刘子琦望了望方向，略有些遗憾。汉旺镇两山夹一沟，404子弟校教学楼面对的是东面的山，也就是露天炸山开矿的那座，而404厂所在的山位于西边，原来他们不是去有雷管开矿的那座山。

一路走，薛晶一路给刘子琦指点周围的情况。404宾馆在厂家属区内，他们几个人的家离宾馆也都不远，所以早上出门集合都很快。家属区更准确的说法应该是404生活区，几十顷方圆不光有职工住宅楼，还有幼儿园、小学、中学（包括高中）、职业技术学校（大专）、医院、浴室、电影院、体育馆……

刘子琦的脑袋像拨浪鼓一样摇晃着，东看看西看看。因为刚来，而且他爸太忙了，他自己还没出来逛过。但如果没人当导游，就算逛了，也看不出什么门道来。这时候经薛晶一路指点他才发现，这里所有设施的名字前面都挂着404厂的抬头：404幼儿园、404电影院、404医院……正值五一，样式完全统一的红色庆祝标语"欢度五一""劳动光荣"整整齐齐地横拉在不同单位的大门上。

直到看见"404职工公共浴室"的时候，刘子琦忍不住发问了："这些都是属于你们厂的？"

"啊，是啊。"李勇在一边接话，"怎么啦？"

"听我爸说，你们厂不是造发电机组的吗？"刘子琦一脸疑惑地问，"就是什么火电站核电站的发电机组，对吧？为什么连医院、电影院……"话才说了一半，他的目光就被一辆货车吸引了。货车上漆着几个大字：404乳业送奶车。

刘子琦惊得合不拢嘴，他指着货车叫道："404乳业？牛奶厂吗？就像光明一样的牛奶厂吗？你们厂为什么还有个牛奶厂？"

薛晶指着路的尽头，也就是送奶车出发的方向，"那边有一个农场，里面的养殖场有奶牛。"

刘子琦觉得自己不用去山上，作为一个上海人，今天也够开眼的了。"农场！为什么你们一个发电机厂还有农场？"

"这有什么奇怪吗？本来就是这样啊。"李勇说，"一直就有啊。工厂就是这样的啊。"

"在我们上海，工厂就不是这样。"刘子琦说，"反正，造什么的厂就是造什么的，没听说一个造电器的厂有农场产牛奶卖。太奇怪了！"

程凡这时候才说话："三线厂矿跟你们上海不一样啦。"

刘子琦摇摇头，"天啊，我想想。"

"如果你们在404医院出生，"他指着刚才走过的医院。"在404幼儿园读书，"幼儿园离医院大概两百米远。"读完了就上404小学。"404小学在幼儿园斜对面，过马路不到五十米。"接着升到404中学，"中学倒是看不到，被挡在家属区住宅楼后面，但也不到一公里远。"然后再上厂里的技校。技校在哪里啊？"

王瑞和薛晶一起伸手指给他，"这边看不见啦，大概要走二十分钟吧，就在河边上。"

"然后毕业了就在404厂上班。而且你们有浴室、电影院、奶厂……那你们岂不是从出生到上班到死，可以一辈子都一直只跟这个厂打交道啊？"

王瑞和程凡都笑了，王瑞说："谁要上404技校，去厂里上班啊。到外面上大学不就出去了吗？"

"但是，你们这里肯定有很多人是这样的，对吧？"刘子琦问。大家不约而同点了点头。他深吸一口气，有点不知所措。

上海孩子从未想过，中国还有这般封闭的世界，而且不是自耕自足的农村，而是制造重工产品的尖端工厂。为什么会这样？这几个孩子没人能回答，包括知识最丰富的程凡。

"所以……"刘子琦试探着问，"你们几个从幼儿园到小学再到现在，一直都是同学？"

"一直都是同班啦。"李勇说。在上海，如果两个人小学在一个学校，中学也在一个学校，多半会成为好朋友，如果还是同班，那肯定是死党了。但在这里，所有人都是这样的。

大家跨过家属区的大门，穿过镇上的广场。刘子琦仔细看了看广场中央巨大的刘秀雕像。越往工厂方向走，地面的坡度就越来越明显。几分钟后，他跟着伙伴走到了404厂的大门前。

刘子琦在上海从未见过这么大的厂门，足有百米宽，虽然是放假，但厂门大开着。巨大的"热烈庆祝劳动者自己的节日——五一国际劳动节"的红色横幅，在蓝漆大门上随风飘荡。大门左右两边各有一间警卫室，值班的门卫正无精打采地看着报纸。

四个孩子大大方方地往里面走，进出厂门非常自如，只有刘子琦有些不自在，他总觉得工厂不是自己去的地方。从小到大，他遇到的所有单位的门卫都会从门后盯着你问："干什么的？有什么事儿吗？找谁啊？"为了玩耍专门进到工厂里，总觉得不对劲。

薛晶察觉到了他的迟疑，回头叫道："走啊。快点！"他这才跟了上去。穿过大门，眼前就是一座长长的天桥，离地面有十米来高。这诡异的落差切实地提醒他，这是在山区，不是平地。

从天桥往下看去，是四对铁轨，铁轨往两边延伸。刘子琦放眼远望，山里的轨道上停着不少火车车厢，既不是他熟悉的红皮绿皮车厢，也不是运货的方形车皮，好像只是用轮子连着架子的拖板车，每节车厢上都放着巨型的金属零件，单个零件的长、宽、高都有两三米，一两个就能占满一节车板。

"这就是发电机组吗？"刘子琦好奇又诧异地问。

李勇回答他："那是零件啦。从锻造车间出来，运往主机分厂总装的。我爸就是主机分厂的。"

只是零件，那装完了得多大？刘子琦默默想着。那得比一栋楼都大啊。自己的爸爸以后也要造这种东西吗？好吧，至少以后别人再问爸爸是干什么的，他不至于不知道怎么说，至少可以吹吹发电机组有多大。

404厂非常大。往厂里走，王瑞伸手一指，"十二层大楼，你爸是在这里上班吗？"刘子琦这次没有说不知道，而是点了下头，"应该是吧。"这个厂的大不光是占地面积的大，而是一种垄断的铺张，整座山就是厂，厂就是这座山。

最初，他想象中的山中建厂，大概跟上海、苏州差不多，寸土寸金，厂房挨挨挤挤地压在一起。但实际上，反而像是梯田一样，一层一层，每层山上的厂房与厂房之间相距几公里，分厂之间还有专用铁路运输零件货物。

山太大，空旷的地方很多，也都修了建筑。风格完全不像工厂，更接近庭园、公园。这里本来就是山，满是树林，没有运输线的地方遍布溪流小径，甚至是亭廊水池。

这跟刘子琦想象的差太远。

十二层大楼威严地矗立着，离厂大门不远。以这座苏联式方正大楼为核心，三条宽阔的沿山公路向东、南、北三个方向伸展，西边一条长长的台阶沿山而上，直到目力难及的高处。四条路像巨蟒一样将整整一座大山盘了起来，又像是血管从十二层大楼这个心脏伸出，与错落在山上的大小车间相连，与整座山相通。

此刻，他们沿着厂里的路往山上爬，周围一切都很新鲜，刘子琦左顾右盼，越看越觉奇妙。不觉已经上到百米，要是在上海，那可能已经高得足以纵览整个城市；但在这里，才刚刚爬过山脚，不过，小镇的全貌已经可以尽收眼底。

脚下远处，首先映入眼帘的是家属区，统一的涂装，显眼得如同无数整齐的豆腐块。绵远河那宽广的干涸河床勾勒出这个镇子的轮廓，那也是404家属区的界限，他现在就读的子弟校就在河岸边。另有三条小河，大概是绵远河的支流，从镇上纵穿而过。中间有条小河将家属区和汉旺镇镇区隔开，昨天他们从游戏厅逃出来，就是越过河上的家属区大门，回到了"安全的地方"。

看来，这个镇真的很小。别说跟上海比，跟上海周围的乡镇比，都小得可怜。自己以后会一直待在这里吗？爸爸从来没说过。

这个建在山上的厂子很漂亮，但是，处处都透露出一种怪异。

众人慢慢爬高，薛晶提醒大家："注意一下有没有死在路边的鸟啊、虫子什么的，尤其是草丛里的。不知道他们传的是不是真的。"

李勇骂他："如果不是真的，让我们没事儿瞎跑一趟，回头我弄你。"

薛晶听这话马上改口："真肯定是真的啦，要不怎么都这么传？"稍顿又问："我听说，有人前天晚上下夜班的时候看见了后山的闪光，说是有条金色的龙飞上天，那条龙上天后就有很多鸟掉了下来。你们说真有龙吗？"

"当然不是真的。"程凡说。程凡平时不动声色，说起话来却很笃定。薛晶问他："那你说是怎么回事儿？"

"要我说，就没什么事儿。都是传来传去瞎编的。"程凡说，"你看，昨天你还听说是闪电，今天就变成了金龙。说不定明天就变成刘秀显灵，乘五爪金龙复活了呢。从科学上讲，就没有龙这种东西，对吧，王瑞？"

王瑞应了一声，抓抓脑袋，"从科学上讲，肯定是没有龙。不过其他也不一定。"

"那照你这么说，那些鸟和虫子怎么死的？总不能是被闪电劈到的吧?"李勇反问程凡,然后又拍了下刘子琦,"你说呢?"

刘子琦眼看他们就要吵起来,四个人二对二势均力敌,立刻明白李勇是在拉他选边。"我什么都不知道啊。"他打了个马虎眼。

"首先,有很多鸟从天上掉下来死了,这事也是听来的。我们谁也没有亲眼见到。其次,就算是真的,也有很多科学的解释。我看《奥秘》上说,在百慕大三角,地球磁场异常,鸟从天上飞过就可能会掉下来。"程凡随口说。

"你是说,我们后山跟百慕大三角一样?就是那个会让飞机失踪的神秘百慕大三角?这么牛逼吗?"李勇瞪着眼睛,一下子更加兴奋起来。他眼睛本来就大,瞪圆了有点吓人。昨天在游戏厅跟人打架时,就是靠这双怒瞪的眼睛阻慢了那几个混混一拍,刘子琦才能顺利跑掉。

"没有啦!"程凡道,"我是说,肯定是骗人的啦。百慕大三角全世界就一个,我们这里哪有这种事情。"

"哇,百慕大三角!牛逼啦。"李勇兴奋地加快了脚步,"赶快赶快!"

程凡一脸绝望地望向王瑞,向他求援。四个死党里,他俩脾气秉性最像,爱看书,也是学校里的一二名,关系更好。王瑞问:"我还以为你信这个呢,你既然都不信,一大早就跑出来图啥啊?"

听着王瑞的话,程凡露出憔悴的神情,看上去比其他人一下大了好几岁。他用压得很低的声音说:"我不想待在家里听人吵架。"其他人都没听见,王瑞尴尬地"哦"了一声。这些朋友父母的事情,他完全不知道该怎么应对。

李勇一马当先冲在前面,薛晶和刘子琦跟在中间,程凡和王瑞略微落在了后面。走了快一个小时,刘子琦有些气喘吁吁,但其他四人都没有疲态。他不甘示弱，但还是忍不住问："我们还要走多久啊？"

"快了。"薛晶回答，"出了工厂的后门，马上就进后山了。"

"那……进后山以后呢？"

"嗯，那就不好说了。"薛晶道，"急什么啊，我们晚上八点天黑前回去就好啦。现在还不到十点呢。"

刘子琦忍不住吞了口唾沫，从包里取出雪碧拧开。才喝了半口，想起今天就这一瓶水的话……山上恐怕没有小商品店，便又把饮料塞回包里。

不久就看到了404厂的后门。后门很小，一道普通铁门，出了这道门，便离开了404厂的范围，外面便是真正原始的龙门山后山了。后门旁依然有个小房间，上面写着"保卫科"，里面的门卫依然是对他们这些孩子不加理会。只要没有偷运设备、废铁出去卖，门卫没有精力盘问所有人的进出。

虽然还是水泥和石板砌成的路，但路一下变窄了许多，从厂里能容三辆汽车并行的大马路变成了登山小径，众人陷入真正的山林当中。

四川的山幽而深，石头上到处都是青苔，青翠欲滴，四个本地孩子不以为然，刘子琦却惊叹不已，又有了些力气。这时王瑞嘱咐他："刘子琦你走路慢点，小心脚下，当心路边的蛇。"

他自然害怕，却强装镇定，还是王瑞从旁边的竹林里扳下五根细竹分给众人，用作打草的棍子。

五人一路闲聊，说说笑笑地往山上爬了快两个小时。刘子琦觉得腿上发软，见已近中午仍没人提议休息，心中有点后悔：太高估自己的能力了，也没想到会爬这么高的山。真不该跟他们来这一趟。

可如果不出来，今天又能做什么呢？昨天直到睡着都没见爸回来，今天早上七点才被爸爸叫醒，留下一句："爸爸今天有很多工作，现在就要出去。你一会儿去楼下宾馆餐厅买早饭吧。中午和晚上宾馆也都有吃的。"随即再次消失。

"话说，"程凡问："我们到现在什么都没看到。既没看到死去的鸟，除了蜘蛛网上的虫子，也没看到什么满地的虫子尸体。这都中午了，总得有个目标吧？接下来往哪儿走啊？我说都是骗人的，看吧？"

李勇看着薛晶。"肯定有。"薛晶说，"就是我们还没找对地方。"

"那怎么找对地方呢？"程凡说，"或者，至少有点什么线索吧？我们就这样瞎跑？"

薛晶显然擅长发起，却不怎么会具体执行。几句传闻就拉上大家来探险，但具体想找到什么、怎么找，他却没有概念。"呃……"他有些尴尬，"我本来以为到了后山就很容易看到线索……"

"你知道后山有多大吗？"程凡质问，"龙门山脉可是有几百公里不止哦。你以为是家属区啊？"

"算了。"王瑞止住他，"都中午了，我们先吃东西吧。"

刘子琦就盼着这话。五个人在路边找石头坐下，他从包里掏出饮料、零食、面包等一堆东西，李勇从包里掏出香肠、纸和土豆。众人从林间捧回干松枝和松叶，把土豆埋了进去；又把香肠切成五节，用木棍穿过，松枝一点就着，五人围坐，便在火上烤了起来。刘子琦虽然没经验，但也有样学样地开始摆弄。

"没烤过香肠？"李勇问他。

"没有……烤过你们这种香肠。"刘子琦倒也不算说谎，只是他也没在林子里用木材烤过其他类型的香肠。

"所以，下午怎么计划呢？"喝着饮料，大家把零食混在一起吃，程凡又提起关键问题来，"很明显，关于晶仔说的传闻，我们还没找到线索。我还是觉得，那肯定是假的，不科学。"

"如果是假的，怎么会大家都在传呢？"李勇说，"应该不是假的啦。"

薛晶连忙点头道："就是，就是。"

"大家都在传就是真的吗？那之前还传诺查丹玛斯预言1999年7月地球世界末日呢，这不到两个月了，也是真的吗？"程凡问。

"你怎么知道不是真的……"薛晶低声说。

程凡白了他一眼，"这要是真的，还有两个月就世界末日了，你还上什么学啊？天天想吃什么吃什么，天天打游戏，期末都不用考了。"

"期末考还没到7月呢。"李勇说。

程凡扑哧笑出声，"不是吧哥，马上就世界末日了，你还要参加期末考啊！"

大家手上的香肠吱吱作响，散发出逼人的香气。刘子琦觉得应该可以吃了，但大家都没动。希望不要因为吵架斗嘴把香肠烤煳了，他默默担心。

"别吵别吵。"王瑞打圆场，"首先，我们先要想办法搞清楚那个什么半夜的闪光，还有很多鸟从天上掉下来的事情是不是真的。"

"怎么搞清楚呢？"薛晶问。王瑞看了程凡一眼，拿起手上的香肠吹了吹热气，一口咬了下去。能吃了，刘子琦见状赶忙拿了起来。"我觉得吧，刚才不是说百慕大三角磁场异常吗？我在《飞碟探索》和《科幻世界》上看过，好像说地球磁场巨变也会引发类似极光的地光现象。那个闪电，或者什么金龙，可能就是这种地光。说不定是山上哪里局部磁场出现异常。"

"看吧！"李勇马上跳起来叫道，"我就说是真的嘛。"

程凡无奈地说："王瑞只是说有可能，没说是真的。听话听完啊，哥。"

两个人都盯着王瑞，他不太习惯被注视，就算被自己朋友看着也倍感不适，"你们这样让我压力很大啊。我是说，你们谁有指南针，先来判断一下磁场，看看有没有古怪。"

刘子琦一边啃着香肠，川味香肠很辣，跟他吃过的都不一样，一边举起手，"我包里有指南针。"只见他叼着香肠，反手去掏背包。四个人看他艰难地掏了半天，最后还是王瑞帮他取下包，才从里面翻出那个小小的指南针。

五个脑袋围在一起，盯着刘子琦伸出的指南针。只见指南针因静止而慢慢停了下来。五个人都紧紧盯着它。等它完全停止，过了几秒，李勇迟疑了一会儿，首先抬头发问："等一下，我们在看什么啊？你们知道哪边是正南吗？"

都是南方人，都不太分得清东西南北，大家抬头望向出主意的王瑞，王瑞只能耸耸肩。然后大家转向程凡。程凡道："我不知道啊。"

"太阳太阳，太阳的方向……"刘子琦念念有词地抬头去找。

"太阳也有偏角啦。"程凡说，"不知道准确的正南，就算磁场有异常，我们也看不出指南针的方向是不是有异常。"

大家同声叹了口气，五个挤在一起的脑袋各自缩了回去。

"那怎么办呢？"李勇望着王瑞和程凡，"奥赛一等奖得主，年级第一名，两位还有什么办法？"

王瑞和程凡毕竟只是初中生，哪有多少办法？只剩下面面相觑。李勇唉了一声。他三分钟热度来得快退得也麻利，"不行我们就……"

话没说完，刘子琦突然惊叫一声。

他手中的指南针，突然疯转起来，像直升机的螺旋桨一样，在手上发出呜呜的破风呼啸。

然后，只听砰的一声，一只鸟迎头撞向他们背后的松树，发出一声闷响。鸟的尸体穿过松枝，落入经年堆积的厚厚松针丛，不见了。

第五章　怪　事

先是一只黑色大鸟，然后是无数的鸟儿如同冰雹一般，砰砰直坠而下。

大多数的鸟尸都落进了草丛里被荒草掩盖，只激起一波波草浪，但也有几只砸在山上的石板路上，折断了小脑袋，直直地挺在地上。

本来盼着怪事发生的五个孩子一时都愣住了，山野间，古怪的低鸣阵阵袭来，王瑞觉得身上有些发麻。这时李勇大叫："我的天！还等什么！快找在什么地方！"他丢下手上的香肠和面包，一跃而起，往声音传来的方向跑去。

有李勇带头，薛晶叫道："我说是真的吧！"跟着冲了出去。王瑞和程凡也立刻跟上，刘子琦落在后面，一边紧追一边叫："等等我。"

这是怎么回事儿？这些鸟是怎么了？四下里是什么声音？王瑞边跑边想。他刚读过一本小说叫《残缺的磁痕》，里面写的地球磁极每过几万年会瞬间逆转，难道小说里的事情真的发生了？

一路狂奔，王瑞辨不出方向，也不知道自己是去哪里，只是跟着前面两人的隐约背影。其实，除了李勇，所有人都在闷头跟着跑，脚下草很深，山坡上上下下，爬高纵矮，只有李勇灵活得像只猴子。背后的程凡喊道："慢一点，小心危险！"刘子琦又叫："我跟不上你们，等等我。"

李勇头也不回，"你们快点！我听声音很近了！赶紧的啊！"

没有看到什么闪电或者金龙，只有一种共振般的低鸣，一波一波地传来，声音已经越来越小。王瑞跑得气喘吁吁，肺都快炸掉。李勇突然在山坡上站住，抓着一棵树定在了那里。

"过来看！"李勇回头，瞪大了眼睛，"快！快！你们怎么这么慢?！"

"什么东西？"王瑞被李勇拉上他落脚的山坡，很快程凡和刘子琦也赶了上来，你拉我我拉你，五个小伙伴累得汗流浃背。

眼前一处山洞里泛着幽幽的光。嗡嗡的声音几不可闻，只有站在山洞正面还能感到低频的声浪敲打在身上。这时候，他们已经爬得很高，山脚的小镇只有巴掌大小，头顶的云都快淹到自己了。

不要进山洞。这是每个山区孩子从小就接受的耳提面命。有无数传说，说有孩子钻进山洞里，多少大人进去找了几天都找不到。这样的故事听得人耳朵起茧。不知道里面有多深，有没有坑，会不会卡住……

"有手电筒吗？"李勇问，"刘子琦，你有指南针肯定也有手电筒吧?"刘子琦扶着树大喘气，艰难地点头。

"真的要进去吗？"王瑞犹豫地问。

"你怕啦？"薛晶说，"好容易才真的遇到了。你们刚才都不信，现在怎么又怕了？"

"我不是害怕。"王瑞说，"我……我担心……"

"那就是害怕嘛。"薛晶有些得意，他本来自己也在犹豫要不要进去，里面会不会有怪物什么的，但这时为逞口舌之能也顾不得了。"到这儿了还不进去，那等我们进去发现了什么，你们别后悔。"

"等一下。我是说，我担心，这地方会不会是什么军队的秘密设施？进去会不会被当间谍抓起来？"王瑞终于想到自己该说什么，话说出来，思路就更顺，"说不定，这就是哪个研究所的秘密试验，什么激光武器、声波武器之类……"

见李勇和薛晶都不吱声，他又补充："这里都靠近绵阳了。"

"应该……不会吧……"李勇刚才还跃跃欲试，这下竟有些迟疑了，刘子琦递过的手电筒，他都忘了接。

"绵阳？"刘子琦问，"绵阳怎么了？"

"绵阳的话，"程凡叉着腰努力缓过气来，"绵阳的话，有九院，造原子弹和氢弹的。还有人造风洞，据说还有……还有各种各样的保密单位。好多都在山里，但没人知道具体在哪里。"

"造……造原子弹，和……和氢弹？"听到这里，刘子琦探头往洞里望了望，咽了口唾沫。

"但我听绵阳的亲戚说，如果是保密单位，应该会有标志，而且会有卫兵站岗。周围都会拦起来。"程凡否定了王瑞的想法，"我觉得应该不是保密单位做实验。这就是个……"

他想说这就是个普通的山洞，但刚才无数飞鸟坠地时，伴随而来的就是这洞里发出的怪声，只是现在这声音已经微不可闻，两者之间不可能没有联系。"也没有什么奇怪的光啊。"程凡说。

五个人在洞口探头探脑，洞口背阴，外面林木森森，从外面只能看进去几尺。远远站在洞外的李勇用手电往里面照，也射不进多远。至少三四米深处没什么东西，只是一个黑黝黝的洞。

然而，刘子琦的指南针却直直地指着洞里，偶尔狂转一下，瞬间又重新锁死方向。

"走！光打雷不下雨，商量到天黑也没用。"李勇道，"都到这里了，不进去看看说不通！别娘们儿唧唧的，跟我走！"说着举起手电筒，拔腿便往里走。

程凡先跟了上去，薛晶跟王瑞对了一眼，鼓劲道："走啊！"然后又对刘子琦说："一起走。"

王瑞深吸一口气，还是落在两人后面，最后一个进了洞。洞口不大，但越往里走越宽阔，走进去四五米，前方愈发幽深，望不见底。王瑞的心咚咚跳，随着一切噪音静息，周围陷入一片死寂，他听到五个心跳都剧烈跳动着，这才安心了一点，原来大家都一样。

"我觉得以前这里没有洞啊。"黑暗中，李勇突然说了这么一句。程凡"嗯?"了一声，李勇说："以前我在这附近探过险，不记得有这么一个洞。"

这话让王瑞觉得背心有些发凉，不由得往背后望去。背后洞口已经变成一个碗口大小的白圈，周围一片漆黑。只有一个手电，李勇拿着打在前面。他一阵心慌，感觉好像黑暗里有什么东西。"别瞎说！肯定是你记错了！要不就是当时没有注意到，被树挡住了。"

李勇犹豫了一下，没有反驳，"可能吧。"

"应该已经很深了吧?"薛晶犹豫地问，"里面不知道有多远。万一……还……还是别走了吧。"

程凡说:"喂,是你说要来的。你不打算搞清楚到底怎么回事儿吗?"

"我觉得……靠我们几个也……也搞不清楚吧?"薛晶一紧张就有些口吃,"刘子琦害怕,要不就回去吧。"

刘子琦连忙撇清关系,"我没有啊。"

"你脸都白了,就别逞强了。你以前没有进过山洞,害怕很正常。"薛晶执着地把责任推给刘子琦。

"还没出现岔路,"程凡说,"不会找不到路回来。我们往里面最多再走五分钟,就算没有岔路,也没有其他危险,我们最多再走五分钟就退回来。怎么样?"

程凡的话有理有节,薛晶只得同意。走了不过两分钟,岩壁上突然有什么东西在手电的照耀下一亮,只听刘子琦惊叫一声。李勇喊:"什么东西?"

程凡止住众人:"别慌!墙上有什么在发光。"

那东西轻盈透明,有些像塑料或玻璃,就挂在侧面的洞墙上,像是某种生命,又像是某种黏液。它大概有人的手掌那么大,在手电的照射下,闪烁着诱人的斑斓彩色,宛若霓虹。

"什么鬼啊!"薛晶颇为害怕,"好恶心,那东西还在动!"王瑞的胳膊汗毛倒竖,无数卷曲的绒毛既像幼嫩的蕨类,又像海葵的触手——蜷缩着,没有展开的身体往内卷,似乎在等待朝外展开的时机。王瑞向来讨厌虫子,这一刻只觉得浑身不自在。

"看我的胳膊!"李勇叫道。在光亮下,他小臂上的汗毛根根竖起,像是炸开一样飘动着。王瑞这才发觉原来不是因为他害怕,而是在场所有人的汗毛都立了起来,头发则蓬成了一朵朵蒲公英。

"静电。"王瑞明白了过来。"是静电!"虽然知道是静电,却不知具体是怎么回事儿。

五个孩子你看我我看你，虽然心中即紧张又害怕，但大家的样子太过可笑，李勇忍不住先笑出声来："你们看起来好像雷震子一样。"

雷震子，《封神演义》里的莫西干头，鸟人。

听他一说，大家都失声笑了起来，薛晶说："你自己也一样好吧。"他摸了摸头发，压不下来。全身汗毛倒竖让人感觉非常……古怪。

"让我。"程凡走上前去。

王瑞惊道："你要干什么？"

"我们就这么傻站着吗？"程凡说，"研究一下这是什么啊。"

"会不会有危险？"王瑞问。

程凡说："能有什么危险？我觉得像是什么喜阴的软体动物，深海里不是有很多软体动物都会发光吗？这可能是一种生活在山洞里的软体动物吧。谁有饭盒或者瓶子吗？"

刚学过林奈二名法[1]，程凡心想，如果这东西没有人命名，我们就发现一种新物种了呢。他手上拿着竹棍，是先前打草驱蛇用的，往那闪着怪光的东西伸过去。他不敢用手去碰，万一有毒什么的，便想用竹棍把那东西挑起来，找个容器装起来。

大家又有些害怕，又有些期盼。李勇掏出装水的宝特瓶，王瑞则摸出两只塑料袋，就像等人钓鱼一样，等程凡把它挑起来。大家屏息凝视，山洞瞬间重归安静。

---

1. 瑞典植物学家林奈提出的一种生物命名法，即每个物种的学名由两部分组成，第一部分是属名，第二部分是种加词种小名。

竹棍是新从竹林里折的，清脆湿润，韧性十足，程凡握在手上颤巍巍地挨近那东西，越来越近。李勇用手电照着，被黑暗包裹的洞里闪着五彩的光。就在最后一厘米的时候，那东西有了反应——

它先是整个往后一缩，正对竹棍的中间凹下，整个形体变扁了一些，在墙上铺平。程凡小心翼翼地把竹棍挑过去，嘴里轻轻念叨着："别怕，别怕……"

突然，原本凹下的位置一下亮了起来，无数卷曲的绒毛像触手一样向竹棍尖端伸了过来，绒毛亮起橙色的光，弹射般抓住了竹棍尖端。还没明白怎么回事儿，橙红色的电光就顺着竹棍往上爬，瞬间碰到了程凡持棍的右手。

刘子琦惊叫起来。薛晶吓得往后一缩。王瑞脑子一炸，心里明白，大叫："电！有电！"找绝缘体！他手上裹着塑料袋，脚却像焊死了，挪不动半步。但这一叫，李勇立马明白过来，抢起手上的宝特瓶，朝着一动不动的竹棍砸了下去。

砰一声巨响，就像一记惊雷在眼前炸开，五个人只觉瞬间聋了一样，强大的震波把他们推了出去，仰面翻倒在地。

离得最远的王瑞最先爬起来，冲上去拉程凡，"你没事儿吧？"程凡被电了，虽然不知道有多强的电，但看样子比220V的家用电路厉害太多。王瑞小学时候用铜丝玩家里插座就被电过，只是一瞬间就麻了一整天，他最知道电的厉害。他想：糟了，这深山老林的，要是有个意外，可怎么……

程凡没事人一样站了起来，只是有点发呆。"刚才……发生了什么？那东西呢？"

"快跑啊！"李勇也爬了起来，他用手电照了一下墙壁，那东西……消失了。"那东西要电死我们！"他这一叫，薛晶拉起刘子琦连滚带爬就往外跑。

看来大家都没大事儿，但李勇这声喊让人毛骨悚然。那东西不见了，它是不是被激怒了，躲在阴影里要电死他们？李勇怪叫着往外狂奔，很快就越过了薛晶和刘子琦。程凡本还想说什么，见大家都疯跑出去，脚下也不禁动起来。

他们前后脚地朝外面拼命冲去，像咕咚[1]来了一样，只觉洞里有什么鬼怪拽着自己的脚步，不知谁开始尖叫，声音回响在洞里更让人害怕，顷刻间五个孩子都放声尖叫着冲出洞，飞也似的跑过林道，跑了两三百米，李勇才一把抱住一棵树停下。

五个人陆续停下，瘫倒在地。

"什么鬼？那不是软体动物吧?!"李勇对程凡和王瑞叫道，"软体动物会放电?!"

众人余惊未消。程凡喘着气反驳道："电鳗不也能放电吗？"这时候他懊恼不已，"你们跑什么啊！我们说不定发现了一个新物种呢！你们……哎呀!"他一跺脚。

"小心!"薛晶话还没喊完，程凡就重心一失，整个人仰面朝天，往后摔了下去。他本来就站在山坡边上，脚下是黄土堆。前些日子下了几天雨，土层内部早吸饱了水，只有面上是干的，被他用力一跺，整个塌了。

山林高处，四面坡陡壁峭，他身后正是一片六十多度的陡坡，一路往下不知其深。程凡就这样滚了下去，李勇和王瑞同时伸手去拉，但就算平时也未必反应得过来，何况此时疲劳至极，哪里还

---

1. 出自民间故事，兔子看见木瓜从树上掉到湖里发出"咕咚"的声音，于是以为"咕咚"是一种可怕的妖怪。

够得上？

四人吓呆，就看程凡飞一样背仰消失在眼前。

所有人的脑子里一片空白，等他们惊慌地往下探头望去，只看到一片倒伏的草和树枝，人已经不知去向。

四个孩子面面相觑，谁也顾不得刚才那洞里有什么了。本已酸痛发软的腿脚强鼓出力气，王瑞说："快！快去救人！"

李勇呆呆地望着下面，"这么高摔下去……恐怕已经……"

薛晶尖叫起来："啊！"

刘子琦一屁股坐在草上，动也动不了。

"抓紧时间快下去救人！"王瑞坚持。他朝下面大喊："程凡！程凡！你……"本来想喊"你还活着吗？"，还是改了口，"你在哪里？"

就这么连续喊了五六分钟，过了一会儿，薛晶也来帮忙喊程凡的名字。

李勇已经失魂落魄，目光呆滞地带着哭腔自言自语："别喊了，没用的。完了，完了，我爸妈得把我活活打死。"

就在这当头，一声嘶哑的尖啸从下面传来。一个明显已经叫得嘶哑的嗓子喊："听不见吗？我没事儿！你们听不见吗？"

是程凡的声音。

众人精神一振，李勇跳了起来，大喊："能听见！程凡！"

下面的声音突然停了。李勇冲到崖边，大喊："人呢？程凡！没事儿吧？"

"我……我没事儿！能听见吗？我在下面。不知道多远，看不见你们。"所有人这才松了一口气。众人循着声音，小心翼翼从旁边找路绕下去，足足走了快二十分钟，不知道下了有多深，这才看到程凡坐在一块石头上。

"你受伤了吗?"李勇扑上去,见他并没断胳膊少腿,心里大松一口气。

程凡喘着粗气,显然累得不行,声音完全哑了:"我没事儿。没有受伤。你们……我一直在喊你们,你们为什么不理我?"

"我们也一直在喊你啊!"王瑞说,"没听到你的声音啊!是吧?"他望向薛晶,薛晶点头,"是啊,你没有答话啊。我们一直在喊。"

程凡回说:"我以为你们都不见了呢。到处都找不到。"

刘子琦一直没说话,这时突然问道:"程凡你看起来一点伤都没有受啊?"

程凡站起来,活动了一下腿脚,"是啊,运气好吧。我简直不敢相信,一路滚下来,居然一点伤都没有。只有胳膊和腿撞到了树上,有点肿,其他完全没问题。"

顺着程凡的目光,大家一齐往山上望,这里完全看不见程凡掉下来的那个位置。落差很大,几十米是有的。王瑞觉得不可思议,程凡说:"这几个被擦到的地方,都还是喊你们没有回应,我到处找能喊话的地方时被树枝挂的。"

"这也……运气太好了吧?"王瑞说。

李勇推了他一把,"程凡断条腿你才高兴是吧?"

王瑞有点生气,心想:刚才是谁说程凡一定没救了?但这话忍了忍,没有说出口。

薛晶说:"既然都没事儿,赶紧下山吧。吓死祖宗啦。真是。"

下山的时候,李勇一度硬要搀扶程凡,程凡再三说不用。上山容易下山难,程凡摔下来的地方又没有路,大家绕来绕去走了很久。

直到六点出头，才见到404厂的后山门。

"今天这个事情，谁也不能给其他人讲。"李勇说，"不光不能给家长讲，任何人都不行。"

薛晶望着刘子琦，其他三个人望着薛晶，"说你呢。"

"哦。"薛晶是班上的八卦中转站，要他闭嘴并不容易。

"今天的事情，传到任何人耳朵里，我们几个都会脱层皮。"李勇盯着大家，"我再说一遍，不能给任何人说。不光不能说程凡从山上摔下来，他反正没事，也不能说山洞里的怪东西……"

"说不定是个新物种呢！"程凡插嘴。

"电死你的新物种！"李勇叫道，"你忘了之前被你爸吊在电扇上用皮带抽了？"

薛晶在旁边扑哧一声笑了。虽然没有亲见，但是光听他说，那画面也实在太搞笑。王瑞又补充说："也不能给人吹牛说我们看到了鸟从天上掉下来，指南针乱转。什么都别说。今天我们在山上，什么也没发生。"他倒不是怕被家长打，但心里总有种说不清的奇怪忧虑。

"什么都没有发生。"大家重复道。

说完便下了山，回到家属区，各自散去了。

吃过晚饭后，王瑞越想越觉得古怪。程凡从那么高的山上摔下来，怎么一点事儿都没有呢？运气再好，也没有这个道理吧？

而且，他说自己一直在喊，却没人答应。为什么他们四个人在上面什么声音都没听见？过了好一会儿，才突然听见程凡的喊声。这段时间发生了什么？

他忍不住拿起电话，拨下了程凡家的号码。404的电话不是电信局管，走的是厂里的程控中心，内部电话不要钱，大家平时都打得很随便。

"Hi!"接电话的是程凡。

"你没什么不舒服的吧? 方便说话吗?"王瑞小声问。

程凡回答:"没有,真的没事儿,没摔着。"

"我是说,之前也没电着吧?"

程凡沉默了一会儿,压低声音说:"之前忘了说,我觉得好像不是电。"

"啊?"王瑞不解。

程凡说得有些含糊:"我完全没有被电着的感觉。我……我不好说,嗯,不太说得清楚。就像,做了一个梦一样。你懂吧?"

"不懂。"

"就是,当时好像觉得发生了很多很多事情,就在那几秒。然后李勇一救我,那些事情就……都不记得了。完全记不清楚,就像梦醒了,只记得好像做过很多梦,但就是想不起具体什么内容了。"

"那说不定就是你大脑被电了好吧……"王瑞说。

"不是!"程凡说,"我又不是没被电过,完全不一样。"

"说不定只是以前电流不够大,没有刺激到大脑。不是说大脑思维都是电波吗? 这次可能刺激到大脑了,"王瑞说,"我看过一些书上是这么说的。"

程凡犹豫了一下,"这么说,也有可能吧。你觉不觉得,说不定我没有摔坏这事儿,跟那个电,就当它是电吧,有关系?"

"啊?"王瑞听不明白,"有什么关系?"

"我也……说不清。" 程凡话说着一半, 忽然改了口,"就是……你辅助线怎么画的啊? 给我说一下。设 AB 之间……"

"你妈还是你爸过来了?"

程凡装模作样说了一会儿平面几何题，然后说："刚才是我妈。"

"你就不能假装是奥赛电学题吗？"

"我们奥赛还没学电学啊。"

"你妈知道我们奥赛学了啥？"

"哦，也是哦。"程凡回过头来继续说，"就是我从山上摔下来的时候，也是……记忆很模糊。好像做了很长很多的梦，但回过神来，就什么都不记得了。就跟用棍子挑那个东西的时候很像。"

也有可能两次都是大脑受到了惊吓。王瑞心想，但是他又没从山上摔下来过，不好猜那是什么感觉。

"那我就不知道了……我觉得那东西的样子有点像花菜。"

"花菜？哪里像花菜？"

"算了，我也说不清……喂，我想起有个事情，你不要害怕啊。"

"我有什么好怕的？"

"嗯……"王瑞吞吞吐吐地说，"你说……那个发光的东西，别管是什么吧，会不会有辐射啊？"

"辐射？"

"对啊，就是……辐射发光啊。"王瑞说，"你知道辐射发光应该是什么样子吗？"

"不知道啊。你见过？"

王瑞说："你看过我借你那本讲居里夫人的书吧？里面不是说，他们发现镭会在黑暗里发出好看的彩色的光吗？"

程凡顿时沉默了。

王瑞知道死党有些慌了，赶紧打圆场，"不过就算有辐射，我们也只照射了很短时间，不会有事儿的。喂，是吧？"

"应该是吧？是啊……"

两个人就挂了电话。

王瑞本来没想到这茬，不知怎么在电话里反而想了起来，于是就真的担心起辐射来。接着，他又想起边上的绵阳九院，记起各种传说来：什么拾荒老头不知怎么在废旧工厂捡了个铁砣，结果是九院阻隔辐射用的铅块，全家得了白血病啊；什么山里有个村子生出来都是畸形儿啊……

那一晚，王瑞做了许多噩梦。

就像程凡说的那样，梦做了很多，醒来就是一身汗，但只记得做了很多梦，具体内容是什么却都不记得了。

但就算王瑞能记得，他也想象不到，后面发生的古怪会远远胜过自己的那些梦。

第六章　谁？

在剩下的两天假期里，王瑞都待在家里玩游戏看书。第二天起床时，爬山的症状便暴露了出来，全身都酸，尤其是在上下楼梯时，腿上酸痛得让他直叫唤，只能像老人一样随时扶着扶手。好在他本来也不喜欢出门。

三天假转瞬即逝，王瑞一大早就在校门口遇到了刘子琦，新同学已经成了守护同样秘密的战友，两人相视一笑，心照不宣地交换了一个眼神。

这日一如往常，王瑞挨座收了同学的作业。路过薛晶时，他想起这哥们儿口最不紧，便低头提醒："上山的事情谁也不能说啊，你没给人说吧？"

这嘱咐惹得薛晶一脸恼火，"阿勇一分钟前才嘱咐过，你又来！我没有给人说啊！"

王瑞笑道:"怕你嘴不紧嘛。"

薛晶也是无奈,只好说:"知道啦!"

作业都快收完时,王瑞这才发现程凡还没来。在几个人里面,程凡向来到得很早,八点的上课铃,他通常七点四十就到了。但现在已经七点五十五分,教室里都快坐满了,只剩个别压点才来的迟到专家没在。

但程凡还是没有出现。

刘子琦也发现少了个人,转头望向王瑞,"程凡是不是没来?"背后的薛晶也问他:"程凡请假了吗?"

王瑞是学习委员,按说消息该灵通些,但他什么也不知道。"没听说啊。"王瑞回答。见那位置空着,几个人都不免担心起来:

程凡不会是受了伤,或者是生病了吗?

那洞里的奇怪动物电了他,然后又从山上摔下去,虽然当时看起来没事儿,会不会有后遗症什么的?这可说不清。

八点前的最后五分钟,四个人如坐针毡,一会儿看黑板顶上的挂钟,一会看门口。王瑞靠着窗户,正好能看到学校大门,于是一直留意着那里,程凡平时骑一辆红色自行车,很显眼。

一直没见人影。

等到七点五十九,王瑞起身问班长温佳燕:"班长,程凡今天请假了吗?"

班长愣了一下,正要答话,只见教物理的谭老师已经一阵风似的进了门,温佳燕便不再理他,站起身中气十足地喊:"起立!敬礼!老师好!"

一教室同学都起立鞠躬,"老师好……"王瑞只好回座,抱起物理作业走上讲台,把那叠本子放在谭老师面前。谭老师年轻,正闹着要调走，脾气不太好，对学生最是严酷无情。见家庭作业交上来，谭老师问王瑞："齐了吗？你们班最近经常交不齐作业啊。"他支吾了一下，只好说："只有程凡没交，好像生病请假了。"

"好像？请没请假有假条，怎么是好像？"谭老师不满地挑起字眼儿，说话间又有些迟疑，"你刚才说谁？程凡？"

王瑞点头。谭老师的眉毛疑惑地挑了起来，也没说什么。等王瑞放下作业回座位时，她才悄悄翻开学生的花名册。一个班四十多个人，一个老师管两个班，八九十号人偶尔有名字不记得也是有的。但忘记人的事情万万不能在学生面前暴露出来，有损老师的形象。

程凡？怎么写？陈凡？程樊？

谭老师扫了两遍，竟然没在花名册上找着。她一时心烦起来，管那么多干什么？自己年前一定是要调走的，认不认识一两个学生又有什么关系？想到调动，她无名火起，脸色更难看了。

眼看就要二十一世纪了，自己堂堂一个清华大学凝聚态物理正牌毕业生，怎么会窝在这么个穷乡僻壤的地方当中学物理老师？要不是当年家里老人坚持，非要报什么国家定向委培班，说什么不要学费，毕业了还包分配，自己怎么可能来这鬼地方？最近除了日常工作甚至还要帮某些老资历准备示范教学！

现在，同学们去美国的去美国，去欧洲的去欧洲，最次也是北上广。自己是造了什么孽啊。她的老公，也是大学的同班同学，至少还去了甘肃第二炮兵部队的研究机构，再怎么说那也是学有所用，为国效力吧？自己呢，拿着一纸报到证，从北京跑到成都，又从成都到了德阳。到了德阳也还好，至少还在城里吧。结果刚进德阳市区的404厂报到，莫名其妙就被一辆车拉到了这里。

"德阳那边是分部，这里才是总部。"然后又是一阵稀里糊涂的安排，"小谭同志，不好意思啊，本来分配的时候呢，那个工作岗位还是空缺的，但现在有人了……不过我们学校正缺个物理老师，待遇条件还比那个材料所好些……"

后来有热心的学校同事帮她打听，说本来她是分配在总部十二层大楼上班的，结果厂里有个大领导的亲戚顶了那个职位。谭老师也实在不明白这中间一来二去的，自己到底是怎么被安排了。

程凡？哪个程凡？作业没交就没交吧。她懒得管了。

王瑞在每科作业上留了条子，专门记了谁没交，每个上面都有程凡的名字。他一路跑完其他办公室，最后才去了班主任所在的数学教研室。当把作业放到周老师的办公桌上，他才胆战心惊地问："周老师，那个……程凡没来，是请假了吗？"

"谁没来？"周老师一脸疑惑地抬头问。

"程凡没来。不知道是不是生病了……"想起那天的情形，王瑞生怕听到程凡生了什么怪病。

"哪个程凡？"周老师继续问，表情很奇怪，好像听到了一个莫名其妙的名字。

"就是……程凡啊！"王瑞不知道周老师什么意思。

"我们班上有叫程凡的吗？"周老师不像谭老师，她是班主任，全班四十一个人的名字倒背如流，连花名册也不需要翻。

"啊？"王瑞愣在那里，不知道该说什么，"就……程凡……什么……"

去年，周老师因为自己上课讲话，屡教不改，当堂狠狠发过一次火，穿着高跟鞋一脚把自己从凳子上踹了下去，后来有一周不让自己进教室门，还对自己拿腔拿调："你是哪个班的同学啊？上课了还在我们班坐着干什么啊？是哪儿的回哪儿去啊，快去吧……"

但这种事情似乎跟程凡这家伙挨不上边吧？

"王瑞，你到底在说啥？哪个程凡没来上课啊？"周老师的表情很认真，绝不是开什么玩笑。

王瑞只觉一股莫名的寒意袭来，像是一个冰罩突然把自己死死盖住。他支吾着嘟哝了两声，最后听自己说："没，没什么。老师，我，我回去上课了。"然后就飞奔着逃了出去。周老师还在背后追问："唉？王瑞，是谁没来……"

发生了什么？王瑞蒙了。

"哪个程凡？"王瑞脑子里回响着这句话，周老师说这话时的表情还停在他的脑海里，这才回想起先前班长、物理老师的神色，都是一副从未听过这名字的样子。他在走廊狂奔，已经是上课时间，有其他班的老师探出头来喊："上课时间，不要乱跑，打扰别人上课。"王瑞只得放慢脚步，心里叫道：哪个程凡？就是年级第一的程凡啊！

他当时应该这样回答周老师才对。但王瑞没有。因为班主任绝不会忘记自己班上的第一名，别说现在不会，就算很多年以后，他们都不会忘记曾经的年级第一。王瑞的妈妈就是老师，她记得自己二十年来教过的每一个第一名。

假如回答了这句话，大概会得到什么样的答案，王瑞的潜意识是知道的。

发生了什么？王瑞不知道。他心里一阵阵发慌。

等他跑回初二三班的教室，谭老师早就开始讲课了，班上鸦雀无声。王瑞从后门悄声推门进去，正打算溜回到自己的位子上，猛地在教室后面的黑板墙上看到了一张纸，只见上面写着：

《初二年级　四月月考光荣榜》

看到这个标题，王瑞的心突然猛跳两下。那东西一直在那里，从放假前就贴上去了。他之前没去看过，因为没啥值得看的，第一是程凡，自己则是万年老二。后面的人，他从来都没在意过。

王瑞凑上前去——

第一名：徐　鑫

第二名：王　瑞

…………

他如遭雷击，愣在当场。只听讲台上的谭老师厉声叫道："王瑞！交完了作业就回自己座位上听课。怎么？你觉得你都会，上课还能在后面检阅黑板报是吧？"

教室里爆发出一串哄堂大笑。王瑞心烦意乱，也顾不得害臊，木呆呆地回到了自己座位上。

徐鑫是谁他当然知道。这个年级所有人他都认识，毕竟都是从小一起长大的——就像刘子琦惊讶的那样，从幼儿园开始，直到现在，都是足有十年历史的同学。徐鑫在隔壁初二四班，成绩一直很好，但比起自己和程凡来，他始终还是差一些。在自己的记忆中，自从初一下学期开始，徐鑫的分数从来都没有比自己高过，不管是月考、期中，还是期末，从来没有。

该死，现在不是想自己怎么还是万年老二的时候！关键问题应该是：程凡人呢?！到底什么情况啊？

"程凡是请假了吗？他怎么了？受伤了？"趁谭老师没注意，同桌的刘子琦悄声问王瑞。当日一起上山的伙伴都是心同所想，后面的薛晶也凑过来想听他回答。李勇隔了几排，也用眼神询问着。

可他也正在心烦，一头雾水，怎么能给他们说得明白？王瑞只能低头怔怔地看着桌面。

如果说谭老师甚至班主任周老师都还有一丝可能记不得人的话，那一直贴在墙上的月考光荣榜，白纸黑字，怎么会没了程凡的名字？徐鑫又是怎么从年纪第三变成了第一？

王瑞再聪明，懂得再多，也只是一个初二的孩子，绞尽脑汁也想不出个所以然来。一直熬到下课，李勇从后面凑过来问："怎么回事？问你也不理我！出大事儿了？程凡病了？严重吗？"

"等一下。"王瑞想起了什么，站起来挤出了三个人的合围。也不管三根尾巴黏着自己，他径直走到班长温佳燕的座位旁，"班长，我们班上有没有叫程凡的人？"

温佳燕还没反应，薛晶听这话先吓一跳，"什么？你说什么呢……"话音未落，班长抬头看着他们四个，见李勇盯着自己，她马上移开了目光，"程凡？我们班上哪有叫这个名字的？王瑞你什么意思啊？我们班你还有人不认识吗？"

也不顾周围三个人的表情，王瑞接着问："我们年级呢？有没有叫程凡的？"四个班小两百人，虽然从幼儿园就认识，但毕竟人多。

温佳燕稍微想了想说："禾字旁那个程吗？没有吧。"

"是从来都没有叫这个的，还是怎么回事？比如转学走了，不在我们学校了。"

"从来都没有吧。"温佳燕有点莫名其妙，"小学的时候也没有叫这个的同学吧？我们这届厂子弟应该都没有叫这个名字的。怎么了，你问这个干吗？"

越问，王瑞越觉得喘不过气，"那，我们年级第一名是谁？一直是隔壁班的徐鑫吗？"

"谁让你每次考试都要莫名其妙扣点分呢。"这话老师常说，班长自然记住了，"一直是徐鑫啊。"

新来的刘子琦还好，一直在背后听着的李勇、薛晶，好像在听梦话一样。李勇想要说什么，王瑞连忙把这个急吼吼的同伴一拦，指着后排程凡的座位问："那个座位之前谁坐啊？"

温佳燕越听越奇怪，她把习题册和笔往桌上一推，看了看面前四个人，尤其是刘子琦和李勇，突然脸红了一下，"王瑞，你今天没话找话到底什么意思？"

李勇问："所以那个座位一直是谁坐啊？"

"都是一个班的，"温佳燕说，"你们不知道那个位置一直空着？今天有新同学在，我不跟你们计较。以后再没话找话骚扰我，我告周老师去。"说着，她突然红着脸站起来，跑出了教室。

这时候已经顾不得自己是怎么招了班长大人了！王瑞知道事情非同小可，沉声说："跟我过来。"他领着三个人走到教室后面，站在板报边的月考光荣榜下，这才把事情从头说起，从交作业开始，以及后面一连串的古怪，最后把光荣榜指给他们看。"班长说的你们也都听到了。我完全不知道这是怎么回事儿。程凡……没了。"

不是"人死了""不见了"的没了，而是被抹掉了，消失了，好像没有存在过。没有人记得，不知道有这么个人。

"他们逗我们玩儿的吧？"李勇说，"哪有这种事情。"他是直肠子，完全想不到怎么会有这样荒唐的事情发生。

"光荣榜呢？"薛晶问，"他们为了逗我们玩儿，把这个都重做了一个？"

"这不可能。"李勇说,"不可能一个大活人消失不见了,大家都不记得他。"说着,他突然跑上讲台,抓起黑板擦在讲台上敲得咚咚响。巨响吸引了一多半同学的注意力,刚才或聊天或看书的同学,此时都抬起头来望着他。

"你们有人知道程凡去哪里了吗?"李勇大叫。

立马就有同学搭腔:"谁?""程凡是谁?"这群青梅竹马一起长大的同学,这时全都望着李勇,不知其意。有人在后面怪叫:"阿勇,你今天又要要什么宝?"

"年级第一名,我们班的第一名程凡啊!"李勇站在讲台上继续问,"他今天没来上学,他人呢?"

"李勇!下来!胡闹有完没完了?"班长温佳燕从前门跑回来,"回你位置上去。瞎闹什么!"

哄闹一番,李勇被赶了下去。他不甘心地沿着过道挨个问,同学全是一脸蒙,"什么程凡啊?""你们几个又要搞什么花样?"他的脸越来越青,终于意识到了事情的严重性。走到教室的最后,关系不错的同学来跟他打闹,李勇把对方一把推开,惹急了眼。

还是王瑞和薛晶上前把他们分开,这时李勇的五官都扭曲了,"这到底是怎么一回事儿啊?"

"别急!"刘子琦说,他一直没有说话,"我觉得我们应该先确认一下,现在是什么情况。"

"什么什么情况?"李勇急道,"就是程凡不见了!消失了!大家都不记得了!这个人凭空没了,全班老师学生都不知道这个人是谁!"

"刘子琦说得对。"王瑞打断李勇,"不能慌。

他扫了一眼教室,"一个大活人,不可能凭空消失,所有人都不记得。我们应该先搞清楚具体是什么情况，把准确情况记下来，然后再想到底是怎么回事儿，程凡可能发生了什么。"

四个人围在座位上，李勇占了薛晶旁边的座位，大家挤在一起，开起了秘密会议。"首先，是班上老师、同学，都不记得程凡这个人。"王瑞拿出作业本，在空白页上写下标题——

程凡人呢？

然后他在下面歪歪扭扭写下第一行：**班上所有人不记得有他。**

"等一下。"薛晶说，"不对，不对。第一条就不对。不是所有人，我们几个记得。"李勇打了响指，"对！我们几个记得。刘子琦还是刚认识的程凡，他都记得。"

刘子琦点头。王瑞在后面写道：**只有我们记得。为什么？**然后想了想，又在"只有"上画了一个圈，加上问号。"是不是只有我们记得？我们应该确认这个事情。"

"嗯！"李勇说："现在来不及了。下节课下课，我跟薛晶把我们年级四个班都问一下。"有了王瑞牵头，不用吩咐大家也都知道该去做什么了。

王瑞接着说："第二，光荣榜上程凡的名字没了。"

薛晶问："这跟刚才不是一样的吗？"

"不一样。刚才是我们的记忆。这个是客观证据，白纸黑字的实物。"

"啊！对，我们的班级照片！"薛晶反应过来，"我们可以找班级合照。开学的，还有春游、运动会的！"

"对！对！"李勇大叫，"照片在我们自家的相册里，不会被人偷偷换了。"他到现在还怀疑光荣榜是掉了包。

王瑞在纸上写下第二条：证据（实物）怎么回事？边写还边问："还有什么？"

刘子琦说："还有，程凡是只在学校不见了，还是……在家里也不见了？"

"对！"王瑞一拍大腿，"我们可以去家里找他啊！还可以给他家打电话！"他连忙写下第三条：学校以外其他地方，程凡在不在？（去他家）

本来还想继续说别的，这时上课铃响了。说来也奇怪，刚才大家还在大张旗鼓地问全班同学："程凡去哪里了？"现在却都好像守着一个秘密，不敢让人知晓。李勇也匆匆回到了座位上，打着手势表示一下课就分头行动。

整节课都上得心慌意乱，一下课，李勇和薛晶就飞也似的冲了出去，跑去别的班确认。

刘子琦跟着王瑞去了一楼大厅。大厅两侧有两个专门的玻璃橱窗，那里贴着全校各种嘉奖学生的照片，包括三好、优干、竞赛奖项得主。王瑞的照片就在奥赛得奖那一栏，旁边就是年级三好学生。程凡年年都是三好学生。

不出所料，没有程凡。

不仅没有程凡，连照片的位置形状都变了。隔壁班的徐鑫也是三好学生，本来就是在上面，替代程凡的是班长温佳燕，照片上小姑娘红扑扑的笑脸非常漂亮。

"这到底是怎么回事儿？"王瑞也不知道是对自己说，还是问刘子琦。大前天晚上给程凡打电话的时候，他甚至有过一个非常古怪的担心，他想起《X档案》有一集讲，变形怪干掉一个男人后，变成了死者的样子，骗过了所有人。而那天有很长时间程凡失踪不见，喊他没有答话，后来又突然出现，身上一点伤都没有，这让王瑞产生了可怕的联想——说不定是洞里的怪东西变成了程凡。

《X档案》里有那么多失踪的案子，王瑞努力回想，如果遇到这种事情，FBI探员穆德会做什么？但是，那么多案子里面，从没有哪个人消失了所有人都不记得他啊，连照片、成绩排名、三好奖励都换了人！就连神秘恐怖的《X档案》也没有这么离奇的事情，好像自己正在做一场噩梦。

"你觉得是不是跟我们去山上的事情有关系？"刘子琦冷不丁地在他身后说，"除了我们四个一起上山的，所有人都不知道有程凡这个人了。"

没错！王瑞转过来，"好像是这样。要不为什么你刚认识程凡两天都记得他，我们班上认识了他十年的反而不知道了！不过……还是等他们两个回来看是不是这样。"

不多时，李勇和薛晶都回来了，从两人的脸色就能猜出大概。

"没有一个人知道程凡是谁。"李勇说。

"我也是。而且徐鑫说，他一直都是第一名。"去四班探问的薛晶说，"他说，'凭你们班上王瑞这点小聪明，是考不过我的。'"

这古怪得无以复加的事情让王瑞无名火起。"别管那人。"他从裤兜里掏出卷成一卷的作业本，在第一条上打了个勾。"现在，学校里只有我们四个还知道有程凡这个人。"他指了指刘子琦，"刚才刘子琦说，会不会跟我们大前天在山上的事情有关系，因为只有我们当时一起上山的四个人还记得程凡。"

说话间，王瑞突然有了个可怕的想法，吓得自己一激灵。

"怎么了？"薛晶敏感地问。

他害怕地咽了口唾沫，"我刚才突然想到的，我随便说了，不一定对。"

"什么?"李勇问。

"你们说,会不会真的没有程凡这个人?是我们四个在山上遇见了什么妖怪,让我们产生了幻想,让我们以为有程凡这个人。"

大白天,王瑞觉得自己后背发凉。大家一同打了个冷战,李勇叫道:"怎么可能?"

王瑞想住嘴,但话却自己从嘴里往外蹦:"不,你想,哪个更可能是真的?所有人,连老师带同学,还有这些照片、光荣榜,都变了,把程凡所有存在的痕迹都抹掉了;还是我们记忆是假的,本来就没有这个人?"

一时间,几个人都没说话,被王瑞的话吓住了。过了有半分钟,李勇先醒转过来,骂道:"放屁!我们的记忆怎么会是假的?"

王瑞说:"如果我们的记忆是真的,那班上老师同学所有人记忆就是假的!"

"程凡是你最铁的哥们儿,"薛晶问,"你觉得他是假的,从来就没有这个人?"

这句话把王瑞问住了,"我……我不知道……我有点头晕。"他抱着头,脑子疯狂乱想了太久,有点缺氧。

一直插不进话的刘子琦说道:"要不还是先别想了。你们不是说家里有合照吗?等大家中午回去,先找照片出来看看。然后我们给程凡家里打电话。"

三个人仿佛找到了救命稻草,都齐声道:"对对对!"

随后的两个小时非常难熬,四个人浑身难受,好容易挨完最后两节课。十二点的下班"汽笛"响起,四人飞奔出教室,刘子琦追着他们叫:"回家看了照片给我打电话!我还在宾馆!"班上其他同学交头接耳，不知道这转校生怎么突然跟三个混世魔王关系这么好，温佳燕甚至担心起转学生以后的成绩来。

三人归心似箭，薛晶骑自行车上学，速度最快，不到一公里的路，没用两分钟就飞了回去。他把车往门洞里一扔，就冲回家里。父母还没到家，按惯例他该先去按开电饭煲，但今天也顾不得了，进门鞋也不脱，径直跑进自己的房间，从柜子里掏出相册来。

从最后开始翻，先是运动会班级合影。没有程凡的影子。薛晶想不起程凡本来应该在哪里。假如消失一个人，照片应该是什么样子呢？是会出现一个空位吗？没有找到。他仔仔细细数过去，紧紧站着四十一个人，很齐。一点都看不出应该还有一个人。

这时，王瑞说的那句话浮现出来："我们四个在山上遇见了什么妖怪，让我们产生了幻觉……"

家里只有他一个人，房间采光不好，有些阴森森的。他吓得一哆嗦，跳起来跑到最明亮的阳台上，缩在角落，面朝空旷的房间，保证屋里的一切都能尽收眼底。薛晶这才掏出相册继续看。他想起初一春游野炊的时候，薛晶跟程凡负责提水走在后面，周老师给他们一起拍过合影，他记得很清楚。

薛晶往前翻，没有找到那张照片。相册每页都是三排六张，他隐约记得那张照片就位于中间。但翻到那个位置，照片上却是李勇拽着自己的衣服开玩笑，班长温佳燕正生气地骂他们。他记得有这事，但不记得周老师抓拍过，更不记得有这么一张照片。

妖怪……

这时，屋里突然传来一串急促的电话铃声。薛晶尖叫一声，吓得把相册都丢了出去。叫完他才觉得丢人，但还是不由胆战心惊地想起了《午夜凶铃》。好歹是正午，阳气重，他鼓起勇气抓起电话，用了很大力气说："喂！"

"我！"李勇在电话另一端叫道，声音也巨大，震得薛晶鼓膜痛，"照片里也没有程凡了！相册压在我家柜子底下，上面还有锁的！"

"我也是。"薛晶害怕地说，更觉得阵阵发冷，"我把王瑞连进来。等着。"

厂里的内线电话开通了电话会议功能，他们经常用。薛晶按了R键，然后拨通王瑞的电话，刚响半声就被接起，"喂？"薛晶把李勇连了进来，"我刚到家，正在拿相册。你们看过了吗？"

王瑞用脖子夹着话筒，伸手把相册从封套里取出来翻阅。薛晶说："我们两个的合影里都没有程凡。好像……真的是我们记错了一样。"不知不觉，他开始用王瑞的那个说法，本没有程凡这个人，是他们四个的幻想。

李勇马上插话："不要乱讲！"

电话里传来王瑞倒吸一口冷气的声音，然后是噼噼啪啪翻动相册硬塑料页的声音。两个人都听见他长长的深呼吸。"等一下，我把刘子琦连进来。"一声哒，王瑞切了出去，留下另外两人静默着。

等了快一分钟，电话里传来嘀的一声。紧接着是王瑞的声音，"现在我们四个都在。我刚才已经给刘子琦说了。"

"现在怎么办？"刘子琦问。

王瑞说："我现在给程凡家打电话，你们等着。"十几秒之后，王瑞的声音传来："这不是程凡家电话？"

一个谁也没听过的东北老太太的声音说："都说了打错了，咋还这么膈应人呢？弄利索了再打啊。"

啪嗒一声，第五个接进来的电话挂了。王瑞深吸一口气，话筒里的呼吸声非常诡异。"都听到了？现在……程凡家电话，不是程凡家电话了。"

"你没有打错吧？"李勇问。

"你们电话每个我都存了快捷拨号的，打了几年了，能打错吗?! 你来打？"王瑞心浮气躁，话也像子弹一样。

"别生气！别生气。"薛晶说，大家安静下来，"现在……怎么办？"

"嗯……"王瑞沉吟了半天，"还有一个办法。"

"快说!"李勇催道。

"程凡的爸爸，我给他打电话试试。"这是个好主意，薛晶连忙问："但怎么跟他说呢？怎么问呢？"

"没想好，打了再说吧。我查一下总厂办公室的电话号码。"

程凡的爸爸是总厂的外务助理，王瑞很快从垫在电话机下面的那本《404电话簿》查到了总厂办公室的电话，迟疑了一会儿，才打了过去。这样的操作他已经进行得非常熟练了，对方接通的瞬间，王瑞把另外三人也连了进去。

薛晶、李勇、刘子琦，都屏住呼吸不敢说话。只听王瑞问："是程晓威程叔叔吗？"

对面听到稚嫩的声音明显愣了一下，"是我，你是哪位？"王瑞本能地想要报名字，就像以前给程凡打电话那样。但今天他已经有过太多教训，于是努力咽了回去，但称呼却改不了，"程叔叔，我想问一下您儿子的情况。他今天是怎么了？"

"谁？"程晓威音调一变，王瑞心里咯噔一下，"我儿子？什么我儿子？你找哪个程晓威啊？"

"您是厂里的外务助理，程晓威叔叔对吧？"王瑞再次确认，"程凡的爸爸。"

"我是厂里的外务助理，也叫程晓威没错。但是我连婚都没结过，哪里来的儿子？跟我开什么玩笑呢？"

王瑞叫一声："挂！"然后啪啪啪啪，三个人几乎同时挂掉了电话，只有刘子琦没经验，被叫了几声"喂"才手忙脚乱地挂掉，只留程晓威在电话那头不知所措。

程凡的爸爸，没有结过婚。

第七章　废　工

当孩子们为程凡的消失六神无主时，刘佩对"异客"的研究却完全停止了。

就在孩子们上山那天，情况便悄悄发生了变化。那时正值五一，404厂放假，但刘佩却没有机会享受假期，依然是早上八点上班。如今，刘佩已经认得路，便也像其他职工一样步行上班。

一路上都是欢庆五一的祥和热闹，进了厂，十二层大楼外也挂上了庆祝节日的横幅和灯笼。刘佩进了大门，穿过侧面小道，和昨天一样，又见到了那个老头儿。知道这是"老领导"，刘佩不免多看了两眼。老人依然没有说话，照样检查了他的三证，这才递给他塑料硬卡片。这一次是黑色的，比昨天的要厚实许多。

"刘研究员，你的手续已经办完了，这是你的正式卡。"老领导站起来，伸手拍了拍他肩膀，"加油。"

刘佩用自己的正式卡进了暗门，门在背后慢慢落下。他知道以后多半见不到老领导了。从事这种性质的工作，刘佩见过太多没有姓名的人，将一生心血挥洒在看不见的战线上，永远无人知晓。

他跟昨天一样穿过隧道，踏入隐在山体里的小楼。昨天见过的一位助理同事已经早早等在那里。

助理带刘佩穿过楼下的走廊，走向一间办公室。门牌上的编号是103，同事帮他打开了门，"这是你的独立办公室。"

"还有独立办公室？"他笑道，"条件很好啊。"

然后刘佩注意到，自己的桌子放着一叠纸。"资料就这么些吗？"他问助理。对方还没来得及开口，就有人走了进来。同事见状，马上立正往旁边一站，让出位置来。来人正是唐援朝，刘佩连忙招呼道："唐工，早啊。"

"辛苦你了。"唐工笑道："五一也休息不了。"

"我们这行，谈什么五一、国庆，春节还经常不回家呢。"刘佩摆摆手，并不在意，"这都没啥好说的。唐工，昨天说的设备准备得如何了？"

"高速摄像机是吧？"唐援朝没有立即回答，"刘工，昨天太急，也没空好好聊聊。要不现在……"

助理识相地转身离开了办公室。"行啊。"刘佩有点意外，回想昨天的忙乱，他俩确实也没好好交流，"唐工您请坐。"

环视新办公室，刘佩没发现水瓶茶杯在哪儿。见他有点乱，唐援朝笑着去隔壁屋提了个暖水瓶，端了两个杯子和一袋特级茉莉花茶过来，转眼就给两人泡上了。

"刘工你来之前就听说了，你是个工作狂。"唐援朝一边倒水一边说道，"我想你昨晚回去肯定把新资料都看过了。我是真没想过你头天见'异客'就敢动它。来，说说你的看法。"

唐工问得模糊，刘佩不知他是什么意思，只得随口说："看法倒是多，只是不知道唐工想听哪方面的？"

"随便说，想到哪里说哪里，又不是向上面汇报。"

刘佩整理了一下思绪，一丝不苟地说道："怎么说呢，我头回跟'异客'打交道，知道得不多。虽然资料都看过，三十多年前的存档也看了，这边最新采集的数据也都读过了，可昨天当我亲眼见到那个东西……唐工你相信直觉吗？"

"直觉？"唐援朝微笑，"分情况吧。"

"我是相信直觉的。昨天见到'异客'后，我的直觉告诉我，之前所有的记录可能都小看它了。"

"哦？这话怎么说？"

"我这么说倒不是因为它是个强辐射体。这个当然很重要。但比起辐射，我更关心它这个形状，还有它对我们行动的反应。碰不到它，唐工你在报告上把这点列为绝密。我猜，你应该跟我感觉差不多吧。"

"接着说。"唐援朝不置可否。

"首先，它能精准、游刃有余地躲开高速机械臂的——不该说是触碰，应该叫攻击了——我还没在任何地球生物上看到这样的反应能力。从生物组织结构的反应能力来说，如果我们看到的'异客'是一个生物体，那它的生化结构肯定不是我们熟悉的碳基生命。当然，这也有可能是一个制造出来的装置。"

"有这种可能。"唐援朝点头，"我们没有取样到它的组成成分，岩石上也没有发现残余物。"

"不过，这倒不是我想说的重点。"刘佩脸色凝重起来，"它的回避反应有一个完全说不清的地方——它的回避太精准了。"

"所以你更支持'异客'是一个智能机械，否则也不会这么精准？"

"不，这倒不是。唐工记得那位汤敏同志说的话吗？她说……"

唐援朝几不可见地点了点头，"当然记得，她说她还没启动，'异客'就开始回避了嘛。可这怎么可能？"

"我猜我来之前，她就这么说过了吧？唐工你是这里的负责人，心思比常人都细，听了她的话后肯定也仔细看过，你是什么感觉呢？"

唐援朝摇了摇头，"她做多了，产生了幻觉。这不科学嘛，我们是搞科学的，又不是搞封建迷信的。"

"按说是这样没错。不过昨天等机械手停止动作时，我认真观察了一下。怎么说呢，好像确实是'异客'先不动，然后机械手才停了下来。"

唐援朝有些尴尬，刚要开口，刘佩打断了他："您先听我说。我也很难相信'异客'能够未卜先知。但如果先放弃固有的常识，那你们之前尝试了那么多次——我记得累计超过十八个小时，两百多次各种实验——始终接触不到它，这件事情也可能就有了新的解释：不一定是'异客'的反应速度有多快，而是它能预判我们的动作，然后提前……"

唐援朝连忙伸手让他打住，"等等等等，你这也太扯了。我们是搞科学研究的，你这简直是胡思乱想。"

"唐工，"刘佩毫无玩笑的意思，"根据我的经验，做咱们这一行，常常需要些邪门一点的想象力，因为事情到最后往往比我们设想得更离谱。你可以说我是异想天开、胡思乱想，都可以，但先别说话，听我说完。其实，这个可能性如果跟另外一点结合在一起看，就更说不清了。"

"哪点？"

"交流尝试的结果，'异客'对我们发出的一切通信毫无反应。如果它是真的无法接收我们发出的信息也就算了。但是，如果它接收不了我们的信息，它怎么可能躲开我们的接触？既然它能躲开接触，那它绝对有某种手段来接收外界信息，对吧？可现在，它收到我们发出的各种通信，却没有反应。要么是它无法发出回应——这明显不可能，它至少能用移动来传达信息。那就只剩另一种可能了——它选择拒绝回应。"

刘佩的推论无懈可击，唐援朝迟疑了一会儿，问道："你想说明什么呢？"

"拒绝交流，是不是'异客'认为不需要交流？交流的意义是什么？"

唐援朝迟疑了一会儿，"嗯……获取信息吧？"

"对，准确地说，应该是希望在'未来'得到现在自己没有的信息。如果它能预判未来，那会不会意味着它能直接获取未来的信息？如果是这样，那交流这种事情，对它可就没有任何意义了。"

这话让唐援朝觉得四肢和脸上一阵微微发麻，汗毛倒立了起来。他愣了一会儿，这才露出生涩的笑容，"你这是空中楼阁，一个假设上堆另一个假设，一路胡猜了。"

"您说得没错，确实是胡猜。"刘佩也笑，"但您也得承认，存在这样的可能。这就是我最开始说的，我们可能太小看它了。"

"如果它能预知未来，那不是全知全能的神仙了？"唐援朝道，

"你未免太高看这东西了。"

"不算高看吧。"刘佩说,"比起只因为一个幻影,就在这里修了这么一个厂作掩护,苦等了三十多年,我这点猜想实在算不上高看吧?"

这话让唐援朝没法回应,只好转而一笑,"也许你说得对。要这么说,不光没有高看了'异客',甚至还小看了它。'异客'……身上可能真藏着能改变世界的巨大秘密。说到底,我们连它是不是生物、属不属于地球、从哪里来的、又是怎么来的这些基本问题都一无所知。"

"所以要赶紧安排设备到位啊。"刘佩说,"这样我们才能快速往前推进研究。"

听到这话,唐工的脸上出现了一丝不易察觉的古怪表情,也不接他的话,却沉声道:"刘研究员,你的话很有道理,在这点上我们的想法可以说是一致的,我们可能都小看了'异客'。正因如此,如果'异客'真有足以改变世界的可怕力量,那我们的研究是不是应该更加慎重些呢?"

"啊?"刘佩顿觉话头不对。唐工在国家机构干了一辈子,城府极深,不会平白说些没用的话。"更慎重一些?这话怎么说?"

唐援朝叹了口气,"你也知道,我不光对接研究的事情,也是这边的安全负责人。"

"您有紧急军事调度权,我知道的。"

"今天凌晨,我接到一个电话,具体哪边打来的我就不透露了。领导直截了当地问我,是不是昨天对'异客'进行了高危实验,还对它开枪了?"

"开枪?"刘佩惊道,"开什么枪?"

唐工从兜里掏出一张纸来,"机械手可提供的动能密度最高可达$2.3\,J/cm^2$,我国枪支标准的枪口动能密度也不过$1.8\,J/cm^2$。因此,该研究员实施的方案无异于用子弹直接向'异客'射击……"

刘佩脸上勃然变色,"这,这都胡说些什么?!哪有这样算……"他忽然明白过来怎么回事儿,"这是昨天在场的谁打上去的报告吗?"

"我知道这种算法不对,"唐援朝道,"你也别打听这报告是谁打上去的。上面问我,这么莽撞的方案是怎么通过的,我好歹解释了半天,勉强算是圆过去了,没有追究你的责任。电话凌晨三点打过来,我们昨天几点回去你是知道的,这一晚上我就算是没睡觉。"

"这……"

"小刘,你说得对。'异客'这东西,无论怎么重视都不为过,这不必我来多说。所以,我们必须更慎重一些。"

"怎么个……慎重法?"

唐援朝干笑一声,指着桌上一叠纸,"这是要补的文书工作,昨天我们做事情的流程不对,该有的书面工作都漏过去了。"

刘佩刚进来就注意到放在办公桌正面的一堆东西,他还以为是资料。"这么多?"

"唉,这哪里算多?你看看我办公桌上那堆。小刘啊……"

刘佩等了一会儿,却不见下文。他本就恼火,见唐工话到嘴边又咽下去,心中更生不快,"唐工您有话直说。"

"算了。"唐援朝摇了摇头,"没什么。这些事情你慢慢做吧。"说话间,他指着那堆要填的文件,"磨刀不误砍柴工,躲不过去的。就当整理一下思路,也可以好好想想我们后面怎么做。"

刘佩上前翻了一下那些报告的抬头。

国49-8-12, 对"404-甲-2-1"第三次实验的报告。

科98-3-11, 对"404-甲-2-1"第三次实验的报告。

工6-7-18, 对"404-甲-2-1"第三次实验的报告……

"唐工, 这都是昨晚实验要做的报告? 这不是一次实验嘛, 怎么有这么多份?"刘佩大惊。

唐援朝道: "是一次实验没错, 可这是给三个系统的报告, 所以要有三份。这份是给科学院系统, 这是给工业部系统的, 这个是直接给国家……"

刘佩听得胸口发闷, "可这就是一个实验的报告啊。那我不是要写一份抄三遍? 难道要用复写纸?! 这不是简单做文书的问题吧? 哪有这样搞的?"

"首先, 复写纸肯定是不允许的。"唐援朝好整以暇, "而且这也不是一份报告写三遍。虽然都是关于昨天实验的报告, 但三份报告的侧重点不同。给科学院的, 重点是'异客'的科学相关性结果和猜想; 给工业部的, 重点是这东西潜在的开发可能, 跟工程技术有关的内容; 另有一份给上级的, 关键是'异客'的战略价值, 还有我们这边的资源需求……"见刘佩听得心不在焉, 他加重了语气, "没办法, 在这里, 就只能这样搞。"

就算刘佩是个傻子, 这会儿也知道事情并不简单。他说话也直接, "要这么搞, 那我们的工作还继续吗? '异客'怎么办?"

"上面不就是担心'异客'出问题, 所以才强调谨慎的吗?"唐援朝不知不觉拿出了领导的架子, "不管你现在怎么想, 现在情况就是这样。慎重处理, 这句话不光是对'异客', 也是对你。"

事情来得太突然了, 有些蹊跷。刘佩心想, 难道是昨天在实验时自己跟唐援朝有了冲突，唐援朝以为自己要抢夺项目的指挥权，所以故意使绊子？

"唐工，我刚来，这里的事情都要你做主。我可以等，但'异客'的研究不能等啊。如果每次实验都弄这么一大堆，这不是能成事的做法啊。"

给上面打报告，说他的方案形同对"异客"开枪的，真是"在场的匿名研究员"吗？刘佩暗自琢磨。

"你说的这话我不是不明白，但刘研究员你性子也不能太急了。"说着话，唐援朝口中的称谓愈发正式了，"上面会派你来，我相信正是因为你有干劲。但你要知道，成也萧何，败也萧何，所以才担心出事儿啊。越重要的事情，越要夯实基础，越要想清楚每一步的工作。昨天真是太冒进了。我想起来都后怕。"

"昨天有出问题吗？"

"暂时是没有，但不能保证将来不出问题。对吧？"

刘佩气得发昏，深吸了一口气才勉强镇定下来。这时只觉唐援朝皮笑肉不笑，他在这里摸爬滚打多年，自己哪儿是他的对手？"你担心我的方案太激进了，可能出事。"

"不是我担心，是上面和其他同志都担心。"

"好，行吧。但有没有反过来想想，像你们这样慢悠悠拖着，反而更可能会出事？"

"什么意思？"这指责让唐工有些恼怒，但脸上却不显山露水。

"比如，我们能确定三十四年前的'异客'是怎么不见的吗？"刘佩问。

听到这话，唐工脸上有些变色。关于这个问题，所有的资料都语焉不详，唐援朝当年也没弄明白。不同调查组的结论毫不一致，说什么的都有，有的认为是敌特破坏，有的认为'异客'是自然"挥发""分解"……当然，主流意见还是归罪于发现时没有认识到"异客"的重要性，保存不善。"那是1966年，时代局限摆在那里——"

唐工话说到一半，被刘佩硬生生打断了："'异客'就这么突然消失了还不是我最担心的。我真正担心的是另一种可能。"

"还能有什么可能？"

"'异客'现在什么也没做，我们对它基本上一无所知。假如它发生什么变化呢？假如它做出什么呢？它看起来像是很稳定的东西吗？上面担心我们因为研究过度刺激导致意外发生，但如果反过来呢，假如它本就会对这个世界造成威胁，但是我们来不及了解、来不及阻止呢？"

"刘佩同志，不要危言耸听！"

他不顾唐援朝难看的脸色，继续说道："假如它变成一个奇点、一个微型黑洞，甚至是外星舰队的传送门呢？万一这是外星文明发来毁灭太阳系的定时炸弹，正在嘀嗒嘀嗒地走时呢？我们什么都不知道啊。"

"好了好了，你别满口胡扯了。你心里有气，我不跟你计较。"唐援朝彻底端出了领导的架子，结束了谈话，"总之，你先把这些报告弄完了再说吧。"

刘佩只觉心头压得难受，气都快上不来，可也只得点头，"好的，我明白了。"

一整个上午，刘佩都在折腾这样那样的表格。

做研究其实比写文书材料容易得多。实际工作中一个很简单明了的情况，一旦套上表的格式，就各种不对头，只能重新组织语言，往表上要求的内容靠。无论填过多少表，刘佩依然觉得这些东西的设计反人类。表上要填的大项目永远不知道该说什么，而自己真正想说的，上面没一项跟它沾边。

直折腾得英雄气短，几个小时过去，他就一点脾气都没有了，只觉得胸口压抑，想要大吼。说起来真是荒诞，千里迢迢把自己从上海调来，竟是跑到这么个不见天日的房间里做"文书工作"。

中午十二点，忽然有人敲门，一抬头，却是唐援朝来找他，"小刘，一起去食堂吃饭吧。"

老江湖就是不一样，之前的龃龉仿佛从未发生。刘佩本想说："不劳唐工大驾了，我还是抓紧时间填资料吧。"好在及时到位的情商把嘴边的话压了下去，他说出口的却是："唐工稍等，等我填完这句就好。"

出了小楼他才想起正值五一，大家都忙着过节，总厂食堂冷清得很。没去大厅，唐援朝带他去了小炒食堂。在雅间找了个靠里的包厢，还没坐下，唐工就说："怎么样，还待得惯吗？饭菜什么的跟上海不太一样吧？"

"这些都不是问题。"刘佩说，言下之意直指工作现状。

唐援朝没有接他的话茬，翻开菜单，"来个红烧肉吧，苏式的。全德阳估计只有这里能吃到不辣的红烧肉。还是现在好啊，至少什么都有。"唐援朝不断在菜单上翻找着合刘佩胃口的菜，"当年我刚从上海过来时，这里要什么没什么，川菜也吃不咋惯……"

"您……"刘佩小吃了一惊，"您也是上海人？"

"是啊，口音都听不出来了吧？没办法，待了三十年，跟东北人、四川人待了这么久，东北话、四川话太厉害，太容易把人拐跑了。"唐援朝笑了，"这边没有菜心，吃个炒油菜吧。"

唐工用四川话喊："小妹儿！"点好菜，等菜上齐了，这才关好雅间的门，"对了，你的儿子，是儿子吧？我没记错吧？已经转到404中学了吧？"

"嗯，是儿子。"虽不愿意提这些家长里短的事情，但说到儿子还是勾起他的心，"已经在上课了。"

"他有问过你，自己爸爸从上海到这里来是做什么吗？"

"没有。"刘佩心里有些犹豫，刘子琦是没机会问，还是不想问？他不愿继续纠缠这个话题，大着胆子说："唐工，'异客'是不是还出了什么……"

话还没说完，唐援朝就瞪了他一眼，做了个噤声的手势。"出了'里面'，不该谈的自己注意一下。"说着，他起身锁上了包厢的门。

保密问题。刘佩不是不知道，这里只是一个发电机组设备厂。

"唐工，你是小楼第一批高级工程师吧？"刘佩问。

唐工点了点头，"嗯。那时候还没小楼呢，连大楼都没有。不过我们那时候，懂的东西也少，读过书的人全国也找不出几个，虽然当时跟我一起来的也有像你一样有真本事的家伙，可惜时间一久，调走的调走，荒废的荒废。"唐援朝叹了口气，"如今在外人眼里，这就是一个普普通通的重工厂吧。"

刘佩心想，他大概对"普普通通"这个词有些误会。他俩一边吃着菜，一边闲聊着。"味道肯定改良过。"唐援朝评价，"唉，我现在吃起来已经觉得太甜了，还是辣的好吃。哈哈哈。去年我攒了半个月的探亲假，回了趟上海。乖乖，什么都甜得要死。我都在想，我小时候就吃这么甜的东西长大的？我家现在已经完全随我老婆口味了，改良四川人。"

刘佩点了点头，突然间，他有些明白了。"唐工，我问句可能有点冒犯的话啊，希望你不要介意。"

"说。"

"你来了这里几十年，你之前以为自己会在这里做的工作，其实一天也没有做，对吧？"唐援朝不说话，微微苦笑。刘佩见缝插针，问道："唐工，来点啤酒不？"

"下午还要做事呢。"

"嗐，那文书材料，不喝点酒，哪有勇气干下去。喝吧喝吧。"刘佩劝道。唐援朝笑着摇了摇头，要来了六瓶啤酒。进出包厢上锁开关颇为麻烦，可他还是一丝不苟。两人红烧肉就啤酒，倒像两个真正的工人兄弟。三瓶下肚不算什么量，只喝至微醺，刘佩觉得是时候了，敬酒道："唐工，我看你也快退休了，这算是真当了一辈子普通工人。"

唐援朝一怔，笑了笑，"可不是嘛。三十多年，从上班到快退休，真的当了一辈子发电机厂的工人。"

"什么感觉？"

"什么感觉？没什么感觉。久了，自己就没什么感觉了。"

"你的儿子也是在厂里上班？"

"是啊，没出息的家伙，大学都没考上，上了个技校。在材料中心搞点耐高温材料开发。唉，他都有儿子了，已经上幼儿园了。"

"他完全不知道你实际的工作是什么。"保密制度就是这样，刘佩相信以唐工的级别，他不会犯这种错误。

果然唐援朝摇了头，"当然不知道。"说了这话，他忽然感慨起来，"毕竟，当年谁也想不到，为了等一个影子，会等上三十多年啊。

当年'异客'消失的时候，我们都以为三到五年，顶多十年，我们就会搞清楚'异客'的秘密。一个三年，两个三年，我们还坚持在汉旺满山遍野地找；三个三年，四个三年，我手下的人就一个个调走了。五个三年，六个三年，说起来每个都挺快的，当年还说是伪装，结果现在404厂真造出发电机组在国内装机发电了。七个三年，八个三年，我差不多成了光杆司令，结果404的发电机组都出口南美了。"

唐援朝一瓶啤酒闷了一大半下去。"九个三年，十个三年，莫名其妙的，'异客'没见到，我的儿子都上班了，装发电机去了。我本以为一切就这样了。谁能想到，十一个三年都过了，这东西又冒出来了。我这个光杆司令又开张了……"唐援朝眼睛里含着泪，"又开张了。"

时间奔流不息，转眼间半生已经过去了。刘佩说："我明白。"

"不，"唐援朝的酒杯重重地蹾在桌子上，"不，你不明白。我们这里跟你以前去过的地方不太一样。我知道，可能在你看来，跟以前你待过的地方比，这里算不上什么。"

"我不敢这么说。"

"不不，这是实话。要说地位，404不是什么顶级绝密单位，比周围好些单位都差得远。三十多年了，外面的404有几万人，生活在这个地方，这也是他们的404，不光是我们的。"

"我明白。"

"你还是不明白。"到这时，唐援朝的话终于直白了，"在别的单位，不管出什么事情，都是自己的人，知道自己在做什么，也知道有可能会发生什么。你说九院够危险吧，至少九院上上下下都明白是哪种危险。这里可不是啊，他们外面的人什么都不知道，也从没想过有一天会发生什么，更不知道我们在追逐的一个两千年的影子到底是什么……"

"不光外面不知道，我们自己也不知道。"刘佩插话说。

唐援朝没料到他会这么说，沉默了一会儿，点了头，"对，一个两千年的影子，还不知道影子里是什么。"

话说到这份儿上，虽然有酒，但唐援朝还是猛然意识到自己的失言，硬生生截断了本来要继续说下去的话。"不一样，小刘。真的不一样。我在这里守了一辈子。希望你能体谅。"

刘佩这才明白发生了什么。

唐援朝从到这里的第一天就在为现在的事情做准备。可惜这个准备太长了，长得超过了一个人的半生，长得伪装无法只是伪装。

只要见过"异客"，即使对它还没有真正的研究和了解，你就会认定它不是这个正常世界的一部分。当三十多年前唐援朝他们初次接触"异客"时，他就明白。所以，即使"异客"从此消失不见，即使小半个世纪里其他人纷纷离开，唐援朝还是坚守在这里，一等三十年。

这三十年的等待，早让他渐渐融入了这里，变成正常世界的一部分。现在唐工老了，当"异客"回来的时候，他已经不再是三十年前那个无牵无挂的探险家，而是一个连儿子都有了儿子，在这里生根、即将退休的老人。

"吃啊，吃啊。"唐援朝劝道，"总厂食堂的味道还可以。"他话锋一转，不再提刚才那茬。

刘佩夹起一块红烧肉，继续慢条斯理地吃着。像是突然想起了什么，他抬头问："唐工，那个身份卡很方便啊，比我在其他单位用的都要方便。安全吗?"他需要撕开一个口子。

"安全啊。"唐援朝点头,"那东西看起来简单,但里面能存好几KB的数据。就这么一刷,大几K的数据就传过去了,可比证件伪造起来难。"

"这是什么技术呢?"刘佩明知故问。

"叫什么RFID,射频识别技术。你别看卡这么大,真正起作用的还没指甲大,相当牛的技术啊。这东西以后……"

果然是工程师,虽然自称自己没什么真本事,但一提到技术,这热情还是挡也挡不住。只是刘佩不打算跟他探讨RFID技术的未来,忙打断问:"那这技术是谁发明的?"

"是一个美国人,"唐援朝显然仔细了解过,"叫沃尔顿还是沃尔登,反正是一个美国人。"

"那,我们这样的部门,用美国人的技术做身份识别卡,不会有安全隐患吗?"刘佩问。

"这跟美国人的技术有什么关系?"

"就是说,这种技术,是美国人发明、美国人掌握的,这个里面会不会有他们埋的后门?"刘佩说,"你知道WPS的加密功能吧? 写WPS的求伯君就埋了后门,不管你加什么密码,只要密码输入全拼qiubojun,就能破解文件。"

"嗨,你说的都是老版,那还是DOS[1]版的WPS。现在早就没那个后门了。"

"我们部门电脑系统用的是……"刘佩询问。

"windows 98,最新版本的。"唐工自豪地说。

---

1. 早期个人计算机上的一类操作系统。

刘佩点头，"那WPS没有后门了，windows 98会不会有后门呢？据我所知，做windows的微软一直跟美国国防部有合作。"

"哎呀，"唐援朝脸上微微发红，不以为然地笑了，"你年纪轻轻的，没想到还是一个这么'阶级斗争为纲'的人。嘻，冷战都结束多久了，苏联都解体了，这也是后门那也是威胁的……你这是外国威胁论，要不得的。"

刘佩并不奇怪。在二十世纪的尾巴上，整个中国都盛行着这样的思潮。不光是在普通人那里，也不光在这里，甚至更高层的地方也不外如是。他支援的地方多了，也早见惯了。自研芯片停了，自研大型运输机停了，自研战斗机也停了。

研不如仿，造不如买。他就知道对方会这样想。但这样不对！

"7102厂[1]，你晓得吧？"刘佩问。

唐援朝点头，"知道啊。长征嘛。"

"今年抓了一个车间主任，打开他的办公室抽屉，满满一柜子的美元现金。收了美金不敢往家拿，就放在办公室里，办公室都已经放不下了。这不该叫外国威胁论吧？"刘佩又补充，"7102造什么的，你肯定清楚吧？"

唐工怎么可能不知道，"东风"——十多年后被笑称为"东风快递，使命必达"的东风。

"现在我们好像跟欧美处在蜜月期，香港也回归了，澳门马上也要回归了。但是，蜜月期迟早会结束的。"

唐援朝笑了起来，"我听听你的高见，什么时候外国会变成我们的敌人？"

---

1. 又名长征机械厂，国家重要的航天产品制造厂。

"不是敌人，是对手，竞争对手。等到中国足够强的那天，强到对发达国家有威胁的那天。"

"那还早呢。"唐援朝说，"再说了，我们马上就要加入世界贸易组织了，到时候大家都遵守WTO的规则，不需要什么蜜月不蜜月的。大家都在规则框架下办事嘛。发达国家也是需要守规矩的。"

刘佩摇头，掏出了自己可以通往小楼的身份卡，"我们用着外国进口的电脑芯片，运行着外国的系统，拿着使用外国技术的保密卡。当然希望大家都能守规矩，但守规矩，不是把自己的内裤都交到别人手里吧？我们什么都没有，别人假如决定不守规矩的话，我们能怎么样呢？"

"照你这么说，难道我们什么都要自己做？"唐援朝说，"自己做电脑芯片，自己做软件系统，所有技术都是自己发明创造的。怎么可能嘛？都地球村了，要国际分工，懂不懂？"

虽然明知如此，但每次听到这样的话，刘佩的心还是会往下沉。工作上唐工处处害怕，但他其实不懂真正该害怕的是什么。"我们当然不能什么都自己造，但问题是，不能真正最尖端、最重要的东西我们都没有啊！这就是我们的问题，这个档次的东西完全没有。如果别人来掐我们的脖子，我们用什么反击？论打仗，我们虽然没有航母，没有隐形战机，但至少还有东风，至少还有一样东西。而民用领域的高精尖科技，我们一样都没有。"

"我们加入WTO后就可以从外国买啊。"唐援朝说，"难道人家还能不卖给我们？"

刘佩还要说，却被打断了。

"你也别绕圈子了，"唐援朝看了一眼锁住的门，"小刘同志，前面扯了那么多，其实都是言不由衷。这会儿才是你真正的想法，对吧?"

糟糕。"您什么意思?"刘佩装作不知。

"你之前说什么'异客'不稳定,是定时炸弹,要抓紧研究,其实都是在把你的激进方案合理化。你不是真正担心有那种可能。"唐援朝摇头,"你就别再绕了。你的真实想法,是想'多快好省'地'赶英超美',你在'异客'这里看到了机会,你感觉这个东西的研究可能创造出什么奇迹来,所以迫不及待了。我说得对吧?"

这老狐狸,原以为自己在下套,谁知道上了他的套。刘佩只好不说话。

"这就是我说的,贪功冒进,最容易诱发意外事故。要不为什么要让你做文书工作先静一下心呢?我知道你怕'异客'会像以前一样消失不见,其实你担心,我就不担心吗?但这不是乱来的借口啊。"

唐工也不理会刘佩的神色,打开雅间的门,"小妹儿,好多钱?"话算是说完了,结账走人。

等签完单,房间里只剩下他俩时,唐援朝又想起了什么,关上门问道:"话说回来,你之前怀疑'异客'能预知未来,说得一套套的,你是真这么想,还是单纯找理由想要说服我?"

刘佩叹了口气,承认这局已经败了。"我是真这么怀疑。不排除这种可能,而且我打算作为后面的重点研究思路。"

"这种想法不科学吧?有什么科学理论支持这种可能吗?我老了,对新的科学理论没有那么敏感。"

"实话实说,我暂时也没想到什么理论支持。但科学本就是一个螺旋上升的体系,新发现革命旧理论是常事,如果在'异客'身上发生这样的革命,我一点也不意外。您再老,当年对电子和光子的研究引发经典物理学彻底革命的事情总是知道的吧?那时候,科学家认为物理学已经完备了，结果不久后，几乎所有认知都被相对论和量子力学推翻重建……"

刘佩说到这里，忽然愣了一下，仿佛想到了什么。有什么很重要的东西……

"哈哈，好吧，我可以相信你这话。你要对'异客'做这方面的实验研究，我支持，但理由和分析一定要在材料里写清楚，行吗？"

这句话顿时搅乱了刘佩刚才的思绪，也只能点头，"唉，行吧。磨刀不误砍柴工，对吧？"说着，他站起身来要往外走，却突然问，"唐工，你后悔吗？"

"啊？"唐援朝不知道他这话什么意思。

"唐工，你是六十年代的大学生，也是主动要求的参加三线建设，经过重重考核后，还得是根正苗红、政治过硬才能到这里来的，对吧？"

"对。"

"如果当时你就留在上海，那可是绝对的稀缺人才。现在当上什么大官也不意外吧。在这里待了三十年，你后悔吗？"

唐援朝掏钱包的手突然有些发抖。

"如果邓稼先、赵九章他们在戈壁里待了一辈子却没有把原子弹和人造卫星造出来，他们大概会后悔吧。"刘佩耸耸肩，说得轻描淡写，"虽然最后国家也没给他们多少奖金，还不够买个平面直角大彩电的。"

刘佩先出了雅间，听到背后哗啦一阵乱响，是唐工的腿绊到了椅子上。

第八章　崩

意识到程凡莫名"消失"后，下午本来打算商量一下接下来要怎么办的，结果四个孩子却大吵了一架。

事情太过诡异，电话里实在没法说清，他们就约好一点半在校门口见，当面商量如何是好。

王瑞不是没有经历过类似事件。学校里也有同学离家出走过，而且一去不回，过了几年也没有下落。也有小孩跑出去玩后失踪，全厂总动员满山遍野，上山下河地找人。去年还有高年级的男生暑假下河游泳，因为上游开闸被河水卷走，厂里组织了好几百人沿着河道下游排查，过了好些天才找到尸体。

一个大活人不见了，从来都是惊天动地的大事。但程凡的消失完全不一样，他的存在被整个抹掉了。除了他们四个人：王瑞、薛晶、李勇和新转学来的刘子琦外，全班，甚至全校没有一个人记得程凡，连班主任也不记得。更夸张的是，班上的花名册、成绩单、光荣榜，甚至连合影上程凡都没了。

打电话找程凡的爸爸程晓威，程晓威居然说，自己从没结过婚。既然没有结过婚，怎么会有儿子？

不应该说失踪了，甚至不该说程凡这个人凭空消失了。是一切证据都证明：他根本就没有存在过，从一开始就没有这个人。

冷静，冷静，冷静……给程叔叔打完电话后，王瑞一遍遍地对自己说。说起来容易，但一个不到十四岁的孩子，遇到这种事情怎么冷静得下来？

像往常一样，王瑞的父母中午十二点过回到家里。王瑞不死心，在饭桌上假装不经意地提起："程凡今天没来上学，不知道是怎么了。"

而他爸随口一问："程凡是哪个？"

他只好搪塞："班上一个同学，你不熟。"

一周至少来家里玩两次，不熟才见鬼了。王瑞的爸爸有些疑惑地看了儿子一眼，也没追问。

怎么办？王瑞心里明白：这事完全没法给大人讲了，不然非得被扭送去看精神科不可。

最大的问题，是没有大人会相信自己。王瑞很快明白了这点。现在只有他们四个人。

在没有成年人相信自己的情况下，四个孩子能做什么？一时间，他毫无头绪。

约好下午一点半在中学大门集合，那会儿校门还没开，正好商量一下。王瑞第一个到，刘子琦跟薛晶前后脚也到了，但李勇迟迟没来。

"搞什么呢?"王瑞心急火燎地埋怨道,"阿勇人呢?"

"有什么事情耽搁了吧?"看王瑞满脸焦躁,薛晶忍不住解释道。

"都这时候了,能有什么大不了的事情?从来都是这样,大家等他一个。"王瑞火起,"算了,不管他了。爱来不来。我们三个商量。反正他也没啥主意。"

刘子琦自觉是个外人,见他们几个闹矛盾也不便多嘴,一直沉默着。听薛晶说:"我们是不是应该去报警?"他眉头一皱,只是摇头。

"报警?怎么报?说什么?"见薛晶还不明白,王瑞叹了口气,"你想想,我们跑去怎么给警察叔叔说?难道给人说,警察叔叔,我们有个同学不见了。这个人叫程凡,但全班老师和同学都不记得有这个人。照片我们也没有。别的证据我们也没有。他爸叫程晓威,你去问他爸的话,程晓威会告诉你他没结婚……我们就这么去给警察说,他会相信我们吗?"他越说越心烦,越说越害怕,语气也急了。

"那……怎么办?"薛晶说,"这可怎么说?人失踪了,还不让报警?"

"你们觉得,程凡身上到底发生了什么?"刘子琦问。

"怎么觉得?"王瑞说,"就……凭我们几个初中生来觉得吗?"

刚认识也没几天,刘子琦已经发觉王瑞脑子好则好,但无论大事小事他的看法都负面且被动。这话是没错,可听起来就让人不痛快。刘子琦说:"我觉得人是不可能真的凭空蒸发不见的,你们说会不会有什么东西让大家把程凡有关的事情都忘记了呢?"

"凭空蒸发……"王瑞重复着这四个字,"是啊,一个大活人不可能真的凭空蒸发了。你是说，是什么东西把大家的记忆都洗脑了？"

"黑衣人！"薛晶忽然击掌大叫，对王瑞说，"黑衣人。就是那个，你在我家看过VCD的呀，那个电影。他们拿个闪光灯一照你，记忆就没了。你还记得吧！"

话有些语无伦次，但王瑞已经明白他在说什么。在电影《黑衣人》里，目击了外星生物的人被秘密组织黑衣人拿"洗脑灯"一照，目击外星人的记忆就被全抹掉了。

"你是说，我们学校所有人都被洗脑了？"王瑞半信半疑地说，这虽然听起来荒唐，但他不得不承认这比程凡凭空蒸发，还抹去了所有痕迹靠谱些。"还不光是我们学校……"他自言自语着，脑海中浮现出威尔·史密斯带着一堆秘密特工满镇篡改物证的画面。

"学校里也就算了。难道我们家里的照片也有黑衣人换过？程叔叔呢？连婚都没结？家也搬了？"王瑞一面反驳，突然心中咯噔一下。程凡父母好像一直吵着要离婚。离婚？没有结过婚？这个……

这时刘子琦问："那为什么我们四个没有被洗脑？为什么我们四个还记得？"

"你怎么知道我们没有被洗脑？"薛晶说，"说不定是所有人都被洗脑了。但我们四个有抵抗能力。因为我们四个当时在山上一起遇到了……"正觉得自己说得有理，一声低昂的汽笛从远山传来，打断了他的话。已经是一点四十了，门卫打开了校门的巨锁，大门开了。这时候三人才看到李勇从远处跑来。

本就等他等得着急，王瑞一阵无名火气，大声叫道："都什么时候了！我们一直在等你，你干什么去了啊？说好的一点半啊！"

"嚷什么啊。"李勇瞪着眼睛,"我也不想啊。我要洗完碗收拾了东西才能出门!你以为个个都像你啊……算了,不跟你一般见识。"

这话顿时把王瑞点着了,"喂,什么叫个个都像我?你把话说清楚。我们可是都商量半天了。都这时候了,还洗什么碗收拾什么啊!你知不知道事情轻重!动不动脑子?现在哪个事情重要啊?!"

李勇脸上顿时变了色,"你别对我吼!不是人人都跟你一样什么都不用做,你仗着成绩好连抄作业都没人管,我又没这个本事!"

王瑞愣了一下,"这跟我成绩好有什么关系?跟抄作业又有什么关系?你一个人浪费我们三个人的时间,还有理了?"

"别吵别吵。"薛晶赶紧打圆场,"怎么咱们先吵起来了?李勇也没耽误几分钟。我们主要刚才见你一直没出现,害怕你也失踪不见了,所以才着急的。"

李勇压了压火,"行吧行吧,那就说说,你有什么主意?"他看着王瑞。

"干吗我说啊?"不光是李勇,另外两人也望着自己,王瑞一阵不快。刚才心里就起急,明明没法报案、没法让大人信这种事这么明显,他们居然想不明白,还要自己花工夫来解释就已经很烦心了。然后一会儿黑衣人,一会儿洗脑,他觉得完全是在浪费时间,还亏得自己心急火燎,于是冷道:"大家知道的都一样,早上我写的那一条条你们也看了,你们怎么想啊?我知道的又不比你们多。我什么也想不出来。"

"我以为你这么急的,一分钟都等不了,是有什么了不起的主意了,等着我们马上去做呢。原来你什么也没想出来啊,那你急个屁啊!"李勇说。

薛晶想拦，根本拦不住。王瑞怒道："好嘛，敢情我叫大家一起来商量，意思就是我一个人出主意，你们两个肩膀扛个木瓜只管听是吧？"

"两个肩膀扛个脑袋……"刘子琦在旁边插嘴。王瑞被前面胡说八道惹一肚子邪火，转头过来："会用的才叫脑袋，不动的只能叫木瓜！"这话瞬间扫射了一大片。

李勇说："你聪明，你牛逼，你脑子好，你……"

薛晶把他往后一拦，自己接嘴说："不是我们不去想办法啊。我说的想法你又觉得搞笑。以前都是你和程凡先说点子，然后我们一起商量。所以现在还是王瑞你先想办法，然后大家帮忙出主意呗。"

"我说了有什么用？"王瑞终于忍不住，说出了一直压在心底的话，"要是我说了有用，之前怎么不听我的呢？"

"你之前说了什么？"薛晶努力打着圆场，但也不明白他什么意思。

"最开始我就说了，不要去山上看什么热闹。说不去说不去，你们还不是要去，我本来就不同意，就是薛晶你……"

枪口突然指到了自己身上，薛晶也不痛快起来："等一下！不对吧？最开始你们谁也没说不同意。当时我提议去山上，你们只是说那个山上有金龙的传说是假的。"

"所以就不要去啊！"

"但结果呢？你们说的是错的啊！"薛晶叫道。

"然后高兴了吧！出事了吧？最开始听我的不去就不会出事啊！"王瑞叫着，话里逻辑颠三倒四，吵架的时候却也顾不得了。

李勇却觉得这话有理，立刻帮腔道："对啊。要不是薛晶你没事

儿听七大姑八大姨嚼舌根传闲话，非要让我们去山上，根本就不会
出这事儿。"

薛晶想当和事佬，结果自己莫名其妙倒成了靶子。"明明是你们
都同意了才一起去的！怎么都成了我的错！"他也急了。

"我都没听清楚你之前说什么，是你们几个都说要去，我才答
应一起去的。"王瑞不肯承认。

薛晶叫道："你自己不听，怪谁啊！"李勇见机冷嘲热讽："我们
多笨啊，说什么人家也看不上，当然不用听了。人家智商多高，有
二百五呢。"

这下完全乱吵了起来。

"你说我什么？再说一遍！"王瑞盯着李勇。

"说就说，怎么了？你还敢动手打我？"李勇往前一站，脖子也
梗了起来。平素几人关系好得像穿一条裤子，但相识久了，不可能
没点磕绊，吵得急了，许多不服气都冒了出来。

"别吵了！"刘子琦终于开口大叫。他跟大家远算不上熟，本来
不太敢插嘴，可这时也不能不说话了。"我们自己吵有什么用啊？想
点有用的啊！都给我闭嘴！"

他的话虽说没错，可惜那三个人已经气撞顶梁门，李勇不分好
歹地叫道："你指挥我？你谁啊，也来叫我闭嘴？"他突然想起什么
来，"都是你！我们还没找你呢！"

"我？"刘子琦愣了一下。

"对！就是你啊！"李勇说，"我们几个这么多年，山上哪里没去
过，从没出过事。怎么偏偏你一来我们就出事了？我看就是你有问
题！"

"这跟我有什么关系？"刘子琦发现王瑞和薛晶突然安静了下

来，一言不发地望着自己，"你们都这么想，觉得程凡消失跟我有关系？"

王瑞被李勇一提醒，也意识到了什么。这里面会不会真有什么关系？事情……事情也确实太巧了一点。刚有转学生从上海转到自己班上，跟大家上了一次山，第二天程凡就"人间蒸发"了。

王瑞不由得想起《X档案》来。他虽然没看过几集电视剧，但是贝塔斯曼书友会每个月都在给他寄《X档案》的小说，有一本讲的就是怪物潜伏在学校里，把学生吃掉，然后变成学生的样子。

他不由得往后退了一步。这自然逃不过刘子琦的眼睛。薛晶又在一旁说："你一转学过来，就……"

"谁愿意转学到你们这个鬼地方来啊！"刘子琦大吼起来，"你以为你们这乡下破地方烂学校有什么好的！好像谁愿意来一样！"

几个人站在学校大门前，这话引得过路学生纷纷侧目，对刘子琦投来异样的目光。刘子琦不愿再理他们三个。本来他跟程凡认识不过三天，心说自己为根本不熟的人操哪门子闲心，好心当作驴肝肺，转身要走。

见刘子琦要走，李勇一把拦住，"别走。事情都没搞清楚，你要去哪里？"

"去上课！"刘子琦说，"让开！"

"我看你是心虚。"李勇说，"不准走。"

"滚开！"刘子琦不是好脾气的人，不由分说一把将李勇往旁边一推。

李勇被推得往后退了一步，也急了，叫道："你敢打我！"

"你个小赤佬我真打你又怎么样？"本就一肚子火，刘子琦真的冲了上去，伸手把李勇往后面推。

这下真乱套了。刘子琦体胖，李勇身壮，两人就在404中学门口撕扯起来。薛晶个子矮他们一头，只能在一边喊："别打！别打！"但不敢上前。王瑞个子倒比那两人都高，但胆子却小，他青春期抽条前被人欺负惯了，见到打架就脚软，只敢往一边躲。

"干什么！"这时一声怒吼传来，"哪个班的?！造反了啊！"

听着一声喊，李勇吓得一激灵，本能地住了手。刘子琦却不顾，抬脚乱蹬，李勇站立不稳，摔了个趔趄。王瑞和薛晶则吓得立在一旁：是张校长的声音。

"还打！还打！"张校长从自行车上跳下来，把手上的那辆破凤凰往旁边一扔，"哪个班的？班主任是谁?！"

张校长是个干瘦的中年人，比王瑞还矮，也就跟李勇个头差不多，但积威之下，除了刘子琦，另外三人都不敢动弹。见刘子琦不听劝告，他冲上去把人拉住，嘴里大吼："能耐啊，校长的话都敢不听！"

刘子琦这才反应过来，先是吓了一跳，知道自己祸闯大了。

张校长厉声道："校门口打架，这就是我们学校的校风吗？哪个年级哪个班的？叫什么？自己说！"

校长气得直哼哼，404中学正在创办四川省校风示范校，居然有人敢在校门口打起架来了，"也别给我上课了！走校长室打电话，马上把家长都给我请来！听到没有?！"

没人动。

"现在后悔了？不愿意去了？走啊！"

"你请得动我家长你就去请呗。"刘子琦垂着眼睛低声说。

"你说什么？大声点儿！"校长不敢相信自己的耳朵。

"我说，"刘子琦邪火上来了，昂起头盯着校长，"你有本事请得动我爸来学校，你就去呗！我自己一个月都见不到他两天，你请得动，你自己去请啊！"他的眼泪涌了出来，"什么鬼乡下烂地方，什么破学校！我不上了！我要回上海！"

刘子琦一面大喊，一面当着校长的面丢下书包，转身往校门外跑去。校长从没见过这般忤逆的学生，一时忘了伸手拦。听到"我要回上海"他才蓦地想起来，原来这是新来的转校生，自己见过的。

这时候人已经跑了出去，校长喊："回来！别跑！"可已经来不及了。

学校外面是家属区，方方正正的住宅楼像豆腐块一样密密排列着，几十米就是一个岔口，他追出去时已经见不到人影了。

张校长见状脑补了一堆——一定是转学生刚来就被同学欺负。这几个混蛋孩子！他脑子有点乱，厂领导还专门打电话嘱咐过他，新来的专家工作忙，要照顾好他的孩子，别让专家分心。这可好，完犊子了。

"你们三个！"张校长马上发作，王瑞是初二拔尖的，他记得脸，这时候也认了出来，也顾不得想这孩子怎么会去欺负人，只吼道："快去把那个同学给我找回来！他人生地不熟，别出了什么事儿！快去！人找不回来，你们几个就等着吧！"

三个瑟瑟发抖的孩子得了特赦令，转身往校门外追去。

沿着路跑了几百米，李勇突然停下脚步，站了一会儿，往左面走去。"方向反了！"薛晶叫他，"我看到刘子琦不是往那边跑的。"

"我不是去找他。"李勇道，"你们要找自己找，我不去。"

"啊，你什么意思？"薛晶愣了。王瑞也站住，望着李勇却没说话。刚才架没吵完，他心里还窝着火。

"我说，我不去找那家伙。"李勇说，"他不是要回上海吗？他自己回去呗。跟我们又没关系。"

"那你去干吗？"薛晶问。

"找程凡啊！"李勇叫道，"什么时候了，还有时间管那种人。他爱死不死跟我们有什么关系，我们跟他很熟吗？程凡不见了啊！反正校长不让我们上课，我要去找程凡。"

"这……"薛晶求助地望着王瑞。

王瑞问："找程凡，你去哪里找啊？"

王瑞的口气本来也没讽刺和找碴的意思，但李勇此时看着王瑞那张僵硬的脸，顿时有了自己的理解，"我当然不知道去哪里找啦。我这种人的脑子是木瓜，不会动的。没有聪明人拿主意我连路都走不了。"

说着也不理两个人，扭头就离开了。一番话气得王瑞没了言语，直喘粗气。

薛晶说："那，那我们……"

"我也不去找刘子琦了。"王瑞气撒不出来，"这么大个活人，我们镇就这么点大，他能跑哪儿去？还能真回上海啊？就算有人拐卖妇女儿童，也拐卖不到他头上。你想听校长的话去找，就自己去吧。"

"那你又去干什么呀?!"薛晶气得想哭，"你们这都是干什么呀！"

"那个傻子傻归傻，但说的话没错。我得去想想线索，得去弄清程凡的事情，这才是真正要紧的。"

"那你也跟阿勇去……"

"谁跟那个蠢货去啊！"王瑞骂道，"让他自己去。大不了他也人间蒸发了，最好连我们都不记得有过这么一个人，省心多了！"他也不怕李勇在前面听到这话，故意喊得很大声，然后转身往另一个方向走了。

只剩薛晶愣在原地，走也不是，不走也不是……

第九章　鬼　声

王瑞往家的方向走去。

他猜李勇肯定是要去那座山上，去那个洞附近。其实他自己也想去，但刚才几个人吵得太过。朋友久了，再铁再好，多多少少都会有些不愿提的心结，大人尚且如此，何况心直口快的孩子？王瑞现在心里对李勇非常不痛快。李勇既然先说去，自己再跟去免不了被他说些道三不着两的话。都是孩子，个个脾气大，谁肯受这个？

虽说要想办法弄清楚程凡的事情，但只是说起来容易。正因想不到办法，没有头绪，所以才想大家一起商量嘛。现在反倒搞成了这样，怎么办？

到底是中了什么邪？王瑞突然想起自己的外婆，遇到什么奇怪的倒霉事，她都会埋怨：一定是从外面招来了什么邪祟脏东西，呸呸呸，快出去吐掉。王瑞向来对封建迷信嗤之以鼻，但此刻心里却翻来覆去地想：一定是中了什么邪才会这样。吵架，打架，被校长抓到，全都是中了邪。

就是因为洞里那个奇怪的、五彩斑斓的东西。

"对啊！"王瑞突然明白过来，应该把山洞里的怪东西告诉大人。没人知道程凡是谁，没人知道有个大活人凭空消失了，但是可以让大人去看那个怪东西，让他们弄清楚怎么回事。那东西一定跟程凡的消失有关，只要把那东西搞明白了，程凡就能找回来。

刚激动了几秒，一想到李勇，热情马上又熄灭了。那家伙已经往山上去了。自己绝对，无论如何，都不要跟他一起去。好吧，王瑞心想，那家伙肯定也会去找大人的，他虽然没脑子，但也不至于太没脑子。这点事情他还是想得到的。

就这样思来想去，等他回过神时，已经走到自家单元门口。

这时候是下午正上班上课的时间，他不该回家的。家属区空空荡荡，上班的上班，上学的上学，没人注意到一个半大男孩站在家属楼下面发呆。"我这是在干什么？"他一面想，一面心怀愧疚地抬脚拾级而上。

爬过二楼，他突然想明白了。对，没错，是该回家的。家里有《十万个为什么》，有《辞海》，还有《大英百科全书》的光盘版，这套盘是买了电脑后叔叔送给自己的。他可以回去查书，他有很多书，对，还有《飞碟探索》《奥秘》……里面那么多秘密，说不定会提到那个闪着怪光的东西。

不，一定有书里会提到那个东西！

任何一道题，不管多难，只要有对应的知识点，就能找到解题的钥匙。

王瑞一步两阶飞快地跑回空荡荡的家，冲到自己的房间，从电脑桌的抽屉里翻出压箱底的十二碟光盘装《大英百科全书》。从哪里开始呢？他一面想，一面取下CRT显示器的绒布罩，按下了电源开关。等开机的过程中，他从外面的书柜里一堆一堆地搬来了书。厚得能砸死人的《辞海》、全套几十本的《十万个为什么》，然后是柜子下面的杂志，《智慧树》《飞碟探索》《奥秘》那一整年一整年的过刊。

书太多，堆得满满的，包围了他整个书桌。

电脑已经启动完毕，十四寸的飞利浦CRT显示器上显示着熟悉的windows98桌面。桌面上光溜溜的什么也没有。把书都放好，他喘会儿气。左手边的书桌上堆着一堆书，右手边的电脑亮着，含有十二张《大英百科全书》CD的六个光盘盒摆在电脑桌上。

马上就能搞清楚那奇怪的东西是什么了。首先，王瑞要回忆起那东西的样子，先把那东西想起来，弄清楚那是什么。事情过去了三天，他好像有意回避当时的经历，假装什么也没发生过，但现在必须重新记起。他努力地回忆：半透明的东西，挂在山洞里，样子古怪。然后呢？

王瑞发现自己记不清了。他记得程凡用木棍去挑那东西，想要把它装走。之后呢？发生了什么？他只记得橙色的光（或者是闪电）把山洞照亮。剩下的……剩下的就是一片空白。

他不记得了。王瑞觉得头晕目眩，心怦怦跳，眼前的一切都开始变形，有什么东西扼住了自己的喉咙，使他无法呼吸，说不出话。他看到过，看到过那东西真正的样子，看到过程凡的木棍是怎么放出橙色的闪光，但却没办法想起来，一圈夺目的白光和肺里的铁味代替了剩下的记忆。

王瑞站起来推开窗户，在窗边深呼吸几次。没关系，有这些就够了，有这些就可以查出那是什么，然后在书里找到这一切的缘由，找出解决的办法。

他回到板凳上。看了看那堆书，然后是桌上的光盘。

快查啊！快找啊！脑子里有个跟自己一模一样的声音催促着。

怎么查？从哪里找？另一个自己的声音在挣扎。

王瑞看过的电影和电视剧里，不管是侦探、警察，还是专家，就是这么打开书翻啊翻，然后就找到了答案。所以他理所当然地觉得自己只要把书和电脑准备好，然后翻一翻，就能找到。

随便怎么查都可以。他想，翻开书，随便翻一本什么书，或者打开大英百科全书的光盘。查生物，查发光，查……随便找什么……

但哪种办法好，先查什么才对？自己应该怎么选？他不安地想，完了，要做个决定。

王瑞不是不擅长做决定，他是从小到大都没做过决定。他母亲是中学老师，父亲是车间主任，都是对着一群人说一不二的主。从他记事起，母亲总是说："不行！你那样做不对！"父亲则是说："你要这样做才行。"父母两个人的决定未必一样，经常为他"练字还是画画""打球还是学奥数"吵架，但是从来没问过他："你自己愿意干什么？"

长这么大，王瑞早就习惯了，而且很快学会阳奉阴违，对不想做的事情偷奸耍滑。他很聪明，这种事难不倒他，没有什么问题。问题只有一个：别让他来做决定。

试卷上的选择题王瑞会做，因为选项除了对的，就是错的。他既然能知道什么是对的，怎么可能会去选错的呢？但他从小就知道，现实中的决定不是这样的。

一时半会，甚至永远你都不知道自己有没有做错决定。就比如山上这趟意外，早知道就不去了，可谁能未卜先知呢？

他们四个，还有其他人都常常以为各种事情是王瑞在拿主意，其实根本就不是，而且一直以来都不是。旁人之所以这么觉得，因为他总是分析得头头是道。他把各种情况、各种可能性条分缕析地摆出来，但王瑞从不下结论，从不说要做什么。他总是分析完了以后，等别人来拿主意，然后他照办就是。

就像这次去山上，他的意见是：不可能，假的，没意思。分析一二三四，证据五六七八……但薛晶说要去，他就跟着去了。

他不做决定，连衣服都是父母选好样式，他只负责试穿，看合不合身。

王瑞看着眼前这堆书，深知自己哪怕旷一下午课也绝对看不完。别说一下午，就是一天、两天……光是那十二张光盘的《大英百科全书》，自己就不可能查完，那是至少几年才能看完的东西啊！必须做决定，在有限的时间内去查这些东西，怎么下手，先查什么。

黏液、生物、发光、电、橙色、山洞……

无数可以下手的关键词，像一个个小龙卷风在王瑞的脑子里打起旋来，卷起他引以为傲的大脑里的所有东西，眼前甚至晕眩起来。"选一个，选一个！选一个！"王瑞对自己呐喊着。心跳加速，整个房间都仿佛朝自己挤了过来。

自己无论如何不可能把这些查完，如果选错了，要找的东西哪怕就在手边，但一个小时两个小时、一天两天等程凡完全消失再也找不到的时候，他可能才会发现自己看错了资料。那时候什么都来不及了，再也补救不了——只因此刻他选错了查找的方向。

王瑞觉得自己快要呼吸不过来了，索性抓起手边的盒子，那个《大英百科全书》光碟版的盒子。就是它了！

如果错了呢？应该去看《奥秘》，《奥秘》里那么多奇奇怪怪的事情……错了，肯定不在《大英百科全书》里，十二张光碟，每张六百五十兆，每天看八小时，一年也看不完。你每天能看八个小时吗？不会在里面的，等你看完早来不及了，那时候程凡已经……

王瑞用力掰开了光盘盒。脑子里的噪音终于小了一点。这是他第一次用这东西，以前连盒子都没开过。谁会没事儿看百科全书呢？尤其是在打开电脑就能玩游戏的情况下。

双碟装的盒子，他从里面取出写着CD1的那张。他注意到碟片上写着"A-C"。

稍微缓和的恐慌马上涨潮一样涌了上来。A-C，这是……拼音还是英文首字母？

刚才想到的关键词，宛如火山喷发一样生出更多思绪。王瑞本就不知道该从哪里查起，现在倒好，自己要先从二十六个字母开始选？二十六个可能性跟之前的信息交叉起来，仿佛在他眼前织出一张无数节点组成的蛛网。数不清的决定，把他缠了起来，吸了进去。

随便选一个，没关系，看运气。就像他们给自己说的，选择题不会做的时候就选C。他没有不会做的时候，只有犯傻做错的时候，而且这种时候很多。但王瑞知道这种"玄学操作"，随便选一个，就选这张碟。

王瑞按下光驱键，光盘托架弹了出来。他低头看了一会儿那托架，又看了看自己手上的光盘。他没把《大英百科全书》的第一张光碟放进去，只是又按了一下，把光盘托架收了回去。

自己做不到。随便下一个决心，什么也没搞清就这么开始，他做不到。

不自觉地，手上的鼠标移到了开始菜单，他发现自己点开了写着"游戏"的菜单目录，显出一串长长的列表。

鼠标箭头在游戏的快捷方式上无意识地滑动着。看着那些熟悉的图标：《大富翁3》《英雄无敌2》《仙剑奇侠传》《红色警戒》《魔兽争霸》……

就在几天前，四个人还围着自己小小的十四寸屏幕玩游戏。趁家长还没下班，四个人挤成一团，大多数时候玩的是《大富翁3》，每人选一个，正好最多四个玩家。有时候是《英雄无敌2》的热座模式，可流程太长了，从没真正打完过一局。《魔兽争霸》只能一个人玩，所以大家要换着玩，但经常一局一个小时就过去了。

电脑屏幕小，可四个孩子已经不小，总是挤得连转身的地方都没有。李勇总是要抢鼠标键盘，不管是不是轮到他。程凡总是动嘴，让别人帮他操作。四个人总是趁着放学，但大人还没下班回家那一小时吵吵闹闹地挤在这里。一周前程凡还说，他在《电脑报》上看到有个超级好玩的游戏，叫《星际争霸》，是出《魔兽争霸》的那家公司出的，要是看到了一定要买。

"《星际争霸》里的飞机可以隐形！"他记得程凡指着《电脑报》说，"看到《星际争霸》一定要买啊！我想知道隐形了别家还怎么打它，那造出来不就无敌了吗？"

他想起自己半天前说："我们的记忆才是假的，本来就没有这个人。"怎么可能呢？除了那个莫名其妙的家伙，谁会说出这么无厘头的购买理由来？

该死。王瑞心想，好端端的，自己到底怎么跟两个哥们儿吵起来的？还能一直吵到要动手？真的是……中了邪啊。

自己先前真是昏了头。每个人都心浮气躁，自己本来就不该怪李勇来晚了。那家伙又不是故意的，他又是个非要逞强的人，话不能顶着他说……这时候心里明白了过来。这一明白，突然打了个冷战：那傻小子那么逞强的人，自己没跟他去，那家伙不会发神经把"怪东西"当作罪魁祸首，要打烂弄死吧？

阿勇那小子没轻没重，谁知道他会做出什么？王瑞想到这里腾地站起来，也不管自己抱过来的这堆书和光盘就要出门去。人站起来，他想起电脑还没关。书无所谓，电脑不行，回头被爸妈发现就惨了，他慌忙点击"开始""关机"，焦急地等待"您可以安全地关闭计算机"这句话出现。

就在他心急火燎时，隐隐约约的，王瑞好像听到哪里传来一阵古怪的嘶嘶声。

这声音……似乎从自己身后传来，背后像是有什么东西在抓墙。类似指甲、塑料之类的划过墙面，仿佛能听见墙面被拉出了口子。这声音让王瑞有种很不舒服的感觉，背上发麻，连忙转头望去。

背后是床，然后是墙。很显然，床上什么都没有，墙上也毫无痕迹。床底下……他一阵毛骨悚然。"谁！"他几乎尖叫起来。

他胆子不大，更准确地说，在十四岁男生里算是非常小的。床单从床沿搭下去，下面黑洞洞的，看不见里面。王瑞整个人汗毛倒竖，吓得完全不敢动弹，死死盯着床底。

上班时间，屋里只有王瑞一个人，甚至可能整栋家属楼都只有他一个人。

"嘶……嘶……"古怪的啸叫又传来了。这次他听清了声音的来源，不是床那边，是电脑音箱。大概是声波反射的缘故，他听岔了。

但王瑞还是盯着床底，不太敢转头。那黑黢黢的床下面万一有什么呢？就像小时候一样，他睡觉的时候经常担心床底有人。他爸偏偏还老给他讲这种故事：小孩子单独在家写作业低头捡橡皮，然后发现床下有双脚。原来是小偷来家里偷东西，遇到小孩子回家就躲在里面。小孩子什么也没说，继续安安静静地写作业，直到家里大人回来了才冲出门迎接家长，把家里反锁了，然后报了警，把小偷抓起来。

然后他爸总结：你知道为什么这小孩儿看到床底下有人什么也不说吗？因为小偷一般都带着刀，要是小偷知道自己被发现了，说不定会杀了那个小孩儿。所以小孩儿假装没看见，等家长回来才反锁门。你要学习人家……

用这样的故事教育自己勇敢？王瑞吓得魂飞魄散，光是想到床底下可能有个拿着刀、随时会杀自己的小偷就全身发麻。他有段时间天天担心床下会有小偷，一个人的时候连东西掉地上都不敢捡：万一爬下去真看到床下有双脚呢？睡觉的时候也担心：要是小偷没有来得及跑掉，还在床底下呢？小偷手上有刀，会不会趁自己睡着从床底下捅上来，就对准心脏，就从自己平躺的后心……

王瑞已经很久没有想起那些东西，这时却尽数想了起来。电脑音箱的怪声越来越……嘶哑……那不是正常关机时发出的声音。他熟悉windows98关机的声音，那是风铃般的声音，是电脑坏了吗？

他不敢转头看电脑屏幕，只能死死盯着床下。王瑞也知道这没什么道理，但是……难道程凡消失就有道理？

音箱里的声音愈发古怪起来，有点像是信号不好的收音机发出的声音，但听起来更遥远、空洞。又像是狂风过屋时从缝隙里传来的呜咽，呜呜地响起来。此时，王瑞闻到一股淡淡的臭味，刺鼻、尖锐。

他不得不小心翼翼地回过头，眼角还扫着床那边。除了音箱的怪声，脚下的机箱里还断断续续传来硬盘咔嗒咔嗒的转动声，伴着CPU风扇的绵密轻啸。这些声音他突然觉得很陌生，哪里不对。这屋里有什么不太对。好像有什么……不属于这里的东西潜伏在房间里。

回过头时，正看见windows的桌面一闪黑了下去，屏幕上出现几个大字：

您现在可以安全地关闭计算机。

电脑声卡坏了吗？王瑞自我排解着，还是音箱插孔接触不良？肯定是其中一个原因。他侧身去摸机箱上的电源开关，这让他的脸几乎跟屏幕贴在了一起。手还没摸到，屏幕突然一花。

这时，黑底白字突然乱了起来，像是有一双筷子搅进了显像管里，白色字化开了，荡出波纹，屏幕的一边花成一团。他本能地往后一仰，音响里那"嘶……呜……"的噪音啸叫下面，隐约传来了什么声音。

王瑞不敢去听，但音箱里面的声音仿佛有种魔力，他越是抵抗越是听得仔细。嘶嘶的干扰声里，他觉得自己分明听到了一个词："来……来……"

随着这断断续续似是而非的"来"声，笨重的CRT显示器上的波纹缓缓变形、融合，从一堆毫无章法的乱纹凝聚成了椭圆，然后大椭圆里中上方颤抖着两个圆。王瑞早就吓得不敢动弹，紧盯着屏幕，耳边响起那像是"来"的声音。

椭圆和圆越来越不规则，还颤抖起来。王瑞突然明白了那是什么。那不是圆，椭圆是一张脸的轮廓，上面的两个圈是眼睛，眼睛下面的条纹正在聚集，凝成嘴的样子……

那是一张鬼脸，从雪花中浮现出来。

王瑞一声尖叫，撞翻了桌上整整齐齐的光盘盒，尖叫和哗啦啦的倾倒声暂时掩盖了音箱的怪响，给了他一丝胆量。王瑞继续大声尖叫着给自己壮胆，然后跳了起来，不敢再看屏幕，伸手按下了机箱电源。

没有往日的咔嗒声，屏幕没有黑。他不敢看屏幕，只知道屏幕还亮着，拼命狂按几下，没有任何反应。屏幕上的图形越来越清晰，越来越接近人脸。

他脑子里一片空白。拯救自己的完全是本能反应，无数次偷玩电脑时家长突然回家的本能反应。王瑞右手掏起显示器绒布罩子精准地套了上去，左脚往电脑桌后一踩，正踏在插电板的总开关上。啪嗒一声，机箱风扇停止了转动，CRT显示也噗一声黑掉了。只有音箱干扰的吱吱声又响了两秒，才终于停下来。

安静了，屏幕的光也消失了。只有一股说不出来的、微微刺鼻的臭味还残留在屋里。

王瑞保持了这个姿势好几秒，猛地从凳子上一跃而起，朝房子大门逃去，砰的一声摔上大门，发狂一样地往楼下跑，一段八阶的楼梯只用两步就跳了下去，不敢回头，只知道快跑，快跑！

刚才是怎么回事儿，他连想也不敢想。跑出阴寒的单元门洞，王瑞才终于稍稍松了口气。

这时，他突然想起那臭味是什么了。

臭氧。O_3，氧单质的三原子同素异形体，常因放电在氧气中被激发出来。

第十章　魅　影

王瑞猜得不错。李勇确实去了山上，去找那个奇怪的洞了。也确实像王瑞担心的一样，李勇打算把那个洞里发着光的东西"弄死"。

"你动不动脑子啊？"王瑞那句话又在李勇耳边蹦了出来。想到这话他就一股无名火起，突然对着路边大叫："我就不动！我没有脑子！可以了吧！"

家属区空空荡荡，只有小卖部的阿姨听到这声没头没脑的大喊探出头张望了一下，然后又继续看她的《还珠格格》。

吼完这嗓子，李勇心中的憋闷暂时去了一点。但那句"动不动脑子？"却没有消失，反而在心里回响起来。很多人的声音，老师、父母的声音，都在重复着这句话。

中午吃饭的时候，他爸后知后觉地问起："上个月考进班上前十了吗？"这时候月考成绩已经下来五天了。李勇迟疑了半天，才怯生生地摇了摇头。

"多少名？"

"二十……"

"多少？！"

"二十四。"

哗啦一声，李勇端着的饭碗被筷子从手中打落，掉在了地上。碗摔碎，饭菜洒了一地。"二十四！全班四十一个人，你考二十四，前一半都没进？"眼看就要动手，一旁的妈妈连忙护住儿子，"吃饭的时候说这些干吗？吃饭呢。"

"吃吃吃，都考全班二十四名了还好意思吃？"他爸吼道，"站起来！还好意思吃？还好意思天天跟人在外面耍？你看看跟你关系好的王瑞，人家考多少？年级前三吧？你上课干什么去了？动没动脑子？问你呢，动没动脑子？"

李勇垂着头。他妈连忙打圆场："你吼什么啊？不要没事儿就吼儿子。我们儿子又不笨，就是没认真学，对吧？"

"我就搞不懂了，你以前挺聪明的啊，怎么上了中学就越来越不动脑子了？你小学的时候也是数一数二的，不可能是智力问题啊。怎么现在成绩越来越差？！以前王瑞可比你差远了，人家是怎么学的？说明人家动脑子了。人家都在动脑子，你不动脑子，可不就越来越差吗？你还要考多少？下回三十四名，干脆四十一名算了！"

"王瑞爸妈又没有天天打牌……"李勇忍不住嘀咕。

"你说什么？！"他爸厉声呵斥，操起筷子就要抽他胳膊。他妈拦了一下，"儿子你这话就不对了。我们也没有天天打牌啊。再说，我们打牌跟你有什么关系啊？你就是不认真听讲、不好好写作业、不动脑筋才考不好的，难道还是我们打牌的错了？"

他爸此刻火冒三丈，一连串的质问喷了出来："我们不打牌还要天天给你辅导功课啊？你爸妈都是上过大专的还能看懂你的功课，那别人的爹妈没上过学怎么办？就考零光蛋了是吗？班上比你考得好的各个家长都天天守着小孩儿辅导功课，啥都不干，是吗？说话啊，是不是?! 干脆我们连班都不上，就来给你辅导，监督你写作业，好不好？"

两人一直骂到一点多，直到薛晶打电话过来，他爸接了转给他，这才转移了注意力，"以后我看你也少跟薛晶这小孩儿一起玩儿，薛晶我知道，成天就知道打游戏，我看就是他把你带坏了。"他见李勇要出门，又一声断喝叫住，"去哪儿？"

"去上学……"

"这么早，上什么学？又是跟他们去疯。不准去！地上的碗，还有饭菜，都给收拾了，家务干了再走。反正我看你这么不动脑子，太早去学校也没啥用，还不如帮家里多干点家务。"

李勇心急火燎地洗碗，一面怕他们几个等急了，一面不满地想：跟成绩好的玩说我不学人好，跟成绩差的玩说带坏了。世界上除了成绩更好和更差的还有什么人？干脆就谁都不认识没朋友最好。心念一动，好像真听见他爸妈说：你没朋友也挺好的啊，收收心，动动脑子。

等他跌跌撞撞狂奔到校门口，王瑞不分青红皂白一顿责备："你动不动脑子啊？"李勇就爆炸了。

你们倒是动脑子了啊，可你们想出什么了？

就跟请教王瑞功课的时候一样，他成天装模作样地说什么："任

何一道题，不管多难，一定跟你学过的知识有关系。首先就要找到
那个知识点，找到解题的钥匙。"成天分析这个是怎么回事儿，那个
的始末缘由，动了半天脑子，知识点找到了吗？解题的钥匙在哪里
呢？

这些统统都没用。没有那么多乱七八糟的，李勇火撞顶梁门，
只要把那个洞里稀奇古怪的怪物干掉、杀了、打烂、弄死、弄碎，
一切就结束了！他回忆起自己看过的各种电影和电视。别管那是什
么，从哪里来的，什么科学家折腾半天，最后都没用，越搞越糟糕。
反正弄死就对了！完事儿！

说不定那东西跟大熊猫一样是珍稀动物。他脑子闪念一瞬，那
又怎么样？谁让那东西把程凡搞没了呢？

怎么把那个怪东西弄死，他穿过家属区往山上走时一直在想。
那东西没多大，也就是一个拳头大小。要干净利落，一下就弄死，
不能让它跑了，不能让它反抗，更不能让它咬上自己。那天程凡用
木棍挑它时就被咬了，然后他就不见了。

不能用木棍，他想，太轻了。那玩意儿结实吗？李勇不知道。
他没有碰过那玩意儿。要是有枪就好了，像电视里一样，从洞口隔
着老远，用瞄准镜对好，砰一声打个稀烂。

不过他还没摸过真枪，要高中生才行。404高中入学军训时，就
有教官教步枪射击，技校军训还会教高射炮。他上技校的堂哥就摸
过，不过李勇不相信他真的开过高射炮。厂运动会时，他看过技校
军训表演，高射炮是拉了进来，一个人坐着高射炮的炮手座上，然
后突突突……

当时李勇还捂住了耳朵，结果炮手只是用嘴"突突突"，象征
性开炮。全场都笑得直不起腰，表演的炮手脸都红了。李勇天南海

北地想着，这一幕让他笑出声来。

他跟着军训的高中生去过山上靶场，半自动步枪卧姿射击，一人十发子弹。砰！砰！砰！真正的子弹。等军训结束，他去靶后面的土堆里挖了半天，挖出好几颗弹头来。那些弹头现在还在抽屉里。

如果有枪的话……他一路瞎想，路过厂里的人民武装部。执勤的卫兵诧异地看着他，疑惑这小孩儿怎么不去上课。军训的枪就是从这里拿来的，李勇想，要是能偷偷拿一把手枪出来……他心虚地跟年轻的卫兵对视了一眼，见对方正紧盯着自己，赶忙快步跑开了。

他也知道那是犯罪——重罪。

这时候，李勇想起自己包里还有一根警用电棍。那是他二伯的，二伯是警察，也就是那个上技校的堂哥的父亲。过年他爸从二伯那里要来了这根警棍，说是当手电筒用。这东西还是李勇早上出门前悄悄从他爸口袋里偷了钥匙，从锁着的柜子里拿出来的。不为别的，就因为放假前在游戏机厅里闹了一场，对面那几个混混他可知道，绝不是善罢甘休的家伙。

李勇虽然总是做出一副胆大包天、天不怕地不怕的样子，但总要有些防备。早上出门的时候还不知道程凡的事情，心里想的是：真有人放学来堵校门，自己哥们儿没一个能打的，新来的刘子琦好像还行，但也不能让他上吧。薛晶就不提了，王瑞长得这么高，但胆子小得惊人，真出事自己要保护好哥儿几个，手里还是得有家伙事儿。

进了厂大门，走在厂里，他可没敢把电棍掏出来，但时不时伸手去摸一下。据他二伯说，管你两三百斤，只要头上这电门开了，一碰，立马倒地上。电棍一尺来长，结实得很，就算不开电门，打架也厉害着呢。不过，用来对付那东西……是不是有点短？

路过锻造车间，车间外面的废料站引起了李勇的注意。锻造车间是404厂加工钢材的地方，整形的钢板、螺纹钢被锻造设备咔嚓咔嚓切成粗胚，然后再送去精加工。巨大的整形原材料切割之后的边角料就堆在废料站里，那是一个三米多高的方形大池子，就在山坡上，用铁门挡着，后面全是各种奇形怪状的碎钢。每过一段时间，就会有铸造分厂的车把这些边角料运走——虽然是边角料，但都是特种合金钢，成本不低，要重新融化锻造成整形原料。

李勇看到一根半米长的实心钢棍，表面都是红锈。他越过"危险，严禁入内"的标志，小心地避开各种有着锐利边角的钢边：稍有不慎轻则划破衣服，重则戳出窟窿。好在他身手矫健，无惊无险地从废料堆里把钢棍拔了出来。

非常重，沉手。李勇小心地从里面翻了出来，在空地里挥舞了一下，有些握不住。有这钢棍砸上去，别说那怪东西，老虎的脑袋也要碎——他也没想老虎会不会乖乖趴着任自己砸，心里顿时就有了底。

他拖着钢棍，一路穿过404厂这半座山。路上也遇见过人，疑惑地看这小子两眼。厂子大了管闲事的就少，谁也懒得猜遇见的人是哪个单位干什么的。工作时间在厂房外闲逛的人不多，倒也没遇见熟人，就是路长了些，爬坡上坎的。初时不觉，越往上越觉得这钢棍累人，走久了，不免气虚起来。

干吗要在山上建厂啊？在厂里长到这么大，他头回这么想：修平地上多方便，这么多死沉死沉的玩意儿，光山上运来运去就不知道要多花多少钱。还说我不动脑子，哼，我看，在这里修个厂就是最大的不动脑子。

　　一路胡思乱想着来到厂子的后山门，三天前就是从这里出去的。李勇正要出去，低头猛地想起手里的钢棍来，登时站住了。

　　门卫室还在那里。门卫室有两个作用：第一，不到下班时间不让没有出门条的工人溜号；第二，防止有人把厂里的东西偷出去。废铁废钢都在不能让人偷出去卖了的公物之列。

　　李勇担心地朝门卫室望了一眼，小心翼翼地用身子挡着那根钢棍——他现在觉得它太长了，要是短一些的话或许可以藏进书包里。

　　希望门卫不会发现，他想，一边心虚地往门卫室看，最好门卫看报纸别抬头，不，最好根本就不在屋里。

　　有一阵子他觉得有些眼花，门卫室里好像有一层雾蒙蒙的人影，看不真切。不要有人啊，不要有人啊。他紧握钢棍，要是被发现了，自己是丢下就跑还是抓在手里夺门而逃呢？他定睛望去，门卫室里是空的，并没有人。

　　刚舒了口气，突然听到旁边传来几声狗叫。声音很响。他差点就把钢棍丢了出去。糟糕！忘了门卫室养了条大狼狗，站起来比人都高的那种。李勇倒不怕狗，但狗会抓小偷，他现在就是小偷！他胆子再大，这时候也心里一寒。狗别过来！千万别过来啊！

　　吠叫声没有近，反而远了。"去！"听到有人大声喝令。然后狗吠越来越远。顺着声音望去，这才发现门卫在旁边逗一条大黑背狼狗，一个球朝远处跳去，狼狗正欢脱地追逐。根本没人注意到这个在上班时间出现在厂里，还偷了废钢的孩子。

　　李勇连忙从侧门蹿了出去。

　　好巧啊。他心想，运气真好。

他顺着之前的路往山上去。不像三天前那般瞎转悠，他这回记得路，自然走得快了。路上又见到两只死鸟，应该是五天前掉下来的。李勇心念一动，蹲在了小路上，想要分辨出大家之前的脚印来。有没有程凡的脚印呢？

心念一动，他自己也愣住了：如果有程凡的脚印意味着什么？如果没有呢？

不知道。自己什么也不知道。他试着动脑子，但马上就卡壳了，然后一片空白。那种很久没有过的惊慌重新从心底飘了起来，他开始感到害怕。

第一次有这种感觉还是小学五年级。这是父母老爱提的当年勇，那时他成绩非常好，总是双百，总是班上第一。小学五年级的时候，他顺理成章地被老师选去参加奥林匹克数学竞赛培训，一起去的还有王瑞和程凡。

上了两个月的课后，李勇发现很多题他不会做，从头到尾都不会。无论他怎样努力回忆学过的东西，也完全看不出这些东西跟题目有什么关系。

看到答案他就懂了。但新的题目一出来，李勇又卡得死死的，脑子里一片白茫茫的空白，心里没抓没落。"你是怎么做出来的？"他悄悄问王瑞，"你到底是怎么想到的呀？"

"就……"王瑞完全不知道该怎么解释，"看到题目就想到了啊。就是这样啊，有什么好想的？"

"我们儿子是很聪明的，他就是不肯在这上面动脑子，不感兴趣，不肯好好学。"他妈这样说。他自己知道不是这样，他动脑子了，真的动了。但是……一片空白。

李勇意兴阑珊地站起来，踢了两脚泥地上的脚印，安慰自己：

我连自己的脚印都认不出来，还认别人的呢。然后舞起手中的钢棍，朝面前挡路的松枝猛挥过去，小臂粗细的树枝咔嚓断成两截。他闷头打断三四根树枝，虎口酸痛，这才住手。看着地上的断枝，学着李小龙的"啊打"，一脚把断枝踢飞，这才往山中飞快跑去。

洞不会不在了吧？眼看快到了，他心里突然冒出这么个念头。这念头一出现就挥之不去，程凡不见了，连证明他存在的照片都没了，这样的话那个洞……李勇越跑越快，生怕晚来一步洞就真的消失了。

只要绕过前面那个坡就到了。他突然有些腿软，步子也慢下来了。从跑变成走，然后从大步变成小步，最后胆战心惊地探出头。

洞还在。虽然被树挡着不那么明显，但是还在。威严地立在那里。

李勇从书包里掏出二伯的警用电棍，启动了照明功能，比那天的手电亮好几倍，强烈的光柱照进洞里，整个洞壁都亮了起来。

右手抄着钢棍，左手端着警棍，李勇缓步往里走，心立刻狂跳起来。

总觉得有什么跟之前不一样。当然，之前是他们一群人探险，现在只有他独自一人拿着钢棍要去弄死那怪物，心境肯定有差异。但是，李勇隐隐意识到，他所感觉的不一样还有其他东西。

那是一种说不清道不明的不对劲。好像周围的东西都隐隐约约、飘飘忽忽似的，不怎么真切。自己有过类似的体验，是小时候发烧，整个人烧到快四十度的感觉。

别害怕。他对自己说，怕什么？右手腕转了一下钢棍，他已经越舞越灵活了。"出来！"他叫道，"那个怪物！你快出来！"

只有洞里的回音，警用电棍的强光比先前的手电照得远得多，但比起洞的深度还是很有限。喊声在洞里嗡嗡回响，渐远之后却像是什么鬼怪的号哭，有点瘆人。"滚出来！你对程凡做了什么！把程凡还回来！"

嗡嗡嗡……回音的低鸣经久不息。

它一定还在洞里。李勇想，那东西没有脚。虽然没看到它动，但移动速度肯定跟蜗牛一样慢。就算往外爬，这三天也爬不出去。一定还在洞里。他已经记不起那天自己走了多远。

李勇看到了"它"的影子。

不是那种因为挡光而产生的影子，不是。是一种朦朦胧胧、看不真切半透不透的影子，就像自己发烧时看到的重影，或者盯着灯泡久了闭上眼能看到的那种影子。

三天前看到"它"，它就是半透明的，但那种半透明类似塑料、果冻、水母。但这时却像是……幽灵！

李勇的心跳骤然停了，来不及多想，他抬起右手抡圆钢棍猛砸下去。"把程凡还回来！"他高声大叫。

一声巨响，棍子硬砸在墙壁上。没有一丝打中软物的感觉，他的虎口震出了血，钢棍瞬时脱手掉在地上。

没有……打中？棍子砸在它边上，恰巧错过，把岩壁打出一道白痕，碎屑飞溅。可能是用力太猛，失了准头。

不，不是没有打中。李勇看到了刚才发生了什么，离得这么近，他没有眨眼，看得清清楚楚。影子，不是一个影子，是一团影子。

它没有动。李勇也没有动。他用警棍的强光对准了它，亮得刺眼，但他不敢眨眼，不敢看别处，也顾不得虎口冒血。

这时，他终于明白刚才是哪儿不对劲了。它好像是一个生物，但现在李勇看明白了，它不是，它是一团影子，无数个影子。影子重重叠叠地聚在一起，他那一棍子砸下去，有些影子消失了，那些本来会被打到的影子。

或者说，刚才李勇只是把影子当成了它的本体。他以为刚好错过而没有打中的"它"，也只是另一个影子。还有很多很多的影子。他本来只能看到一个，但集中精神后就能看到很多，多到数也数不清。大多数的影子聚在一起，重叠着，越往外层次越少，看起来就越稀薄，像是一幅慢慢晕开的水墨画。

这是怎么回事？他不知道，但有个念头悄悄冒了出来：如果王瑞在就好了，他说不定知道怎么回事，能出主意。

看着眼前这堆影子，李勇本想慢慢蹲下去，捡回钢棍对着中心部位再抡一回，就像打蚂蚁窝一样。但他的右臂整个酥麻无力，根本使不上劲儿，棍子也捡不起来。

"嘿！"他晃着左手的电棍对它大叫，却只是虚张声势。没了钢棍，先前一击毙命的念头便消失了。看着那堆飘忽的影子，李勇愈发摸不着头脑。"嘿！"他挥舞电棍假装往前欺身半步，盼着它往洞里跑。

《动物世界》里说，面对危险动物永远不要立刻转身逃跑，把后背暴露给动物是大忌。这跟打架一样，除非你确定对方一定追不上，也不会扔石头砸你。李勇想要把它吓退，然后再慢慢从洞里退出去。

可它一动不动。

李勇发觉，所有的影子都在振动，都在微微地改变位置。但这堆影子围成的那个球形影群却一点也没动，根本没有理会他的恐吓。或许那根本就不是一个生物？

李勇摁开了警棍的电门。一尺来长的警棍的末端突然发出噼噼啪啪的声音，蓝色的电弧开始舞动。照明的电流小了，直指它的灯光闪烁起来，整个洞里忽明忽暗。

它动了，往后缩。

不是往后移动，而是……部分影子改变了位置。原来围成的圆形拖出了彗星一样的尾巴，李勇想起《七龙珠》漫画里，因高速移动而产生的残影，但这不是动，而是某种不动。

李勇突然灵光一闪。它在以"不动"的方式，进行"移动"。

"害怕了吧！"李勇大叫起来，"你害怕了！你害怕电是吗？我猜中了，想跑对吗？"他拿着电棍冲上去，死命按着电门，警棍那端闪着蓝色电光朝"它"杵了上去。李勇对准了核心——那团影子最密、重叠最多的位置。

影子消失了。如彗星长尾般朝山洞深处拖去的影子纷纷溃散，只留下最中心透明体中最实在的那个。像是识破残影拳一样，警棍的电弧正对着它放电。打中了！

李勇用尽全力把警棍往它身上戳了进去，大喊着："去死吧！去死！去死！"警棍刺入表面，电弧在它身体上闪烁，而警棍的照明光线却越来越暗。明亮的洞里闪烁了几下，突然漆黑一片。只有诡异的蓝色电弧跳动着，李勇的大喊在洞里回荡。

黑暗中，一道蓝色的波纹从它的表面释放出来，像是有什么炸开一样，朝洞里溃散。激起的蓝色波纹疾行而去，顺着"它"那复杂的表面流动。李勇盯着警棍的末端，黑暗中明亮的波纹映蓝了他的脸。

手上力气不觉松了，他慢慢地、慢慢地抬起头来。

糟糕。

第十一章 摇 杆

薛晶漫无目的地走着。走过厂医院，走过小学，走过电影院、公共澡堂，走过迎春门……等他回过神来，自己已经站在一块蓝布帘子前。

说不清楚他在想什么，更准确地说，薛晶什么也没想，他径直走了进去。

游戏厅老板坐在柜台上看租来的《寻秦记》，正看得兴起突然有人进来倒吓了一跳，抬头看了眼大厅挂着的石英钟，这才两点多。他疑惑地看了看这小子。

店里的高峰期往往是两个时间：四点到六点一大波，学生们下午放学；晚上七点以后一大波，吃完饭的大人来打赌博机，小孩儿揣着零钱溜进来。而下午两点多，平时也就是些"不三不四"的大人去里屋玩玩麻将机，外面赚小孩钱的游戏机基本不会有人来。

当然，也会有些自以为"道上混"的小混混旷课来店里泡着，一分钱没有，还把机子拍得啪啪响，等着其他"小弟"不知从哪里搞来钱买币孝敬自己。

当了这么多年游戏厅老板，实话实说，不三不四的小孩见多了，但这小子不是。虽然不知道名字，但他对这个身材瘦小的男孩印象很深，几乎店里每款游戏都能一币甚至是一命通关。他一度很好奇：都玩得滚瓜烂熟了，还有什么意思？

有一段时间他观察过这小子。发现他的玩法跟其他孩子不太一样。别的小孩儿为了通关会去背各种特殊技巧，比如《武装飞鸟》第六关的关底满屏都是子弹，但右下角往左一个飞机位永远是空档，你只要停在那里一动不动打子弹就可以了；比如《恐龙快打》第二关，两个玩家只要抢了BOSS的砍刀，背靠背把BOSS堵在屏幕外一直按拳，连人影都不用看就能将其击杀。几乎每款游戏都有好几个这样的死技巧，在玩家间口口相传，每个人都在用。

可这个矮个儿男孩从来不用这样的技巧。他每次的打法都不一样，换着用不同的角色，不抢"最好用的那个"。游戏厅开了这么多年，高手多了去了，但他真是独一无二的存在。

当游戏厅老板不能跟客人说话，更不能教客人好好学习，少打游戏。但他私下不止一次跟老婆闲聊时说起，不知这小子学习好不好，如果聪明都浪费在这上面，那太可惜了。

下午两点过，刚上课时看到他出现，这还是这些年头一回。老板的心情一时有些复杂。他几乎脱口而出："小子你不用上课吗？"来店里的学生没几个不是偷偷摸摸的，每天都有人被父母拧着耳朵拽回去。但放学后来是一回事儿，该上学的时候旷课，又是另外一回事儿。

他见过不少孩子，最开始也是个好孩子，突然有一天在别人上课时出现在店里，开始还探头探脑，有点不好意思，然后慢慢就呲五喝六地大方起来，谈吐也变了；之后就有了烟，揣着刀，开始讨论哪个班的哪个小崽子包里钱多，哪个工地的钢筋好拿。

"你!"老板忍不住叫了出声。薛晶一脸失魂落魄，被老板吓得一激灵，抬起头来。老板想说："今天你们学校不上课吗?"话一出口却变成了："你买几个币?"

薛晶并不是真想进游戏厅，更没想买币打游戏。这半天已经够让人乱的了。张校长把他们骂了个狗血淋头，让他们马上把刘子琦找回来。他也不知道去哪里找。现在程凡人间蒸发，三个人吵得势同水火，李勇自己去了山上，王瑞也不知跑哪儿去了。薛晶现在毫无主意，一脸的手足无措，但他知道只有疯子才会在这时候来打游戏机。

"七个币。"他听见自己张嘴说，还掏出了兜里仅有的两块钱。这是在做什么啊？薛晶问自己。别买啊，你疯了吗？

"七个？"老板说，"三毛钱一个，七个两块一，只能买六个。六个币一块八。"

"以前不都是两块钱七个币吗？"

"以前是以前。不买就走开。"老板说。快走快走，快出去，回学校上课去。

"六个就六个嘛。"薛晶怯生生地说。老板面无表情地数出六个游戏币，找了两毛钱给他。

薛晶心烦意乱地把游戏币揣进裤包，再把钱收好。愧疚、难受、不安，纷繁的情绪压上了心头，他沮丧地在游戏厅里转了一圈。每台机子都没人，他看着屏幕发着呆，心里有个声音说：去找刘子琦啊，他说不定已经去车站了。

然后他就看着自己心乱如麻地在《三国志》上投了币，选了最难用的黄忠。早点死吧，死了就走。

听着黄忠缓慢的射箭声，薛晶的心情慢慢平静下来。嗖、嗖、嗖……《三国志》的黄忠很难用，非常难用，正常情况下绝对没人选。因为他们不懂黄忠的核心属性是控制攻击距离，不能追求伤害和打断，要通过不断换线来控制距离，活活把敌人耗死。

薛晶涣散的精神集中了起来，他开始进入状态，手、眼、脑无缝衔接成一个整体，眼观全域画面，大脑预判情况，手部协调动作，所有操作分毫不差。此刻，除了游戏机，整个世界都在消失，他开始掌控全局。宁静，一种强烈的宁静感淹没了薛晶。

他只擅长打游戏。

其实在很早之前，还不到小学三年级的时候薛晶就已经意识到一件事：他不太会读书。二年级的时候他一直学不会除法，数学老师叫了家长，天天留到晚上九点，就教他一个人，整整留了一周。他妈都快哭了，"这有什么不会的呢？这可怎么办啊！"

后来薛晶稍微开了一点窍，勉强徘徊在班上十多二十名。开窍的妙招是，只要考试比较难的大题完全不去做，几秒钟乱写几个大知识点上去，总能拿几分，然后把所有会做的全都检查验算三遍。虽然十多名听起来不算差，但他知道，其实自己真会的题目比很多成绩更差的同学还要少。

但从他接触游戏开始，就发现自己特别擅长打游戏。《大富翁》之类看不出来，但《魔兽争霸2》打联机，他能单挑王瑞和程凡的两人联盟。他一边开分基地，一边骚扰王瑞牵制主力，同时强推程凡的主基地，打得两人毫无招架之力。可不管自己怎么教，他俩就是不懂不要全屏幕所有兵框在一起操作。分队、队形、魔法技能……年级第一和年级第二就是操作不过来，就是点不中人。王瑞用自己家的电脑练了一个月，"这怎么点得过来啊，我脑子都乱套了！放弃！我们还是玩儿回合制策略游戏吧，《英雄无敌》就挺好。"

自己不应该只擅长游戏才对吧？薛晶很早以前就这么想。这时候他还不知道手眼协调、脊椎反射这些词，但他觉得自己应该多试试别的东西。三年级的时候，他对妈妈说："妈，我想学画画，老师说我可以试试学素描。"

"素描？学来干吗？你看公园里那些给人画素描画像的，都是找不到工作的。"

四年级的时候，有同学学了小提琴。当着全年级文艺表演，他看那小女生手指很笨，急得心焦火燎，恨不得把她的手指掰过来松一遍。"妈，我想学小提琴，钢琴也行。"

"啊？哎哟，你能不能先把数学考好点啊，你看看这分数，数学老师前几天请家长还问我你平时都干什么去了，有空多做做习题。"

五年级的时候，来了个体育老师是县足球队退役的，教大家护球颠球。"妈，体育老师说推荐我参加少年宫足球队……"

"足球？你个子又不高，踢什么足球啊？"

"我会长高啊。再说，老师说马拉多纳也是矮个子，矮个子也能率领阿根廷队夺取世界杯冠军呢……"

"马拉多纳？马拉多纳我听过，就是世界杯决赛犯规拿手进球的那个吧？你们体育老师怎么成天把这些歪门邪道的人给你们当学习目标呢，犯规的人还好意思拿出来说。我觉得你少听那什么老师的吧，好好把你成绩搞上去，少想些歪门邪道的。你看看你们班长温佳燕，上次家长会读人家作文，人家立志学习大数学家陈景润，将来要破解一加一等于二的世纪难题。你就不能像她一样？"

到底什么是一加一等于二的难题啊？一加一等于二幼儿园就会了，怎么又变成世纪难题了？他一点也不明白。

薛晶只擅长打游戏。

游戏让他觉得宁静。电子游戏都是很吵的，游戏厅里一堆机器挤一块儿尤甚。音乐音效、聊天说话、吵架、按键和摇杆的撞击声，还有赌博机的喧嚣声都融了一起，但只有在这里，薛晶才觉得宁静。他面对游戏，就像王瑞面对奥赛试卷一样，薛晶清楚地知道，每个挑战该往什么方向去尝试，把难题解决，把敌人击败，然后清版[1]。

不知不觉，薛晶已经用黄忠打到了最后一关的关底——吕布。想靠黄忠那可怜的伤害击杀吕布几乎不可能，而且一跟吕布拉开距离他就跳斩过来，这一战打得十分狼狈。眼看倒计时越来越近，吕布还剩三管多血。这时，屏幕上亮起了红色的倒计时，音箱里传来急促的催促声。

这声音打破了薛晶的逃避心理。程凡的消失，跑掉的刘子琦，还有张校长的喝令，薛晶心中一乱，只见吕布从屏幕对面一剑斩来，黄忠当场毙命。

"唉……"背后传来一阵叹息。围观者为他的功亏一篑可惜，本以为能见证一个奇迹，但这声音却让薛晶如遭雷劈，吓得慌忙转身，只见一张自己万不愿在游戏机厅见到的脸：闫涛，那位被学校

---

1. 将画面中的敌人全部击杀后才能进入到下一关卡的游戏模式。

开除的"社会小超哥"。

自从闫涛抢李勇的游戏不成，反被刘子琦摔了一跟头，他就觉得在小弟面前大大地丢了面子。这几天一直吩咐小弟们留意，要是撞上他们一定要好好打一顿出出气，没想到在这里堵了个正着。本来十多分钟前，闫涛就带了四个小弟把外面堵了起来，整个过道封得严严实实。正要发难，他一看游戏机屏幕，薛晶用黄忠愣是过五关斩六将，打得可谓神乎其技，一时竟然看呆了。见黄忠被斩杀，闫涛都不免扼腕叹息。

闫涛伸手往薛晶肩膀上一攀，一口四川话，"咋个了嘛？今天旷课了哇？你那几个哥子嘛？没有一起哇？"他一笑，"你也学坏了嗦？"外面四个门神斜瞟着薛晶，他动也不敢动。

"咋个不说话嘛？那天你们几个不是歪得很都嘛？"闫涛一推他背，薛晶瘦小的身子就往机台上一撞，"说话噻！"

"那天我没打你。"薛晶辩解道，"跟我没关系，又不是我打的……"

闫涛本就忌讳这个，一把将他从机台前推开，"老子那天不小心自己绊了一跤，哪个是被打的？！唵？唵？"闫涛连续推搡几下，薛晶转眼就被逼到了最阴暗的墙角里。

"自己说，咋个办？"闫涛狞笑着。薛晶可怜巴巴地望向柜台，那边空着，老板去了里面。糟了，他心顿时凉了。不知道为什么，他此刻想到的是，爸妈要是发现自己死在游戏厅，还是上课时间，他们一定会气得爆炸。

"你……你们说怎么办。"薛晶胆怯地说，只求对方放自己走。

"兄弟最近没得烟钱了。"闫涛说，"交个朋友嘛，借点烟钱。"

薛晶发抖的手伸进裤包，哗啦啦掏出五个游戏币，然后又从另一个口袋里掏出了两毛钱。"只有……只有这么多。"他颤巍巍地摊开手掌。

闫涛从他手里一把将钱和币抓了过去，"裤包掏出来。"

"真的没有了。"薛晶说。

"喊你掏出来！"

薛晶一哆嗦，老老实实把口袋翻了出来，里面'空荡荡'的。

"穷鬼。"闫涛骂道。

薛晶见他语气略缓，刚想从闫涛身边钻过去，他突然伸手一拦，"等一哈！"顺手抓住薛晶的头发，把他往游戏机台上一扯，脸整个压在了按键上。

"这个事情嘛，如果那天你们哥子几个都在，今天孝敬我几块钱，意思一哈也就算了。问题就是，只有你一个人在，那天那两个瓜娃子，先动手敢推我的一个，还有给老子动拳头的那个，都不在，这个就不太好说咯。所以嘛，只有喊你帮他们赔礼道歉一哈。"闫涛挠了挠耳朵。

"怎么……怎么赔礼道歉？"薛晶怔怔地问。

闫涛跟小弟对望一眼，露出一脸奸笑。他腿一抬，脚往机台上一踩，伸手指着自己胯下。"从下头给我钻过去，事情就算了。"

他背后的小弟嘿嘿地笑起来，笑得非常开心。

薛晶没有动，呆呆地看着面前这五个人，目光最后停留在闫涛脸上。

"钻啊！看啥子？"闫涛说，"我大人大量，给你个机会，就不打你了。你也可以不钻，自己想清楚。"

薛晶紧紧咬着牙。他希望自己能像关羽一样"下上拳"，从下面飞扑过去，一个肘击先把闫涛的蛋撞碎，再从上面压下来，将他压成肉块；然后抓起那个笑得最开心的傻大个，转身一扔，三个人都会被砸倒，自己再追加落地连招，上去踩踩踩！踩碎所有人的蛋！让你们钻！……

"快点！"闫涛厉声叫道。薛晶昂着头，兀立不动。

身后一个小弟说："涛哥，老板要回来了，快点。"

"他回来他的。"话是这么说，他又看了薛晶一眼，"不钻是吧？来嘛，喊人帮你嘛。"说着，对身后两个人使了眼色，"帮他点忙，他还有点不好意思。"

两个流里流气的家伙走了过来，一个抓住薛晶的胳膊，一个推他的背，硬把薛晶往闫涛胯下塞。薛晶在同龄人里也算瘦小，两个家伙显然比他大了几岁。他咬紧牙关凭着一股心气硬扛，背已经拱成了虾，双手死死拽住游戏机台的边缘。

但这也渐渐撑不住了，整个人开始往闫涛胯下滑去，薛晶大叫起来，一只脚抬起猛踹。闫涛先是被吓了一跳，可惜这脚毫无章法，并没有踢到自己。他哈哈大笑起来，对自己小弟骂道："推什么推，瓜娃子，踹他背！"

一股巨力从背上袭来，薛晶整个人朝前扑倒，正对着闫涛裆下而去，耳边充斥着那群人得意张狂的笑声。他的手胡乱地在机台上抓握，想要靠什么东西把自己拉住，未曾想手指竟勾上了一个摇杆。薛晶对它太熟悉了，一把牢牢握紧，摇杆咚的一声撞在边框上，借着摇杆的支持，他硬把自己往后拉。

"老子亲自来！"闫涛见他死活不肯就犯，也急了，腿打着圈主动往他头顶跨过去。薛晶攥紧摇杆，昂起头来，双目圆睁，对着闫涛大喊："滚开！"

这时，闫涛顿觉全身汗毛倒竖，空气里传来让人万分不适的诡异感。游戏厅里所有的机器全部黑屏。他看见一道电弧爬上摇杆，窜进那小崽子的胳膊。

想撤退已经来不及了。好像是幻觉，薛晶飞起一脚朝自己胯下踢来。闫涛说不清自己到底看见了什么，他想起黄飞鸿，还有佛山无影脚。许多影子同时出现在黑黢黢的停了电的房间里，自己只惨叫了半声，剧痛就将喉咙死死堵住，使他整个人滚到了地上。

那一瞬间，薛晶觉得自己是《恐龙快打》里的工人，是《三国志》里的关羽，是《街霸》的红魔，周围的一切好像都停滞了，他控制着自己的摇杆——拳，跳，下拳，脚，上拳，后闪，投……在黑暗中完成了一系列操作，最后冲出蓝布帘子，回到了阳光下。

蓝布帘子后面一片乱响，哎哟和呻吟从里面传来。肾上腺素在薛晶的血液里飞奔，刚才发生的事情在大脑里只剩一片嗡嗡作响的亮白色。

他怔住了，这时旁边的饭馆里跑出个人来，"停电了啊？"饭店老板对着周围铺面大喊，"是不是都停电了哦？"

第十二章　黑　箱

其实刘子琦没有"回上海"。

他本来一路往镇上的汽车站跑，车站就在镇中心那座巨大的刘秀雕像边上不远。虽然自己来这里没几天，但路还是找得到。他心里憋着一股气，一路往前跑，没多久就看到了"汉旺汽车站"的招牌。

他背着书包跑进汽车站，脸上的眼泪都还没干。刘子琦走进汽车站，一面流泪，一面看挂在厅中央的汽车时刻表，这时总算是冷静了下来。

上海有奶奶，有大姨，有小姑，只要回了上海就不愁没地方去。但是，怎么回去呢？这里买不到去上海的直达车票，他是跟爸爸坐飞机到成都，然后被一辆车接到了这里。但刘子琦自己显然是买不了机票的。那就从成都买火车票回去，他很快就打定了主意——去成都火车站。

他走到售票窗前，"阿姨，去成都火车站什么时候有车啊？"

售票员对上海和东北口音的普通话早就习以为常，头也没抬就用四川话回道："这边莫得直接到火车站的汽车哦，这边都是到成都汽车站的，火车站你们厂头有车直达的嘛，你……"这时候才注意到是个孩子，"你咋个一个人嘛？"售票员抬头四望，"你家长嘛？"

刘子琦听得不是特别明白，四川话属于西南官话，算是和普通话差异很小的方言，但也不是人人都能听懂。404厂里通行普通话，镇上可不是，售票员一听普通话就默认是404厂的。刘子琦看售票员在窗口探头探脑，猜到她是在问自家大人。小地方人更热心，或者说更不注重隐私界限，何况又是孩子，问的车票还是去成都，售票阿姨可不认为这么大孩子可以自己一个人去成都火车站那种治安堪忧的地方，"你爸爸妈妈呢？"

刘子琦转身就跑。"喂！那个小娃娃！"售票阿姨探出头来喊。他一边跑，才一边想起自己包里的钱也不够买回上海的火车票。

跑出车站，刘子琦竟远远地看见了李勇。他正气势汹汹地朝这边走，刘子琦马上明白一定是校长叫他来找自己的，于是三步并作两步躲到路边树后。只见李勇也不往汽车站里走，而是急匆匆往厂里的方向去了。

他觉得有点奇怪，但又不想让李勇发现自己，于是一直等对方走远才从大树后出来，想了想，觉得无处可去，一阵心灰意冷，只好回头往家属区方向走。

此刻，他彻底明白了一件事：自己是没法跑回上海了。如果自己跑回去会怎么样呢？刘子琦往山上望去。

青山耸峙，层叠入云，山间苍翠中露出厂房的彩墙，延绵不绝，占据了面前大半个山。中国的巨型工厂是很多的，但都铺在平原上，寻常平视所见不过工厂的围墙，只有在飞机上才能一窥全貌。404厂却不是这样，它层层叠叠沿着山势铺开，仿佛棋盘被立了起来，斜倚在山间，不必坐飞机，一样也能"鸟瞰"它的全貌。刘子琦找到了那个"十二层大楼"，他爸刘佩大约就在那儿从事着重要工作。

蓝白色的十二层大楼方方正正地立在远处，沉默着。比起上海的高楼大厦，这十二层的建筑实在矮得可怜，算不得什么。但上海的高楼都是拥挤的、林立的，无数摩天大楼堆在一起，挤挤凑凑地簇拥在一起。而十二层大楼却是孤独地在山上耸立着，方圆四望别无他物。它几乎是一个立方体，兀立在那里。404占据着这个山，笼罩着这个小镇，而十二层大楼就是这一切的核心中枢。

这个中枢大楼把刘子琦的父亲吞了下去。

自己真跑回去了，他爸会丢下工作回上海找他吗？光想到这个问题他就很心虚，影响他爸的工作是一条绝对不可碰的红线。"不要影响爸爸的工作。""爸爸要加班，很重要的。对不起，下次吧。""钱给你，你想买什么自己买就好啦，爸爸没空，乖。"

如果自己真的悄声无息跑回去，回上海找他至少要鸡飞狗跳地耽误一周。一周不能工作，这让刘子琦觉得简直是大逆不道，充满了致命的诱惑。

刘子琦能想象他爸那张铁青的脸，"你知道你给我找了多少麻烦吗？我现在事情多重要，你明白吗?!"他在幻想中还嘴："我不明白！我什么都不明白！你什么都不告诉我，把我当行李一样随便丢来丢去，我能明白吗？"

正想象着自己怎么把爸爸怼得无言以对，兴高采烈间，一个声音像冷水似的浇了下来："就算你跑回上海，你爸也不会来找你。肯定的。最多不过有个同事阿姨、学校老师跑来，他才不会来呢……"

刘子琦圆乎乎的脸变得惨白，一边无精打采地往家属区走，一边努力跟这个声音争辩："才不会，爸爸会来的。我都离家出走了，他还不来找我?!"

那声音没再继续。刘子琦回到宾馆，浑浑噩噩地上楼进了房间。

厂里的宾馆虽不比大的星级酒店，但也有涉外资格，"专家套房"正是为来404厂出差的外派专家和外国合作伙伴准备的，条件相当不错。但宾馆毕竟是宾馆，不是居家的房子，两张单人床，一个会客厅，一个浴室，一个小阳台，也就这样了。刘子琦在"专家套房"里待了小一周，已经觉得异常憋闷。厂里分配了房子给他爸，但刘佩顾不过来安置：房子倒是简单装修过，灰也抹了，墙也漆了，连灶台炉具也一应俱全，但毕竟还要买家具，总不能四白落地连床都没有? 可刘佩忙成什么样子，哪有心思折腾这些? 反正宾馆不收费，于是就这样拖延着。

刘佩天天有大事要忙，家不过是个歇脚的地方，好也罢差也罢，不太在乎。但对十四岁的刘子琦来说，却又是另一番况味。回到宾馆那小小的房间，刘子琦更觉走投无路。在学校大门口打架，还顶撞了校长；回上海，自己又回不去；放眼汉旺镇，自己初来乍到，既没有亲戚也没有朋友，连个认识的人都没有。他想找个人说句话，诉两句委屈，哪怕是被认识的大人骂两句都行，可都无处可去。

十几岁的男孩躲在屋里，就这么孤零零地哭了起来。越哭越伤心，心里的那股难受劲儿直往外冒，停也停不下来。透过小阳台窗户往外望去，陌生的街道、整齐冷漠的方墩楼，宾馆外是404小学的操场，上体育课的小学生喧闹着，远处隐隐传来露天炸矿的炮声。

这个完全陌生的世界和他没有一丝关系。他刘子琦只是一件丢到这里的行李而已。

哭了也不知多久，嗓子都哑了，人也累了，连操场上的小学生都换了一批，刘子琦这才止住眼泪。他的目光无精打采地在房间里游移，最后落在墙角的黑箱子上。

他爸爸的箱子。

"怎么偏偏你一来我们就出事了？我看就是你有问题！"

刘子琦猛地想起李勇的指责，想起王瑞和薛晶那一刻的神情。这话是李勇盛怒之下的口不择言，他当时听了也是火起，但哭过一轮慢慢冷静下来，这话说得未必没有道理。

他只是个行李，自然是什么也没做。但他爸爸呢？刘子琦从来不知道爸爸刘佩的具体工作，所谓"专家"的"专"，专的到底是什么他一点概念也没有。小时候问过爸爸，他也一笑而过："说了你也听不懂的。"等后来长大些，他爸就三缄其口，最后也就只有一句："爸爸的工作有制度，具体做什么是不能告诉你的。再过三十年，你自然就晓得啦。"

后来刘子琦才知道，所谓再过三十年是什么意思。国家机密的保密期除非特殊规定，原则上不超过三十年。

此刻，刘子琦的眼睛已经离不开箱子。那黑箱是塑料材质，又黑又重，体积不过比普通公文箱略大两分。好几年前，他爸就随身携带着这个样式的黑箱，每过两年就会换一个，每换一个看起来就更结实更神秘一些。他爸很少在刘子琦身边开启箱子，但似乎也不怎么特意避讳，刘子琦见过几次，基本都是些文件，实在引不起他的兴趣。

偏偏他爸一调到这里来，就出了这等怪事。世上真有这样的巧合？

刘子琦犹豫了一会儿，有些心虚地往紧闭的房门看了一眼，然后做贼般提起了黑箱，小心翼翼地从墙角拿到了桌上。

长方形的黑箱子，约一尺半长，一尺宽，厚不过几厘米。刘子琦当然知道保密制度，更知道他爸那些神神秘秘的东西碰不得，但如果碰了又会怎么样呢？刘佩并没有给他做过普法教育。

他头回仔细端详这个箱子。箱子上有个四位数的密码锁，旁边还有一个小锁孔。密码锁上现在的数字是6943，这数字对刘子琦来说没什么意义。他足足端详了五分钟，这才伸手去摸箱子的开关按钮。

锁着。

里面会是什么？如果没锁他未必真敢打开看，但发现锁着，他反而琢磨了起来。刘子琦摸了下密码锁，却发现拨不动。数字是锁死的，只有插入钥匙才能摆弄密码。本来还在猜测可能是哪四个数字，这时发现没有钥匙连尝试的机会都没有。

原来这东西锁得这么严实。刘子琦好奇起来，他爸这箱子里到底是什么？他从坐着改成站着，上下左右摆弄着这个黑箱子，想研究一下有没有下手的办法。

摸索了半天，没有头绪，刘子琦一边叹息着，一边把左手往箱子上一搭。这么郑重其事的密码箱……父亲难道真跟程凡人间蒸发的怪事有关？李勇的指责犹如种下了种子，生了根。窗外的小学操场上人头攒动，虽然明知不可能，刘子琦心中不免生出一些可怕的想法，总不能是爸爸在绑架孩子做实验吧……

这想法不着边际，跟程凡的情况一点也对不上。但父亲诡异的行踪和眼前这个神秘的箱子点燃了孩子漫无边际的想象力，眼前竟浮现出爸爸穿着白大褂，把小学生捆在手术台上，狞笑着举起手术刀的情景。伴着父亲的狞笑，突然听见一声炮响，刘子琦一哆嗦，险些跳了起来。

"没事，山上又用炸药炸矿呢。"他安慰着自己，乡下稀奇古怪的事情是多，但也不是没王法的地方。他一边想着，一边把注意力放回了黑箱上。

他的手不见了。

刘子琦一时没搞清，自己眼前看到的是什么。黑箱就在桌上，他的左手随意地放在那平整的黑塑料壳箱面上。刚才他一边胡思乱想，一边不自觉地摸索着箱子，心想要是能拿到里面的东西就好了。

而此刻，他的整只左手，腕部往下都看不见了，齐齐陷进箱子里，穿了进去。

刘子琦的第一本能是把左手抽出来，看它是不是还在。但右手却好像有意识一样，在左手抽手前按住了那只还露在外面的手腕，没让手抽出来。

"左手还在，还有知觉！"一个分外冷静的念头跳了出来。像他父亲一样，哪怕身处极度恐慌之中，理智依然抢在了本能前面。虽然看不见，刘子琦尝试着动了动左手，有知觉，但是……那种感觉难以名状，像是在水里、细沙里一样。

这时，他抬起右手也试着往黑箱里伸，却只摸到箱子坚硬的表面，进不去。只有左手，不知怎么穿透了箱子的物质界限，好似幽灵一样透了进去。

刘子琦仔细感觉了一下。沙子般的触感从四面八方压迫而来，但指尖却没什么感觉，那沙子一样的压迫感应该是来自黑箱的外壳。

换句话说，他的手真在箱子里面，箱子的外壳很厚，但指尖已经穿了过去，进到了箱子里面。

想象中的画面勾勒了出来，往看不见的地方叠合上去，刘子琦好像真的看到自己的手穿过箱子的透视图，呼吸顿时急促起来。

自己有特异功能！就像书上那些能耳朵认字、目光弯勺子的超能力者一样！就像《霹雳贝贝》！

等一下，也许爸爸也是超能力者，所以……

无数念头在脑子里涌了出来。就在此时，一阵急促的敲门声传来，咚咚咚，把他从胡思乱想中惊醒。

"谁?!"未及过脑，他下意识地回应，喊完才反应过来：糟糕！看着自己的左手和黑箱，暗骂自己白痴，不能说话啊，应该假装不在。

来人肯定不会是他爸。他有钥匙，而且想不到自己儿子此时会在宾馆里。

怎么办?!

门外一边敲，一边高声说："刘子琦，开门！我是周老师，张校长跟我在一起。快开门。"

班主任和校长都来了？该死。他看着眼前这一幕，一时不知该做什么好。周老师又叫："不要害怕，我们不是来批评你的。快开门吧。"

刘子琦住在404宾馆，宾馆又没多少客人，他回来的时候当然被大堂服务员看在眼里。他一跑，张校长很快联系了班主任。两人一合计，先没联系他爸刘佩，而是直接给宾馆打了电话。等他一回来，宾馆服务员立马打了小报告。一有了信，校长和班主任还不马上跑来？

"等……等一下！"既然知道他在屋里，两位老师肯定是不进来不罢休的。刘子琦咬咬牙，也顾不得多想，左手在箱子里一阵乱抓。他摸到了纸，好些纸，是文件。

刘子琦想把这些文件取出来，就像电视上哈里·胡迪尼、大卫·科波菲尔那些大魔术师一样。抓住纸的感觉有些奇怪，不是"抓住"，像是捞了一把水，手往外抽的时候东西被带动了，同时它们却又不断从指缝中流走。

不太妙。

这种不妙的感觉马上就应验了。手抽到一半，感觉那纸——像水一样在指尖流动的纸，撞在了沙墙上，纸整个从手上流了回去。

"刘子琦同学，开门啊。"周老师唤道。

"马上！马上！"他站起来，推开椅子，急得脚直抖。这时候来不及多想怎么回事儿了，只想赶紧把里面的东西弄出来！

一个中年男子的声音在门后低声说："服务员有钥匙吧，叫服务员来开门。"那是张校长。

刘子琦更慌了神，灵机一动，大喊："我在上厕所！马上就出来！"

外面安静了一下。过了几秒，周老师尴尬的声音传来："哦，那你快点。"

刘子琦为自己争取到了一点时间。没办法了，他的手在里面乱抓了几把。这才觉得触感有些恶心，像在抓糨糊。纸的形状似乎已经被搅得变形了，他一把薅住了什么，紧握成拳，再也管不了许多，猛地一把抽了出来。

他终于看到自己"久违"的左手，那种抓水的感觉也随着注视消失了。手上的东西似乎变回了实体，他张开五指，看了一眼。

很失望，只有一张烂兮兮的碎纸片，形状很不规则，几厘米见方，被手揉得乱七八糟。不过好在上面有字。

已经来不及看上面写的什么了。他忙把箱子放回墙角，自己蹑手蹑脚跑去卫生间，然后按下冲水马桶的按钮。水声回荡在房间里。"马上就好！"刘子琦大喊。

几秒后，门终于打开了。班主任周老师站在门前，还有那个不久前厉声训斥过自己的张校长。两人显然都松了口气，脸上也挂着不耐烦。

门一开，刘子琦还没说话，周老师就劈头盖脸地数落起来："你这孩子，怎么老师随便说两句就逃学呢？校长说你两句，你就受不了了？那以后长大上班了还不天天跟领导打架啊？"

"我……"他左手插在口袋里，还摸着那张纸。他不敢把左手拿出来，生怕它会当着老师校长的面发生什么诡异的变化。

"行了行了，你也别说了。"张校长这下唱起了红脸，"之前也是我处置得有些鲁莽，没有问清楚到底怎么回事儿就各打五十大板。主要当时你们在学校大门口打架，影响太不好了，我才忍不住发了火嘛。虽然是你们有错在先，但我没搞清楚始末缘由就骂人也有不对的地方。好啦好啦，回去上课吧。"

张校长向来自诩跟老一代的领导不同——开明、民主、最讲道理，这时候被自己主动向学生道歉的举动感动得心头一热，心想这才是一校之长的表率。"之前你顶撞我的事情，就当没发生。你才从上海那么远的地方转学过来，肯定有很多事情不适应，也都是正常的嘛。慢慢就好了。"

这一番关怀备至的话，刘子琦竟然没什么反应。张校长继续道："之前是不是班上的同学欺负你，你才跟他们打起来的？所以校长误会了你，你觉得委屈，对不对？"

周老师见张校长一路给刘子琦下台阶，心里不免有些别扭。新转学来的有个不高兴不痛快也是常见，怎么还将就小孩子？而且别的人倒也算了——王瑞、薛晶、李勇那三个"小魔王"她当班主任的还能不知道，调皮捣蛋是多，但欺负人，还是欺负新来的，这绝不是他们做得出来的事情。还说不定谁的问题呢，就这样一路迁就刘子琦。校长把人安抚下来，拍拍屁股就不管了，以后可都是自己的麻烦。之前怕人丢了，找人要紧，自己也没工夫跟校长掰扯，可现在人已经找到了，还是得有个说法。

周老师问："你们为什么在校门口打起来了呢？只要你说实话，不管你们谁的错，我们都不找你家长。这事儿就算了。但是别说谎，如果我们发现不是这样，就不好办了。"

张校长一听这话不对，怎么隐隐还有跟自己较劲的意思了？随即对刘子琦温言抚慰道："就是，你说说，当时怎么回事儿？班上那几个同学怎么欺负你了？"

刘子琦哪有心思关心班主任和校长说的这些啊。自己心中千头万绪，跟猫抓一样——又是特异功能，又是神秘箱子，又是口袋里的碎纸片，又想赶忙去找王瑞、李勇、薛晶，把事情说给他们听。李勇说的还真是对的，程凡的人间蒸发铁定跟爸爸有关系。

见他呆若木鸡，眼睛还肿着，腮边都是干掉的泪痕，张校长更确信刘子琦是被人欺负了又不敢说。"别怕！有什么你跟我们说，校长给你做主。"这时校长注意到他一身名牌衣服和运动鞋，突然明白了什么，这下气得肺都要炸了，"他们是不是……是不是抢你钱了？好啊，光天化日校门口抢劫，我们学校又出了这样的学生？"

周老师一听这话，脸色都变了。1996年全国第二次"严打"，404厂中学还真打出了三个中学生。三个年轻孩子犯浑，过年时喝了酒持刀抢劫路人。抢倒是没抢多少，顶在"严打"的风头上，被县里公安局一体督办。若是正常刑罚，那三个人刚过十六，顶天也就是十年以下徒刑，但遇上严打，便被公审判了死刑。

"抢劫"这两个字在以校风严谨著称的404中学里敏感得很，这个"又"字，更是一顶大帽子。

"刘子琦，你说！是不是他们抢你钱？"周老师也急了，她是怕转校生信口胡说，这人品行如何她可没底。

"抢钱？"刘子琦心猿意马，"啊？什么抢钱？"这时他才回过神来，注意到周老师和张校长都万分紧张地欺身过来，紧盯着他的眼睛，把他吓得往后一缩。

"没……没有啊。"刘子琦不由自主地说，"我们不是……我们几个……"被两个大人这样盯着，他有些慌神，只想着千万别把自己有特异功能的事情抖了出来，赶紧慌不择言地说："我们四个人是因为商量事情才吵起来，不是故意打架。不是程凡人间蒸发了吗？我们四个都很心急，所以说着说着就吵起来了……"

这话让张校长和周老师眉头一皱。尤其是班主任周老师，"什么东西？人间蒸发？谁？程凡？这个名字……"她迟疑地盯着刘子琦。

不对，这个名字在哪里听过。是的，王瑞早上送作业的时候也问过这人。

周老师困惑不安地望着刘子琦。这个程凡，到底是谁？

什么叫"人间蒸发"？

不等张校长开口，周老师问："刘子琦你说下到底怎么回事儿，从头到尾仔仔细细地给我跟张校长说一遍。"

完蛋。

第十三章　癔　症

在两位师长的严加追问下，刘子琦最终还是把事情说了出来。

从头到尾全说当然不行，除了孩子间的承诺，还可能事关自己的父亲，因此他故意隐去了最重要的起因，他们五个人因为薛晶的主意上山、又在山上遇到的种种怪事一概不提，只说今天上学后发觉有位同学人间蒸发了。

听完刘子琦的讲述，两位老师面面相觑。张校长对事件中的学生都不是很熟，如同听了半天梦话，只觉全是天方夜谭。他正想批评刘子琦，却注意到周老师在一旁沉默不语，仿佛事情并不简单。校长掂量了一下，打发刘子琦说："这样吧，你先回校上课，你说的这件事情，我们先商量一下。如果学校里真失踪了一个人，我们校领导和老师肯定不会不管的。"

他担心刘子琦在上面纠缠，哪知刘子琦也怕极了老师继续追问。两人带着刘子琦重新回了学校，看着他进班里坐下，张校长这才开口问道："周老师，你怎么看这事儿?"

周老师朝教室里看了一眼，回答直截了当："说不清。"

"说不清? 难道你觉得这孩子说的那些胡话，还有可能是真的?"他颇觉诧异。

"怎么说呢……"她回答得有些勉强，"张校长你知道我这个人，什么气功、特异功能一概不信。要说刘子琦的这些话是真的，我也很难想象。"

"听你这话是要说'但是'，对吧?"张校长笑道。

周老师严肃的脸上也被逗得一笑，"但是，要说这话都是刘子琦编的，或者是其他那三个学生自己瞎编的，恐怕也不太可能。"

"为什么不可能? 初中生说瞎话都是张口就来的。"

"我也当了二十多年老师了。" 周老师仿佛想起了很多，"二十……二十二年了。校长你说得对，初中生的瞎话是张口就来。这二十二年我听过的瞎话可能比很多人几辈子都听得多。听了这么多，不可能还分不出来哪些是纯瞎编，哪些不是。这么大的孩子，编瞎话是不会编得很圆的。他们会编大的东西，比如说生病住院了，但不会去编住院看哪个医生，开的药是药水还是药片。细节都是没有的。他们想不到那么深。但是你看刘子琦说的，班上集体活动的照片，哪张哪张；成绩光荣榜，人消失了一个，位次发生了什么变化……能编得这么细，这么丝丝入扣，不像是这些初中生的本事。"

张校长倒吸一口凉气，"莫非你觉得他说的是真的，真有个学生……"他犹豫了一下，用了刘子琦的原话，"'人间蒸发'了? 你们班上的第一名'人间蒸发'了，而且连你都不记得有这么个人。"

周老师苦笑，"我的意思是，他说的不像是编的，但这种事情，怎么可能是真的呢？我们是老师，又不是庙子里的，还能信这种神神道道的？明摆着不可能嘛。"

张校长越听越迷糊了，"那你这话的意思是……"

"嗯……"周老师犹豫了一下，"会不会是……这个同学有精神方面的问题啊？妄想症什么的。我不懂啊，就是听说有些人会分不清自己脑子里想的和现实的区别，把自己想象的当成真的。"

张校长想了想，也没有别的思路。"要不，我联系一下他父亲，旁敲侧击问一下，他有没有……那种问题。"校长觉得直说"精神病"不太好，沉默了一会儿后，对周老师讲："跟我去校长办公室吧，这事儿……唉……"

没想到的是，拨通了留给学校的联系电话后却找不到人。接电话的是一个年纪挺大的女人，"你等一下……哦，刘干员忙得很。你们是哪边？中学啊，有什么要紧事吗？没有？没有就别打这个电话啊。真有事你们过两个小时再打吧，一时半会儿找不到他的。没有十万火急人命关天的大事我们这边忙不过来。"

这刘佩到底在哪个部门工作，这么大规矩？张校长也吓了一跳。

"我班上那三个学生还不知道跑哪里去了呢。"周老师说，"你叫他们去找刘子琦，现在刘子琦回来了，那几个人倒不见了。"

周老师话里有不满之意，张校长听了却灵机一动，"等一下，你说得对，不是还有三个学生吗？等他们三个回来问一下，把他们说的一对比，不就知道刘子琦是不是有妄想症了吗？"

哪知等了一下午，三个孩子一个也没回学校。周老师动了给三人家里打电话的念头，却被张校长一把按住，"上学期间监护孩子是我们的工作，现在是我们自己的工作没做好。不能什么都丢给家长。"

张校长沉默了片刻，随即话锋一转："而且这里面还有刘子琦的隐私，不管他是不是真的……有问题，传到别的家长那里都不好。要保护孩子。"

周老师这才意识到自己疏忽了，"也是。应该也没啥大事儿，之前也有过类似情况发生，那明天再说吧。"

翌日一大早，周老师和张校长两人七点二十不到就赶到了学校，一起在校长室盯着学校大门。周老师知道，那三人素日结伴上学，而且来得很早。但这天七点三十几王瑞最早到，然后是薛晶、刘子琦，等到最后十分钟，李勇才独自姗姗来迟。

两人像公安干警收网一样，从初二三班的前后门同时进去，把四个人叫了出来。

他们似乎也没特别意外，但他们站在一起，就算没有跟学生多年打交道的经验，两个老师也一样能感觉到他们彼此间颇有些别扭。

随后，四人被领去了校长室。只见一位白发老者和一位年轻姑娘早等在那里，张校长进门就向老者问道："您看需不需要一个个单独询问？"

老者摇了摇头，"一起就可以了，没事儿。"

张校长又道："那是您提问，还是谁来？"

"周老师跟孩子们更熟悉，周老师来问吧，问完了我有什么问题再补充。"

四对四，四个大人对四个孩子，周老师顺着刘子琦给自己讲的话，重新问了另外三人一遍。

这事儿憋在三人心里已经很久，见周老师问起，便你一言我一语竹筒倒豆子一样都说了出来。他们的话和刘子琦说得分毫不差，还补充了不少细节——怎么在早上发现少了个人，怎么老师不知道程凡是谁，又怎么四处找人问，四处找证据，最后空手而归。

连那个年轻姑娘在内，三个大人听得瞠目结舌，只有白发老者不时微笑点头。等讲到昨天中午因为吵架打起来不欢而散的时候，四个人都不约而同住了嘴。

"完啦?"老者问。

四个人点了点头。

"很好，你们可以先回去了。"

把学生打发走，关上门，张校长这才问老者："刘医生，你看这是什么情况啊?"

已经退休多年的刘医生，是厂医院精神科高薪返聘的专家。昨天下班以后，周老师和张校长专程去刘医生家拜访，详细说了刘子琦的情况，然后请医生今天专程来学校帮忙。听了情况后，他便叫上自己的爱徒李医生一起来出诊。为避免吓到孩子，两人都没穿白大褂。

"没多大事儿，放心。"刘医生端起白瓷杯，用杯盖撇开茶沫，喝了一口，气定神闲地说，"很常见，儿童集体癔症，太常见了，尤其是这几年。不用担心。"

"集体癔症是什么病?"周老师问。

这时，拿着笔记本奋笔疾书的小李医生抬起头来，"集体癔症，是因为受到其他人暗示刺激，心理受到别人诱导，经过自我暗示以后出现的精神障碍。一般在心理发育还不够健全的儿童，还有受教育程度比较低的人群中比较常见。"

"你们以前也肯定见过的。"刘医生说得通俗易懂,"我一说你们就明白了。前些年不是经常有特异功能大师、气功大师开讲座吗?当场发功,什么大家有没有觉得背上麻麻的啊、发热啦、闻到香味啊,过一会儿就有人说,啊,我有。一会又有人说,我也感觉到了!到最后不管是不是托儿,在场每个人都感觉到了大师的功力,都发热发麻,感觉身体过电,还看见空中的彩带、莲花,甚至感觉自己飞到了空中俯视在场的人……"

说着说着,张校长和周老师脸都红了。前些年"气功热",特异功能热遍布大江南北。一会儿大师严新用气功灭了大兴安岭火灾,一会儿藏密传人张海用功法令时光倒流,中科院甚至立项了无数气功研究项目。虽然现在揭露那都是伪科学,但从那些年过来的人,谁还没练过一两个功、听过三五个大师的报告?现在回过味来说信科学不信迷信,但那时候谁真分得清?全身发热,脊椎发麻,接收到大师的气功后全身颤抖,谁还没经历过?此刻,刘医生的一番话勾起几年前的荒唐经历,为人师表都有些不好意思。张校长勉强笑道:"原来只是孩子说谎。"

刘医生见得多了,先是微微一笑,随即肃然道:"二位可不能这么说。不能立个说谎的标签就把事情都怪在孩子身上。大人都容易被暗示,发起集体癔症来,别说心智还不成熟的儿童。儿童是大人的影子,就算发起集体癔症来,多半不是因为自己,反倒是因为大人。前些年的超能力少年骗局,不都是大人编些超能力出来的?别管他们是为钱为名,孩子懂什么?只管揣摩大人的心意,说自己能隔板辨物、耳朵识字,这就发起癔症来。依我看,这四个孩子,恐怕也是受了什么刺激,这才你一言我一语发起这样的癔症,最后自己都当真了，就像周老师说的，集体创造一些特别精细考究的细节来。"

话虽未说明，但周老师也听出有指责自己的意思。但她自忖真没做什么，又觉得刘医生说的都是正理，也就不去辩驳，只问："医生，这病好治吗？"

"这病要治标的话，也没什么好治的。而且，这病越强拧越反弹，还不如不管……"他话说半截便生生停住。

张校长听到只是某种"癔症"，心里顿时安稳了很多，随口问："那治本呢？"

"治本的话，"刘医生摇摇头，"说起来简单，无非找到这几个孩子的压力源，看生活中有没有什么逼迫他们，有什么压力是他们自己解决不了的，以致让他们产生了撒癔症的需要。癔症让他们变得重要，变成所有人关注的焦点。就像那些自称拥有耳朵识字特异功能的小孩儿，周围一群大人指望着他用耳朵识字，他想不癔症也不行。"

张校长听见这话不由一怔。他想起刘子琦昨天对他喊："你有本事请得动我爸来学校，你就去呗！我自己一个月都见不到他两天！"心里不由明白了些。周老师想起李勇在周记上写过父母通宵打麻将，心也不禁往下沉。

见两人神色有异，刘医生道："怎么，方子是好方子，药却不好抓，对不？"说罢摇头一笑，"那就这样吧。这事情也急不得。那要是没有别的事情……"

张校长连忙感激地上前握手，"麻烦刘医生了，也麻烦小李医生了。多谢多谢。"

这时，校长室的外面突然传来啪嗒一声，然后是一阵混乱，一连串慌乱的脚步狂奔而去。张校长尴尬地笑了两声，这才推开办公室门，一边送两位医生走，一边朗声对周老师说："昨天的事情就到此为止，别找家长，也不要再批评他们四个。学生的问题相信学生自己能处理好。"

周老师会意，也大声回答："我知道，就按您说的办！就当什么也没发生。"

四个孩子像一窝老鼠般躲在楼梯间拐角的阴影里，李勇探出头，瞧见老师们握手道别，还没看几眼，脑袋就被王瑞用力拽回了阴影里。

刘医生和小李医生告别了两位老师，也顺着楼梯往下走。那四个孩子不能待在原地，也不敢跑太快发出声音，只好踮着脚小心翼翼地提前闪进下一个楼梯拐角，像在玩老鹰抓小鸡似的。这时却听后面头顶传来小李医生的声音："老师，您有没有觉得这几个学生的集体癔症还挺特别的？"

"特别吗？"刘医生说，"哪里特别了？"

"就是……他们臆想出一个不存在的同学也就算了，这还比较普通，妄想伙伴嘛。但他们说的不是这个人被绑架了，或者出了事故，那种也挺常见的；他们说的是，那个同学人间蒸发了，好像完全不存在，等于说整个因果体系都变了，把一个人的存在线索抹掉了。"

"哦，昨天张校长他们登门时所讲的内容你还不知道。那四个小孩儿里，有一个是几门奥赛的省一等奖得主，又聪明又爱看书，我看这些想法应该是他主导的。"刘医生不以为意地说道，"癔症再离奇，源头都是患者能知道的东西，不会凭空出现。你看相关论文里，有的患者生病后就会写一种不存在的文字，研究者一路追查下去发现，还是患者本人原先懂的东西的重新排列组合。"

"老师您说得对。"小李医生说，"我前些天不是按您说的，在整理过往的病历资料嘛。好多年前有一个叫黄希静的病人，您还记得吗？"

"不记得，小李啊，我都退休的人了，哪有那么好记性？你就说什么情况吧。"

"差不多三十年前，刚建厂时的事情了——"

"嘻，你说你，三十年前的事情我还能记得吗？那时候还不叫医院呢，还是厂卫生所。"

"那个叫黄希静的病人，也是癔症，也说自己身处的世界完全变了。当时，那个病人年纪已经不小了，二十好几了，而且病情很严重……"

听到这里，四人已经下到了楼梯的底层，周围是亮堂堂的大厅，再扒墙偷听就彻底暴露。刚才被老师问完话后叫他们回教室，结果四人走了几步就不约而同悄悄绕了回来，无声无息地躲在校长室的门外偷听。好在校长室位置僻静，也没有别的学生老师路过。

只是四个人围一个门，有人能侧耳贴门，有人就只能弯腰佝着。薛晶的腰弯久了，身子已经麻掉，屋里人出门离开，刚想跑就一个不稳摔了下去，好在剩下三人扶的扶托的托把他抢到楼梯间下面，这才没被发现。

但直到现在，四个人还是互相没有说过半句话。一时间，四双眼睛彼此相对，都有些尴尬。

"有什么话，上完课再说。"王瑞率先打破了沉默。其余三人点点头，赶在两位医生下完最后半层楼前回到了教室。

一节课上得非常规矩。等下课，老师出了教室门，王瑞这才回头喊李勇："喂。"

"哦。"

伴着两个拟声字，四人这才重新聚在一起。刚开始，谁也没说话。还是薛晶最先耐不住尴尬，"你们觉得他说的是真的吗？"

"谁？"李勇问。

薛晶答："那个年纪很大的医生啊，还能有谁。"

李勇翻了个白眼，"就是那个说我们联合起来撒谎的医生啊。"

王瑞本想说："你都听了些什么啊？"可话到嘴边却改了口，"人家医生不是那个意思。他是说程凡人间蒸发的记忆是我们相互暗示和自我暗示造成的。"

"那不就是……"李勇话说一半，硬吞了下去，"好吧。那个医生明显说错了啊，这还用问？"他看着王瑞，"你是不是想说那个医生可能是对的？昨天你不就说过，最大的可能是根本没有程凡这个人，是我们的记忆出错了，感觉跟那个医生说的也差不多。"

王瑞狠狠地瞪了李勇一眼，旋即目光一黯，咬着嘴唇半晌没有说话。王瑞慢慢地逐个扫视几名同伴，刘子琦看出他准备说一些很难说出口但很重要的东西，心跳不由加速，莫名有些害怕。

王瑞垂下眼帘望着地面，好像这话是在对自己说一样："如果昨天下午之前，我听到那个刘医生这么说，我肯定会觉得他说得对。"话一出口，周围三人脸上同时变色，反把王瑞吓了一跳，"怎么？我还什么都没说呢，你们……"

话没说完他就明白了过来，急道："难道昨天你们也……也遇到……"想起电脑的怪事，现在虽身处喧嚣的教室，王瑞仍觉得全身一凉。他急忙把昨天的怪事原原本本地讲给三人听。课间时间有限，王瑞尽量长话短说，不为讲恐怖故事，但三言两句也听得哥儿几个浑身冒冷汗。

事情交代了，该说的话还没说完，上课铃却响了。

李勇低声说："我们逃课吧！"

不用他解释，王瑞就知道他没耐心等到下一个课间了，但仍是摇头，"不行，我们现在被老师重点盯着，逃课更麻烦了。下课再说！"

四人憋着满腹的话，熬过了整整一节课。课间操时间，他们边走边聊，薛晶问王瑞："所以，你在自己的电脑里，见到了鬼？"王瑞咬着嘴唇，"我知道，如果谁这么跟我说，我也不信。"

甚至三个人都露出异样的苦笑。李勇说："我没说我不信，就是，你后来有再开机试试吗？看看那东西有没有再出现？"他是胆大的人，倒不怕鬼怪。

"我后来想去山上找你。"王瑞说，"但是……没去成。"昨天逃出家门后，王瑞觉得心慌气短，往厂里走，刚进大门没多久，顿觉僻静的山上影影绰绰，到处都藏着怪物，仿佛有眼睛盯着自己。那还是在厂里，想到真进了山，林深山阴，王瑞的耳畔又回荡着"来……来……"的怪声，宛若山风呼啸。他立马不敢往前去了，于是转身逃了回来。

家门是不敢进的，王瑞在楼下瞎混了一下午，等到父亲回来，家里有人才敢进门。他一整晚没敢再开电脑，连电源都不敢碰，晚上自然也睡得不安稳。他甚至想起了《午夜凶铃》，最后把电脑屏幕转了一百八十度朝着墙，才迷迷糊糊不知几点睡过去了，到现在还头晕。这些事他都不好意思给大家讲。

"你得再开电脑试试。"薛晶说。

王瑞叹了口气，"我知道，我知道。"

李勇摇了摇头，"没事儿，我们陪你一起开电脑。唉，要是电棍还在的话，我还可以……唉。"

薛晶惊道："电棍?!"

"别东拉西扯了，"王瑞说，"咱们抓紧时间。你们昨天遇到了什么事情？李勇你又去那个山洞了吗?"

被问到这话，李勇突然身体僵硬了起来，"我……我说不明白……"

薛晶问："什么叫说不明白?"

李勇反问："要不你先讲吧，我想想怎么说明白。我……"

"我牛逼坏了!"薛晶一下兴奋起来，把自己在游戏厅的遭遇讲给大家，说得手舞足蹈。到后面，自己怎么以一敌五他却讲不明白，只反复强调游戏机的摇杆上传来一道电光，自己变成了好几个，周围一切都停了，瞬间把五个"超哥"撂翻在地。

"你……"听他说完，王瑞犹豫了一会儿，"你去了游戏厅?"正兴奋的薛晶仿佛被当头淋了一盆冷水，低眉垂眼地"嗯"了一声。

王瑞自觉语气重了，苦笑说："唉，算了，我折腾了半天不也没派上什么用场吗?"

倒是李勇在旁边兴奋地问："你一个人打了闫涛他们五个？你一个人?"他们两个就比画起当时的场面，但越说反而越说不清。两人拉拉杂杂扯了半天，李勇听得挠头："所以你觉得是游戏机给你充了电，让你的身体速度变得超级快，把他们都打翻了?"

"不，"薛晶想了想，"不是。"

"你先踢了闫涛的裆，然后照着那两个抓着你的王八蛋的脸上来了两拳。两拳把他们打晕后，你趁看门的那两个没反应过来，踹他们的膝盖，把他们打翻在地。是这样的吧?"李勇想象着游戏厅里五个人的空间位置，一边自己比画，模拟当时的场面，"只有你速度超级快才说得通啊。"

"我说不清楚。"这个瘦小得像小学生的家伙说，"我不知道该怎么形容，但肯定不是你说的那样。我现在想起来有点糊涂。当时……"他斟酌了一下，"当时的感觉，是我同时打了他们五个人，而且……而且同时在往外跑。"

"同时是什么意思？"连王瑞都忍不住了，"你有丝分裂了吗？"

薛晶听这话愣了一下，突然一击掌，"对啊！就是分身了！我感觉自己分身成了好几个人，就像《七龙珠》里天津饭的四身拳一样，几个分身同时把他们打了，还有一个分身在往外跑。"

大家都沉默了一会儿后，王瑞开口道："好吧，这可比在电脑里见鬼听起来不科学多了。那分身完了之后呢，分身不见了？"

"笨。"李勇说，"最后合体了呗，都合体在逃出来的那个薛晶身上。"

王瑞皱着眉头望着他，却见李勇眼睛里灵光一闪，豁然叫道："对啊，原来是分身……嗯……不对，这也说不通。"他一面自言自语，一面大摇起头来。

薛晶则在一旁小声说："也没有觉得有什么合体……"

王瑞知道，这事儿再扯三天三夜也弄不清，不能继续纠缠下去，忙问李勇："你那边的事情才是重点，你去洞里找到那个奇怪的东西了吗？你现在想好怎么讲没有？"

"找是找到了，"他挠着头，"但山洞没了。"

"啊？"谁也没听懂，只有王瑞想到了程凡的"人间蒸发"，"你进山后发现，原来那地方没有山洞了？"

"不是……"李勇拖着长音说，仿佛心里很没底，"是……怎么说呢……"最后，他事无巨细地把上山后的情况说了一遍，为什么带着电棍（你看，就该带没错吧，闫涛他们几个还在等我们），又怎么捡了钢棍当武器……

"你拿着废钢材，门卫竟然没拦你？"王瑞打断他，不解道，"你怎么带出来的？"

李勇连忙补充了门卫和大狼狗的细节，话说了一半，他突然有些卡壳，脑海中浮现出门卫室里那烟雾一般的存在，似乎是某种影子，人的幻影。这里面有什么联系吗？他一阵头痛，想不出所以然。

"这运气太好了点。"王瑞只能这么评价。

是啊，运气也太好了一点。李勇现在想起仍觉得奇怪。接着说到往洞里走，这时候连一直沉默不语的刘子琦都忍不住跟王瑞和薛晶异口同声地叫道："你不是说山洞没了吗？"

李勇露出头痛欲裂的表情，"啊啊啊！你们听我慢慢讲。我都不会说了！"又等他组织了好一会儿语言才磕磕巴巴继续，终于说到一堆残影的"它"，"我不知道啊，有点像薛晶说的，都是分身。就像漫画里的忍者一样。"

"那天我们见到它时，是没看到什么分身的，对吧？"王瑞问大家。

三人纷纷点头，李勇也说："是啊，上一次我也只看到一个，也没有什么分身，但这次真就出现了。"

李勇很快说到自己抢钢棍打它，王瑞脸色都变了，想责备李勇太莽撞，但看到他右手虎口上的伤，又强忍着闭了嘴。

话一出口，李勇就预备着王瑞骂他，却没等到，自己也有些意外。他继续往下讲，终于说到自己用电棍刺中它表面。这时，他突然停了下来，哥儿几个听得大气都不敢出，虽然明知李勇现在好好地站在自己面前，但依然感觉会有很可怕的事情发生。

"接下来，我就不确定自己是不是做梦了。"他说，"电棍不是电到'它'了吗？我好像看到有一道波纹从接触的地方释放了出来。"

李勇喉结动了动，"那道波纹是蓝色的，把它照亮了。"

这话说得奇怪，巴掌大的东西，有什么照亮不照亮的？王瑞注意到这个胆大包天的家伙眼神都呆了，这才明白必然另有隐情。"你看到了什么？"

"'它'的真身。"

光是"真身"这两个字，就惊得众人一身冷汗。王瑞自然想起电脑里的那个骷髅，颤声问道："什……什么真身？"

"我们看到它只有一巴掌大，其实不是。"李勇说，"那个只是它的一个指尖，只是显出来的冰山一角，其余部分像无数条经脉一样一直延伸进洞里，连在一起不知道几百米，全部藏在里面。我们接触的只是一个卷起来的触须的尖，后面都隐形了，被电了才显现出来……不知道洞有多深，那个洞也不对……"

他愈发语无伦次，但三人都明白他看到了什么。王瑞觉得洞里似乎爬满了无限长没头没尾的蜈蚣，其中一条的头部已经穿过地下，穿过整座龙门山，透过楼道，钻进了自己的电脑里。他发现胳膊上的汗毛全都立了起来。

"然后你就跑出来了？"刘子琦问。

这个问题一下让李勇有些迷茫，"没有，我没有动。"他闭上眼睛，似乎想要回忆当时的场面，"我没敢动。你看过《动物世界》吗？遇到危险，动物不能转身逃跑，就算要跑，也应该慢慢往后退。

我也这么想来着，但我没有动。我……我害怕。害怕一松手，电棍一离开'它'，那后面不知有多长的卷须就会伸出来抓我，把我拖进去……"

"别形容了。"王瑞哆嗦起来，赶紧打断，"你就说发生了什么。"

"山洞没了。"李勇说。

"啊？"谁也没明白。

"山洞没了。"他又重复一遍。

薛晶一头雾水，"什么叫没了？"

"就是什么也没有发生，但原来是山洞的地方变成了实心的。'它'也不见了，它藏身的山洞也不见了。"

"等一下！等一下！"王瑞打断道，"你刚才说你进去了，怎么又没了？"

"啊啊啊！"李勇紧咬牙关，拼命抓着自己的头，怎么也说不清楚，"我也不懂。我是进去了，我还打了它，然后电它。但我又好像没进去，好像我到了那里就没有看到山洞。中间似乎发生了什么，我进山洞后发生的事情在电到它之后被改变了。山洞根本就不存在，我只看到一个实心的山坡。我……我不知道该怎么说。"

薛晶突然开口："你进了洞，同时看到了没有那个洞。"

这全无逻辑的话一时让李勇没法接受，但最后还是点了头。

薛晶补充道："我瞬间打了五个人，同时跑出了游戏厅。"

李勇瞪大眼睛，用力点了点头。随即他和薛晶一齐望着王瑞，没了程凡，他懂得最多，是最聪明的人。

王瑞完全不知所措。如果说自己的经历是"恐怖"，那他们说的完全就匪夷所思。"我不知道。"他说，转头问刘子琦："你呢？你遇到了什么?"

"我?"刘子琦一惊,不自觉地把左手往后一背。"我没遇到什么。我先跑回宾馆,然后就被班主任和校长抓回学校上课了。什么都没遇到,后来我一直在学校里正常上课,班上同学都看到的。"

第十四章　阿　婆

他们三个丝毫没有察觉刘子琦神色异常。这会儿大家的脸色都不太对，哪能想到刘子琦隐瞒了什么？

离上课还有几分钟，王瑞深吸一口气，定了定神，努力让神志从那些邪门故事里逃出来。"好吧，现在我们四个商量一下，接下来怎么办？"

"我们得搞清楚到底怎么回事儿。"李勇急切地说，"这件事越来越不正常了。"

"别急别急。"王瑞说，"吸取昨天的教训，千万不能着急上火，我们四个千万不能先内部吵起来。现在已经没人相信我们了，我们自己再吵，就会跟昨天一样。对吧，大家同意吗？"

"嗯。"

"对。"

"昨天中午……是我来晚了……"最后说话的是李勇。王瑞和李勇尴尬地对视了一眼，马上避开了目光，两人再也没说啥。这对于男生而言，已经是最热切的道歉和解了。

"首先，这绝对不是什么儿童集体癔症，大家都同意吧?"薛晶生气地嘀咕，"谁是儿童啊!"没料到他还有心思计较这个，剩下三人扑哧一下笑出声来。

"既然都同意，那我们一起想想应该做什么，不能再各行其是了。"王瑞说，"现在你们都有些什么主意?"

"搞清楚是怎么回事儿!"李勇重申，"我觉得我们这地方有个怪物。要搞清楚那是什么怪物，它会干什么，它是不是……是不是把程凡拖进洞里去了，还有怎么对付它?"有了昨天的经历，他嘴上不再说直接弄死怪物，但心里还是打着消灭的主意。

"搞清楚洞里是怎么回事。"王瑞说，"可照你刚才说的，现在洞已经没了，还能怎么办呢?"

这问题问得李勇没了声息，只听他小声嘟囔道:"好吧，那后面再说。"

"我觉得应该试着重现昨天发生的怪事。"薛晶说，"大家一起，然后看看能发现什么。"

李勇道:"你还想再一个打五个吗?"薛晶嘿嘿一笑。

王瑞知道他说得对，但想到自己那个电脑，依然不免有些害怕，"李勇他有什么能再现的? 你倒好，我怎么办?"

"四个人一起，没什么好怕的啦。"李勇说。

王瑞说:"那天我们五个人一起上山的时候也是这么说的。"

"又不是上山，是在你家里啦，没那么多鬼怪的。"王瑞听了这话才稳了神，"好吧。"这一刻，有人帮忙做决定，有人一起出主意，王瑞感觉舒服多了，"我知道这是句没用的话，但是，这件事真的太奇怪了。怎么就让我们遇上呢？"

这话说者无心，薛晶和李勇两人倒没什么，刘子琦听到却不由打了个冷战。他生怕大家顺着这话往下再说什么，赶忙插话道："你们还记不记得那两个医生说的话？"

"他们说了那么多，你说哪一句？"薛晶问。

"最后说的，就是那个年轻女医生说的，她说以前也遇到过跟我们同样得了癔症的人。"

王瑞点头，"我也听到了，但那医生不都说了是好几十年前的事情了吗？"

"三十年前。"薛晶补充道，"那时候我爸妈都还没来这里呢。"

王瑞接着说："你觉得跟我们有关系？"

刘子琦本来只是想岔开话题，这时只好硬着头皮说："我觉得医生自己也说这种癔症很少见，一般癔症不是这样的。她只提了两句，但是她既然一下子就能把我们的事情跟那个三十年前的病人联系起来，肯定是看了以前的档案资料觉得很不一样才会记住的。"

刘子琦可没想这里面有多可怕的事情，王瑞却惊道："你的意思是，我们这里一直都在发生这样的事情？！从几十年前还没这个厂的时候就开始了？"

刘子琦这才反应过来，"我……我不知道。"

王瑞问："医生说那个病人叫什么，你还记得吗？"刘子琦这下有点慌了，"我不太记得……"

"叫什么黄希静，好像是。"薛晶说，"我也没听太清楚。"

"是个女的？"

"不知道，听名字应该是吧。"薛晶回答，"好像说她那时候二十多岁，那现在……也快六十了，应该退休了。"

"怎么?"李勇一脸疑惑，"要去找她? 三十年了，人在不在都不知道呢。"

王瑞说："而且几十年前的事情，她也不一定还记得。"

"得了吧!"薛晶叫道，"这种事情，死都记得，只要人还在，肯定不会忘。只要是我们厂的，要找肯定能找到。"

"等一下，所以咱们真要去找这位……老奶奶?"王瑞问。

"找啊，干吗不找?"李勇说，"如果以前真的发生过，说不定那老奶奶知道该怎么办，怎么对付那个怪物。"

就这么你一言我一语的，几个人倒把遇到的异常先放一边，商量起找"病友"黄希静老奶奶的事情去了。王瑞并不知道刘子琦私下担心的事情，只觉得没人让他再开电脑，看看会不会出现怪影和鬼声，倒也顺了自己的心。

404厂上万员工，算上家属，还有已经退休在家的老人足有好几万。刘子琦心想，要把这么一个人找出来岂不是海底捞针? 哪知午休刚过，薛晶下午一上学就兴高采烈地说："那个老奶奶找到啦!"

听起来近乎奇迹，真说起来倒也并不稀奇。人虽然多，但厂里真正上了年纪的却有数，六十年代开始建厂时从外地迁来的都是青壮年，数量也不算多，之后招工来的也都是不到二十的年轻人。黄希静老奶奶自然也是第一批外来者中的一员。404厂人际网络相当封闭，人虽然多，但几十年都在一个厂里，有了姓名总是能打听到的。

王瑞还出了个歪主意："就说捡到一个老奶奶的什么证件，问问谁知道这老奶奶住哪里。"

因为理由充分，学校同学里放出风去，凭着自己宽广的朋友关系，薛晶在中午还真接到隔壁班女生打来的电话，告诉了他黄希静老奶奶的地址。"但是我给那个老奶奶打电话，老奶奶说自己没掉身份证啊，你确定是这个老奶奶吗？"

"啊？哦，那说不定是她作废的证件吧。无所谓啦，我去看看再说。"

有了线索，下午一放学，四个人便往校门跑去。最后一节是班主任的课，她看着四个人急匆匆跑出教室，心里又是安心又是别扭，一会儿打得头破血流，一会儿好得恨不得穿一条裤子，现在的初中生真是搞不明白。

想到这种事情在小镇上不止发生过一次，甚至几十年来可能一直在发生，王瑞有些紧张。刘子琦本就落在后面，走着走着突然从背后冷不丁问道："我有个问题。"

"什么问题？"薛晶回头。

刘子琦犹豫了片刻，"我随便说的啊，就是，你们这个404厂当年选在这里，会不会跟这些事情，有什么关系啊？"

这话把前面三个人吓了一跳，都停下脚步回过头来。"你在说什么啊？"李勇说，"这是个发电机厂啊。"

"我只是……随口这么一说，随便想到的。"刘子琦说。

王瑞怀疑地看了他一眼，转过头去，"走吧走吧，别瞎想。"

地址在家属区517栋1门。家属区很大，按楼栋编号分成了好些个区，厂里人都把这些区俗称为"1字号""2字号""5字号"。517栋位于5字号的边缘位置，就在球场隔壁，离中学并不远，大家都很熟悉。没走多久便到了517栋附近，"说是'1门1楼，不进门洞，就在1楼边上的铁门'……"薛晶有些疑惑地念着自己记下的地址。

幸好他们走近后就一目了然了。一楼住户在本来的公共绿地上私搭了棚子，上下水泥瓦片一铺，生生多出个大房间来。这房间临着楼，住户也就懒得从单元门绕进绕出，直接在外面开了个铁门。于是，这屋子不光多了个房间，还多了个直通外界的出口。

那房间应该就是"病友"黄希静老奶奶的家了。这时，王瑞问大伙儿，"等会儿敲门，我们说什么？"

"不用敲门了。"薛晶指着前面说，他们这才注意到那扇绿色铁门敞开着。

他们小心翼翼地靠近，李勇和薛晶正从门外探头探脑往里看，一位头发花白的老太太正清扫着地上的头发，注意到了他们，忙热情招呼道："来理发？进来进来！"

只见，这私搭的房间装修齐整，屋中间一只老旧的理发升降椅，对面挂着半身镜，敞开的旧木柜里整齐摆放着吹风机、剪子、剃刀等等家什。虽然朴实陈旧，大多明显是从单位浴室那边淘汰过来的二手货，但收拾得很清爽。门口就是一个大长椅，直顶大门，是给客人等位用的。

他们四个一时有点不知所措，薛晶试探着问："黄奶奶？"

老奶奶放下扫帚热情地招呼："哎，是。以前没见过你们几个啊，是同学介绍的吧？都要铰头发吗？那后面的要多等一会儿。人老了，没有以前麻利了，要铰得好看就得多花工夫。放心，肯定让你们一个个都满意。"

这时他们总算明白了，黄希静老奶奶退休后发挥余热，开了间理发店。黄奶奶是典型的哈尔滨人，"同学"念成"同淆"，四人被招呼进来一时有些尴尬。黄奶奶问道："谁先铰啊？"

李勇把王瑞往前一推，意思是让他开口问，王瑞脑子里没话，一下支吾起来。

黄奶奶热情地说："哎哟，看你这头发，你才多大啊？都有白头发了。"说着也不由分辩，她直接椅子一转，把王瑞按在座位上，大白褂一裹，麻利地转回去，踩着踏板把人升了起来。

"剪短吧，你这分头可不好看。"不由分说就下了剪子，咔嚓咔嚓只见碎发纷纷落下，王瑞一时不知如何是好，只本能制止说："别太短了，别太短了。"

"精神一点，别学电视里那些二流子，头发都到肩膀了，不男不女的，不好看。"黄奶奶的话里略带教训的口吻，"小同湁眉清目秀的，上中学了吧？"

"初二……"王瑞不自觉地带起了话头，想说"黄奶奶我们是有事找您"，可刚要抬头看这老人家，脖子就被死死按住，"别动别动别动！一动就花了。"

旁边三人见状笑出声来。王瑞一脸无可奈何，只好任由黄奶奶摆布。就听老奶奶絮絮叨叨地说："别看我年纪大了，手艺那是绝对好。就刚才，厂里头不知道什么领导带了个日本人专门来找我铰头发。我干这行几十年，澡堂子里那些铰头发的好多都是我徒弟，不过手艺嘛还是欠点火候。要不为啥人家日本人不去澡堂子，专门要来找我呢？弄完了给我一百块钱，我给找，人家日本人一摆手说：不用找。我这儿两块钱剪个头发，给一百，真大方啊。小日本的中国话说得还挺好……"

王瑞愣是找不到插话的机会，足足剪了二十分钟，他像个木偶一样被摆弄了二十分钟，脖子一会儿抬一会儿低，一会儿往左按一会朝右摆，最后黄奶奶终于用毛巾拍了拍他的后颈："齐活了！来照镜子看看，满意不？"

实话实说，手艺是很好，但偏分变成了一个小平头，这审美实在太中老年了。正值青春叛逆期的王瑞看着镜子里的自己哭笑不得，却也只能说："挺好的。"

黄奶奶问："现在哪个同淆来铰啊？"

另外三个人忙摆手，"不不不，我们都是陪他来的。"

"那，你们都老实回家，回去好好做作业吧。"黄奶奶看了看手表，"哎呀，都这会儿了，比不了当年了啊。该去打牛奶了。来来，我把门先锁了去把牛奶打回来，牛奶卡放哪儿来着……"

王瑞还在努力想怎么开口，四个人就被客客气气地轰了出来。大家都有点晕头转向。李勇等铁门落了锁才回过神来，问道："刚才，发生了什么？"

薛晶指着王瑞的头说："王瑞花两块钱剪了一个好丑的小平头。"

王瑞摸着自己根根竖立的短发，尴尬得不行，"我是一句话都插不上啊。"

刘子琦一开始也笑，过了一会儿却回过神来，"你们有没有觉得奇怪呀……"

"怎么了？"李勇问。

刘子琦答："这个阿婆怎么这么多话，一会儿上几年级，一会儿手艺好，日本人多给她钱都扯出来了。王瑞好几次想开口都被她堵了回来，好像故意不让我们问话一样。"

李勇却说："你这个就太牵强啦。老年人都是这样啊，絮絮叨叨没完没了。再说了，理发师嘛，就爱跟你瞎聊，这有什么奇怪的。"

刘子琦只了解上海的理发店，并不熟悉此地民风，听了李勇的话顿时没了底，只好说："但我们什么都没问到啊，连提问的机会都没有。"

"是……"王瑞说，"这么说确实有点奇怪就是了。"

薛晶也赞同："嗯。"

李勇说："那等黄奶奶打牛奶回来，我们直截了当问她三十年前犯病的事情。"

"嗯，等着呗。"

等了半小时，六点的下班哨响了，回荡在山谷中，可黄奶奶依旧没回来。薛晶说："我觉得这黄奶奶不是打牛奶去了。"

任凭四个少年想破头也不知道这是怎么回事儿，最后李勇摇头，"算了，回家。吃晚饭，七点钟在5字号路口集合，我不信这老奶奶今晚还能消失不见了。"

听到"消失不见"这四个字，他们同时一激灵。这个词莫名其妙在他们心中变成了一个禁语，光说出口就让人不舒服。

王瑞道："别乱说话。"

李勇笑了："也不知道是谁天天说'封建迷信要不得'。"

众人各自回家吃晚饭。其他人都要等父母回家做饭，为了出门还得帮忙收拾碗筷，然后找各种理由解释一大堆——比如作业写完没有，比如跟谁出去干吗。总之都不免有些絮叨。只有刘子琦的爸爸要加班，依旧没回来。刘子琦跟往常一样在宾馆餐厅里对付一顿，一心只想动作快点儿，早早去把黄阿婆守着，看看是不是真有不对头的地方。

这时，餐厅外仿佛传来一句浙江话。这里还有浙江人吗？他疑惑地循声望去，只见一个顶着跟王瑞相仿发型的男人站在餐厅外面的角落里，手里拿着一个天线巨大的手机压低了声音在说什么。

刘子琦一眼认了出来——那是一台"铱星电话"。这是他第一次，也是一生中唯一一次见到真正的"铱星电话"。

铱星通信系统是人类历史上第一次真正意义上的全球卫星移动通信系统。美国摩托罗拉公司花费了几十亿美元，发射了六十六颗近地通信卫星，确保地面上的铱星电话在全球任何地点任何时间，都能与头顶的通信卫星联系。跟手机不同，铱星电话不需要基站支持，不需要考虑不同地区的网络制式，直接通过六十六颗卫星提供通信服务。只要手上有一台铱星电话，你在地球上的任何角落都能实现通话。

可惜先行者总是死在岸上。随着手机网络的普及，超级昂贵的铱星移动通信系统如白驹过隙般消失在历史中，1996年第一批卫星发射，1998年完成全球无死角覆盖，1999年摩托罗拉宣布铱星公司破产，随后停止服务。不过现在还没人知道，这个技术上的奇迹要不了几天就会死在商业的沙滩上。

刘子琦只在父亲拿回家的内参图片上看过铱星电话——一台电话在手，全球无死角通信，给他留下了极为深刻的印象。这时亲眼见到，刘子琦不禁看痴了。

回过神来，刘子琦顾不上礼貌，放下餐盘就朝那人走去，对方身处角落也没注意到有人过来。他越走越近，那人压低的声音也越来越清楚。刘子琦这才意识到对方说的是日语，联想到他那个发型——这就是黄阿婆提到的日本人。很显然，他也住在404宾馆里。

日本人终于察觉到了有人靠近，连忙神色紧张地转过身来。见到是个孩子，他转而微笑起来，捂着电话对他说道："您好，您有什么事儿吗？"他的中文很好，还带着一点京腔。刘子琦不好意思说自己没见过铱星电话，对这东西很好奇。他脸一红，也不说话，转头跑了回去。

吃过饭，刘子琦便先往黄奶奶那边去了。时值初夏，四川的天阴得厉害，过了六点便见不到太阳。刘子琦离开宾馆时，家属区的路灯都亮了。高压钠灯刚点亮时还有些昏暗，暗黄中带着一丝阴沉的紫色，外面的世界似乎都笼罩在一片诡异的迷雾里。

宾馆几百米外就是家属区的正大门，叫迎春门，下班的人们沐浴着钠灯的黄光，蜂拥着穿过迎春门回家。成百上千的工人都穿着统一的工厂制服，一水儿蓝，让人一时有些分不清面目。

刘子琦在517栋门口等了一会儿，见老奶奶的房间里一直没有亮灯。不久后，三名同伴都陆续赶来。

"还没回来？"李勇问他。"打个牛奶打到哪里去了？"

薛晶说："也许去了她儿子女儿家了也不一定。也有可能被人叫去打牌跳舞什么的吧。"

王瑞并不同意："我觉得刘子琦之前说得对，这事不对劲。"

"那怎么办？"薛晶问，"难道就这么干等着？要是她一直不回来呢？"

周围人来人往，四个孩子堵在单元门口虽然不算太扎眼，但总不太好。四个人便走入门道里，一楼门洞阴冷，里面又堆着些自行车什么的，颇有些杂乱。

"就傻站在她家门口吗？"薛晶问，"要不……"

"你想干吗？"李勇问。

薛晶有些不好意思，赔着笑说："要不我们去游戏厅，看看昨天我那件事还能不能做到。"其他人还没来得及接话，就听门上的锁传来咔嗒一声。

几个人同时看去，只见刘子琦的左手从门锁的位置缩了回来，然后门朝里慢慢打开了。"开了。"刘子琦说。

吱……门轴发出干涩的锈声，门后漆黑，没有开灯。显然不是黄奶奶或者家里其他人打开的。

"怎么，怎么开的？"王瑞惊讶道。

薛晶叫："谁开的？"

"你有钥匙？"李勇也问。

"我……"刘子琦缩回左手，不知道该怎么解释，"我拿手推了一下就开了。"

"没锁门吗？"薛晶说，"是不是刚才走得太慌了，门没带上。"

王瑞说："门没带上也该有条缝吧？我刚才没看到有缝啊？"

还是李勇最直接，"别管那么多了，要进去吗？"

"不太好吧……"薛晶和王瑞都有些犹豫，这不是闯空门吗？犯法的吧？

刘子琦却兀自推门走了进去，回头说："我觉得那个阿婆在躲我们，虽然不知道为什么，但是她如果一直躲我们，我们就一直在外面傻等吗？"

李勇紧跟他进了房间，薛晶犹豫了一下，也走了进去。王瑞最后叹了口气，又朝外面望了一眼，见没人注意，这才蹑手蹑脚进了屋，还连忙拉上了门。他压低声音说："我们进来干什么啊？人又不在。"

"如果这个阿婆真遇到了跟我们差不多的事情，"刘子琦进门前已经想了很多，他低声说，"那她这么多年一定会想办法收集材料、证据什么的。我们在她家应该能找到一些……"

话没说完，便听里屋传来一声断喝："别动！手举起来！"然后两根黑漆漆的管子伸了出来，直对着他们四个，"你们到底是干什么的?!"

里屋亮起了微弱的灯光，刘子琦见状顿时腿脚一软。他只在电视里见过枪，也分不清土制猎枪和制式霰弹枪的区别。四个人都吓得面如土色，立刻乖乖举起手来。

"别！别开枪！"薛晶大叫，"黄奶奶，是我们，刚才来剪过头发的。"

黄希静老人声色已变，不再是之前那个絮絮叨叨的退休理发师，声音冰冷，厉声道："我知道是刚才那四个。你们是什么人？到底是干什么的?!"

"我们不是干什么的。"李勇说，"我们是学生。黄奶奶你先把枪放下。"

"学生？不是吧？"老人说，"你们跟那个什么三菱的日本人是什么关系？"说着她拉了客厅的灯绳，突然亮起的强光刺得几个人想捂眼，但被枪指着都不敢动弹，只能眯着眼睛微微侧脸虚挡了一下。

"什么日本人啊？"李勇叫道，"我们不认识什么日本人。我们是厂中学的初二学生，怎么会认识什么日本人？"

老人冷笑着，"听说日本小鬼子有一种技术，专把小个子培养成特务——给他们打激素，明明是成年人了，看起来却还是小孩子。我怎么知道你们不是这种特务？"

这种传言流传甚广，连王瑞他们也都听过。王瑞问："黄奶奶，日本特务要找你做什么啊？"

"问你们啊？"老人说，"三番两次来，你们那个头头，他到底要干什么？还装模作样地问东问西。"

他想干什么倒是不知道，但老人手里有猎枪。早些年，持有各种土制火铳的人并不少，但现在管得严了，私藏枪支都是重罪，土制火铳也不例外，正常人谁卧室里藏枪啊。

"我见过那个日本人。"刘子琦说，"也剃着一个平头，是吧？是阿婆您剃的，对吧？"

三人齐刷刷地回头望向他，刘子琦忙解释："晚上吃饭的时候在宾馆餐厅碰见的——"

老人拿枪指着他："很好，现在终于承认了，说吧。他到底要干什么？他最开始来铰头我就觉得不对，问东问西，说些不三不四的话。刚被我打发走两次，你们又来了。你们四个人都不太对头，你们以为我老了就感觉不出来吗？"

不太对头？是什么不太对头？王瑞顿觉有些古怪，而手臂的酸胀感也提醒他举太久了，连忙问道："那个日本人说了什么？他是不是问您三十年前的事情？"

老人的身子不易察觉地微微晃动了一下，"怎么，现在不假装跟你们头头没关系了？不假装是中学生了？"

王瑞不禁怀疑这位黄希静老人是不是真的精神有问题。薛晶急道："不是这样的。我们是货真价实的厂里子弟，从小就在这里，您就算不认识，这么多年也总该在路上看到过我们一两眼吧。我以前就见过您，说不定您退休前还在澡堂理发室给我们剪过头发……"

薛晶对自己的这番说辞并不确定，但话里的道理总是没错的。老人迟疑了一下，仔细端详着，努力在记忆里搜索他们的身影，枪口也慢慢放低了些，她打量了一会儿王瑞，"你是不是得过什么比赛的什么奖，还在厂里的报纸上登过照片？"

那是去年数学奥赛的事情，王瑞忙点头。

薛晶在一旁说："对啊对啊，现在相信我们了吧？"

老人枪口垂了一半，四人略略松了口气，可那黑管子却马上抬了起来，"不对，这事情不对。你们几个人身上哪里不太对头。"

"没有什么不对头啊。"薛晶急得想哭，"您倒是说说哪里不对头啊。我们好解释。"

"说不清楚……"老人说，"从你们下午进到我理发店，我就觉得挺不自在。"她突然想到什么，"等等！你们如果是厂里的子弟，初二学生，那我这门你们是怎么弄开的？！"

"门没关啊。"李勇说。

"胡说！"老人喝骂，"回来以后我专门把门反锁，客厅的灯也关了，就是觉得那日本小鬼子可能会搞什么把戏。门反锁得严严实实，怎么可能没关？！"

三人立刻转头望向刘子琦。刘子琦沉默了一会儿，答道："阿婆，不光你觉得我们不太对，我们本身确实不太对劲。"他说着转身往外走。

老人举枪叫道，"别动！你们几个矮子特务又要耍什么把戏？"

刘子琦不管不顾，直往外走，吓得三个伙伴六神无主，生怕这个精神不太正常的老奶奶真开枪。刘子琦回头说："阿婆你不是想知道门怎么开的，想知道我们哪里不对，那就来看着呀。"

此刻，刘子琦的身上流露出异样的气息，老人仿佛被其所摄，犹豫了一下，"你们一起去，慢点。"

几个人到了门口，刘子琦伸手抓住了门把手。

"干什么？"老人疑惑道。

刘子琦却不理会，"阿婆你好好看着吧。看完了你就知道了。"

几天接触下来，王瑞他们发觉刘子琦这人是有些"轴"，但此刻却透着一股说不清道不明的古怪，像是背负着什么不可告人的秘密。

刘子琦右手拉开门，门朝里开，推了大概三分之一，够他侧身站在门的一侧，然后伸出左手。"我先说，我也不知道这是怎么做到的，而且也不是总能做到，但有时候……"

话音未落，老人突然倒吸一口冷气，整个人站立不稳往后一歪，枪也无力垂落。李勇站得近，连忙扶住老人，顺势卸下那柄"大号火铳"，烫手山芋一样丢到了沙发上。

一时间，屋里的呼吸声都停了。

刘子琦的左手穿过了门锁，拨动着里面的把手。

眼前的一切像是大魔术师的魔术，只是没有任何障碍物挡着视线，绝不是什么障眼法！

第十五章　轮　回

众人屏息凝视，眼前的画面说不出来的怪异。一只微胖的肉掌穿门锁而过，像是大切活人的魔术表演现场，看得人掌心隐隐发疼。而且，刘子琦的左手还在继续往前伸，进而穿没过那道黄漆已经起皮的木门，五指正从深黑的锁身里伸出来，抓向银色的门锁旋钮。

但那肉肉的五指并没有"抓"在旋钮上，又再次"浸"到了旋钮里面。手指拨动着旋钮，却抓不实，只见手指不断地在旋钮边缘滑进滑出，艰难地带动旋钮转了起来。那手指好像变成了透实体而过的风。

王瑞全身恶寒般哆嗦起来。他的眼睛仿佛被吸住了，脑子里不由想起《午夜凶铃》中从电视里爬出的女鬼，然后想起自己不敢开机的电脑屏幕。

这里面有什么联系吗？

"门，门……"黄希静老人终于缓过劲儿来，"关门，快关门！"

刘子琦迅速抽手，那动作似乎有不小的阻力，像是从油里拔出来一样。关上门后，"反锁！反锁！"老人连忙嘱咐，他又反锁上。老人捂着胸口连续深呼吸，转头对李勇说："扶我到沙发上躺会儿……"

薛晶箭步上前，绰起沙发上的土制猎枪，小心翼翼地丢到远处，李勇这才搀着老人到沙发上坐下。

而王瑞此刻怔怔地看着刘子琦的左手，问道："你……这个手现在能……"

刘子琦没说话，把左手伸了过来，王瑞小心翼翼地拿指尖探去。最后一厘米他胆战心惊地停了两秒时间，这才碰上。实心的，没有穿过去，也没什么奇怪的特殊感觉。刘子琦这才开口："我也不明白怎么做到的，平时都很正常的……"

王瑞迟钝地点点头，心中酸酸的，有的能打五个混混，有的能像茅山道士一样穿墙，只有自己"见鬼"。谁他妈的愿意见鬼？

薛晶见黄奶奶脸色难看，连忙跑进厨房找暖水瓶，倒了碗水送在老人手上，"老奶奶您喝水。"老人家点了点头，端起水抿了一口，缓过点劲儿来，这才仔细端详这四人，好像要把他们刻在自己眼窝里似的。她战战兢兢地试探着问："你们……也看到那东西了？"

薛晶嘴快，"是那个半透明的样子很奇怪的东西，还泛着五颜六色的光，对吗？我们都看到了。"

旁边三个一齐点头，王瑞补充道："不光是我们四个……"

老人的目光发直，人也坐直了，呆呆地盯着对面的墙一动不动。见她不说话，薛晶在一旁低声叫："黄奶奶？黄奶奶？"

刘子琦也叫："阿婆？怎么了？"

老人黯淡的目光突然绽放神采，两只干瘦有力的手一边一个抓住薛晶和刘子琦。两人以为她要做什么，吓得本能后缩，想要把手抽回来，但老人的手却宛若钳子一般，两人竟然挣脱不得。四个孩子都是大惊，正要劝老人冷静，却见老奶奶的眼里淌出两行热泪来。

"是真的啊，我没有疯啊。我就知道我没有疯，但是没有人相信我。他们都说我疯了。真的不是他们说的那个样子，苏联不是那个样子的啊。"

一番没头没脑的话让大家都有些害怕，四人胆战心惊地望着老奶奶，过了一会儿，她才松开手，从兜里掏出一张手绢擦干了眼泪。她定了定神，然后转向王瑞，"你刚才说，不光是你们四个，还有别的人？那人呢？到底怎么一回事儿，你们在哪里看到那个东西的？"

终于进入正题了！四人大喜，七嘴八舌地把所有事情说给老人听。这些话被医生在内的成年人当作集体癔症，这时终于有一个大人肯相信自己，却正是确诊的癔症病友。

老人一直听到他们发现程凡的所有痕迹被抹去，没人记得，连照片都没有，眼里又是一阵泛红。"居然是这样吗？居然是这样……"也不知她想到了什么，大家生怕她歇斯底里地哭出来，好在没有。

等众人说完程凡的事，老人点了点头。"原来是从医生那里知道我的。"她苦笑起来，"说老实话，他们当时觉着我疯了还真不是为那事儿……"黄奶奶环顾四人，沉默了半晌才终于又开口："好嘛，我估摸着你们是想知道你们那同学跑哪儿去了？我说不定还真能猜到他去啥样地方了。"见几个人瞪大了眼，老人又苦笑，"但你们要想弄明白这一切到底怎么回事儿，那发光的透明东西是啥，奶奶我可就一点都不知道了。我屋里的床底下有个箱子，你们谁去帮奶奶拿出来吧。"

听她吩咐，薛晶麻利地跑进里屋。这房子本来不大，除去占公家便宜私建出来的做生意的理发室，就只有两居室，老人孤身一人，外面的房间用作客厅，里面则是老人的卧室。床底放着杂七杂八的暂时不用的换季杂物，而在一个大红盆后面则藏着一只半米来长的藤编箱子，薛晶爬进去把它掏了出来。

老人接过箱子，放在腿上却没有打开，用手摸了摸，示意他们靠近说话。四个孩子忙凑上前去，竖起耳朵，只听她说："三十年前的事情，说来话就长了啊……

"你们应该都知道，我们这厂里很多人都是从东北迁来的，对吧？我是哈尔滨的，那时候在哈汽——就是哈尔滨汽轮机厂上班。那时候啊，我才刚二十多不到三十岁，还是个年轻姑娘呢，在厂里干的是钳工。六几年那会儿，女的当钳工可是很稀罕的。就六四年吧，我记得，美帝在越南什么'北部湾'还是什么'湾'哦，跟越南整起来了，毛主席就发话要把四川这片建设搞起来，免得原子弹来了，东北华北飞机一炸都玩儿完。国家一声令下，搞三线建设，备战备荒为人民，然后我们这些'哈汽人'就从哈尔滨调到了这山沟沟里了。还不是你想调就能调呢，要优秀员工、积极分子，才有机会参与国家重点工程建设。六五年的时候，这个厂刚开始筹建，我可是第一批来这地方的工人。

"那时候这里还什么都没有，就是一个山沟。我们这群人就从炸山修路开始，把山弄平修厂房。你们现在看到西边厂那片山都是一层一层的，我们来的时候其实跟东边的山沟一样——就磷肥厂每天炸山开矿的那个山——都是悬崖绝壁，陡得很。现在这样，都是我们一铲子一铲子平下来的，那时候又没啥挖掘机，都是靠人力，先炸再挖，硬生生挖平的。然后才能铺上水泥，从外面修公路铁路进来。这时才能修厂房，那时候苏联老大哥的专家帮忙出图纸，派人勘测，中苏亲密战友共同准备第三次世界大战……"

薛晶突然插话："不对吧，黄奶奶。我爸说那时是中国和苏联闹矛盾，然后我们才开始搞三线建设的，苏联怎么还会帮我们搞三线建设呢？"

不光是他，王瑞也觉得奇怪，他上学期才看过一本《中苏外交关系变迁揭秘》，书里也提到这事。因为三线建设跟自己家乡的关系，王瑞看得特别仔细，确实是说那时候中苏交恶，华东厂内迁主要防的是台湾国民党反动派，东北厂内迁则是为抵御苏联。本来三线建设的假想敌就是苏联，怎么还会冒出中苏亲密战友共同建设404厂呢？

黄奶奶的笑容愈发苦涩，"别急，听我慢慢说。"

"我虽然是钳工，不是搞建筑的，但修厂房的时候大家也不看原本的工种，也不管男女，所有人都没日没夜地干。自己的工作做完了，就主动跑去旁边帮别人干活，一门心思想着早点把厂子建起来，开始生产。六十到八十个工人一组，重点的攻坚组有专家亲自指挥怎么干，不那么重要的就是普通领导指挥。我在的组有两个专家，一个中国专家和一个苏联专家。

"那个中国专家叫什么我已经不记得了，就记得老毛子的专家叫米洛舍维奇，我们都叫他老米。那时候我们已经干了半年多，眼看就要六六年了，大家这么拼命，建设搞得很快，厂房也慢慢起来了。那时的目标是六六年开始生产，六七年能出第一台能用的机子。眼看一座啥都没有的深山，就要冒出工厂的烟了，大家都很兴奋，恨不得连觉也不睡，通宵三班倒打着灯干活儿。

"快到年末的时候，那时国庆刚过，厂里发起新一轮的年前战斗冲锋。大家本来干得热火朝天，没想到，有天晚上小组工作部署大会开完，老米竟然给组长说：'明天开始，就不要安排女人去那边干活儿了，全部派精壮小伙子。'

"老毛子你们这些孩子没有接触过，我们东北人见得多了，最是重男轻女的。毛主席都说妇女能顶半边天，当时听这话，我跟在场的几个女同志就火了。都是干革命工作，凭什么看不起女同志？精壮小伙子能干的工作，我们就不能干？我当时就想冲上去理论，结果被旁边的顾大姐一把按住了。顾大姐是我们小组的三八红旗手，她拉着我，还把另外几名女同志叫出去说话。

"当时已经是深秋，白天干活不怕冷，衣服穿得也单薄，到了晚上山上冷飕飕的。我们站在山坡上往下望，心想以后这里到处都是工厂——化肥厂、煤矿、水泥厂、绝缘厂……好像看到了将来浓烟滚滚、热火朝天的样子，心里都是火热的。你们现在觉得这个镇上空气污染，那时候我们巴不得早点看到到处都是烟囱，到处都是烟呢。顾大姐说：'老米瞧不起我们，我们跟他吵也没用。只有一个办法，就是我们自己加油干，向他证明我们女同志自己也能把活儿干好，不比男同志差，而且还比他们能干。不服输的，我们今天就连夜加班，把那个重点区域弄出来，现在就开干。'

"我们五个人都觉得顾大姐说得对。妇女也要敢教日月换新天。说干就干，吃过了饭，我们打着灯就开始干活儿，挖的挖，运的运。那边山刚炸过，里面的碎石要清平，以后往外铺成一个大平台，要修厂里的重点厂房。

"我跟顾大姐两人一组一起干活,我一边干一边生气。老米这个苏联专家太可恶了,列宁的继承人托洛茨基都说过这样的话:'在反法西斯的战争中,苏联的女性至少贡献了六成以上的功劳。'"

刘子琦插嘴问道:"托……什么?我怎么没听说过?"

老人说:"托洛茨基是斯大林的死对头,你们太小,都不知道这个人了。唉,这也难怪。刚开始的时候,我也不知道他们说的斯大林是谁。别急,等下你们就明白了。总之,我跟顾大姐一边干活儿一边骂老米,我记得当时跟顾大姐说:'这些苏联专家来干什么?还不如没他们,光添乱。'顾大姐还批评我:'你生气我也生气,但是要就事论事嘛,不要犯扩大化的错误。'唉,这话其实跟你们这些孩子也说不着。"几十年埋在她心底不敢给人讲的往事,这时候全都鲜活起来,话里的枝叶也多了,"一直干到晚上九点多,我跟顾大姐一人一根扁担挑两箩筐碎石头往外运,几十上百公斤的石头,那时候愣能挑起来还不觉得累,唉。走到山坡边上,我突然觉得全身都不太舒服,一抓自己的胳膊,发现全身汗毛都竖了起来,一根根都是直立的。这时顾大姐好像也感觉到了什么,也停了下来,可还没说话,我突然觉得一阵头晕。

"我还以为是干活干太累了,没休息好,就想要放下扁担挑子站一会儿,休息一下。顾大姐突然对我喊:'小黄!地震了!'我这才发觉脚下整个地面都在抖。东北人没见过地震,哪怕顾大姐对我喊,但也不知道该怎么办,只是抱着扁担傻站在那边。好在震动不大,没几秒就停了。顾大姐连忙对我说:'快去看看大家有没有危险,地震不厉害,但是炸过的山坡可能落石,我们分头叫人撤,注意安全!'

"其他几个姐妹还在原来的地方干活,正好就在山坡脚下,头顶正对着白天刚用雷管炸过的地方。我听顾大姐的吩咐，心想千万不要出事啊，赶忙往他们所在的山坡那边跑，一边跑一边担心地震。都说小震可能是大震的前兆，我知道这个地方是龙门山断裂带，我们东北人又没有经历地震的经验，心里就有点发毛。你们知道都说地震前会有奇怪的征兆，什么天上有怪异的光啊、动物异常啊、老鼠搬家啊之类的，我一面跑，一面抬头往天上看。真邪门儿，刚抬头，就在前面没多远的地方，一道闪电劈向天上……"

李勇听得入神，不由张嘴纠正："闪电从天上劈下来。"

黄奶奶却摇了摇头，"不是从天上劈下来，是从地面劈向天上。我当时并没觉得有什么不对，只注意到闪电爆发的地面就是老米画的那个'重点区域'，四个姐妹正在那边干活，顿时吓得我魂飞魄散，都没有注意到很明显的反常之处。那道闪电没有声音，没有雷。只有一道光。

"我赶忙冲过去，一边大喊我们几个姐妹的名字：'小张！徐娜！陈姐！'喊完她们的名字我就卡壳了，该喊地震了快跑，还是问有没有被雷劈着？最后我只好又喊了两遍名字，都没找到她们的人。这时候我听见前面传来一阵阵怪声，呜呜的，有点像风声，但又不一样，也不是什么野兽的声音，总之很瘆人。声音传来的地方就是那道闪电从地上出现的位置，这时我才察觉到不对头，想起那道闪电没有声音，而且不是从天上劈下来，是从地上劈上去。我又抬头看了看天，那天晚上月亮很亮，虽然只是半圆，但是照得清清楚楚，头顶没有一丝云。

"那时，我的手电闪了几下，熄了。电筒也是苏联造的，小毛病多。我没多想，只是像以前一样拍了拍，手电闪了几下又亮了。顺着这个怪声，我继续往前面走。在原来老米画的那个'重点区域'，就是我们本来干活的地方，我看到了一个山洞。"

四个孩子都吸了口气，不敢说话，生怕惊扰了什么。

"那个山洞原来肯定没有，天天干活儿从没看到过。最初，我想肯定是地震震出来的，但马上又觉得不对，这些天又是炸药炸又是滚石砸都没露出来的洞，怎么一点地震就冒出来了？不过，想到有人可能困在里面，我也顾不上其他，咬咬牙就往里钻。

"一进洞，那种全身发毛的感觉就越来越厉害了，跟你们差不多，但我没走多远，就在洞里看到那个发光的奇怪东西。第一眼见到它，我瞬间就紧张起来了，这肯定是美帝的特务来搞破坏，在这里安了什么破坏装置。那个年代，我们经常要学反帝反特，谨防敌人破坏，尤其是我们三线生产，所以我第一反应就是，肯定是个炸弹！当时真是什么也不怕，也没想碰了会不会爆炸，就觉得肯定不能让它留在原地！这是老米说的'重点区域'，一定要保护好！赶快把它拿得远远的，然后想法通知领导。"

说到这里，老人突然沉默了。大家谁也不敢说话，只眼巴巴等着。就看她深深吸了一口气，然后又长长地呼了出去。

"不对，其实不是这样的。我没有那么勇敢，我想了那东西碰了会不会爆炸，而且还想起别人说美国的原子弹有多厉害，能把一个山都炸没了。我当时想的是：老米你这个王八蛋，都是你这个老毛子什么鬼专家的错！要不是你，我这会儿已经在床上好好躺着了！肯定是美帝的特务从老米那边偷到了图纸，所以才会在他画的重点区域装炸弹。没有这些老毛子专家来，我们自己照样搞三线建设！然后我就去抓那个发光的东西，想把它往外拿……"

回忆起这一幕，老人似乎耗尽了心神，眼睛慢慢阖上了，但嘴却没有停："然后……然后有很长一段时间，我不记得了。我不知道是不是很长一段时间，好像乱七八糟发生了很多很多事情，记忆里有很多乱七八糟的景象，一切都没有头绪，说不清那些画面是什么，我记不清，也没法说明白。后来医生说那是因为我精神错乱导致的。"

"黄奶奶要不你先休息一下？我们等会儿再听你说。"薛晶说道，大家也都露出关切的眼神。

"没关系，我要说。好容易终于有人愿意听了。不管你们信不信，反正我真的没有骗人，也没有精神错乱。"老人闭着眼睛的模样很是执拗，"等我回过神来的时候，就看到顾大姐抓着我的手喊：'小黄发什么呆啊，快跑！到山下的平地上才安全！'我一路迷迷糊糊地跟着顾大姐跑，从山上跑回了山下，等到了现在的厂大门那里，这才停了下来。

"顾大姐安慰我说：'小黄你吓晕了啊？没事了，小地震。'我看到小张、徐娜、陈姐也跑了下来，知道大家都没事儿，确实是个小地震，这才安了心。我问顾大姐：'那个东西呢？'顾大姐不知道我在说什么，我给她说山洞里的那个东西，可能是美帝的炸药什么的。几个姐妹都吓坏了，本来地震不严重，等了几分钟，大家就一起上去找那个洞。

"那个洞是不见了吗？"李勇插嘴问。

黄奶奶点头，"对，没有看到什么洞。我赌咒发誓说有，小姐妹们就笑我，肯定是被地震吓晕了，昏了头。遇到这么个事儿，我们班也不加了，各自回去休息睡觉。想到第二天就要按老米的安排，不让我们去'重点区域'干活儿，我在床上气得睡不着，一直翻来覆去到天亮。

"第二天，上工开会安排新工作，却没有看到米诺舍维奇，只有他那个副手，叫……什么来着？哦，小唐！唐援朝。小唐也才二十多岁，从没独自指挥分配工作。果然就没给我们分配去'重点区域'干活儿。等会开完，我也不管顾大姐昨天说了什么，立马就去找唐工，说这样工作安排不合理，是歧视我们劳动妇女，问他做出这个安排的苏联专家米诺舍维奇人呢？"

说到这里，黄奶奶停下来，端起杯子喝了口水，歇了一会儿，眼睛直勾勾地盯着窗外的夜色。之后，她张了几次嘴都没有说出话来，孩子们见状都静静地等着，没有催促，过了好几分钟，老人才鼓足力气把话说了下去。

"唐工说：'苏联专家？什么苏联专家？哪来的什么苏联专家？你发现苏修特务的踪迹啦？'他一眼不眨地盯着我，他人比我还年轻，但眼神很吓人，看得我心里毛毛的。我当时满心在想'苏修特务'这个词是什么意思。我只听过美帝特务、台湾特务，可苏修是什么？"

王瑞忍不住开口说："就是苏联修正主义的意思啊。"他刚说完就觉得自己傻，老人现在怎么可能不知道苏修是什么，顿觉自己炫耀得太尴尬了，不由得脸红埋下头来。

"苏联修正主义，是啊，苏联修正主义。我跟他说了半天，也没个头绪，顾大姐把我拉下来问我怎么回事儿，我们两个鸡同鸭讲说了半天，我才搞明白她的意思。根本就没有什么叫米诺舍维奇的苏联专家，不光没有叫这个的人，而且我们404厂根本就没有什么苏联专家——不光我们厂没有，全中国都没有苏联专家，六〇年的时候，也就是五年前，苏联就撕毁协议，撤走了全部专家，一个也没留下。"

不知什么时候黄希静老人的眼睛瞪得溜圆，回想起当时的情景依然满脸震惊。

"我晕头晕脑一整天，最开始顾大姐他们以为我昨天被地震吓糊涂了还没好，但我一直在问她们苏联的事情，她们就觉得不对。我问她们好好的苏联老大哥怎么会变成了苏修，她们更说不清楚。等到晚上，就有厂里人武部的同志来找我⋯⋯人武部就是人民武装部，你们知道啥是人武部吗？"

三个孩子一齐点头，只有刘子琦不太明白，但他也不好意思现在问。

"我把事情原原本本说给那位同志听。他也不明白我说的意思，但第二天白天就不让我去劳动了，还找了他们的支部书记来跟我谈话。跟那个支部书记说了一整天，我才大概明白过来斯大林、赫鲁晓夫是怎么回事儿。我问他，斯大林就是那个被托洛茨基驱逐出党的反动派吧？当时书记脸都白了，他告诉我，虽然斯大林还无法定性，但不能叫他反动派，这是要犯政治错误的。列宁继承人更不是托派领袖托洛茨基，而是斯大林。不是斯大林被托洛茨基驱逐出党，是托洛茨基被斯大林驱逐出党，而且1940年的时候他就被斯大林处决了。"

老人苍白的嘴唇颤抖着，"所以⋯⋯三线建设从来就没有苏联专家，而且三线建设的目的之一就是为了防备苏修帝国主义，怎么可能还有苏修的人来帮忙呢？"

她喃喃自语起来，也不顾这四个孩子听不听得懂："我从小在东北就要学习托洛茨基主义，一直批判斯大林错误的'一国社会主义论'是新帝国主义。托洛茨基没有上台，苏联当然就从社会主义老大哥变成了苏修帝国主义。自然就没有苏联专家支援三线建设，没有苏联专家支援三线建设，自然就没有米诺舍维奇这个老米⋯⋯"

　　苏联已经解体好几年，四个孩子都只知道俄罗斯，苏联只是一个遥远的历史名词了，什么斯大林、托洛茨基主义、苏修完全听得晕头转向。但就这样，大家也模模糊糊理解到老人讲的往事中的可怖之处。他们的一个同学人间蒸发，被凭空抹去了前因后果，连出生的可能都消失了，而这比起黄希静老人的故事简直不值一提：老人生活的整个世界的格局和历史都被改变了。

　　"我只是高小毕业，没有太多文化。这些事情说出来大家就当作笑话，也没人信。我也没法证明。过了一段时间呢，被别人笑话多了，我也觉得是自己糊涂，记错了。但又觉得奇怪，我一个高小学历的人，哪里编得出这么一整套故事呢？"所谓高小，就是上完了小学六年级，区别于只上了三年级的初小。那时候的高小，哪有眼前四个孩子读书多呢？

　　"到了1966年，工厂开始生产了，大家一忙起来，这事儿也就淡忘了。但是又过了一年，'文化大革命'也影响到了我们这个山沟里。这时，就有人想起我的笑话来，说我把苏修大毒草说成是苏联老大哥，然后什么散布历史虚无主义啊，什么这个那个的帽子就都来了。"老人淡淡地说，表情没有什么波澜，颇无所谓，"好在404厂卫生所成立了精神科，说我是癔症，精神失常。现在明白那都是顾大姐她们好意保护我，但是那时候……唉……

　　"后来我就不能干一线了，改当理发师，过了这么多年。"

　　三十年前的故事就这么三言两语讲完了。老人这才打开膝盖上那个藤编的箱子，一翻开，里面全是各种各样的信件、纸片。有的早就泛黄，有的还很新。纸片有的是报纸，有的是从杂志和书籍上剪下来的书页。

　　"这些年啊，一有机会我就想要去把当时在洞里看到的那玩意儿搞利索。澡堂子里理发师的工作你们都知道，有一阵没一阵的，除了周末和晚上，大多数时候都没什么人来。旁边就是厂文化宫，我就成天去那里借各种各样的书，想要查出来那是什么东西。这么多年，杂七杂八有关系没关系的书我看了好多，文化倒是长了不少。但一点眉目都没有啊。后来'文革'一结束，我想别人都上大学了，我考是考不上了，但可以写信问专家嘛。然后我又照着各个大学的地址挨个儿去给专家写信。也不管人家什么系，反正都写，什么陈景润、华罗庚我都写过信。我连数学系都不放过，生物、化学、物理、地球科学之类就更别提了。我现在知道的大学院系名字铁定比你们多。"

老人说着，翻了翻箱子里寥寥的几封回信，"但是没用，大多数信都没人回。就算有人回，也是些套话：你说的情况我们已经了解，但没法提供帮助。最好的回信也就是：根据你的描述判断，这种事不属于本专业范畴，建议你可以向哪里哪里咨询。"

黄奶奶说："我问了二十年，一点有用的也没找到。"二十年的努力汇成一个小小的箱子，箱里黄黄白白的纸片，一无是处。

这声叹息让四个人的心拔凉拔凉的，但王瑞竟然有些轻松了。既然所有学科都回答不了这个问题，那自己终于不用纠结从哪里开始找了。

"但是你说大概知道程凡——就是我们不见了的那个哥们儿去哪里了？"李勇赔笑说，"我有点没听明白，他是去哪里了呢？"

老人看着四人，发觉大家眼中都很茫然，"你们没有一个人想到吗？"四个人都摇头。老人叹息着往沙发上一躺，"你们想想吧，我原来在的地方，那里托洛茨基打败了斯大林。我碰到了那个东西之后，我在的地方变成了斯大林打败了托洛茨基。那么，在原来那个托洛茨基打败了斯大林的地方，我人呢？"

王瑞恍然大悟，明白了老人的意思，但是其他人依然一脸茫然。"黄奶奶你的意思是，不是这个世界变了样子，而是那个世界也在，这个世界也在，你从那个世界来到了这个世界，所以原来那个世界的你不见了？"

"说不准，我也不敢说就是这样。只不过这么多年来，我偶尔也会想起那个苏联不是苏修的地方，那里的顾大姐、老米他们又遇到了什么。我一直也想不出来。今天听说了你们同学的事情，我想他们遇到的可能就跟你们差不多了。"

"不见了就是不见了，那为什么所有证据都变了呢？那些照片、学校花名册呢？还有程叔叔……"李勇问，"是谁把这些东西都改了的呢？"

"不知道。"老人的声音很轻。

"那谁知道呢？"刘子琦问，"还有我这个手……"听他这么一说，几个人马上又炸了锅。他们一直沉浸在老人的回忆里，差点忘了自身的古怪，"对啊！还有我们这些奇怪的……"该叫超能力吗？还是该叫毛病？

"我一直觉得，有一个人应该知道。"老人说，"这些年我一直都在设法打听他的音讯。"

"谁?!"几个人马上急切起来。

"老米，米诺舍维奇，那个苏联专家。我后来越想越觉得不对，为什么当时那个奇怪的闪电和山洞不往东边不往西边，就偏偏在他画的那个'重点区域'里？我当时以为他那样安排劳动只是重男轻女，但现在想起来，说不定完全想岔了。他知道那边可能出问题，怕我们出事，这虽然也是重男轻女大男子主义，但是……老米很有可能是知道些什么的。"

"但那个苏联专家不是不在了吗?"薛晶问,"就跟程凡一样,消失了啊。"

"不一样。"老人摇头,"没有一个叫米诺舍维奇的苏联专家来帮助404厂建设,但不一定没有一个叫米诺舍维奇的苏联专家。他可能一直在苏联,当然现在苏联没了,那就有可能在俄罗斯,甚至在前苏联分出来的哪个国家里。在我以前的那个地方,他肯定是因为懂些什么,才会被派来这里。那在那个地方的老米他也应该懂,只要我能联系到他,把当时的事情写信告诉他,老米或许就能给我……给我们解释。"

老人说得有点乱,但是大家都听懂了,"唉,可惜我也不知道怎么去找那个老米……怎么也打听不到。"

直肠子的李勇叹道:"唉,说来说去,我们还是不知道该怎么办啊。"给了希望,又马上打得粉碎,大家都显得很沮丧。

王瑞突然想起什么,问道:"那个日本人是怎么回事儿?你说之前有个什么日本人……"

"日本人?哦,那个三菱的。没什么。"老人笑叹道,"大概是我搞错了,有点敏感了。也没什么。前两天一个日本人,说是三菱的,来我们厂出差,跟404谈合作。也不知道从哪里听说我手艺好,一定要来找我铰头发。铰头发聊天的时候他说了一大堆,说自己是历史爱好者,夸这个厂简直是个人类的奇迹,又问我是不是第一批来的,有没有参加过当年的建设,当年是不是很辛苦,有没有什么有意思的事情……反正乱七八糟问了很多。我当时没说什么,今天我们说的这些话,也不是能随便给人说的。铰完头他塞给我一百,还非不让我找钱给他。

"当时我也没觉得什么，事后就总觉得有点古怪，好久没人问我三十年前的事情了。知道点儿的不好意思提，不知道的也就不知道了。何况又是日本人，你知道我们东北人，对日本人不是很那啥。本来这事儿过去也就过去了，但只隔了一天，你们又来了。"

"可是，"王瑞摸着自己的头发，"我们下午也没说什么啊。黄奶奶你是怎么发觉不对的呢？"

"其实也没什么。是不是来铰头的，我干了几十年，不至于看不出来。再说了，莫名其妙有人打电话问我是不是掉了身份证，我明明没掉，偏偏有孩子说捡到我的身份证，所以我就有点起疑。

"最主要的是，今天下午一看到你们四个，我身上就起了鸡皮疙瘩。那种全身发毛的感觉就跟三十几年前那天晚上一样。我就知道哪里不对。然后就想到那个日本人，不过现在看来大概是想岔了。"

"哦，这样啊。"王瑞本以为这里面另有猫腻，听老人一说，也觉得多半是她疑心太重。黄奶奶翻着膝头的箱子，看着信封上的日期，抚摸着那些泛黄发脆的纸，过了一会儿，她说："好啦，该说的我都告诉你们了。奶奶劝你们一句，你们听吗？"

四个孩子纷纷点头。

"把这事儿忘了吧，当作什么也没发生。好好上你们的学去。"

李勇心直口快，老人话还没说完他就叫道："怎么可能？！"老人只微微抬头瞥了他一眼，便将目光移向窗外，手依然拨弄着箱子中的纸片。

"三十多年，我花了三十多年想要搞清楚那东西是什么，那是怎么回事儿，想要证明我没疯，想要……想要回去……三十多年前我才二十七岁啊，现在呢？"她慢慢举起自己的手，望着枯瘦苍老的手指，然后猛地抓起箱子里的纸片，"我这三十多年的时间都用在这些东西上，可找到什么了？什么也没找到。白白浪费了三十年。

"今天看到你们，你们这些娃娃，我就想起我那时候。"老人说着，从茶几上绰起一把细长的剪刀，她是理发师，屋里各种长短大小的剪刀多得是，对着一沓信件就咔嚓咔嚓地剪了下去。

薛晶立刻就要制止，"黄奶奶您干什么？别剪啊！"

"别像我这样，"身为理发师，剪刀在她手里犹如活物，转眼框里便是一堆黄白的纸屑，许多碎成了渣，"不要浪费几十年时间，什么也没做，就只留下一堆废纸。不要让别人提起你们的时候说：那个澡堂理发室的疯婆子。把这些事情都忘了，当它没发生，好好上学，以后上班，好好过日子。"

这话里沉重的含义孩子们只能听懂皮毛，王瑞说："可是，可是……"

"你们不懂！"老人声量突然放大，见自己失态，马上又压低声音，"好吧，我问你们，为什么你们一个同学失踪了，你们不去找家长，不去找老师，不去报警，反而偷偷摸摸找我一老太太呢？"

"我们给老师和家长都说过了，他们不相信啊。"李勇说。

王瑞一惊，"你什么时候给家长说的？"

李勇耸了耸肩，薛晶汗颜道："那个，我其实也说了……"

"看吧，你们还没明白吗？不会有人相信你们的。没送你们去疯人院，算是你们运气好。不会有人帮你的，老师、家长、警察都不会管，因为不论是他们的记忆里，还是所有的证据里，都没有你们说的那个人。靠你们自己，几个孩子，初中都还没毕业，怎么可能把事情弄清楚呢？三十多年啊……你们还上学吗？你们想变得跟我一样吗？退都退休了，还整天疑神疑鬼的。来个大方点的日本人，给点小费，就觉得肯定跟那个事情有关。到最后，脑子里无时无刻不在想那个事情，你们还做别的事情吗？还做正事儿吗？你们这几天好好上过课吗？"

四个人都没说话。

"听奶奶的话，把这事儿忘了。"转眼那藤箱里已经只剩一堆碎纸屑了，孩子们虽然没说话，但眼里却是满满的不服，正如她当年不服老米的安排一样。老人叹了口气，"你们真想搞清楚这是怎么回事儿，真想把你们那个同学找回来，就更应该把这事儿先放下。好好学习，上了大学，考研究生，读博士学位，读博士后，变成专家。到那时不用去写信求别人，你们自己就是专家教授，然后再来想办法。"

谁都没搭腔，尤其是刘子琦，整个人甚至悄悄往后缩了缩，生怕有人突然想起他来。过了好一会儿，薛晶才开口："可那要等到什么时候去了啊？我们才初二，读到博士至少要十年吧？到时候我们去哪里找程凡呢？他还在不在都不知道了。"

十年说少了，初中还有一年半，高中三年，本科四年，硕士最快三年，博士最快两年。最快也是十三年以上，也就是这些孩子年纪的一倍。要十四不到的孩子想象自己十三年以后的事情，比记起自己一岁前做过什么还难。

王瑞想起自己看到的鬼影、刘子琦的左手，还有薛晶的一打五，"而且不光是程凡啊，我们几个也受了影响……对啊！我们受的影响就是证据，我们可以用这个去找大人……"王瑞突然兴奋起来，自己居然忽略了这点。别的不说，光刘子琦的穿墙手，就足够震撼了。

"没用的。用不了多久，你们身上这些特异功能就会消失的。"

"你怎么知道？"薛晶问。

黄奶奶并没有正面回答这个问题，自顾自地说："他们看到了又怎么样呢？这些年看到的特异功能、气功大师，这个感应、那个场还少了吗？他们今天会被你们说服，明天呢？你们身上这些会消失的，等到那天，他们又会觉得，哦，又跟那些气功大师和特异功能小孩一样，是被骗了。你们不是疯子就是骗子……"

"不至于吧……"薛晶乐观地说，"那些是假的，我们是真的啊。是吧，是吧？"他一边说着，一边看向小伙伴，可只有李勇点头，王瑞和刘子琦都没接茬。王瑞明白过来，老人在三十多年前事情刚发生的时候，一定也有某种能力，说不定就跟刘子琦差不多，否则也不会先前一见到刘子琦的能力就差点晕过去。那她说很快会消失，自然是经验之谈，不会有假。

那自己很快就不用担心见到鬼影什么的了。

"相信奶奶的话了吧？好好上学，忘了这事儿吧。至少是暂时忘了这事儿，不要落得跟我一个下场。到时候像我现在一样再后悔，也来不及了。我当时还比你们大十多岁呢，而且我花了三十年时间，也没什么结果。记住奶奶的教训吧。回去吧，当什么也没发生。"

黄奶奶的话像一盆冷水把几个人浇得冰凉，只有刘子琦心慌意乱，他想开口说话，却又不敢。自己知道的事情如果说出来，这群认识还不到一周的朋友会说什么，会怎么想呢？昨天大家大吵的那一架，很大的原因不就是因为对自己的怀疑吗？

何况就算说出来，他们几个就能找回程凡吗？

"我们走吧。"王瑞终于决定告辞。四个孩子纷纷站了起来。

"你们相信奶奶说的话。"黄奶奶再一次嘱咐，"都忘了吧。我也把这些都忘了，算是了结了。"

他们悻悻地往外走，快走到门口时李勇突然站住了，薛晶一个不留神差点撞他身上。

"等一下，有什么忘了。"李勇说。

大家都看着他，"什么？什么忘了？"

"我……想不起来，但是挺重要的。"他一直觉得好像忘了什么。最开始他也没多想，平时里哥儿几个总有谁会提起来，但直到要离开竟然也没人提起。是什么呢？

思考不是他的强项，而且越是想得少，就越不习惯动脑子。大家看着他，他有些着急，越急越想不起来。"你不觉得有什么忘了吗？"他问王瑞。王瑞摇了摇头。

李勇闭上眼睛，脑子里好像有个白色的屏障，阻止他去说出那个快到嘴边的重要问题。"就是之前黄奶奶说自己干活儿的时候，有个什么我想问来着，错过了就不记得了，只记得挺重要。"

被他这么一提醒，王瑞突然反应了过来："对了！那个'重要区域'！当年挖山的时候，黄奶奶你出事的那个重要区域，是在现在的什么地方？"

李勇闻声一拍大腿，"啊！对，就是这个！"

"不是什么特别的地方。"黄奶奶说，"就是现在的十二层大楼，那时准备给404厂修总部嘛，所以叫'重要区域'。后来我去过好多回，什么也没有发现。"

最后一点火星也扑灭了。

"黄奶奶再见。"他们与老人告辞。

老人再次苦口婆心地叮嘱："记住我说的话。"

三个孩子都转了身，只有刘子琦还定在那里。

十二层大楼，他爸爸上班的十二层大楼。

想了想，刘子琦忍不住说了一句："阿婆，如果我知道了这是怎么回事儿，我会来告诉你的。"

黄奶奶还想说什么，他们已经跑出门了。

第十六章　胡　闹

离开黄奶奶家时已经八点过了，暮色已沉。

五月的初夏正是一年中气候最宜人的季节。家属区里的梧桐树织出层层叶海，梧桐叶形如大大小小的山彼此相拥。初夏的风沿山而下，抚过山谷下404家属区，梧桐叶在夜色中沙沙响着，传入耳中如薄薄的浪。厂里的工人六点回家，七点吃过晚饭，忙碌的一天终于迎来难得的悠闲时光，窗户里飘出黄金时段的电视剧台词，家属区小公园里也被休闲的身影填得满满的。此刻，散步的、乘凉的、灯下下棋的、摆龙门阵的各有各的自在，三五成群的孩子打闹着游戏。小镇上满是悠然自得的光景。

虽然得知黄奶奶三十年前的往事，但四个孩子并没有找到救回程凡的办法，他们一时不知如何是好，漫无目的地在家属区溜达着。李勇踢着路边的石子，他脚上力气很大，石子贴着地飞出很远，甚至有可能误伤路人。他问道："你们说，那个黄奶奶说的是不是真的哦？"

"啊？"薛晶惊道，"你觉得老奶奶是骗我们的？不可能吧？"

"不是啦。"李勇说话时脚下踢空，差点失去平衡摔一跤，"她说的那些事情肯定不是骗我们的。我是说，她说有另外一个世界，她自己是从那个世界来的，程凡也去了那个世界，可不可能是有那么一回事哦？"

"人家可没这么说。"王瑞反驳，"黄奶奶说的是，她是从自己的世界来到了我们的世界，而程凡可能是去了另一个地方。"

"我不就是说这个吗？跟你说的是一回事嘛。"

"不一样！"王瑞动脑子的时候很容易不耐烦，"我们这里是世界A，她那个什么司机……"

"托洛茨基。"刘子琦插嘴。

"对对，托洛茨基打败斯大林的世界是世界B，她是从世界B到了我们世界A，她觉得程凡是从我们世界A去了另一个世界，那个世界可能是世界B，也可能是世界C、世界D、世界E。"

"我……没听出有多大区别。"李勇说，"反正就是，那东西是一扇门嘛，对吧？"

薛晶问："那别的世界在什么地方呢？另一个星球吗？"

"不是，也是在地球，只是……"王瑞不知道该怎么解释。

刘子琦在旁边说："平行世界。"

王瑞连忙阵阵点头，"对对对，就是平行世界。"

李勇问："什么叫平行世界？"王瑞挠了挠头，"就是……量子力学还是什么理论认为，世界不止一个，可能有很多很多个，但这些世界各自都不太一样。而如果有很多不一样的世界，就有很多不一样的地球。"他自己也只看过几本科普书，本就半懂不懂，能说到这种程度已经不容易了。

"那他们在什么地方？"

"我们正常看不到。"刘子琦补充说，"之所以叫平行世界，就是跟平行线一样，不同世界之间永远不会有交叉，几何的平行线都知道吧？"李勇和薛晶"哦"了一声，"但是那个东西让平行线有了交叉，让不同世界连了起来。"

"还是就像一扇门。"薛晶说。

"嗯，所以三十多年前阿婆碰到了那个门，从另一边掉了过来。然后程凡也碰到了那个门，他就从我们这里掉了出去。"

虽然无法判断对错，但听刘子琦居然解释得这么清楚，王瑞有些意外。他明显知道得比自己还多，他从哪里知道这些的呢？

"如果是一扇门的话，"王瑞问，"那天我们都在山洞里，为什么只有程凡不见了？"

"这还不简单？"薛晶说，"因为程凡用棍子碰了它，我们没有啊。"

"对啊！"王瑞一指李勇，"如果是这样的话，那李勇昨天下午还用电棍去电了那东西呢，他怎么就好好地在这里？"

这话吓得李勇一激灵，回过头来看着王瑞，顿时后怕起来。"你这么说……也确实……小心！"正说着话，他突然大叫一声，一把抓住王瑞的胳膊把他拉向自己，随后就听啪的一声，什么东西从高处掉了下来，正砸在王瑞刚才站的地方，摔得粉碎。

定睛一看，原来是一整扇玻璃。

5字号家属区比较老，窗户都是多年前的木框窗，总有人开窗忘了落插销，被风一吹就把玻璃给打碎了。孩子们都吓出一身冷汗，要不是李勇反应快，王瑞的脑袋恐怕要开瓢了。

薛晶见状立马喊开："楼上的窗玻璃掉下来了！"

家属楼马上有人探出头来，然后就有人大喊主人的名字。片刻后，主人小心地从隔壁窗户探出半个身子，脸色惨白地问："没事儿吧！没打着吧？"见没出事儿，这才放下心来。

王瑞一脸的惊魂未定，李勇拉着他在小公园里坐了好一会儿才恢复了人色。家属区的小公园有不少用水泥浇筑的大树桩形状的桌子，四面放置着小树桩形状的凳子，四个人正好围坐在一起。

王瑞一脸郁闷地埋怨道："搞什么啊，我怎么这么倒霉啊？怎么什么倒霉事都轮到我啊？"

薛晶安慰他："幸好没伤着，不错啦。"又对李勇说："阿勇你反应够快的啊，要不是你就出大事儿了。"

往常要是遇到这样的事情，李勇一定是大咧咧地说："那是，也不看看我是谁。"但今天他反倒眉头一皱，迟疑了一会儿，摇头道："不是我反应快，我没看到那玻璃。"

这话让人听不懂，薛晶问："那你怎么知道王瑞有危险，怎么把他拉开的？"

"我……"向来干脆的李勇却犹豫了，"我看到的是王瑞被玻璃砸到了，左边头上一头的血。"

三个人更听不懂了。尤其是王瑞，心里只觉得邪门，盯着他问："你到底要说啥？别给我整些封建迷信的鬼话出来吓人啊。"

李勇只觉更说不清，"不是，就是……就是……影子！对！影子！我看到好几个影子。刚才我回过头看你的时候，看到了好几个你的影子。有……三个比较清楚，一个回头在跟刘子琦说话，一个被我拉了过来，还有一个满头血，摔在地上……我也来不及多想，就伸手去拉你。"

这话说得简单，但是王瑞越听越发毛，忙问："现在呢？你现在还看到好几个影子吗？"

薛晶在一边说："听起来像见鬼了。"

王瑞虽说不信神鬼，但他本来就胆小，这几天鬼更成了他的禁语，猛地一哆嗦，"别胡说啊！你才见鬼了呢。"薛晶耸肩一笑。

李勇说："现在没看到影子了，拉你的时候，其他影子就没了。哎呀，我实在说不清楚。"他说得云里雾里，大家听得就更迷糊。

刘子琦想了想说："这什么意思啊，你能预知未来吗？王瑞还没被掉下来的玻璃打破头，你就已经看到这个结果了。"

王瑞其实也正往这个方向猜，只见李勇摇头，"不是吧，我要是能预知未来，那王瑞不就该被打到了吗？"他并没有意识到，自己无意间提出了一个时空悖论。而王瑞也觉得不对，李勇看到的是一堆影子，并不是一个。

忽然，王瑞仿佛想起些什么，"刚才……我本来是想问刘子琦什么问题，可我这会儿想不起了。"

"那我也不知道你本来想问什么啊……"李勇说。

"我不是说这个！"王瑞急道，"我是说，你刚才说的三个最清楚的影子，一个我在原地被玻璃打到，一个是你把我救了，还有一个，是我本要回头去跟刘子琦说话。我刚才确实有什么问题想问刘子琦。"

"不懂。"

"就是说，你看到我回头跟刘子琦说话这个事情其实是有可能发生的，这是一个清晰的影子。加上另外两个，这三个影子都是很可能在我身上发生的事情，但最后只有一个成真。懂了吗？"

"不……不懂……"李勇还是不懂。

王瑞叹了口气，问薛晶："你呢?"

薛晶被他盯着看，连忙点了头，"真的?"他尴尬地笑了一下，随即摇头。王瑞翻了个白眼，叹气道："如果程凡在，他肯定能听懂。"

"所以李勇看到的是三个可能出现的平行世界。也许还不止三个，对吧?"刘子琦接过王瑞的话茬，"你不是说，你看到很多影子，但只有这三个是最清楚的吗?"话音未落，他就从地上捡来一块黄土疙瘩，在大树桩的桌面上随手画了许多并排的圆，"所以李勇看到的，是很多平行世界的影子。当他伸手拉你，其他的可能就消失了。"只见他在大大小小的圈上都画上叉，只剩最后一个被他涂实。

王瑞见状兴奋地说："对对对! 就是这样……"高兴还不到两秒，他又摇起头来，"不对，不对。就算是平行世界，李勇看到的影子也不该是我被玻璃砸到和他救了我。你看到的时候，我还没被玻璃砸到，你也还没救我，对吧?"说着，他弯腰从地上捡起一块可以画出痕迹的黑石头。

"废话!"李勇说，"你都被砸到了，我还怎么救你?"

王瑞点头，在水泥桌面上画了三个虚线的圈，又在下面画了一个人，射出三根箭头，然后把其中一个圈涂黑，又拉了一个反向箭头指向小人。

"所以他还是看到了未来，而且是几个平行世界的未来。"刘子琦说。

"我去……"薛晶和李勇异口同声地叫道。李勇一会儿低头看简笔画代表的自己，一会儿忍不住伸出自己的双手来仔细端详，像是要看清自己的手是不是能预知未来。

刘子琦对王瑞说："所以，真是平行世界，对吧？"

"大概吧。"王瑞不敢确认，"那看到未来呢？"他用手指扣着桌面上的三个圈。

刘子琦也犹豫了，"我不知道。"确实，总觉得哪里不太对。

王瑞找补说："《时间简史》上讲，相对论没有禁止时间倒流，所以，看到未来也是有可能的吧？"

让几个初中生研究这样的课题，实在是难为他们了。李勇伸出双手，高压钠灯的路灯虽然明亮，但显色却偏得厉害，那双手被照得泛青。这时，他和薛晶好像从手上看出了什么门道来，嘴里叫着："哇噻……""这个就牛逼了，我们每个人都有超能力。太厉害了……"

王瑞没好气地白了他们一眼，"黄奶奶说了，这能力很快就会消失的。别犯傻了，怎么，你们还打算去当超人啊？"

"切。"薛晶正在兴头上，嬉皮笑脸地说，"要我看，你就是嫉妒。你还没感谢李勇救了你呢。"

王瑞本来也确实有些嫉妒，话一说破反倒不在意了，"去你的，我让你们嫉妒这么多年，好容易有个让我嫉妒你们的机会，看把你们能耐的。来来，感谢李勇大人的大恩大德，救我一命。怎么，要不要磕个头啊？"

"磕啊，磕啊。"薛晶就在一边起哄。

王瑞骂道："滚，一边玩儿去。"

这么一闹，原本沉闷压抑的气氛倒散了许多。"说正经的，"王瑞说，"如果真是平行世界，那程凡至少还活着，只是我们不知道他在哪里。"

"本来就活着。这不是废话吗？"李勇说，"怎么，你还担心那小子会死了？"

没人接这茬话，刘子琦问李勇："你现在还能看到影子吗？不管是谁的影子？"

王瑞补充说："或者是什么东西的影子。"

李勇看了一眼刘子琦，又看看薛晶和王瑞。王瑞被他看得浑身不自在，总担心又有什么不好的事情发生在自己身上。"没有了。"李勇摇头。

"我记得你说之前在山洞里也看到过那个东西有很多影子，对吧？"刘子琦问，李勇点了点头。不光是山洞，还有门卫室，许多影子的门卫室。李勇通过后山门的时候，运气好门卫室恰好没人没狗。

真的是"运气好"吗？

"你能想办法再看到那些影子吗？"刘子琦问。

"怎么想办法？"刘子琦启发道："你看到影子的时候做过什么吗？"

"不记得。"李勇回忆了一下，"好像没什么，就是突然看到了。"

"集中注意力试试。我的左手就是这样，集中注意力，然后放松，就像寻常用手拿东西一样，觉得这是理所当然的，然后伸手，就穿过去了。"刘子琦一边说一边把手按在大树桩上，仿佛就要穿进水泥桌面。

李勇把眼珠子瞪得溜圆，眨也不眨，过了一分钟实在酸胀难耐，"不行，没用。"

"集中注意力，不要多想。用意志，不是瞪眼睛。"

"又集中注意力，又怎么不要多想啊？"李勇的眼睛本来就大，这下瞪得跟探照灯一样四处乱晃。"行吧行吧，我自己研究一下。"他东看看西看看，想再次看到那种"影子"。路灯的光线不是很舒服，看什么都好像有残影，有种看《科幻世界》封底三维立体画的感觉——好像看到了，马上又觉得大概只是眼花，特别玄学。

看他这么费劲，旁边三个人也只能干等着，帮不上什么忙。发了会儿呆，王瑞忽然说："你们记不记得，我们那天刚从洞里跑出来的时候，程凡从山坡上滚了下去。我们有段时间怎么也找不到他，可后来他又突然出现了？"

这事当时折腾了好久，但后来程凡人间蒸发，之前的古怪就成了被忽视的小事。刘子琦一下明白了他的意思，"你是说，那段时间他其实就到了另一个平行世界？"

"不排除这种可能。我当时就觉得奇怪，他说他一直在大声叫我们，我们也一直在喊他，但是彼此都没听见。"

这话似乎有理，刘子琦说："但后来他又出现了。"

"对！"王瑞大叫一声，"你们知道这说明什么吗？"他忽然激动了起来。

"啊！"瞪着眼睛的李勇突然大叫一声，大家以为他又看到了什么，忙望向他，他却揉着眼睛，"没事儿，眼睛瞪得太大了，进了虫子……"

一时间，大家哭笑不得，薛晶回过头来问王瑞："说明什么啊？"

"说明他是有办法再回来的！对吧？！"王瑞忽然有了信心。

刘子琦想了想，"也许你说得对。但是，我们说的这些都是先假设阿婆说的是真的，真的有平行世界，那个东西真是连接平行世界的门。"

"不然呢?"薛晶问。

刘子琦耸耸肩说:"我就是觉得,就算真是平行世界,那东西是门,那也不能预知未来啊,而且还是几个平行世界的未来。"

"为什么不能啊?"李勇一面揉眼睛一面说,"什么虫子啊,痛死我了。刘子琦你左手能穿墙,也跟平行世界没关系吧?总不会是穿过平行世界的墙然后来到我们这里。"

"对啊!"刘子琦的声音炸开,吓了大伙一跳,引得周围的路人侧目纷纷,好在小孩子一惊一乍算不得什么。"预知未来,还有穿墙,这都跟平行世界没关系,解释不通啊。"

"那就没关系呗。"李勇的眼珠满是血丝,眼泪终于把虫子尸体冲出来了,"我们有了一些特殊能力,有什么问题吗?你没看过电视剧《超人》吗?超人就是从另一个世界来的,他就有各种超能力。我们受到了另一个世界的影响,自然也有了超能力。"

"这……这不一样啊。"刘子琦一时也不知如何解释。

李勇和薛晶茫然地叹了口气。李勇说:"我放弃了,再研究下去,我的眼睛都要瞪瞎了。"他一推薛晶,"要不试试你的?一个打五个。刘子琦你说,薛晶这又是什么平行世界啊?哦对了,一定是其他平行世界的你来到这里,帮你一起打的!"

"啊?"王瑞听这话有点不知所措,他一时觉得荒唐,一时又觉得好像很有道理的样子。

于是,王瑞也下意识地看向刘子琦,只见刘子琦痛苦地抱着头,"不是这样的大哥!哪有你这样胡乱解释的!你是孙悟空吗?拔根毫毛从平行世界召唤自己啊?"

"我觉得可以是啊。"李勇无辜地说,又推了一下薛晶,"是吧?"

薛晶其实不是很明白，一推就点头说："啊，是吧？"

"好了好了，"王瑞打圆场，"别纠结了。都是胡猜。"

讨论彻底陷入僵局，众人一阵懊恼，李勇忽然兴高采烈说："你们说能预知未来买彩票不？"

"要不……你去试试看？"王瑞也不知道该说什么。少年人的心情变幻莫测，不久前几个人还陷在黄希静老人的故事里不知所措，这会儿觉得程凡多半在另一个"平行世界"里，性命大概一时无忧，又讨论起用超能力买彩票的事情了。

李勇向来最有行动力，此时一跃而起，"走！"

他说走就走，另外三人跟在后面，刘子琦问："等一下，我们还让薛晶试一下他的能力吗？"

"试啊！"李勇一摆手，"急什么？"没几步，就来到了一间小商铺，挂着"福利彩票、体育彩票"的招牌。李勇取出一张彩票选号单，又瞪圆眼睛仔细瞧。

"有看到什么吗？"薛晶生怕打断他的能力，说得极轻。李勇不说话，憋红了脸，努力瞪了半天，那模样不像是要洞察平行宇宙，倒像是要射出激光来把纸给烧了。

过了好一会儿，他拿起笔，在上面勾了几个数字，拿去递给了老板，给了两块钱——他口袋里的钱刚够买一单。

"看到啦？"薛晶又问，"是不是看到头奖的号啦？"

李勇白他一眼，"少废话！你那能力怎么使的？我们等着开眼呢。"

说是想通过研究奇怪能力把程凡找回来，但今晚亲眼见到刘子琦手穿门锁，之后又看到李勇的能耐，四个孩子都像盼看魔术表演一样等着观看和炫耀彼此的本事。

"那我们是去游戏厅?"薛晶问。

王瑞摇头道:"找个僻静安全的地方,我们看看你那是怎么回事儿,又不是让你去游戏厅给其他人表演。"

"可是,我就是在游戏厅……"

"哪儿的事儿啊。"王瑞更用力地摇头,"还没听说非要有游戏机厅才能用的超能力。"

"要不去宾馆里我的房间吧。"刘子琦说,"我爸回来至少也要十一点,还早呢。"

没想到的是,他爸刘佩此刻正在宾馆房间里。

和所有孩子一样,未经允许带一群朋友回家玩儿是会被骂的,但这倒不是刘子琦打开门见到父亲立刻傻掉的真正原因。王瑞他们三个人还在门口喧闹,宾馆房间不是那么大,刘子琦一眼看到父亲在干什么。

父亲坐在床上,那个黑色的公文包打开着,露出里面许多文件纸张来,他正皱着眉翻资料。

那个黑色公文包,正是他初次使用能力时,在里面乱抓一气的公文包。

那时正赶上老师敲门,他慌乱地从公文包里扯出了一截纸片。

这个公文包被父亲用钥匙和密码双重保护着,绝不允许任何人打开。这两天它一直没有离开过这个房间,而现在,秘密文件的一角被撕掉了。

刘子琦立刻慌了神。

刘佩听到门响,抬起头来,只见是自己儿子,随口问:"你干什么去了?"问完才看到儿子身后的客人。三个孩子显然没料到会有大人，火热的聊天戛然而止。"这是……你的同学？"

刘子琦目不转睛地盯着箱子里半露出的文件，完全没听见父亲说了什么。

他当然没有忘记自己撕下来的那张纸片，一直藏在裤兜的最深处。他之前光琢磨这东西到底是什么意思，却没有想到父亲会打开箱子，发现文件被动过。

当刘佩发现文件被动过，而箱子却从没离开过房间，也从没被打开过，他会察觉到什么呢？

刘子琦不知道。因为他不知道这件事爸爸参与得有多深，知道多少内情。

但有一点刘子琦是知道的，爸爸或许想不明白一个没打开的箱子里怎么能被撕走文件，但王瑞、薛晶、李勇他们一定是明白的。

"为什么不告诉我们这张纸条？上面写的是什么？这件事跟你爸有关系？你爸到底是干什么的？"

"刘子琦，问你话呢？"刘佩见儿子没有反应，又问，"你带同学来玩儿吗？你们好啊。"他主动打起招呼来。

"叔叔好。"三个人不好意思地说。"我们是刘子琦的同班同学。"薛晶说，"叔叔，我家也是从上海来的。"

"快请进啊。"刘佩热情地点头，"要喝水吗？屋里没饮料，想喝什么我打电话让服务员送上来。"他忙着招呼孩子们，就没再看面前半打开的公文包。可刘子琦从敞开的缝隙里看到了那张残破文件的页脚——当时他一阵乱抓让那页移了位，从整齐的文件里歪了出来。

刘佩只要一低头，就能看到那页被撕坏的纸。父亲是无比精细谨慎的人，肯定一秒不到就知道出了大事。

"不用了叔叔。"王瑞摆手,"我们这就回家了。我是刘子琦的同桌,叫王瑞。"

薛晶和李勇也礼貌地报上名字。

刘佩笑道:"进来玩儿进来玩儿,不用管我。我回来找点东西,马上还要去单位,你们玩会儿再回去吧。刘子琦,招呼同学们进来啊。"

回来找点东西。找公文包里的东西。

刘子琦脑袋嗡嗡作响,既没有招呼同学进来,也没答父亲的话。他眼睛直勾勾地盯着露出半边的残破纸张。

"怎么了,儿子?怎么不说话?"刘佩也察觉到儿子不对劲,于是也顺着刘子琦的目光看了过去,自己的机密公文包……

"打扰叔叔了。"李勇推着王瑞和薛晶走进屋来,"叔叔工作太忙了吧?这时候还要去厂里啊?"

"是啊。"刘佩抬头对李勇笑道,"刚来嘛。对了,你们喝可乐还是雪碧?我打电话叫。"

公文包半打开,斜倒在了床上。刘佩转身伸手抓起了电话:"喝什么?"

咚咚,咚咚,刘子琦听见自己的心脏在狂跳。怎么办?他的手伸进裤兜,摸到了那团用纸捏成的球。

他爸随时会打开那个公文包,发现这一切。当他发现的时候,王瑞他们也就会发现这一切。

除非,除非……他的脑子忽然电光一闪,除非他现在假装好奇,上去抢那些文件。在他爸喝止自己的时候,假装不小心撕下一角。

就像是现在刚撕下来的一样。

想起来容易，可刘子琦只觉脚上发软。"爸，你回来找什么啊？你包里都是些什么啊？"对，就这么说。他在心中一遍遍打着腹稿。

"爸……"刘子琦话刚说了半句，就听见李勇连声客气说："叔叔，真不用了，我们不喝饮料，不喝。"

他一边说，一边舔着嘴唇，"叔叔，听说您是从上海调来的，您在哪里上班啊？我问刘子琦，他居然说不知道。"

这句话，把心里有鬼的刘子琦吓坏了，准备了半天的话再也说不出口。他呆呆地望着自己的父亲。

"我啊？"刘佩放下电话，再次伸手摸向床上的公文包，"我在十二层大楼上班。"

十二层大楼，真的是十二层大楼，这跟刘子琦害怕的一模一样。

见孩子们不喝饮料，刘佩也没坚持，准备收拾收拾赶紧出门，于是伸手拉开了公文包。

"看吧！"李勇兴奋地说，"我就说嘛。"他顺嘴道，"程凡的爸爸也在十二层大楼……"话没说完，他就反应过来，硬生生把话截断了。

这有头没尾的半截话没能逃过刘佩的耳朵，大人不会突然吞半句话，孩子更不会。刘佩抬起头来，见李勇的表情很古怪，像是说错了什么。

没错，程凡的爸爸程晓威是总厂外务助理，在十二层大楼上班，但问题是……

"哦？程凡是谁？"刘佩问道，口气很随意。

四个孩子里，三个人都愣住了，唯独刘子琦暗暗松了一口气。至少他爸跟程凡的失踪没有直接关系。

但现在，父亲的一只手已经攥着公文包的把手，他没法假装好奇，"撕"下页脚了。

"没谁。"王瑞连忙接话，"就班上一同学。"

班上一个不存在的同学。

"哦。"刘佩再次低头，打算继续翻找所需的文件。

这时候，李勇不知道是想岔开程凡的话题，还是单纯好奇，又问："叔叔，您在十二层大楼做什么啊？"

刘子琦的心再次狂跳起来，猛然觉得李勇已经猜到了什么。

他心情复杂地望着父亲，害怕他回答，可又希望能听到回答。

"我啊？"刘佩对这群孩子所经历的事情毫不知情。就算猜一万次，他也猜不到自己的秘密工作竟然跟儿子扯上了关系。他正在跟唐援朝压下来那堆破事儿搏斗，想起自己的工作一时有点火起，随口敷衍道："没什么，就是，搞点……文书工作。"说罢竟自己苦笑起来，"对，文书工作。"

谁也没懂，王瑞问："什么叫文书工作？"

刘佩忽然有些惆怅，不仅抬头望向了天花板，"文书工作嘛，就是填填表，填填资料，就跟写作业抄书一样。"

王瑞疑惑了，"叔叔，您千里迢迢从上海过来，就……就是来搞点填填表的文书工作？"

刘佩答道："是啊，奇怪吧？我也挺奇怪的。"

他心情大坏，不想再继续纠缠下去，埋头寻找起自己收藏的几页文件，都是关于"异客"的资料，还有他当时记下的笔记。

他立刻察觉到了纸张的异常。有些奇怪的褶皱，像水涸过又干了一样。

刘佩往下翻找，只见有一页……

"爸!"刘子琦突然大声叫道,刘佩吃惊地抬起头,"怎么了?"

但刘子琦无话可说,父子俩就这么不知所措地对望着。

"怎么了?"刘佩又问,"说啊。"

"你……"刘子琦憋了半天,眼睛偷瞥一眼公文包,生怕这一眼被发现,"你……今天几点回来?文书工作……也要半夜加班吗?"

"是啊,文书工作,其实也可以……不加班……"

这时,床头的电话响了。刘佩愣了一秒,拿起了电话。

"我明白了……好……我马上就到……我明白……就这样,我马上到。"

然后他尴尬地望着儿子。

刘佩立刻关上公文包,摸了摸儿子的头,"爸爸有急事,你们好好玩儿,但别玩太晚,九点就差不多该回家了。你早点睡,不用等我了。"

刘子琦看了看那重新阖上的公文包,又看了看父亲,有些呆滞地点点头。

刘佩起身出了门,一边下楼,一边想,"是啊,我千里迢迢从上海过来就为了搞点填表的文书工作?"

他完全没想到不久之后,和这些孩子再次相遇会是什么情景。

家长走了。

所有人都舒了一口气。

对其他三个孩子来说,这只是一次普通的意外碰面,谁也没察觉刘子琦在短短几分钟内,心脏好几次要跳出嗓子眼儿。

"还试吗?"刘佩刚走,薛晶就跃跃欲试地问。

"试啊！"李勇说，"我们干什么来的啊！"

试下来结果很奇怪，好像真的非得在游戏厅里才行。

门窗关好，窗帘拉上，生怕弄出什么特殊的动静被外人发觉。接着，大家给薛晶让出了好大一块地方，让他充分施展。

薛晶憋了很久，什么也没发生。就像李勇之前的尝试一样。他尝试了各种姿势，甚至学着李小龙的"啊打"，把三个人当作靶子（只打中了李勇的胳膊）。折腾了老半天，李勇甚至像治打嗝一样从背后偷袭吓他，可什么也没发生。

最后，他不耐烦地埋怨道："我说了，必须在游戏厅啦。"

"你听听你这话，科学吗？"王瑞问。

"都这样了，我们还讲什么科学啊。"薛晶说，"这超能力就是不讲道理啊！"

"如果这是超能力，"王瑞摇头，"你这超能力还真没用，出了游戏厅就发动不了了？"

"比在电脑里见鬼还没用吗？"薛晶反唇相讥。王瑞为之气结，本来一直回避没去想它，现在想到晚上又要跟那电脑共处一室，只觉后颈发凉。

"跟电会不会有关系？"刘子琦和李勇也等得百无聊赖，一时记起了薛晶说的话，"你不是说，从摇杆的金属下面传来一股闪电，然后你才大发神威的？"

几个人一齐望向墙上的插座。

"认真的吗？"王瑞说。

李勇握着房间的扫把，绿色塑料棍离薛晶的手不到一尺，一旦有危险就敲下去，"准备好了吗？"

"没有！"薛晶叫道，"真的不会被电死吗？"

"怕什么呀？你小时候不就被电过吗？现在不也好好的。"李勇这句话，让薛晶记忆深处的往事涌了上来。当时他还不太懂事，因为好奇摸电门，只记得手指马上就弹开了，他后来才知道这叫肌肉应激性痉挛——也亏得他福大命大，没出什么事儿。不过这段记忆让薛晶隐隐觉得，只要一触即分，应该没啥大事儿，何况还有人守着呢。

"快点快点！"刘子琦也叫，"都快九点半了，你们不是半小时前就该到家了吗？"

薛晶深吸一口气，"你们这鬼主意！真是瞎胡闹！我真是疯了！"一面叫着，一面鼓足勇气，手指抓向裸露出来的电门。[1]

头顶的吸顶灯突然闪了起来，王瑞本来还似笑非笑地等着看笑话，这下顿觉一阵毛骨悚然。

影子们，说不清是几个，至少是四五个，就在他眨眼的一瞬间从薛晶身上审了出来，如鬼似魅。王瑞看不出影子是怎么移动的，好像卡顿的VCD似的，前一秒还是薛晶一个人，下一刹便已经是飘在屋里的魅影。眨眼间，他发现那些影子已经变了形状，朝自己扑了过来。

虽然知道是薛晶，但王瑞还是本能地发出一声尖叫，一屁股栽在背后的床上。再抬头，两个薛晶的透明影子已经同时出现在床头的两边，脸上露着坏笑，朝自己挥着拳头。

王瑞举拳要挡，突然听见面前两个影子同声惨叫："哎哟！"

随着这声惨叫，薛晶所有的半透明影子都消失了，只剩唯一的薛晶在李勇面前捂着自己的胳膊大叫："你干吗啊?!"

---

1. 剧情需要，切勿模仿！

李勇尴尬地说不出话来，看着手上的扫把，扫把柄在薛晶手腕上留下一个大号的红印。"我……那个……本能反应，对不起，我不是故意的。"

薛晶痛得直哼哼，在房间里跳脚。李勇举着扫把是为了预防薛晶出事，可等薛晶的影子朝他冲过来时，他本能地拿起扫把当武器，抬起就打，挥在了薛晶的手腕骨节处。

"真的管用。"刘子琦一跃而起，高声大叫。

他这一叫，李勇也嚷嚷起来："再试试，再试试！快，再试试！"

"去你的！"薛晶捂着手腕，"耍猴呢？看看！都打肿了。"只见手腕又青又红，真的肿了。李勇盯着那个大包看了两秒，扑哧一声笑了出来。

这一笑逗得刘子琦和王瑞也忍不住了，刘子琦跌坐在地毯上，王瑞躺在床上，三人同时狂笑起来。薛晶一面忍着痛，一面也大笑起来，四个人笑成一团。好一会儿，大家连肚子都笑痛了，才渐渐止住了笑声，只见王瑞和李勇捂着腹部呻吟："哎哟，要死了，要死了。"

这时，刘子琦看着几个朋友，大家的性情天差地别，几乎没有多少相似之处。以前，他在上海读书时，学校里几乎不会有这样的朋友关系。也只有在这样的地方，从出生就在一个医院，幼儿园、小学、中学都在一起的奇怪三线小镇才会有他们这样的朋友。

只有这样，十四岁的孩子才会因为朋友消失而团结在一起，愿意迎接所有的不可思议，因为他们已经认识了十四年。寻常学校，那只是大人的事情，跟自己无关，绝不会有这样的力量让他们团结起来，去挑战不可能的任务。

刘子琦伸手进自己裤口袋，摸到了那张纸。

想起他爸说"千里迢迢从上海过来，就是来搞点填填表的文书工作"，这可能吗？谁会信呢？

一念及此，他鼓起勇气，终于说出了口："我有件事情想跟你们说。"

见他表情严肃，三个人自然也严肃了起来，"什么事情？说啊。"

"其实……我……"话才开口，桌上BP机形状的电子时钟突然响了起来：

"现在是北京时间，晚上十点整。咚咚……"

"我去！"李勇一跃而起，"完了完了！"

"天啊，都十点了。"

"快走快走！"

"要被骂死了，完蛋了。"

"鞋子鞋子。"

"明天见！"

"拜拜！"

孩子们三步并作两步一哄而散，刘子琦已经攥在掌心的纸条并没有机会拿出来。

纸条是他穿透黑箱，从里面硬掏出来的，因为是一张碎纸片，上面只有残缺的几行字：

> 我怀疑用正常的方
> 对"异客"存在的解释需要回到物理基
> 双缝干涉的学院派解释是不
> 至是单电子假

第十七章　兆

王瑞晚上到家已经十点十三分，免不了狠狠地挨了家长一顿训："我们挨着给薛晶、李勇的家里打电话，没一个知道你们去哪里了。我们害怕你们出事了担心得要死，都急得要报警了你晓得不?!"他只能闷头听着，好在时间确实不早，也没训多久，"马上去洗脸刷牙睡觉！作业跟明天的课本都收拾好没有？"

洗漱完毕时，父母的卧室已经熄灯了。独自回房间的王瑞不免胆战心惊起来。自从那天下午开始，他能不一个人待在房间里，就尽量不一个人待在房间里。

关了卧室灯，他飞奔上床，拉下蚊帐缩进被子里，把整个头都盖了进去。王瑞自从上四年级以来就没那么胆小怕鬼了，这时候却又"返老还童"了。头蒙进被子里，大脑会缺氧，人会变傻的，十岁以前父母批评了他无数次。想到自己这副模样，他突然觉得好笑，写作文的时候大家总喜欢用鸵鸟来举例子，但真遇到什么情况，人其实也好不到哪里去。

倒在床上努力想要早点睡，睡过去就不害怕了。王瑞闭上眼，心里却浮想联翩：为什么他们个个都有超能力，就自己什么都没有，而且还会看到鬼影？此刻，电脑屏幕还对着墙，可那天脸一样的雪花纹又浮现在眼前，而且越来越多，还不停地变幻形状。现在眼看就快要十一点了，邻里之间早都休息了，四面漆黑宁静，万籁无声。

寂静中，王瑞耳边隐隐回荡着吱吱声，像是有什么撩拨着神经，发出低低的噪音。

怎么也睡不着，他在床上翻来覆去，只觉得身上一阵阵燥热。想起黄奶奶的话，那真是"平行世界"吗？托洛茨基、斯大林、苏修、苏联专家老米……

各种各样的问题在脑海中纷至沓来，就算是平行世界，李勇是怎么看到未来的呢，而且还是多种可能的未来？也许就像李勇说的，这些能力都跟平行世界没关系。也是，刘子琦的左手能从坚硬的固体里穿过去，薛晶摸了电门能够分身，这跟平行世界能有什么关系？

别人都有超能力，自己呢？王瑞努力平复自己心中的嫉妒，但越想越睡不着，越想越不开心。

黄奶奶说那些能力都会消失，但是……为什么呢？

东想西想，也不知在床上翻了多久，热得连被子都盖不住了。王瑞从床上爬起来，在床沿上坐了一会儿，暗暗做了决定。这时，隔壁传来老爸的鼾声，父母已经睡得很沉了。他悄声无息地下了床，轻轻关上房间门，反锁，然后蹑手蹑脚把凳子搬到电脑前。

王瑞深吸一口气，紧握拳头给自己鼓劲。也许还没有发现自己真正的能力，也许那只是一个开头，说不定真正的好戏在后面，说不定自己比他们加起来都厉害……

"别害怕，别害怕，别害怕。"他的嘴唇不断翻动，无声地劝慰自己。终于鼓起劲来，把显示器转了过来，小心翼翼地揭开屏幕上的防尘罩。当发现屏幕漆黑一片时，王瑞一直憋在肺里的那口气才终于释放了。

他伏下身，摁下主机电源开关，但主机灯并没亮起来。这才想起自己拔了电源，于是又插电源，按插线板开关，把音箱的插头拔掉，换成耳机。

折腾完一圈，王瑞觉得一切已经恢复了正常，于是打开了电源。主机响起哒哒哒的声音来，他担心地往门口看了一眼。自己不是第一次半夜偷偷起来用电脑，之前都是为了玩游戏。不过每次都是这么心惊胆战，生怕门缝透出了光或者声音，耳机也只敢戴一边，留着靠门的右耳听隔壁的动静。

屏幕正常亮起，并没有雪花纹，也没有臭氧的味道。伴随着硬盘哒哒哒的转动声，系统进入了windows 98的桌面。王瑞这下开始怀疑自己是不是真想多了，那天是不是只是显示器的显像管高压包出了什么问题？高压包出问题后，电火花形成臭氧，然后显示器也出了故障，一切都对得上……

一阵风从屋外吹来。

初夏的深夜并不温暖，他只穿着内衣，不由冻得打了个哆嗦，便站起身来，去关卧室的窗户。不过两三米远，他光着脚走过去，地板砖光滑冰凉，一步，两步，三步。

背后屏幕的光闪烁了两下，不知道发生了什么。王瑞愣了一下，只觉得心里有个声音对自己说："不要回头看。千万不要回头看！"恶寒惊起的鸡皮疙瘩从大腿爬上后背，掠过脖子，蔓延到他手上。

他像鸵鸟一样，继续往前走，去关窗户。他在心里反复对自己说，什么也没发生，什么也没发生……窗外被夜色掩着，对面的楼一片漆黑，只有楼底小区路上昏暗的球形灯还亮着。路灯的光爬上单元楼，拉出一道长影，显出张牙舞爪的古怪来，阴森森的。

一道闪电从远处窜了起来，周围被房屋挡着，看不到闪电打在哪里。

过了好一会儿，并没有雷声传来。王瑞觉得有点恍惚，那道闪电是从天上落下的吗？天上有乌云吗？正想着，电话铃声大作：铃铃铃，铃铃铃……不能吵醒父母，王瑞一把抄起电话："喂？"

"那不是闪电。"电话里一个声音没头没尾地说。

那声音他觉得很熟悉，是……是程凡吗？"程凡？是程凡吗？你在哪里？"

"时间不多了。"

"喂？你去哪儿了？我们一直在找你！"

"那不是闪电。"

"你没事儿吧？你现在在哪里？能听到吗？"

"那不是闪电。恐怖大王将从天而降。时间不多了。"

电话里的噪音越来越大，这句没头没尾的话一遍遍重复着，王瑞叫了好几声，对面并不作答，就这么一直重复着，好像是卡住了。

他突然明白过来：那不是程凡。手一哆嗦，王瑞挂断了电话。

但电话里那嘶嘶的电噪声并没有消失，依然在耳边响着。窗外的楼房慢慢变了模样，密纹裂缝爬上了墙面，阳台的铝合金窗扭曲起来，玻璃受不了挤压纷纷落下，摔在地上。王瑞呆呆地顺着破碎的玻璃窗往下望，楼底的绿草坪长出一两米高的荒草杂树，把二楼以下全都吞没了。

"恐怖大王将从天而降。"他突然想起来了，他听过这句话。但是在哪里呢？

他想不起来，再一抬头，周围的一切，对面的楼，自己的楼，全都变了模样。电流闪烁着，在植被掩盖的水泥路面上穿行，那里面还有什么，有什么……巨大的……

王瑞抓着窗户的手突然一凉，低头，有什么东西抓到了自己。他吓得尖叫起来，却听不见声音。除了越来越响的电白噪，什么声音都没有了。黑暗中的他看不清，有什么东西拽住自己的手，把他从五楼的窗台上扯了下去。

"那不是闪电。恐怖大王将从天而降。时间不多了。"他又听见电话里的声音。

此刻，世界上一个人也没有了，空无一人的家属区，几万人消失得干干净净，小镇被吞噬了，被时光抹去了，蕨树、悬铃木、水麻攻占了这里，长得郁郁葱葱。它们竟能长得这么高，这么大。

电光在镇上穿行，爬过地面，穿过用铝合金窗封住的崭新阳台，越过镇上大大小小的河，朝404厂的山上流去，像水一样流过去。十二层大楼消失了，变成一个黑洞，把这一切的水、一切的电吸了进去。

他慢慢地从五楼掉下去。看见汉旺镇慢慢卷了起来，朝上，朝下，变成一个球，开始收拢，被什么吞了下去。土地、空气、水、人，还有一切的因果都像球一样完美地卷了起来，万物成烬，化作彩色的飞沫微粒和攒动的电光一起被吞了进去。

就像从河里舀出一瓢水一样，小镇原来的位置被新的因果一拥而入，重新填上了。一切都消失了，但什么也没有消失，只是没人知道它们曾经存在过。

王瑞大叫，却发不出一丝声音。只有那个电话里的声音一直叫着："来……来……见它……来……见它……" 他一边往下坠落，一边想要抓住什么，墙上的裂缝中长出了草，他努力想要伸手去抓。

"恐怖大王将从天而降。"

砰的一声巨响，是木门撞在墙上的声音。

"地震了！王瑞！地震了！"父亲一把将他从床上拖起来，拽着他就往卫生间里跑。

客厅的大灯哗啦啦地响着，几十个装饰玻璃球摇动着相互乱撞。一家三口缩在卫生间的墙角，在黑暗中蜷了好半天，才站起身来。

过了一会儿，被地震从梦中惊醒的人们打开灯，家属楼纷纷亮了起来。

"好几年没震得这么凶了。"王瑞父亲喘了口气。

母亲也连忙嘱咐他："快把衣服穿好，别着凉了。"

这一夜兵荒马乱，幸好没再发生什么。左邻右舍折腾了几个小时也没探听到什么有用的消息，最后大家只想赶在黎明前补一觉。

地震大概五级不到。四川不少地方都在大名鼎鼎的横断山脉断裂带上。横断山脉就是那股创造出世界屋脊喜马拉雅的力量的体现，汉旺所在的龙门山断裂带也是那股力量的一部分，地震不算少。

五级以上并不多见，但小地震一直不断。地震过程中大家觉得还挺吓人的，但晃完便也罢了。

二十世纪九十年代，国内还没有建设地理灾害预警网络和通报机制，半夜这一通摇晃后，省市两级地震局派了队伍过来，但具体的地震情况却没有公开途径通报。

第二天早上，大家照常上班上学，到处都是眼窝深陷、一脸青黑没有睡明白的大人孩子。

大清早的教室也像其他地方一样炸开了锅，孩子们交流着各种莫名其妙的小道消息。有说前几天飞鸟昆虫异常的，说在哪里看到蚂蚁搬家、青蛙排队、几百只老鼠衔尾过马路；也有说七大姑的表嫂在地震局，北京的专家已经赶来研究情况，现在还没搞清昨晚是主震还是前震；有的提起身边实事，地震了自家养的狗叫都不叫，还是自己抱着那肥狗跑下楼，差点从楼梯上滚下去，还说隔壁邻居连衣服都没穿就跑下去了，自己从楼上丢了床毯子下去帮忙遮体的……一通闹哄哄，好不热闹。

刘子琦脸色煞白，人也有些木讷，王瑞一边紧急收作业，一边抽空关心他："你还好吧？没见过地震吗？"

刘子琦连连摇头，昨天父亲整夜未归，他本来早就睡着了，地震其实也不是那么厉害，半梦半醒间晃醒也没明白怎么回事儿，转眼又睡着了。直到电话响起，刘佩惊恐万分地问他："没事儿吧？地震了没出危险吧？哦，没事儿就好。没事儿就好。"他这才知道先前是地震了。

可他也真给吓醒了，之后怎么都睡不着。父亲一阵安慰，还嘱咐他小心安全，但没说出去躲还是怎样，刘子琦一夜心慌意乱。结果，刘佩直到早上八点也没回来，刘子琦只觉头昏脑涨，说不清是生气还是害怕。

"没事儿。"王瑞安慰他，"我们这里就是地震多，没啥大不了的。"

李勇顶着一双巨大的黑眼圈打着哈欠说："什么没什么大不了的，地震是无所谓，可我昨天差点冻死。我们全家穿着衣服披着毯子站在楼底下，躲了大半夜，快天亮熬不住了才回去。晚上这么冷……"他说着吸了一下鼻涕，"今天肯定感冒。"

见他脸有些青肿，王瑞问他怎么了，他说跑下楼时撞到了门框上。明知是晚回家被打的，可也不便深问，大家一笑而过。

教室里一片古怪闹腾的气氛，却没见"包打听"薛晶的人影。到了七点五十，王瑞心中隐隐有些不安，正想跟刘子琦说，这时忽然听见一个女同学的声音从教室后面传来："恐怖大王从天而降……"

说话的正是班长温佳燕，她声如银铃，但王瑞听着却吓得浑身一哆嗦。他从座位上一跃而起，几步跳到温佳燕跟前，瞪着一双大眼，"你刚才说什么？"

温佳燕和旁边聊天的同学都吓了一跳。"哎哟，王瑞你干什么呀……"要不是男女有别，王瑞此时恨不得抓住她的胳膊问，"你刚才说了句什么？！"

"刚才？"班长一头雾水，"我刚才没说什么啊？对吧？"她望向跟她聊天的同学。两个女孩子以一种看小丑般的表情看着他。李勇和刘子琦不知怎么回事儿，也跟了过来。

"不是，我刚才明明听见你说什么，恐怖大王从天而降……"

"哦，你说这个啊。对啊，怎么……"温佳燕话没说完，就看王瑞的眼睛盯得大如铜铃，眼白处血丝绽现，后半截话硬生生给吓了回去。

"你怎么知道这句话的?!这句话从哪里来的?"王瑞大叫,引得旁人都安静下来,纷纷转头盯着他们。

"什么……我怎么知道的。人人都听说过吧?这句话怎么了?"温佳燕说。

"我梦里的话,你是怎么知道的?"王瑞大叫。

话音刚落,温佳燕已是羞得满脸通红,周围立刻爆发出哄堂大笑。班长吓得椅子都往后退了,一口啐道:"王瑞!你胡说些什么?"她整个人瞬间烧得像只熟龙虾,"我看你最近精神不太正常吧!这是诺查丹玛斯大预言里的话,都传了好几年了!你发什么神经病啊!"

周围的同学笑得前俯后仰,快断了气。王瑞脑子里嗡的一声,这才缓过神来。"诺查丹玛斯?"他转过头去问李勇,"就是那个……"

"就是那个说今年是世界末日的大预言家!"李勇都看不过去了,"我草,你怎么回事儿?回去回去。"

王瑞这才想了起来。

诺查丹玛斯在《诸世纪》里对1999年进行了世界末日的大预言。他虽然不屑一顾,但肯定是听过的。

恐怖大王从天而降……

时间已经不多了。

地震……没错,那个神叨叨的预言说1999年的7月将是世界末日,现在5月发生了地震,所以班长这么"端庄"的人都来聊这种神棍话题。

班上同学都望着自己狂笑,还有男同学一边笑一边对他竖起大拇指，"可以啊，哥们儿，没看出来。"

他不知怎么跟人解释，只有愣在当场。李勇把他拉回座位上，一脸尴尬地说："你没睡醒也别跟女生这么随口乱说话吧，还被整个班都听到了。你无所谓，人家女生被人开玩笑多不好。"

王瑞脑子里乱哄哄的，没想清楚的事情他不愿说出口，"要不你帮我去安慰一下班长？"

"去你的。"

"说正经的。"刘子琦突然开口，"可能跟我没遇到过地震有关系，我觉得这事有点奇怪。"

"怎么了？"王瑞正愁那怪梦怎么说出口，马上问，"哪里奇怪？"

"你们没觉得奇怪吗？你们还记得昨天那个阿婆给我们说的事情吗？"几个人都没睡醒，脑子也不怎么转，刘子琦只好压低声音自问自答，"她说，三十多年前她出事的时候，那天就发生过地震。这也有点太巧了吧？她刚提地震，我们就地震了。"

听了这话，王瑞一愣。昨夜怪梦之后，他总觉得哪里不对劲，为什么自己梦见镇子崩溃的时候就正好地震了？那梦里说不清道不明的恐怖亦真亦幻，仿佛镇子里真的隐藏着什么可怕的东西。

他满脑子都是那个梦，可又不好把梦当真讲给大家听。王瑞是一个强科学主义者，从来都瞧不起大预言这种神棍玩意儿，自己怎么还做梦梦见了？想想就觉得很羞耻。

"那不是闪电。时间不多了。"

那个遍地雷光的诡异画面又在他眼前一闪。

地震，若没有刘子琦的提醒，自己恐怕完全忘记了这个微不足道的细节。

老奶奶说在看到那东西之前也发生了地震，而且也是一场不大的地震。就是因为那场地震，她才回去找人，才引发了后来的一切。

王瑞向门口望了一眼，"奇怪，薛晶人呢？"眼看要上课了，他也不愿等了，"其实昨天晚上地震之前，我做了一场梦，好像是梦见了地震，但又可能不是……"

他一面克制住羞耻感，一面凭借记忆把那个梦一五一十地告诉大家。梦这种东西很容易忘记，王瑞也不敢确定自己记得对，只能模模糊糊说了个大概。梦里很多细碎的画面令王瑞毛骨悚然，但始终有些描述不清。他花了点时间把能讲清楚的讲完，最后吞吞吐吐地说，"我……我有种说不清楚的感觉……"

"什么感觉？"刘子琦接茬。

王瑞难得犹豫起来，"这种感觉不怎么科学，而且也没有证据，但做了那个梦以后，我就有这种感觉。"

"又不是批卷子给你打分，管它科学不科学呢！"李勇急道，"说啊。"

没有把握的事情王瑞向来说不出口，他努力鼓起一点勇气，"就是，我觉得那个东西不是一个什么平行世界的门那么简单。在那个梦里，我感觉，那东西是活的，虽然看不见它，但它是活的。程凡也不是碰到了他就掉到了另一个平行世界那么简单。我不知道该怎么说，但我觉得，它要做的事情还没完，而且才刚刚开始。"

"恐怖……大王？"刘子琦低声叫道。

"嘘！嘘！"王瑞说完就有些不自在，就等着他们两个谁先批驳自己。

可两人听完都若有所思，李勇问："你是说，你梦见的事情，就是那个怪物打算要做的？在我们镇子底下有一个怪物，每隔一段时间就会出来兴风作浪？黄奶奶和程凡的遭遇都是因为它搞鬼？"

"我倒不是……"王瑞本要摇头，但想了想却又点了头，"很好笑，是吧？一点也不科学。"

"不是啊。"刘子琦说，"我觉得挺有道理的。"

王瑞闻言心里一阵激动，大着胆子说："我怀疑，那个东西是不是每过一段时间就会苏醒一次？就像冬眠一样，醒一段时间、一个周期，等我们身上这些能力都消失后，这一个周期就结束了。"

"三十多年一个周期？"刘子琦说。

"三十多年？"李勇咋舌，"那可够长的。"

刘子琦说："哈雷彗星一个周期有七十多年呢，这算什么？"

"我只是随便一想啦。"王瑞依然害怕自己说错了，"我觉得，如果这像动物冬眠一样是一个周期的话，那只要这个周期还没结束，我们就还有机会把程凡救回来。如果这个周期结束的话……"他差点说出"恐怖大王"四个字，但这实在有悖他的基本信念，连忙改口："该死，薛晶人呢！这都要八点了！"

是啊，薛晶人呢？

一种似曾相识的不安同时窜进三个脑子。之前，他们中也有一人就像这样突然不见了。

三人互相望着，连最大胆的李勇也没敢说话。

一直等到八点汽笛声响起，薛晶的座位依然空着。三个人这次谁也不敢像那天一样问别人"薛晶人呢"？

另一只靴子就这样悬在他们头顶。

第一节下课，班主任周老师在教室后面叫住了王瑞和班长。

"给你们个任务。"周老师平时锐利的目光今天有些迟钝，没看出这一男一女之间的别扭气氛，老师脸色难看，显然不光是因为睡眠不佳。接下来这句话让王瑞喜忧参半：

"薛晶爸妈打电话来，说薛晶突然病了，病得很严重。王瑞你是学习委员，又跟薛晶关系好，温佳燕你是班长，你们两个代表班上同学下午去看望一下薛晶，用班费买点水果什么的。还有谁想一起去也可以去。"

第十八章　急　转

薛晶重病住院的消息传到刘子琦和李勇耳中，两人都有些不知所措。来不及为他没有"人间蒸发"而安心，谁也弄不明白他昨天还好端端在404宾馆"一个打五个"，今天怎么就突然病重住院了？

王瑞还问了周老师："是晚上地震被什么东西砸到了吗？"周老师叹了口气，只是摇头，这就更让人害怕了。

刘子琦见王瑞神色不善，自己也不由得紧张起来。自从来到这镇上，遇到的事情就越来越古怪——地震，还有王瑞梦里那什么恐怖大王，如今薛晶突发重病。这些事情都赶在一个晚上，难道只是巧合吗？

还是有什么东西正在暗处谋划，伺机而动？

他悄悄展开口袋里的那张纸，那张从机密公文包里"捞"出来的纸片。纸片揉成球一直藏在口袋最深处，早就皱皱巴巴，上面只有残缺几个字，每行都不全：

> 我怀疑用正常的方
> 对"异客"存在的解释需要回到物理基
> 双缝干涉的学院派解释是不
> 至是单电子假

　　爸爸来这里到底是干什么的？他跟这一连串事件有什么关系？

　　刘子琦好几次都想把这个纸条的事情告诉王瑞他们，但总找不到机会说出口。不知怎么就越拖越久了，可拖得越久，就越难找到合适的时机开口。

　　这纸片是什么意思？能证明什么呢？刘子琦并不清楚，毕竟只有只言片语。"异客"是什么？就是那个东西吗？他父亲也知道那个东西的存在？

　　四行字里，算得上语意完整的只有"双缝干涉的学院派解释"。刘子琦悄悄查了些资料，花了不少时间，却没查到什么有用的。

　　刘子琦根本不敢去想，如果他爸发现公文包里有页残缺会怎么样？

　　他感觉自己身处夹缝之中，他爸的秘密（到底是什么秘密？）不能告诉朋友，程凡的失踪又没法说给他爸听。他又闻到了不久前自己坐着颠簸的汽车初到小镇的味道，孤立无援，抱着一个大大的包，被丢进一个谁也不认识、满眼陌生的偏僻之地，周围尽是陌生的语调，宛若闯进了一场怪梦。

　　正发呆，一只手肘撞在刘子琦的胳膊上，打得他生疼，这才回过神来。

　　"喂！问你呢，下午去吗？"

刘子琦看着王瑞一时恍惚,"去什么?哦……废话,必须去啊!"他们说的自然是下午去医院看望薛晶的事情,见对方盯着自己,刘子琦连忙把那张纸片攥进手里,掩到胳膊下面。

王瑞有注意到什么吗?

薛晶突然重病的消息让大家心里都压着一块大石头,整天都没怎么说话。只有班长温佳燕一直在忙,拿了二十元班费去学校门口小卖部买了"早日康复"的贺卡,挨个让班上同学写祝福的话,签名,准备每堂课的课堂笔记……这些事情至少有一半应该王瑞去做,但温佳燕压根儿不来找他说话,显然还在生早上的气。

王瑞也顾不得这事,满脑子都是"恐怖大王从天而降"的回响。直到下午放学,温佳燕才板着脸把贺卡拿给王瑞,"就剩你没签了。虽然我们……你也要去医院,但最好还是签一下。要不我们班上四十一个人,少一个不好看。"

这话让王瑞心里一阵翻腾,接过贺卡却没签字,反倒直勾勾地盯着班长。他心里别扭地想:我们班上是四十二个人啊。

温佳燕哪知道他心里在想什么,两人就这么对视了一会儿,李勇在背后咳嗽了一声,"我说,是先去医院看薛晶,还是怎么弄啊?"

班长这才回过神,"先去医院吧。"说着背起书包,他们三个便和班长一路往医院走去。

404厂医院位于整个家属区的正中央,中学在医院的西北面,王瑞和李勇的家在医院的东南面,他们每天上学放学要经过几趟,还时常抄近道横穿医院,对厂医院可以说无比熟悉。医院是二级甲等,比寻常的小镇医院条件好上不少,不少设备连县里也没有。

一行人穿过西面家属区往医院去。此时已是五月,但四川素来少见太阳，道路两旁的梧桐枝叶更遮天蔽日。这一路虽是烂熟，今日走起来，王瑞和李勇都觉得一阵阴森。

顺着不算宽的马路走过，王瑞看着路边的家属楼、熟悉的小公园、医院，却有一种别样的不自在。

昨天那个梦一直萦绕在他的脑子里，这时候更像是被按下什么开关，许多当时一闪而过的诡异画面重新浮现了出来。

脚下的马路上荒草遍布，连下脚的地方也找不到。

道旁的树遮天蔽日，拱出水泥路面的根裂开了厚厚黑土，覆上了层层的草苔。没了路，横生的树枝连光都挡住了，抬头往上看，新修没两年的楼歪着，遍布闪电似的裂缝，仿佛有什么在里面涌动。

王瑞吓得一趔趄，险些摔了。一惊之下，回忆的梦境才退了出去。他们进了医院，一股穿堂风猛然袭来，吹得大小树木的枝叶哗啦啦乱响，更让人觉得揪心，似乎噩梦并没有醒。

王瑞拎着从路上小店买的香蕉苹果，跟在班长后面，李勇和刘子琦跟着他。根据老师给的病床号，一行人径直去了住院部。转过三楼愈发幽深，走廊里的幽幽凉风中携着消毒水的气味，连李勇都一言不发，只闷头往里走。薛晶的病房在内科住院部的尽头，树影透过窗户摇摇曳曳地撒在房门边。

不用敲门，病房门开着。病房里有三张床位，除了靠窗的位置有人，另外两张都空着。还没进门，王瑞就看见薛晶的妈妈木胎泥塑般坐在陪床的凳子上，两眼无神地盯着病房空墙。

他们知道情况不妙，一时却都无从说起。倒是班长脆生生的声音透着热络："阿姨好。薛晶怎么样啦？我们代表班上来看他。"说着一边拿出卡片，一边从王瑞手里接过水果递上去，"班上同学都想来，但怕影响薛晶休息，就我们几个代表了……"

薛妈妈的反应很迟钝，似乎没回过神来这几个孩子是怎么回事儿，直到看见王瑞才有点明白过来，赶忙站起身接过水果，"哦哦，薛晶，你看，同学们来看你啦……"

白帘子从屋顶垂下，绕床一圈遮挡住了视线，王瑞他们看不到薛晶是什么情况，但见薛妈妈失魂落魄的样子，王瑞的心已经提到了嗓子眼。他听到一个有气无力的声音说："班长好……"

至少还能说话。王瑞想，李勇在背后早就急得不行，风风火火冲到了前面。"薛晶你怎么突然得病了？什么病啊？怎么回事儿？昨天回去不还好好的吗？你脸色怎么这样了？"

王瑞这才看到薛晶的样子，他有气无力地半躺在床上，大五月的，厚厚的医院被子裹到胸口；眼窝深陷，十四岁孩子的眼里竟然一片灰色，脸上一片蜡黄，几无血色。这跟平日判若两人，才半天不见，怎么就变成了这个模样？

"你……你没事儿吧？"

薛晶勉强笑着，挣扎了一下想爬起来，竟不能，"你们怎么跟见到死人一样？没事儿，我就是突然身上没啥力气。其实没什么病。休息一下就好了。"

哪有一个健健康康的少年，突然身上没力气的？最可怕的，莫过于突然间什么伤也没有，整个人"没力气"。王瑞不是多愁善感的人，但见他这模样心里真是无比难受。

"对，没什么。"薛妈妈努力给儿子挤出一丝笑。

班长把卡片和水果在薛晶的床头放好，下一个动作却有些犹豫了——她包里本来还放着课堂笔记，给薛晶自学用，可这一刻总觉得拿出来不合适。

李勇直肠子，拉着薛晶母亲问："阿姨，薛晶是什么病啊？怎么一下就这样了？"

薛妈妈连忙摆手，偷偷回头看了一眼薛晶，使了个眼神，让他们几个出去。

"薛晶你好好休息。等你好了……还要一个打五个呢……"王瑞匆匆地说了一句，竟差点带出哭腔来。也不知薛晶有没有听出不对来，只慢慢点点头，然后便似乎已累极，阖上了眼。

他们这会儿也知道薛晶病得非同小可。薛妈妈带他们走到病房外面，关上门，忽然腿下一软，差些平地摔了下去。李勇和温佳燕赶紧一边一个扶住阿姨。"阿姨，您别急。"还是温佳燕会安慰人，"薛晶平时没有什么毛病，这就是个突发急性疾病，应该没什么大不了的。安心住两天院就好了。"

"白血病。"薛妈妈无力地说。

"啊?!"李勇险些大叫起来，好在马上意识到不对，立刻住了嘴。

王瑞也是大吃一惊，"白血病？怎么突然就……"

"不知道啊。"薛妈妈说，"医生也不知道啊。昨天半夜地震，我们都睡得迷糊，还是薛晶把我们叫起来的。也不知道他动作怎么那么快，我们才发觉地震，还没震完，他已穿好了衣服，还带了东西，包里装好了应急的饼干和水，还催我们两个往下跑……他那时候还挺好的，才下了楼没一会儿，我们说去旁边小公园开阔的地方，周围没房子……才没走两步，他就说，妈，我身上没力气了……"

薛妈妈呆立了一会儿，"突然一下他就走不动路了，然后站都站不住。我们一开始以为他是吓坏了，或用力过猛了……后来歇了好久，他蹲在地上还是动不了。我们也管不了什么地震了，他爸马上把他背到医院，好在不远，也没几步路。

"进急诊，抽了个血一查，白血球暴增，红血球、血小板都只有正常人的零头……医生说，急性白血病，原因不清楚，可能是……可能是……"

薛妈妈没哭，话却说不下去了。

四个孩子完全没想到会面对这样的情况，一时手足无措，舌头也仿佛打了结。他们陪着薛妈妈默默地站着，过了一会儿，李勇的肚子咕咕叫了起来。

"哦，时间不早了，你们赶紧回家吃饭吧。"薛妈妈回过神来，"你们快回去吧。谢谢你们来看他。快回家吧……你们爸妈肯定还等着……"她又说不下去了，避过头去，朝孩子们摆了摆手，拉开病房门进去了。

"那……我们回去吧……"班长说着话，眼圈已经发红，大家便默默往外走。刘子琦回宾馆，原是跟班长同行，和王瑞他们并不一路。正要分别，王瑞却伸手一拉他，使了个眼神，一面跟班长再见。

刘子琦知道有事，虽不知要做什么，还是跟他们走了另一边。班长走远，见医院大厅空无一人，他这才问："我们要干什么？"李勇也不知怎么了，只见王瑞面色凝重，肯定有很重要的情况。

"抽血做检查。"王瑞说。

"抽血？我们？"李勇问。

刘子琦已经明白了王瑞的意思，也是心头一颤，"你是担心我们几个都……"

"先做个血常规再说。"王瑞特别怕死，不愿刘子琦把这不吉利的话说下去。

此时连李勇也醒悟过来，山洞里那奇怪的东西在黑暗中泛着诡异的光，他们每个人都毫无遮挡地让那光照了好久。薛晶的急性白血病是不是也与此有关？

九院核物理研究所就位于旁边的城市，辐射泄漏导致各种疾病的小道消息时有耳闻。王瑞从见到洞里那东西就担心过，程凡消失前还跟他在电话里聊过，只是后来连番怪事就把这茬给忘了。直到薛晶突发疾病，他才又想起来。

如果是这样，那他们一个也逃不掉。

孩子们慌忙挂了检验科的号。王瑞和李勇囊中羞涩，还是刘子琦掏的检查费，好在厂医院检查便宜。现在已经五点多，医院马上就要下班，抽血的护士说："报告单要明天十点之后才拿得到。"他们三个这才各自散去。

晚上回家王瑞才知道，厂里风言风语都在传地震的事，已经有人租房子躲地震了。可要说人心惶惶倒也算不上，像他父母看上去就定心得很，"没事，不怕。"这种情况下，家长见王瑞一副担惊受怕的样子，也以为是害怕地震，哪会往别处想。父母安慰了他两句，只是话不对版，他只能苦笑。

第二天，因为医院离学校不远，他们本打算尽快去医院一趟，一来再去看望一下薛晶，二来拿化验报告，结果这天先是两节作文课连堂，然后又是英语老师调来两节连堂，强化考试带评讲，一早上连课间去厕所的机会都没找到，更别说溜出学校了。

越这么拖着，他们心里越是七上八下，王瑞更是害怕自己会不会也"突然就没了力气"。

程凡人间蒸发的事情过于离奇，谁也搞不清楚到底怎么回事儿，人就消失了。所以谁也不觉得程凡的遭遇会发生在自己身上——古怪过了头，反而不怕会发生了。薛晶的这个急病才真让人害怕。王瑞拼命回想当时谁离得更近，被"辐射"照得更久。

最近的当然是程凡，自己呢？好像离得不是很近，但也是正面，毫无遮挡……

他愈发觉得胸闷气短起来，似乎真的浑身无力了。

今天的天气愈发阴沉，暗沉的云在天上压着。跟校园一墙之隔的绵远河水势滔滔，滚滚黄沙一路向下游奔去，伴随着浊浪拍岸的浑厚之声，三人心里更有一种说不清的况味。

虽说有午休时间，但时间太短，而且护士中午也要休息，他们拿不到报告。好不容易挨到下午三点五十放学，三个人飞奔去医院。明明只有十分钟路程，可越是靠近医院，三人却都不约而同地慢下了脚步。走上三楼化验科，取到化验单，薄薄三张纸像是判决书一样，王瑞根本不敢打开看。

还是李勇第一个看了报告："我的天！"剩下两个脸色将变，就听他又说，"还好啦还好啦，也就白细胞和这什么……巨噬细胞？哦，生物课学过，都是免疫系统的，高一点点，也没多少啦。你们的呢？"

王瑞抢过李勇的报告看了起来：其他指标虽然低，但都在正常范围内，只有白细胞和巨噬细胞过了上限，不过不太严重。他这才稍稍安心，打开了自己的报告。这一看却又有些惊慌，红细胞低到下限值的三分之二，不过其他一切正常。"你呢？"他问刘子琦。

"全都正常，在正常值临界点边上。"刘子琦把自己报告递了过去。

"还好啦。"李勇左瞅右看，比对着三份报告，"比正常值高一点，没有白血病啦。"

这个结果比王瑞担心的要好不少，"确实还好。差不多也就是个感冒发烧的水平。"看到三个人的报告，之前心慌气短、全身无力的感觉也就好了大半。他自嘲道："至少不会死。"

但这结果并不足以让人完全放心。刘子琦说："但是我们三个人的血细胞都不正常。应该说，我们四个人的血细胞都不正常。"

"这说明什么呢?"李勇问。

"辐射。"王瑞点头，"我们确实受到了辐射伤害。"

"这个事情，总得告诉薛晶他爸妈吧?"李勇说，"性命攸关的，总不能再瞒着了。"

王瑞看了看刘子琦，正要点头，突然觉得事情又有点不对，"你们……记不记得，当时在洞里的时候，薛晶好像是离那东西最远的?"

两个人想了想，都有些犹豫地点了点头。"好像是。"李勇问，"那又怎么样呢?"

"那样的话，他受到的辐射应该最小啊，"刘子琦明白了王瑞的意思，"为什么是他得了急性白血病，我们反而没多大问题呢?"

一边讨论着，三人一边往薛晶的病房走去。看护薛晶的换成了他爸爸，薛晶正在睡觉。才过了一天，那张原本惨白的脸已经红润了许多。李勇见状精神为之一振，兴高采烈地叫着："叔叔，薛晶看着好多了呀!"

薛爸爸赶忙嘘声，但薛晶已经被吵醒了。他只得苦笑着迎接三人，"你们又来看薛晶了啊。"

"气色真比昨天好太多了!"李勇激动地说，"没事儿，薛晶你睡觉，好好休息，再多睡一会儿，看样子很快就能康复出院了。"

事情未必这么简单，但薛爸爸听了这话，也露出了喜色，笑道：

"这会儿比之前是好多了。刚才又抽了血，医生说，已经比早上的数据好多了。"

"哦！"好消息让大家都很兴奋，"不过医生还没搞清楚是怎么回事儿。如果按这个趋势的话，应该没什么大碍了。"情况好转，薛爸爸也不像昨天薛妈妈那样避着自己孩子说话，"就是医生也搞不清到底是什么引起的，说要好好观察一下。"

他们本来打算把"病因"告诉薛晶的爸妈，但这变化来得太快，竟不知该不该说了。正犹豫着，只见刚醒来的薛晶以目示意。从小一起长大，彼此早有默契，他肯定有什么话想要背着家长说。李勇跟薛爸爸寒暄着，儿子病情有了起色，薛爸爸话也多了，正唠叨："这事情太奇怪了，他妈都怀疑是不是中邪了。这会儿见有些好转，她就慌里慌张说要去庙里烧香……"

又是神神鬼鬼、烧香拜佛，王瑞素来烦这个，他走到薛晶床头，悄声问："你现在觉得怎么样？"说着凑近低头，"我们怀疑是因为遇到辐射，才得了这个病。这样的话我们就不能再保密了，要不要告诉你爸？"

薛晶本来还睡眼惺忪，听了这话立刻连连摆手，又示意他再凑近。王瑞把耳朵凑到薛晶嘴边，这才听他虚弱地说："一定……一定不能再用……用那个能力了。"

"啊？"王瑞一时没明白。

"那个能力。"薛晶艰难地说，"一定不能再用了。"他从被子里伸出手指了指自己，然后拉住王瑞的胳膊，压低声音说："不能再用了，懂吗？"

第十九章　钥　匙

有薛爸爸在，他们也只能说些保重身体的闲话。大约二十分钟后，三人就告别离开了。刚下了一层楼，王瑞就把薛晶的话告诉了另外两位同伴。

话的意思也不难懂，王瑞转念一想，立刻明白了其中缘由。

昨天薛妈妈说刚一地震，他们就被薛晶叫醒了。"也不知道他怎么那么快"，父母二人还没穿好衣服，薛晶已经收拾好了行装，喊着快出门躲地震。薛晶行动向来敏捷，但再快也不能这么个快法。

只有一种可能，情急之时，他肯定用了自己的能力——分身。

然后出门没两分钟，他就"急性白血病"发作。

辐射伤害不是发生在当时的洞里，而是发生在这个能力启动的时候。

听着王瑞的分析，李勇却觉得不对："那昨天我也用了，救你的时候。"他又指着刘子琦,"昨天他也用了,开黄奶奶家门的时候。怎么我们都没出事儿呢?"

"所以我们血细胞也下降了。"刘子琦说,"而且,我们用的没有薛晶那么多。他晚上在我那里试了,然后半夜又用了。"

"而且,"王瑞补充,"他的能力很厉害,说不定消耗也比你们大。"

李勇觉得也有道理,"这个能力会在我们体内产生辐射吗?"他不由害怕起来,辐射谁不怕呢?

"不太清楚。"王瑞说,"但从薛晶这个病来看,很有可能。这个事情越来越麻烦了。"他看着两人,"我觉得应该去接受正式的检查,把这个事情向家长和老师坦白。"

刘子琦立刻制止道:"你忘了之前我们已经给老师说过了?什么结果?他们找了精神病大夫来审问我们,最后说我们是集体癔症。黄阿婆也说了,大人是不会相信这个的。"

"但那时候我们和他们都不知道有辐射啊。"王瑞说,"现在有辐射了。有辐射就不一样了。"

"你这么胆小啊。"刘子琦说。

王瑞脸一红,"这跟胆小有什么关系?有辐射,有辐射就有证据了啊。"

"你确定是辐射?"刘子琦说,"我们现在只知道我们血细胞不正常,像是受了辐射,并不能确定。就算是的话,他们能探测到吗?只要一把事情说出来,他们一定会把我们关起来研究,你还能想办法找程凡吗?"

刘子琦一面反驳,一面把心里的秘密藏得更深。如果把事情说出来,多半会牵涉到父亲,他也不知道那里面的事情说不说得清,甚至不知道自己父亲是不是一个好人。万一就像《X档案》里那样，刘佩其实是掩盖秘密的政府特工呢？说不定程凡消失，大家完全忘记这个人的背后，就是自己父亲给大家洗脑呢？

"辐射……探测辐射……"王瑞皱着眉头，"能杀伤细胞的是电离辐射。电离辐射分为几种，一般常见的是α、β、γ三种。β辐射穿透性很弱，杀伤能力有限；α辐射和γ辐射穿透性强，一般伤害人体就这两种，要检测这两种辐射，用简单的盖格计数器就可以了……"

正说着，突然一阵莫名心惊。怪了，这些东西自己是从哪里知道的？自己虽然书看得多，但却不记得什么时候读过相关的东西。刚才听刘子琦问，自己要驳倒他，这些知识竟然就在脑子里悠悠浮现了出来。一觉得不对，话便停住了。

李勇习惯了他什么都懂，倒不见怪，刘子琦却有些惊讶，随口说："你怎么知道得这么详细？"

王瑞没法回答，心里有些慌乱，连忙回避掉这个话题，"我记得物理实验室有盖格计数器，我们要不去……偷偷拿来试试？如果盖格计数器测不到辐射，那我们就还是没有证据。如果能测到，我们还是把事情告诉老师家长吧。要不然我们一个个得了白血病，那就更谈不上找程凡了。"

李勇在旁边点头。这话挑不出什么毛病，刘子琦也只好同意，"所以，在那之前，我们都不能用那个……嗯，能力。对吧？"他看着自己的左手，旁边的李勇叹了口气。刘子琦突然意识到一个逻辑漏洞，"对了，我们的血细胞不对就算了，你为什么血细胞也不对？"使用能力会带来辐射伤害，王瑞也血细胞异常，那他用了什么能力？

"我……"这一问，王瑞自己也困惑了，"我不知道。"

"是不是做梦？"李勇问。王瑞不知道怎么回答，好像有那么点道理，但又说不明白。

这些天来，无数说不清道不明的东西像蛛网一样层层罗织在他们头上，越来越多大大小小的线头涌现出来，仿佛黑暗中有什么东西快要掩不住了，不断露出只鳞半爪。程凡的人间蒸发，好像正是恐怖大王猛地抓住了他的脚，把他拖进了这个世界照不到的阴影里。

真不该去那个山上。现在这是所有人的共识。一切的问题都是从上山开始的，引出了那个……"恐怖大王"，程凡消失。之后他们本以为得到了某种超能力，想要借助那种力量做点什么，但现在才知道原来那根本不是什么超能力，那是一种毒。

"我们是被盯上了。"想到这里，王瑞拿定了主意，"我们现在想办法去物理实验室拿盖格计数器。如果确实有辐射的话，我们就去给老师说。就这样，没问题吧？"

不见另外两人反驳，王瑞率先转头往学校走去。

"盖格计数器，学校的物理实验楼里就有。"王瑞见过，是一个不到三十厘米的、不大不小的老式家伙，"但那东西是锁着的，跟其他物件一起存放在器材室里。"实验器材室在学校实验楼里，那楼只用来做实验，平时很少有人去。

"要'借'，当然要开器材室。"王瑞想，钥匙谁有呢？

一面想，他不自觉就转头望向刘子琦，他就在自己的右侧，回头就能看见他的那只左手。

"本来可以不用钥匙的。"李勇也是一样的心思，"唉……你们真觉得会得白血病吗？没那么吓人吧？"

"不要拿别人的命开玩笑。"王瑞说,"有没有那么吓人,你看看薛晶去。我可不想明天再进医院一个。"

这话倒让刘子琦心头一跳,自己如果进医院了,爸爸会不会……

正乱想,李勇在一边悻悻地耸肩道:"不至于吧?"王瑞知道完全说服他也难,便不搭理,自顾自地说:"钥匙应该是在……嗯,实验员手里肯定有一把,不知道门卫和物理老师有没有。"他努力回忆进物理教研室的所见,"教研室门口有一个钉板,上面好像挂着钥匙,不知道有没有器材室的。"

说是"借",实际是偷。三人哪有偷东西的经验,往学校走的路上,比着香港警匪片的场景商量如何得手。王瑞熟悉办公室,负责进去"借",刘子琦在外面望风,李勇在楼梯口"接应"。但"接应"具体该做什么,谁也说不清,反正就在楼梯口观望着,等其余两人出来。

这天倒也奇怪,平日下午放学后老师没有教学任务,一般都守在自己办公桌前,做教案,批作业,甚至聊天。哪知三人贼眉鼠眼摸进物理教研室,里面竟一个人都没有,都不知去了哪里。

404中学是子弟校,学校不大,老师便也不多,但好歹也有七八位物理老师,怎么一个都不见?这也太幸运了。李勇突然觉得,自己最近似乎总在不可思议的地方出奇的幸运。他记起厂后门保安室的那条狼狗。幸运得有点……

可现在做贼心虚,他来不及多想。王瑞在门口挂钥匙的钉板上找了半分钟,果然看到一把牛头钥匙,贴着的白胶条上写着"物理器材"四个字。

得手后,王瑞赶紧逃出办公室,按约定学影视剧里发出一声鸟叫。这怪叫引起走廊对面拖地的高中值日生的注意，听到声音的刘子琦忙跟王瑞一路朝楼下跑。三人会合，除了这声怪叫也没出什么纰漏，便一同下了教学楼，往操场另一边的实验楼去了。

时值下午五点，高中部也放了学，操场上打闹和值日打扫的学生不少，水泥地上一片尘土飞扬。操场对面的一座五层楼上立着"科学宫"三个大字，那便是实验楼。

楼新修不到五年，比教学楼新不少，墙上贴满近年喜用的白蓝双色瓷砖，配上每层拉通的明亮玻璃窗，显得通透鲜亮。走进去，才看到"科学宫"三个大字下有署名，是一位刘姓将军所题。这让刘子琦略有些奇怪，这么小的一所中学，竟然能跟将军扯上关系？这一想，他反倒更加不安了。

物理实验室在二楼，器材室在实验室旁边，两个房间的内部由一扇门连通。走廊刚被值日生精心打扫过，还有些水痕，他们踩上去不免留下脚印，也不知道会不会影响轮值班级的每周卫生评比。

见左右无人，王瑞用钥匙开了门，三个人钻进了器材室。李勇随手刚想开灯，王瑞立马把开关护住，低声叫道："喂！动动脑子！想什么呢！"

李勇随即知道自己犯蠢，却开脱道："知道啦。没想到嘛，吼什么呀。"

王瑞只得叹口气，嘱咐道："小心点。"

阴天，室内采光不太好，器材室密密麻麻地排着许多货架，层层架子上堆满了东西，光线自然就更差了。王瑞虽然知道东西是什么样子，但从未来过这房间，更不知道器材如何收纳。望着这茫茫一屋的东西，真如大海捞针一样，三个人只得一通乱翻。

他们才上初二，物理没学太久，实验课也上得少之又少。这一翻，却看见琳琅满目各种物件——滑轨滑轮、重力摆、弹性碰撞的银色球组、强磁铁和铁粉、光学透镜组、电学马达导线变阻器……认识的不认识的，比家里专门买来的玩具要好玩百倍。

一个动量守恒的牛顿摆让李勇甩了起来，传来啪……啪……反复不断的撞击声。

"别玩了。"王瑞一把给他按停，"正事儿要紧。"

接着，三个人一面埋怨"真难找啊……"，一面还是忍不住摆弄了几下这些平时不让自己碰的各式器材，偷玩那些不可多得的玩具。

翻箱倒柜足足找了一刻钟，王瑞见这乱七八糟的东西，有些担心回头怎么收拾。这时又听见牛顿摆碰撞的声音传来，便有些心烦，恼道："大哥，别玩儿了好吧？盖格计数器，找到没有啊？"

却听李勇的声音从另一个方向传来："不是我啊。"王瑞一愣，只听刘子琦在远处兴奋地说："是不是这个？快来看看？"他闻声一喜，又随之一愣，谁动的那牛顿摆呢，都不在它旁边，它怎么动起来的？

还没来得及想明白，众人就觉一阵头晕，那牛顿摆上悬球的碰撞声就乱了起来。身边密密麻麻的高架嗡嗡乱响，王瑞抬头看去，只见天花板上的灯左摇右摆，越摆越大，高架上凌乱如麻的东西抖动着，正四散奔逃寻找自由。说来荒唐，四面八方架子上的东西竟像是认准了他似的，摇摇摆摆径直朝他头顶砸来。

"地震！"李勇反应过来，一声高叫。王瑞要躲已经来不及了，伸手想要拦住这些东西，但没有三头六臂，要拦住最顶上的也不够高。

"完蛋。"王瑞脑子里一乱。情急中身体没法反应，脑子却乱转起来：不太对吧？难道是撞了什么邪？昨天就差点被掉下来的窗玻璃砸碎脑袋，还是被李勇救的，果然是躲得过初一，躲不过十五吗？

最顶上的是氖气激光仪，有几十斤重，机器摇过架顶，正朝他的天灵盖上砸下来。王瑞仰头看得清清楚楚，仿佛生命最后一刻的慢镜头，这东西从两米多的地方掉下来，要打在头上的话，大罗神仙也救不了。脑子虽然在转，但双手已来不及反应护头，他只能睁着眼睛等死。

绝望之际，他仿佛察觉有道冲击波从房间角落传来。像极了纪录片里核武器爆炸的画面，一道球形波纹瞬间从角落那边扩散开。一堆器材本来正乱跳着，兴高采烈地将自己的重力势能转化为动能，朝地板飞奔，但这道光波无声无息地穿过了这堆东西，王瑞只觉得自己死前最后一刻产生了幻觉，好像电影蒙太奇一样，伴着那道波，眼前的一切都被拉出了一条界线来。界线的这边，所有东西都摇晃着，纷纷下落；界线的那头，所有东西都安静地守在原地，什么也没发生。

如果不是濒死的肾上腺素涌动，他的肉眼原本看不到这些。那道波极速扩展着，淹没了自己。头顶上，距离自己不足半尺的铁皮块突然消失，回到了置物架顶上，纹丝未动。

地震好像从未发生过。

不对，应该是，本来就没有发生过，从未在这个世界真正发生过——只有一瞬间的错误记忆闪现，然后就被抹掉了。

"怎么回事？"刘子琦已被惊呆，不知所措地走过来，手上拿着一个粗笨原始的设备，正是盖格计数器。"地震，又地震了吗？可是……可是……"他语无伦次。

王瑞大概明白了过来，马上抓过盖格计数器朝之前震荡波激发的原点跑去。李勇惊魂未定地站在那里，盯着自己的手，见王瑞过来，他才抬头道："刚才，我……我……"

王瑞觉得自己好像有那么一点头绪了。但这点头绪到底是什么，要变成可解释的语言时，却好像颅内所有脑细胞都在尖叫："什么东西！这不科学！"脑子一片空白，说不出具体的意思来。

他拨弄了一会儿盖格计数器，想起了怎么启动，立刻把它打开，把探测管往李勇手上贴去。

他以为一定会噼里啪啦乱响起来，说不定仪表盘还会爆表，打到量程外去。

很安静。封装等离子气体的管子偶尔发出一点电扰杂音，黑暗的器材室里除了三人吓坏了的心跳和紧张的呼吸，只有这古怪的电扰杂音一直响着。

"嘶……嘶……"

王瑞不敢相信，把李勇全身都扫了个遍，可什么也没有发生。

"这不可能。"他脱口而出，又把自己扫了一遍，尤其对着自己的头顶，仔仔细细地探了一圈。然后是刘子琦，王瑞抓着刘子琦的左手也依样过了一遍，然后是全身。除了晃动带来的指针摆动外，电平几乎没有任何数据。

想错了吗？他傻傻地望着李勇，李勇还没回过神来，目光呆滞地看着自己双手。刘子琦一脸的不可思议，"刚才是地震了吧？把东西都震下来了吧？我亲眼看见了啊！"王瑞不知该怎么回答，只觉得完全乱了。没有辐射吗？怎么会没有辐射呢？

这时，脑子里闪出一个念头：在体内发生的 β 辐射会直接被细胞吸收，自由电子没有那么大的穿透性。

"谁?!"王瑞吓得大叫,"谁!谁在说话?"

本就失魂落魄的两个人诡异地望向他,正要开口,那扇连接物理实验室的门却突然传来钥匙开门的声音。

本来屋里黑,外面亮,三人要能及时反应,躲进置物架等隐秘角落还是来得及的。但三人刚经历了匪夷所思之事,正满腹心事,竟没人能察觉。只听门口传来一声:"什么人?"

说着,啪一声,灯亮了。三人这才看清来人,是教他们物理课的谭老师。

谭老师见这三人也是一愣。"怎么是你们几个?"说着环顾了一下四周,"你们三个在器材室里干什么?"

王瑞原本是做过预案的,如果被人撞破,他就扯谎说是物理老师叫他来找东西。王瑞也是学校风云人物,很多老师见他都眼熟,一般不会怀疑。但撞见谭老师,这谎话自然扯不下去了。一惊之下,蠢话脱口而出:"谭老师你怎么在这里?"

这话问得谭老师反笑起来,"什么话?我不该在这里又该在哪里?"

这时,另一位老师从谭老师身后走了出来:"是小偷吗?"王瑞见他眼熟,知道是高中部的物理老师,但不知道姓名。

前些天,实验楼的电脑室里有十几台机器被撬了机箱,偷了内存,两位老师在实验室里听见隔壁窸窸窣作响,便以为有贼。谭老师迟疑了一下说:"是我班上的学生。你们几个到底进来干什么?"

三人心中正乱,王瑞勉强答道:"我们……就是……"他扫了一眼屋外,想起了过道里的水痕,这给他提了醒,"我们打扫卫生完了,看到器材室门没关,就……跑进来看看……"

谭老师可不知道学校值日是怎么安排的。

孩子的好奇心再正常不过。王瑞指望李勇和刘子琦能接茬圆一下，但两个人哪有心思顾这个，被他推了一把，李勇只是："嗯，啊。"一边搭着话，一边愣愣地点头。

谭老师看向身边的同事，"谢老师，刚才你没关门吗？"

谢老师不以为意地回答："刚才是我最后出来的吗？我不记得了。"

谭老师也不好说什么，只得对三人说："器材室没关你们就随便进吗？还拿东西玩了吧？"刘子琦这才反应过来，赶紧把盖格计数器藏在背后，悄声无息地把它塞回了架子里。

"弄坏了谁来赔啊？"谭老师说道，她本就也没好脾气，"唉。算了算了，你们也别动了。回头让实验员收拾检查一下。出来出来。"

三人心中惴惴不安，只想赶紧溜走，但也不敢从后门出去，都低着头，跟着两位老师从侧门拐回物理实验室。

物理实验室里不知为何没开灯，一片漆黑。若是开灯，他们之前也会发觉隔壁有人。讲台正中央架着一堆东西，一头是一个偌大的铁盒子，其他两个人倒无所谓，王瑞一见却吓得一哆嗦：一台氖气红激光发生器，就是刚才差点要了自己命的玩意儿。当然，讲台上的是另一台。

谭老师本就觉得古怪，一直注意着他们三人，此刻见王瑞不对，便问道："你怎么了？看到什么了还哆嗦一下？"

"没什么。"王瑞知道自己失态，为转移注意力忙掩饰道，"没什么。谭老师，你们这黑灯瞎火地是在准备什么实验吗？"

小谭老师还没开口，旁边高中部的谢老师说了话："你们谭老师在帮我准备示范教学呢。这个叫双缝干涉实验，你们不懂吧？要拿来做校际教学示范交流，你们老师帮我准备呢。唉，毕竟你们谭老师是清华毕业的，跟我们这种市里师范毕业的不一样嘛。张校长还发话了，让我跟她取长补短，开拓一下视野，适应一下素质教育的新时代要求，好培养你们当新时代的接班人。你们说咱们校长想法多优秀啊。"

这阴阳怪气的话听得王瑞一愣，话里的不满连孩子都能听得出来。校际教学示范交流要请其他学校老师来参观评讲，张校长显然是希望搞得完美无缺，哪知道让一个小年轻来帮老教师"取长补短"得罪了这位谢老师，显然是一肚子不满。王瑞见谭老师脸色愈发难看，也不敢说话。

正想赶紧逃离这个是非之地，却见刘子琦问："双缝干涉？杨氏双缝干涉实验？"说着话，他便站住了，望向大讲台上架起来的那一堆东西。一个红光激光发生器，中间两个竖立的挡板，后面是一块白色幕布。光学实验要关灯，这就是实验室漆黑的原因。

"嗯？"谢老师听他这话也是一愣，"怎么？你知道双缝干涉实验？"便也停住了，对谭老师笑道："谭老师可以啊，初二就给学生讲了双缝干涉了？"他这时候认出了王瑞，"哦，你就是那个拿物理竞赛省一等奖的同学吧？不是说奥赛培训不提倡提前教学超纲内容吗？教育部是这样明文规定的吧？"

谭老师从未给他们讲过这些东西。其实她心早不在此，自从过完年就一直在跑调动的事情，别说奥赛培训，就连给学生上课都有些心不在焉。张校长让她来帮谢老师搞这个实验教学准备，说什么："不用局限于课堂内容，最好能帮谢老师准备一些能燃起学生科学兴趣的知识点、段子啊……"她更是不情不愿。谢老师有一句没一句地挤兑自己，她也一直忍着，"我没有讲过。再说了，奥赛也不考这些东西。他们大概是自己从哪儿看的吧。"

谢老师转头问刘子琦:"你听过双缝干涉实验是吧?是光听过名字,还是真知道双缝干涉是什么?"他的语气中带着几分挑衅,王瑞知道不管说什么都不好,便悄悄从后面伸手一拉刘子琦,意思是别接话,搪塞两句赶紧离开,咱们还有正经事情要做。

可他哪里知道刘子琦的想法。

自打"捞"出那张纸条,刘子琦就一直千方百计想搞清楚上面写的到底是怎么回事儿。那个年代网络尚不普及,找什么都不易,初中生想找点平时接触不到的东西难如登天。刘子琦还好点,至少有关键词可寻,但找到的东西实在很有限。

"杨氏双缝干涉"是几个关键词之一。但却也只找到高中物理书上的一点内容。那点内容跟他遇到的怪事看上去没有一点关系。难道是自己找错了?或是理解得不对?他一直想找懂的人请教一番。

刘子琦并未理会王瑞的拉扯,自顾自说道:"我是自己从书上看的双缝干涉,没有老师讲,我也不知道自己看的对不对。我说一下自己的理解,不明白的老师您能给我解释一下吗?"

谢老师见他这直梗梗望着自己的模样,心中一惊,暗想:什么意思,这个初中生这是要来考考我了?双缝干涉在高中也是很靠后的内容,他倒不信初中生会自己看书去研究,大约是自己说话有些过分了,谭老师教出来的"好学生"想给老师找找场子。

"行啊。"他说,指着布置得差不多、但还没调试好的实验教具,"你说,我就着实验听你的,看你说的对不对。可以吧,谭老师?"

谭老师没说话,惊讶地看着这三个学生。

第二十章　双　缝

5月6日17：03，404厂文化宫。

文化宫离中学很近，五分钟的路程。就在王瑞三人陷在物理实验室时，厂职工合唱队站上了舞台，一片喧闹。

合唱队在前几天的德阳市劳动节国企歌咏比赛中得了第一，要代表本市国企和政府单位去参加省里的比赛，厂工会专门组织合唱队下午脱产排练一小时。队员都是404的普通工人，乐得享受公派休息时间。经历了地震，从各个分厂集合起来的合唱队队员自然聒噪非常，各路小道消息疯传。

指导老师用指挥棒敲了敲指挥台的桌面，四下这才终于安静下来，大家挺胸抬头，显出新时代工人的气势来。老师满意地点头，打了打拍子，"起。"

文化宫一片空旷，《爱我中华》的伴奏回荡在无人落座的剧场。

老师示意（女声部起）：爱我中华

朝另一边挥手（男声部起）：赛罗赛罗赛罗赛罗赛罗赛罗

双手（一起）：

> 五十六个民族
>
> 五十六枝花
>
> 五十六族兄弟姐妹是一家
>
> 五十六种语言汇成一句话
>
> 爱我中……

音乐突然被掐断了，老师挥着指挥棒用力抽打台面，发出令人烦躁的噪音。"干什么？昨天都没睡觉吗？瞎唱些什么？词都忘光了？"

合唱团的团员有些犯愣。老师伸手一指前排第一男领唱，"你，第一句。"

"五十六个民族，五十六枝……"老师的指挥棒马上就啪啪啪敲起来，"搞什么啊！第一句，词是什么？"

"五十六个民族，五十六枝花啊。"

"昨天都没睡觉是吧？"老师大怒，"五十六个星座，五十六枝花！哪里来的五十六个民族？怎么上一周排练还好好的，这周连词都给忘了？地震这么厉害吗？把你们的脑子都震坏了？！"

下面一片叽叽喳喳，"五十六个星座？不是五十六个民族吗？""哪里来的五十六个星座？五十六个星座什么意思？""就是啊……"一位年纪比较大的队员叫道："你记错了，老师，爱我中华爱我中华，中国是五十六个民族啊，又不是小孩儿看的《圣斗士》，哪来的五十六个星座哦。五十六个星座是啥意思哦？"

"就是，就是。叶老师是不是天天陪儿子看《圣斗士》动画片看多了？"

"你还别说，人家日本做的动画还真有点好看，哈哈哈哈……"

叶老师脸上一阵发青，难道是自己记错了？也是，《爱我中华》，五十六个民族，跟星座有什么关系？他一阵心慌，翻开歌谱：

> 爱我中华
>
> 赛罗赛罗赛罗赛罗赛罗赛罗
>
> 五十六个星座，五十六枝花
>
> 五十六种语言汇成一句话
>
> 爱我中华
>
> 爱我中华
>
> 爱我中华
>
> 嗨 嗨罗嗨罗嗨
>
> 嗨 嗨罗嗨罗嗨
>
> 嗨 嗨罗嗨罗嗨
>
> 爱我中华
>
> 五十六个星座，五十六枝花
>
> 五十六族兄弟姐妹是一家
>
> 爱我中华，健儿奋起步伐
>
> 爱我中华，建设我们的国家
>
> 爱我中华，中华雄姿英发
>
> 爱我中华

没错，叶老师定了心，又敲了敲台子。"自己看歌谱！没带的过来拿。哪有五十六个民族这个词儿，全歌从头到尾都没出现过五十六个民族！"

队员们当然不信，嘻嘻哈哈地翻开歌谱。可从头看到尾，从尾看到头，"五十六个民族"一次也没有出现过。最接近的只有"五十六族兄弟姐妹是一家"。一时间，迷惑的声浪从四处传来。

排练了这么久，怎么一下所有人都记错词儿了呢？叶老师气得胸闷。

不过"五十六个星座"，到底是什么意思呢？

从实验楼传来的震波的尾峰将404文化宫一扫而过，无声无息地去了。

当合唱队为歌词的小事疑惑时，刘子琦正死死盯着讲台上的实验器材。中间是两块不透明挡板，第一块挡板上有一条窄缝，第二块挡板上有两条平行窄缝。缝很细，不仔细看根本看不出来——这就是双缝干涉的"双缝"了。这还是他第一次看到示意图以外的实物，没有任何特殊之处。

谢老师一面调整着器材的轨迹，一面干笑道："来，让我听听谭老师的高徒怎么讲解双缝实验，说不定也能'取长补短'呢。"这话说得有失老师的身份了，但他实在是气不过。教了快二十年的书，校长叫他跟一个刚毕业的丫头片子"取长补短"。小丫头片子不就上了个清华吗？当年考师专未必就比现在的清华容易。

刘子琦顾不得老师间的恩怨，朗朗开口道："根据我看书的理解，双缝干涉，是证明光具有一种叫'波粒二象性'特性的实验。"

谢老师点头，却望向谭老师说："初二能说出'波粒二象性'就不容易。但光知道词没用，我以前班上有个学生说自己会微积分，真一问，连什么是连续、什么是可导都说不出来。"说罢才又看着刘子琦，"我问你，'波粒二象性'这个词什么意思你知道吗？"

"不是很清楚。"谢老师刚要笑,只听刘子琦接着说,"我看书上说,是微观的基本粒子——比如光子、电子——它们具有粒子的特性,就像一个一个小球那样是独立一颗一颗的,但同时又具有波的特性。所以光既是粒子,又是光波。书上是这么说的,但我不是特别懂。"

"你不是特别懂……"谢老师闻言仔细看了他两眼,"懂不懂的,至少没背错。双缝干涉是证明波粒二象性的,可怎么证明的呢?"

李勇偷偷拉住王瑞,把声音压得极低,"这是干什么啊?我们快走啊。"王瑞这时隐隐察觉刘子琦自有用意,便悄悄按住李勇的手腕,让他少安毋躁。一旁的谭老师则古怪地看着谢老师和刘子琦,若有所思。

"我就是没懂这个。我看书上说,双缝干涉是用一束相干性好的平行光束——最好是激光,"他指了指激光发射器,"用它照射一块有平行双缝的挡板,对吧?"说着又指了指中间的挡板,"缝的宽度要接近或者小于光波的长度。所以用波长比较长的红色激光发射器,这样缝的宽度才容易接近,对吧?然后当平行激光束通过缝隙,射到后面屏幕上,就有两种可能,对吧?"他指着最后的幕布挡板,"第一,如果光不是波,就应该生成两个单缝的图案,就等于两个单缝图案相加,对吧?第二,如果光是波,那么通过平行双缝以后,它就会从两个缝的位置发生干涉,形成两个干涉波。这两个干涉波纹在后面的屏幕上叠加,就会因为相位差的缘故,形成明暗相间的条纹,对吧?"

刘子琦一口一个"就是没懂",一口一个"我看书上说",又不断"对吧对吧",但语速却越来越快。谢老师越听越心惊,短短一段话里涉及好些概念，可他说得丝毫不差。实验里用红色激光的几个原因、波衍射发生的条件、干涉条件，都说得一点不错。自己班上正式学过的学生有几个能说得这么清楚？至少有一大半是做不到的。谭老师也困惑不已，越听眉头皱得越紧。

"我看你挺懂的，"谢老师收敛了笑容，冷言道，"这还哪里不懂？"

"可我不明白，这个实验不是只证明了光的波动性吗？跟波粒二象性有什么关系？不是说……双缝干涉跟什么学院派解释……"刘子琦的声音突然小了，偷瞄了王瑞李勇他们一眼，"什么波函数状态，量子既在这里又同时在那里……"

李勇还没什么反应，王瑞愣了半秒，眼睛都瞪圆了。既在这里，又同时在那里？

可现在不是他发问的时候，只听谢老师道："你这是在问我吗？"

"啊？"刘子琦一时有点不太明白，"问您也行，问谭老师也行啊。"他没明白，谢老师的"问"是"考问"的"问"，不是"询问"的问。

"谭老师当然是懂的，那还是问我好了。"谢老师冷哼一声，"你前面看的都没错，记的和理解的也都很好，但是你搞错了一件事。"

他一边说着，一边调试实验设备，然后打开了激光器的电源。红色激光从激发口射出，却没看到电影里那种从空中穿过的光柱。一个浑圆红斑亮在前面的单缝挡板上，其后的双缝挡板上则是一片淡淡的光。在挡板后面的不远处，幕布上显出模模糊糊的两个交叠环形光斑。设备还没调试到最佳状态，双缝干涉实验最不好调，经常折腾个把钟头也没落下好结果，这已经算是不错的了。最后，谢老师又稍微拨弄了一下几个物件的相隔距离，幕布上的条纹这才明显起来。

两个环形衍射条纹交叠成了明暗相间的格子，有点像马戏表演中催眠的圈。

"双缝干涉实验的确是证明量子力学很多基本概念的基石。费曼说通过双缝实验可以看到量子世界的奥秘，包含了量子力学的核心思想，不管是波粒二象性，还是哥本哈根学派的波函数坍缩解释，甚至是态叠加，都可以通过双缝实验来证明。谭老师，我说的对吧？"

谭老师的嘴唇微微动了一下，又忍住了。谢老师一心想要趁机证明自己虽不是名牌大学毕业，但潜心教学二十年懂的可不比什么清华北大的少，便干脆尽心卖弄起自己的本事来：

"但问题是这样，这位同学看的这个实验呢，只是高中物理课本上的。历史上，这个实验最早是在1801年由托马斯·杨完成的。你刚才说，怎么看这个实验都只是证明了光的波动性，跟波粒二象性没关系。你说得对，说明你确实懂了。"稍顿，又不甘心地补充道，"不管是听别人讲懂的，还是自己看书懂的，反正是懂了。1801年这个实验完成时，就是为了证明光的波动性，跟波粒二象性没有任何关系。1801年爱因斯坦都没出生，哪来什么波粒二象性？

"这些不是课本里的内容，我虽然不是正经的物理高才生，但既然当老师，还是可以勉强说两句。最初经典力学上的双缝干涉跟量子理论没有关系，但后来德布罗意提出物质波的概念，认为一切物质都有波粒二象性，那么不光光子是波，能发生双缝干涉，其他基本粒子也都是波。既然都是波，光子会发生双缝干涉，那其他粒子，比如电子在理论上也会发生双缝干涉……对吧？"谢老师被刘子琦刚才那一连串"对吧"弄得心烦，这时也学来回敬。但这里概念太多，他并不指望初中生能听懂，而是说给谭老师听。

"所以后来，双缝干涉就衍生出了后续的量子力学层面的实验设计，这才跟你刚才说的'波粒二象性'有了关系。实验发射电子束，我们都知道，电子是一种基本粒子，最小单位是一个电子，带一个负电荷。密立根的油滴实验确认了电荷有最小基本单位，证明了电子作为独立粒子的存在，这也是高中电学内容，你也知道吧？"

李勇早就云山雾绕，哪里还管他们在说什么。王瑞在一边点头，心里却被那句突然出现的"在体内发生的β辐射会直接被细胞吸收，自由电子没有那么大的穿透性"所占据。不由一股寒意袭来，身子一哆嗦。刘子琦却没什么反应。

"不愧拿过奥赛一等奖。"谢老师这话不知算褒算贬，"用电子束代替了光，也通过双缝——我们实验用的这种双缝就不行了，需要能让电子发生衍射的超细孔径的双缝，然后显示屏幕上测到了电子束的波纹，也是明暗相间的干涉波纹。这就证明了，电子这类基本粒子也是波，就叫波粒二象性。明白了吗？"

刘子琦沉默了一会儿，虽然话里的意思自己没有不明白的，但仍然没有回答自己真正的疑问。为什么父亲的纸片上提到双缝实验，双缝实验也许藏着跟那东西本质有关的秘密？他查资料的时候看到了"同时既在这里又在那里"之类的描述，自然想到了薛晶的情况。现在薛晶病重，情况不明，所以他才想到从双缝实验这里能弄懂些什么。听了半天，确实收获了一些自己查不到的东西，但并没有跟自己未知的部分关联上。刘子琦总觉得还是少了些什么，想要再问，却不知从何问起，不由露出一副不甘心的模样。

谭老师任由着谢老师自说自话地为难自己的学生，一直冷眼旁观不发一言。这时候见刘子琦欲言又止，突然开口道："你们三个，是还有什么想知道的吗？"

他们被谭老师看破了什么。有当然是有，但刘子琦却不知道怎么开口，一时愣住。谢老师不知她这话什么意思，也有些吃惊。谭老师等了片刻，不见人说话，于是说道："谢老师把双缝干涉讲得很清楚了，我没什么经验，讲不了这么好。不过有一些课堂外的小知识，我可以补充一下。"她目光扫过王瑞、刘子琦、李勇，若有所思。

"量子力学的秘密，都在双缝干涉实验里。刚才谢老师说了电子束的双缝干涉实验，证明了基本粒子的波粒二象性。前些年，这个实验在国外完成了进一步的延伸，也是用电子，但不是电子束，而是用单电子。"

单电子三个字一出，刘子琦心中又是突突一跳。从父亲那里偷来的纸条上有"单电子假说"几个字，莫非有关系？他竖起了耳朵。听谭老师接着讲：

"以前的老设备是发射电子束进行双缝干涉，一束电子束里面是有很多电子的。所以干涉条纹被认为是同一时间里通过一条缝的一部分电子，和通过另一条缝的另一部分电子之间发生的干涉。"她说话间指了指挡板间的两条缝，"这个能明白吧？"

王瑞和刘子琦齐齐点头，李勇早已心不在焉，自然是没有反应。

"新的实验设备变成了每次发出一个单独的电子，这个单电子朝这样的双缝挡板射过去，会发生什么？"她没有理会谢老师，只问自己的三个学生，他们显然不知道怎么回答。谢老师并不知道这后面的新衍生实验，也不知道原来已经有设备能每次发出一个单独电子了，听谭老师说到便有些失落，至少在这方面，自己还是有不如人的地方。他知道初中生是没法回答的，自己就接了过来，"电子具有明显的量子特性，波动性明显，单独一个电子穿过窄缝就会有明显的衍射特征，对吗？"

"单独电子……"王瑞终于插嘴问，"怎么表现波的衍射特征呢？"

"非常好的问题。"谢老师答道，看了一眼谭老师，"一个电子穿过缝发生衍射很难看出来，因为最后打在幕布上的就只有一个点。但从统计概率上却可以表现出来，每次一个电子在后面屏幕留下一个点，电子最后留下的轨迹多了，很多点在一起形成图案，就能显出衍射样式特征了。这在统计上就证明了它的波的性质。"

"谢老师说得很好。"谭老师继续讲解，"那这么一个单电子发射装置进行的双缝实验，每次发射一个电子，在连续发射很多个电子之后，最后屏幕上累计下来的统计轨迹，还是类似我们现在看到的明暗相间的干涉图案吗？"

这问题让谢老师愣住了。刘子琦一边努力跟上，一边低声喃喃自语帮助思考，手指也紧张地揉搓着，"每次一个电子，这个电子经过双缝挡板……只能经过一个缝。那只能通过一个缝发生衍射。另外一个缝没有电子穿过，也就没有衍射波。这样的话，电子就没有东西跟它干涉了。这样的话……其实就是两个单缝衍射实验叠加在一起，没有干涉发生……"

他略微思索了一会儿，"所以，这样的实验结果，应该是没有明暗相间的干涉图案，谭老师，我说的对吗？"

谭老师听他这一席话吃了一惊，且不说这些概念都是靠他自学理解和掌握的，光是初中生能有这么清楚的思维，这能力就非常惊人。她这时想起了这孩子是转学过来的，父亲是外调专家。谭老师正要说话，却听见另一边王瑞抢先道："不对，不是这样。"

王瑞低着头，没有看任何人。"不是这样，结果还是会出现干涉图案。虽然是每次一个电子，但最后还是会出现干涉。"这回答惊得谭老师一震。连谢老师都不是很明白，这真的到了他也赶不上的领域，只好有些不服气地望向谭老师，似乎等着看她的笑话。

"不可能！"刘子琦争辩道，"每次一个电子，只能通过一个缝，另一个缝就没有电子发生衍射了。没有另一个电子跟它干涉，怎么可能还有干涉图案呢？"

王瑞说出了一句连自己也不明白的话："它自己会跟自己干涉。"他浑身发抖，因为这时候他已经清楚明白地知道，这句话不是来自大脑，而是从什么地方飘进来的。那些本不应该知道的东西就这么莫名其妙地浮现出来，他完全不懂这话是什么意思。

"你怎么了？"李勇和刘子琦都察觉他不对劲，悄声问。

他也不回答，而是昂起头问道："谭老师，我说的没错吧？一个电子通过双缝的时候，它会自己跟自己发生干涉，就像同时通过两条缝一样。"

刘子琦皱眉不解其意，连谢老师都有些含糊，谭老师却已经在点头，"你说得对，这个实验最后还是出现了干涉条纹。王瑞，我问你，一个电子，怎么能同时通过两条缝？一只老虎怎么同时跳过两个火圈？原因呢？"

一只老虎怎么同时跳过两个火圈？这完全超过了人类能用正常思维理解的范围。别说李勇，刘子琦和谢老师都彻底蒙了，想不下去了。

"态……态叠加。"王瑞答道，这三个字就像自己长了腿，从他的嘴溜了出来，"量子波函数的多个状态呈概率叠加，穿过两条缝的两种态同时存在，电子以态叠加的方式自己和自己发生了干涉。"文字从他嘴里一个一个蹦了出来，但他真的不明白自己在说什么。这些话就像从别人嘴里听到的一样，他只明白一点，自己的声音让他感到莫大的恐惧。王瑞嘴里说出来的内容自己绝没在任何地方学过，没有在任何地方看过，只是当这个题目在眼前出现的时候，这些知识就毫无征兆地冒了出来。

也许这才是他接触了那个东西后得到的力量。

如果是那样的话，测不到的辐射就正在摧毁他的身体。

王瑞不知道这二者哪个更可怕。

谭老师也察觉到这几个孩子情况不对，正想问话，王瑞突然脸色一变，猛地拉过旁边的李勇和刘子琦，匆忙叫道："对不起！谭老师，谢老师，我们有急事！必须要走了！"

说话间头也不回，王瑞像是强架着李勇他们往外跑，老师们还没明白怎么回事，三个孩子转眼就不见了。

谭老师愣在实验室里。有什么不对。很不对。

跟其他老师不同，她本来是不喜欢王瑞的。她是一个清华人，自幼是"别人家的孩子"，大学以后更是见惯了各种天才异数，自然对王瑞这种级别的"聪明"不怎么当回事。在她眼里，得什么奖，考多少分，都算不得什么。别的老师会夸"这是考清华北大的料子"，这话在谭老师那里却起了反作用，清华北大又怎么样呢？毕业了家里没点背景，不也就这么回事儿？

但今天，她隐隐感觉到古怪的味道。这不像是单纯对知识的兴趣，更不是普通初中生能死记硬背理解的内容。连谢老师都说不明白的东西，这孩子说了个有模有样，但神色表情哪里都不正常。这到底怎么回事儿?

也许教书这件事,并不是自己以为的那样。一念及此,谭老师心里有什么坚硬的东西松动了。

正想着,谢老师在一边说道:"小谭啊,你的学生真是了不得,居然比我都知道得多。"他已经从刚才的震惊中恢复过来,露出了微笑,"刚才那学生说的态叠加,我也不太懂。要不,你给我介绍介绍?我真是不太明白。"

原本跟自己较劲,转眼就自承其短,想要学习起来,谭老师不禁有些佩服这位比自己年长了十多二十岁的老教师。"那东西太难解释了,波函数什么的,一说到数学工具,上课就越讲越没人听。"她和气地笑道,"还不如讲双缝干涉实验的量子擦除版呢。"

"量子……擦除?那又是什么?我真是井底之蛙了。"谢老师坦然摇头。

"说起来简单得很,就是刚才每次发射一个电子的双缝干涉的进一步实验构想。"

"这还有进一步?"

"对。刚才说,每次发射一个电子,通过双缝的时候因为波函数的态叠加,电子自己和自己发生了干涉,对吧?"她不觉也加了"对吧"这口头禅,"量子擦除,是指在电子通过双缝的时候,利用某种不干扰电子行为的手段,侦测电子通过了哪条缝。"

谢老师隐隐觉得再说下去就有些邪门了,"但是态叠加……"

"态叠加是波函数的纯数学逻辑。如果用观测手段来观察电子通过双缝的行为,你只会看到两种可能,这个电子要么从这条缝通过,要么从那条缝通过。"

"那……干涉……"

"没有了干涉条纹。"谭老师说，"同样的实验，同样的设计，当你观测电子的行为时，决定电子行为的波函数态只会得到一个本征值。只有在不观测的时候，波函数的概率态才会同时存在，实现自我干涉。"

"这……这不科学啊！"

"唉……"谭老师叹了一口气，心中对那几个孩子更是疑惑。她随口答道："这不是不科学，这只是听起来不合逻辑而已。说不定应该反过来说，量子力学是对的，而我们的传统逻辑才全是错的。"

她想起自己当年上过的量子力学课来，说道："没人能懂量子力学。"

"这算是什么话？"

"这不是我说的，是费曼，那个量子力学的创始人之一的理查德·费曼，他说的。"

谭老师一边跟谢老师聊着，心里却想着那群孩子。她这才意识到，自己之前从来没有关心过那群孩子。

第二十一章 涂 改

刘子琦话还没问明白，王瑞拉他的时候本来不想走，但抬头一看，发现对方的脸色已青得发紫，而李勇更是一脸惨白，他这才知道不对，忙跟着离开。

出了实验室，李勇身子就往边上一塌，像断了脊梁似的，幸好王瑞早有准备，及时将他搀住，三人不发一言往外急走。到了一楼入口的水池处，李勇终于忍不住了，哇一声吐在池子里。

"怎么啦?"刘子琦忙问。王瑞见李勇吐了，自己胃里一阵翻江倒海，差点也吐了出来，好在最后勉强压了下去。

"辐射。"王瑞强忍胃里翻腾，转头对刘子琦道，"是辐射。刚才的地震，李勇做了些事情。"

刘子琦刚才一心只想弄清纸上的关键词，现在经王瑞提醒，立刻想起了那恐怖非常但又莫名消失的地震。"到底怎么回事? 之前在器材室，到底发生了什么？"

李勇这时还在干呕，仿佛连胆汁都要吐出来，什么话也说不了。刘子琦忽然想起："不对！等一下，为什么会有辐射？刚才不是用盖格计数器测了，没有辐射吗？"

"不是所有辐射都能测得出来。"王瑞答道，"β 射线，也就是自由电子的话，穿透力很弱，会直接被细胞吸收，如果辐射在我们体内发生，外面根本测不到，可能发生的瞬间就已经被细胞吸收，造成了细胞受损。"一边说，他又觉一阵恶心袭来，只得喘着气强行控制。

李勇把胃里的东西吐了个干干净净，这还不算，又干呕了一阵，等终于吐无可吐，这才拧开龙头漱了口，稍微舒服了些。此时，他手脚都是冰凉的，但转头发现王瑞一脸惊恐状，他反而安慰两人："没什么大事儿。还活着呢，死不了。"见对方还想说什么，忙转了话题，"你们刚才叽里呱啦跟谭老师他们都说了些什么啊？我一点也没听懂。"他又摆手，"不用给我解释，解释也听不懂。你们就说现在到底是什么情况吧？"

王瑞不知道该怎么回答这个问题。各种各样的事情千头万绪，怪事一件接一件，哪件也说不清缘由，哪件都"不科学"。

"刚才那个地震，"王瑞问，"你做了什么？怎么办到的？"

"这个，我也有些迷糊。说不太明白。"提起这事，李勇脸上红润了些，"刚才一地震我就想叫你们往外跑。但一切来得太快了，等我想跑的时候，周围的东西已经开始往下掉。我头顶上没什么重物，但王瑞的头上有那么大堆东西，已经砸下来了。我远了也看不清是什么，但那么大的东西，怕是会砸死你的！"

刘子琦并不知这茬，惊得"啊"了一声。

　　李勇接着说："我也没多想，离那么远，救你肯定不可能的。我心里一急，就想不能连着三个人都出事儿啊。这都第三个人了，不能这样啊。好端端怎么突然地震，能不能不地震啊！心里一急，我就伸手往你那边一推。"

　　"然后呢？"刘子琦问。

　　"然后，然后地震就没了。"李勇说，"你不是看到了吗？地震就停了。"

　　"不光是地震停了，"王瑞补充道，"原来震得往下掉的东西，全都回了原位，就跟地震根本没发生一样。而且，你们没有注意到吗？谭老师他俩一句地震都没提。他们说，是听到这边牛顿摆金属球碰撞的声音才发现有人的。他们好像根本不知道有地震发生。"

　　刚才接二连三地突发情况，刘子琦却没有注意到这些，但王瑞当时是真的吓了个半死。这些事情彻底扭转了王瑞的想法，他本来一直想找机会告诉大人，但当他发现对两位老师来说，根本没有地震这回事儿，他才意识到，有些事情是永远也没法给大人说明白了。

　　"你们发现这里面的关系了吗？根本没有发生过地震。"王瑞继续追问道。

　　"你是说……"刘子琦有些明白了。

　　"根本没有发生过地震。根本没有程凡这个人。"王瑞说。这话一出口，刘子琦和李勇也陷入了沉思。这意味着什么呢？

　　"我有一种感觉。"王瑞大着胆子说，"可能……可能已经不光是感觉了吧。"

　　李勇急道："别老是吞吞吐吐的。快说！"说完却咳嗽起来，他很少生病，一时用力过猛，又是一阵头晕。

王瑞叹了口气："我觉得，恐怕有什么非常可怕的事情正在发生。我是说，就在我们这边发生，而且……"说这种根据不足的话他很没有底气，便又支吾了起来。

李勇嘴里喘着粗气叫着："而且什么？快说呀！又不是考试，没人扣你的分。"

王瑞的声音仍然很低："而且，说不定这个事情，只有我们几个能感觉到。"

"什么叫只有我们能感觉到？"李勇不是很明白。

"就比如……嗯……"王瑞说，"一个地震都把我们这里震没了，所有人，连山和这个镇都没了。但在其他人看来，根本从来就没有汉旺这个地方。"

这话不光骇人听闻，而且匪夷所思。但要论匪夷所思，哪一件不是匪夷所思呢？何况李勇刚刚亲手抹掉了一个正在发生的地震。三人面面相觑，"你别吓我。"李勇说。

安静了几秒，无人说话。刘子琦在一旁说："我觉得王瑞说得对。我们需要从头梳理整个事件。这些天乱七八糟的事情太多了。我脑子有点乱。"

王瑞点了点头，他越来越觉得刘子琦有什么瞒着自己，要不刚才也不会突然问起双缝干涉的事情。如果真有重要的事情，他为什么不说？"该回家了。一边走一边说吧。学校里……人太杂了。"他招呼两个同伴。

三人一路出了校门，走过了一段，王瑞才开口："来吧，我们从头理一遍，我来说，有问题你们补充。"

"五月一号，我们去山上，遇到了那个东西。程凡用竹棍碰了它，然后，好像是被它电了。我们五个一起跑了。跑的时候程凡没留神，从山上摔了下去。过了好一会儿我们才找到他。

从头一梳理，王瑞就像遇到难题做不下去时撕掉草稿重新来过一样，脑子放空，也更清明了些，想起了更多的细节，"当时我们找了他半天，没有见到人。后来他突然出现，还说一直在喊我们，但我们什么也没听见。"

"嗯。"

"另外还有一件怪事，就是他从那么高的地方滚下去，居然一点伤也没受。"王瑞之所以记得这个细节，全因他当时有一个古怪的怀疑，担心那人根本不是程凡，是另一个怪物变成了他的样子。

"你这么说我也想起来了。"李勇说，"我们还为这个拌过嘴。"

王瑞突然想到了什么，"李勇，你有没有觉得，这个事情回想起来，跟你有点像？"

"啊？"李勇没明白，"什么有点像？"

"你换个角度想，窗户玻璃掉下来，本来要打着我，结果恰好被我躲过去了；地震时，那么多东西要砸到我的头，也被我躲过去了。"

"我没明白……不是你正好躲过去的，是我帮你……哦……"李勇恍然大悟，"你的意思是，程凡本来会摔坏的，但是，他也像我一样……改变了这个这个……叫什么？重写了世界的'现实'？"

"管他叫什么。"刘子琦说，"你这么说来，说不定有这种可能。"

王瑞越想越觉得自己说的有理，"我觉得这才说得通！如果说我们四个人都是因为那个东西得到了这种奇怪的能力，那直接接触的程凡应该比我们受的影响更大。"

"然后他就消失了。"刘子琦说。

五月的下午五点，家属区里一阵阴风袭来，三个人都哆嗦了一下。

"对，"王瑞说，"然后他不见了。你们记不记得黄奶奶说的，三十年前，当她碰到那个东西的时候，她心里想的是什么？"

"这谁记得……"李勇摇头。

"我记得。"刘子琦说，"她说，她当时想着，要是没有苏联专家，没有米诺舍维奇就好了。大概是这个意思。"

"对，然后苏联专家就没了，变成了本来就没有苏联专家参加我们厂的建设。"

刘子琦犹豫了一会儿，琢磨着他话里的意思："等一下，我大概明白你想说什么。你觉得是黄阿婆把老米他们变没了，对吧？然后，地震、窗玻璃，是阿勇变没了的。但是……但是……是谁把程凡变没的呢？"

李勇这会儿琢磨过来意思了，"不是我啊！"

"没人说是你。"王瑞白了他一眼，"我没想明白，如果当时程凡从山坡滚下去没摔伤是因为那种能力，那又是谁用同样的能力让他不见的呢？总不能是……因为辐射到最后就消失了吧？"等了一会儿没听到结论，他只好说："好吧，先不管了。总之他就是不见了。这个现实被涂改过了，把他抹掉了。"涂改现实，王瑞找到了一个恰如其分的概念。

"接下来，我们四个各自得到了奇怪的能力。"他看着另外两人，"我……我现在大概知道我的能力到底是什么了。"

"是什么？"李勇问。

"我脑子里会冒出一些不知从哪里来的话。"王瑞看着刘子琦，"刚才在实验室里两个老师问我话时，我根本不知道什么'态叠加'，但那些东西就滋溜溜从脑子里冒了出来。我……脑子里好像有个洞，有些东西莫名其妙就流进来了。"

他本来还想问刘子琦是怎么知道那么多双缝干涉的知识的，结果还没说出口，刘子琦先发话了："这些能力到底是怎么回事儿？而且，真的会有辐射？"

"β辐射。这个也是……莫名其妙流进来的信息。"王瑞说，"这些能力，一定有个源头，一定是相互有关联的。但……关联是什么呢？"

"是'那个东西'啊。"李勇说。

"废话。"王瑞说，"当然跟那个东西有关。我是说，这些能力一定……怎么说呢……有什么原理吧。"他看着刘子琦，"你觉得，这些跟那个双缝干涉有关系？"

"我不知道。我只是以前看过一本科普书，说双缝干涉实验证明一个量子可以同时既在这里又在那里。我就想到说不定跟我们这个有关系。"他一顿搪塞，"那本书说，双缝干涉可能暗示着，这个世界有无数可能性同时存在，但因为某种原因的限制，我们只能接触到其中一种。只有这一种成了现实，其他可能都消失了。我就是想起这个，就觉得……会不会跟我们这事有关系……"

王瑞和李勇听得稀里糊涂。这种说法太玄了。"别……别再说那个什么双缝什么了。"李勇说，"我听着就头痛，说点有用的吧。你们刚才最先说的我倒觉得对，现在有什么很吓人的事情就在跟前了。什么恐怖大王啊我不知道，现在我就想知道，我们四个该怎么办？"他瞪着王瑞，"我觉得你平时那么胆小，今天看上去反而不怎么害怕啊。"

"我为什么要害怕？"王瑞问。

"你竟然还没反应过来？有什么东西，在盯着要我们的命啊。尤其是你。你想一想，怎么就那么巧？风吹坏的窗户玻璃就朝你脑袋削，震掉的东西正砸你后脑勺？如果不是我能……那个什么'涂改现实'，你都死两回了！咳咳……"他又咳嗽起来。

这果然提了王瑞的醒，却又不太敢相信，"可是……那都是巧合……"

"巧合你个头啊！"李勇骂道，"你说我救你，别人看着是巧合，要是真有什么东西'涂改现实'，让一切危险物品照着你脑袋砸，那我们不也看着是巧合？

当局者迷，王瑞这才惊醒。李勇接着说："程凡、薛晶，然后是你。你们真不觉得，我们五个正在被一个个除掉吗？你们还有空去想什么科学原理？都要没命了好不好！你刚才说了，现在这个事情，除了我们四个，其他人完全意识不到，我们没法找人帮忙。要是我们也一个个没了，就彻底玩儿完了啊。"

一番话吓得两人都发起愣来，他们先前都没想到这点。

李勇连珠炮似的还在说："别想那么远的，想一下我们自己。照这样下去，我们如果不用能力，说不定都会莫名其妙遭遇意外；如果用了能力，像刚才那样躲过一劫，用一次挨一次辐射，迟早得白血病挂了。对吧？所以，现在怎么办啊？"

王瑞有生以来第一次被阿勇说愣住，一个问题占据了他的心：他们四个的性命是不是已经危在旦夕？

他进一步恐惧地想：对啊，如果自己的能力真是那个古怪的"脑洞"，自己连控制都做不到，岂不是想不受辐射都不行了?！

他一下子慌了，憋了半天，才颤声道："所有问题都是从那个东西开始的。我们只能从它下手，搞清楚它到底是怎么回事儿，才能有解决办法。"

李勇本想继续追问，但也知道现在再问也问不出什么。这一刻，他累得只想休息，"好吧，希望明天我还能爬起来。"

三人惶惶然地走到岔路口，也不再多说什么，只能彼此挥手告别。

这一天整个晚上，王瑞都有些惶恐不安。

一时是恐怖大王的预言，一时是薛晶的病，一时又是两次对着自己脑袋瓜子的"意外"。李勇说了那话以后，王瑞更是看什么都像有危险，指不定29寸的彩电会爆炸，洗澡会一氧化碳中毒，连拿着筷子走路都可能摔跤，筷子会戳进眼窝里。

杯弓蛇影地把自己折腾到晚上八点半，王瑞接到一个电话。拿起听筒来，是薛晶的声音，王瑞立马惊喜地问："你已经出院了?!"病房可是没有电话的。

对面答道："嗯，躺了两天就出来了。我有事要跟你说。"

听薛晶声音严肃，他不由紧张起来，"怎么?"

"我知道那个东西是什么了。"

"啊?"

"我知道那东西是什么了。"薛晶的声音又说。

王瑞心中猛地涌起一阵寒意。他想起那个梦，梦里不断重复着："恐怖大王从天而降。时间不多了。"

如果那不是梦，也是脑子里莫名涌出的信息的一部分呢？

如果电脑屏幕里的雪花不是什么干扰，也是信息的一部分呢？

电话里真是薛晶吗？或者说，自己真在接电话吗？薛晶的家就在自己楼下斜对面，从窗户探出头去就能远远看到。

刚这么一想，梦里那个全镇电光如网的景象便又浮现了出来。他遍体生寒。

"喂，人呢?"电话里叫道。

"那个东西是什么?"王瑞犹豫地问。

"秀龙!"

"什么东西?"

"秀龙!"就听薛晶说，"这样说不明白，明天你们三个跟我去庙里一趟吧。"

第二十二章　因　果

刘佩的文书材料工作转眼就做了快一周了。说起来有些荒唐，一个千里迢迢调来的专家，先是折腾七七八八的手续，然后进了实验室总共接触了"异客"不到六小时，接下来却在办公室里连坐了好几天。

小楼里的工作人员都在忙里忙外，但很多人并不完全清楚自己在忙什么。

由于特殊的保密制度，工程内容切分得很细，普通涉密人员只能看到跟自己相关的一点点资料，看得到数据的不知道数据来源，知道来源的不知道分析结果，知道分析结果的不知道实验手段。大多数人都没机会亲眼见到"异客"，或者不知道"异客"这个东西的存在。

和很多绝密重点工程一样，大家只知道自己在为一个重点工程工作，工程很重要，意义很重大，却不知道具体是什么。他们大多要等到退休后很多年才有机会知道，将青春岁月奉献给的那些奇怪编号到底隶属于什么部门，到底在研究什么，到底要搞出什么东西。

这时，刘佩发觉自己羡慕起这些基层人员来：反正他们也不清楚自己在做什么，别管有用没用，只要满腔热情地老老实实敬业做好就行了。反倒是自己知道了情况，就更难心安。

文书越写越多，想靠自己弄是弄不完的，但他明白这些东西其实并不重要。事情虽做不了，可刘佩并没闲着，把现有的研究材料从头到尾过了好几遍。生命体、机械、地外文明的受损仪器，他对"异客"进行了许多猜测，但光是纸上谈兵，无法实际接触，毕竟用处有限。

转眼就到了五月八日，五月上旬的日历都快撕光了。这一日是星期六，刘佩坐在办公室里定定地望着日历发呆，一时还真想不起自己是来干吗的。

正想着，突然听到外面敲门。刘佩来不及开口，就有人推门进来，不用看也知道是唐援朝，小楼里能任意走动的人寥寥可数。"唐工……"招呼打了一半，刘佩忽然发觉对方眼神不对，心中不由咯噔一声，忙问："怎么？'异客'出什么事情了？"

问到第二声，唐援朝才反应过来，摇了摇头，"哦，不，你误会了。'异客'没事儿。"刘佩略放下点心，"高速摄像机到了。"

刘佩差点跳起来，刚要说话，马上又冷静下来。从那天晚上接触起"异客"他就在申请高速摄像机，但话说了却没下文，接着自己的工作就停了，就"磨刀不误砍柴工"去了。再问设备的事情，只收到唐工一句"需要打报告申请"。

没想这会儿，突然没头没脑地告诉自己东西到了。他问："您的意思是，我可以继续干活了，是吗？"

唐援朝慢慢地点了头，看起来依旧心事重重。刘佩来不及高兴，忙问："唐工，到底发生了什么？"

唐援朝闭上眼睛，深吸了口气，睁开眼的时候也不说话，先转身回去把门关上，"马上就有正式消息了。"

"怎么了？"刘佩更觉不安。

"我们……"唐援朝刚说了两个字，眼圈突然就红了，"我们大使馆被炸了。"

"什么！！！"刘佩眼睛瞪得大出了眼眶，"什么时候？哪里？"

"南联盟大使馆被炸了。"

"被谁？北约？"刘佩脑子里嗡的一声，随即转了无数个念头。北约从今年三月开始，就在科索沃战争中轰炸南斯拉夫联盟，这已经有两个月了，不算是突发的。中国驻南联盟大使馆被炸，只可能是北约炸的。"什么意思？这是对中国宣战了吗？"刘佩突然发现自己紧张得有些发抖。《国际法》规定一个国家大使馆神圣不可侵犯，轰炸大使馆，等于轰炸中国领土。

唐援朝默默地从衣兜里掏出一张A4大小的通信传真递过来。刘佩连忙一目十行地看下去：

北京时间5月8日早5时45分，由美国总统克林顿直接下令，美国B-2轰炸机使用五枚精确制导炸弹轰炸我国驻南大使馆……

顶楼到地下室被JDAM全部击穿……

遇难者包括……

总统直接下令，全球最强战略轰炸机B-2，精确制导炸弹⋯⋯刘佩不算是军方的人，但这些词连在一起代表着什么，只要是正常人都会明白。他的掌心直冒汗。

"北约说这是意外误炸，说他们用了过期的地图⋯⋯"唐援朝说。没这句还好，刘佩一掌拍在桌子上，"放屁！"掌上的汗水正拍在通讯传真上，洇湿了遇难者的名字：邵云环、许杏虎、朱颖⋯⋯"这完全是不宣而战的偷袭！是⋯⋯是⋯⋯是战争罪行！"他气得话都说不清。

唐援朝的双眼已经红透了，咬着牙说："是啊。然后呢？"

"然后？"

"你觉得，我们能对美国，对北约宣战吗？"

一盆冰水浇了下来。是啊，人家堂而皇之地轰炸你的大使馆，用最先进的轰炸机，把你的大使馆从三楼到地下室炸成渣。三人牺牲，六人重伤，二十多人轻伤。然后告诉你："对不起，这是个意外，我们任务地图拿错了，啊哈哈哈，真是不好意思啊。"

是的，他们根本连编个像样的谎言都懒得费劲。然后呢？你能做什么？

如果你真能做什么，那架B-2根本连起飞的机会都没有。

密室里，两人就这样对视着，耻辱的泪水静静地淌下。

唐援朝轻轻地把鼻侧的涕泪拭去，尽力不发出声音，然后悄然转了话题："刚才给你说的，高速摄像机已经来了。叫你写高速摄像机的使用方案报备，你也没写，脑子里想清楚了吗？"

一架飞机、五枚炸弹、几条人命，已经沉睡了几十年的遥远记忆忽然就这么被唤醒了。关于战争，那些屈辱的记忆，就在这个国家成立快五十周年的时候猛地唤醒了。刘佩模模糊糊地意识到：很多事情都会发生改变。

"早就想清楚了。"他的回答很简单。

唐工点点头，深吸一口气，"走。"他不再说话，转身带路。

两人默不作声地从狭窄的步行梯上了楼。消息还没在媒体上发布，但已经在小楼里传开了，一路都是沉默无言的脸，偶尔与人对视，眼睛里都是凌厉坚韧的光，像出鞘的寒剑。楼里笼罩在一股肃杀里，几无人声。

不多时，两个人重新回到那扇偌大的钢铁大门前。唐工沉声道："我都交给你了。放开干，出什么事情，有我扛着。"他仿佛换了一个人，一面说着，一面按上手掌。旁边的显像管又运算起 π 的值来，数字像心跳一样滚动着。

门再次打开了。

一屋子人都静静地望着门口，肃立着，等他们进来。虽然他们不是军人，但这时却像在静候指挥官到场。

实验室里新出现了大摄像镜头。"每秒二十万帧。无论如何也够用了吧。"

"这可不好说。"

在场所有人都知道了"五八"事件，可没有人提起一个字。耻辱是一种燃料，在山中的秘密小楼里无声爆燃。

刘佩早想好了要做什么。照刘佩的吩咐，实验室很快就准备停当。和之前中断的实验一样，实验室准备了两只机械臂，用十根橡胶棍连在手臂上，继续那个"戳和躲"的简单应激实验。一只机械手臂的运动频率能达到每秒上百次。十根圆棍，就相当于上千次。

"异客"是以什么感官感知到如此高速的运动，又是怎么运动躲开的呢？肉眼已经无法看见，所以才需要高速摄像机。

"高速摄像机试机完毕，一切正常。"

"机械手甲试机完毕，一切正常。"

"机械手乙试机完毕，一切正常。"

众人都定了定神。刘佩举目询问唐援朝，唐工点头，他这才下令："开始！"

肉眼只看得见一团黑影，以及设备马达的鸣响。实验流程只有两秒，转眼就停了，谁也没看出什么，只见"异客"静静地待在远处，只有岩石上留下无数橡胶撞击的黑印。高速摄像机冷却系统狂转，发出腾腾热气，扭曲了周围的景象。

"录像！"

"多少速度播放？"

"千分之一倍速。"

二十万帧的高速摄像，如果按常规三十帧一秒放映，一秒录像要放约一百一十分钟，也就是将近两小时，相当于让时间足足放慢六千六百倍。而千分之一倍速是拍一秒录像播放一千秒，让时间变慢了一千倍，可还远远达不到摄像机的极限。

众人屏息凝视，看着第一根黑色的棍子朝"异客"身体中间偏左的位置戳上去，这个过程现实时间大概花了十毫秒，也就是百分之一秒，放映时间则是十秒，已足够慢了。

棍子越来越近，"异客"却一直没有动，眼看都要碰上了，依然没动。

还是接触到了才有了反应？刘佩的念头刚起，画面就像跳了帧。

就在棍子离"异客"只有最后一丝距离时，画面突然就变了。

上一瞬间它还马上要被碰到，下一个刹那"异客"已经变成了另一个形状，胶棍要碰到的那个位置，已经让出了空间。没有过程。

"停！"刘佩大叫，"往回……100微秒。"画面推到了"异客"变形前，"逐帧往下放。"

有很长一段时间，画面几乎没有变化，不仔细看的话，连胶棍也看不出有什么位移，倒是因高速压缩形成的空气波纹很明显。画面右上角显示着录像的逐帧计数，这个数字从1532变到1533的瞬间，"异客"完成了变形。

1532帧，它还没有动，1533帧，它已经变形完毕，躲开了马上就要碰到自己的黑胶棍。

二十万分之一帧以内，这不是任何生命体可能达到的速度，就算是光，也才移动一千米出头。

显示屏前一片死寂，刘佩动了动干涩的喉头，咽了口唾沫。负责操作摄像机的工程师说："不可能，这不符合成像原理。只要是移动，就算是在一帧内完成的，感光元件也会留下这一帧内的运动残影。"

"什么意思？"唐工问。

"意思就是它根本没有动过！只要动过，一定会有残影的！"工程师说。

这句话让大家都有点犯愣。刘佩竟一时想不明白哪种解释更荒唐，是"异客"根本没动过，还是"异客"完成动作花费了不足二十万分之一秒。

他思考了好一会儿，冒出一个连自己都惊讶的决定："唐工，我们有大功率激光吗？"

"有倒是有，"唐援朝问，"你打算做什么？"

"烧它。"刘佩简单地说。

唐援朝的脸色先是微变，然后慢慢点了点头，"好，听你的。"

在收到那张纸前，唐援朝死也不会同意这个实验。

刘佩说："我有一种感觉，它不会被激光烧中。"这话听起来十分荒唐。宇宙中，光速是速度的上限，没有任何东西能快过光。再快的子弹朝你射来，理论上你依然能先得到"即将遇袭"的信息，于是就有了理论上躲避的可能。但光不一样，如果一道激光向你攻击，激光的威力会和遇袭信息零时差到达。如果你不知道会有袭击，你怎么躲避呢？

唐援朝问："能尽量控制风险吗？"

"可以把能量调小。"负责操作机械臂甲的女实验员汤敏说，"实际上，激光跟现在的刺激没有太大区别。机械臂的运动动能就已经接近轻型手枪子弹。如果说风险，其实是差不多的。"

"好，准备激光装置。"

指令下达，二十分钟不到，一台半米来长的装置换到了原来的五指机械臂的接口上。对位，连接。

"光束直径，1.3毫米。能量密度，两焦耳每平方厘米。持续时间，0.25秒。"这个能量密度远小于枪支威力，甚至连某些气枪都比不上。人如果被照上也就是被狠狠烫一下，远不至于像电影里烧焦烧穿那么可怕。

大家等着刘佩下令启动，他却突然又想到了什么，"等一下，激光设备有没有启动日志记录装置？"

"激光设备连接着主控平台，平台系统里有日志。" 汤敏解释道。

"嗯……"刘佩咬着下嘴唇紧张地思考，"日志时间的精度是多少，跟高速摄像机的时间对时了吗？"

"时间精度？"这个问题倒是从来没人关注过，汤敏查了片刻才有结果，"精度到毫秒。需要把高速摄像机跟它对时吗？"她隐隐意识到刘佩在想些什么，但又不是那么明白。

"毫秒……不能让日志的时间精确到高速摄像机的一帧上吗？一毫秒高速摄像机能拍两千帧，恐怕不够精确吧。"

"这个……做不到，除非重做整个底层数据接口和代码……"这代价就大了，刘佩犯了难。

只听唐援朝一击掌，"要记录准确操作日志，我倒有个土办法。"

"哦？"

"拆一块显示屏幕，把线拉到摄像机镜头范围内。"

刘佩愣了一下，转眼就明白了唐工的意思，"你是说用高速摄像机同时拍摄实验情况和激光器的状态显示器，用高速摄像记录激光器的操作准确时间？……"他略一思索，"恐怕不行吧？屏幕显像管有刷新帧数，有延迟，不是即时的。"

"对。"唐援朝说，"不光屏幕有刷新延迟，信号传输也有。但整个延迟是固定的，我们可以测算出屏幕刷新的延迟是多少，再手动扣除延迟时间。虽然不是完全准确，但也比日志准确得多。"

刘佩大喜，"唐工这个土办法好！简单有效！"

大家手忙脚乱地忙碌起来，又是拉线，又是绑电离射线屏蔽网，为了让摄像机监视帧输出的状态信号，还把显示屏幕吊在了实验室中央。折腾了好一会儿，总算是搞定了。

"如果我们猜对了，"刘佩对唐工说，"可能会改变人类对世界的认识。"

唐工沉默了一小会儿，"我们不需要改变对整个世界的认识。我们需要这个世界改变对我们的认识。"

"启动倒计时！"刘佩叫道，"准备。"

"10，9，8，7，6……"显示屏上，电容、散热、充能、激发依次由红转绿，只有最终的开关状态还是红的。

"4，3，2，1。启动！"

激光器无声无息，也没有五颜六色的光从发射口飞向"异客"。好像什么也没发生，只是屏幕上由红转绿了。"异客"已经变了形状，躲开了。岩石上闪出一点高光，啪一声爆裂出丝丝青烟。花岗岩被高温烧出一个直径不到一毫米的点。

"录……"刘佩的话还没说完，经过处理的影像已经传了过来，他不由得屏住了呼吸。

播放。

两个拼接的画面出现在众人眼前。右边的是实验情况录像，左边的是手动扣除刷新延迟以后的画面。处理很匆忙，左右画面割裂明显，但这足以解答他们的问题。

谁先，谁后？

百分之一速率下，显示屏上的开关状态依然是红色，高速摄像下显示器的频闪非常严重，宛若损坏般泛着诡异的幽光。事实上，由红变绿并非瞬间发生，先黑了一下，然后从屏幕上面第一根扫描线开始变色，像织布机为红绸绣上绿芳一样，红色经纬一丝一条地变成绿色——这还是刘佩第一次看到显示屏信号刷新机制的实际工作过程。

"停！返回两毫秒前，逐帧。"

"异客"依旧不动而动，在两帧之间突然毫无征兆地改变了形状。但刘佩大费周章弄这么一摊子实验并不是为了验证这一点，改变发生时，他盯着录像上的显示器，盯着激光发生器的工作状态。

那个开关状态上，依然显示着大大的红色的"关"。

"这不可能！"唐援朝低声叫道。这反应自然也是有些荒唐的。他早知道刘佩这样做是想测试什么，如果真是"不可能"，他根本不会同意使用激光器。可当结果真正出现时，他却本能地无法接受。

这意味着，"异客"在激光器开启前就改变了形态，躲开了还没发出的激光。

当按下激光器的启动按钮时，一个电信号会传往激光器控制电路。控制电路启动设备，在激光发出的同时，状态检测电路将激光器状态改变的电信号回传给控制台，控制台再向显示器输出显示信号。这些延迟是难以精确测算的，何况还有屏幕显像管刷新延迟中不可能测定的误差，但这些误差时间加起来都不会超过摄像机的五帧。

在"异客"改变形状的一百一十七帧后，屏幕上才出现第一行绿线。也就是说，在"异客"变形的0.00058秒后，激光器才启动。

激光器启动是因，"异客"躲避是果。

果由因生，自然是因先果后。这是一切科学逻辑的先决条件，是一切科学知识的基石。

但假如"果"出现在"因"前呢？"异客"是怎么在事情发生前就已经完成了应对变形的呢？

这便是"如果我们猜对了，可能会改变人类对世界的认识"的真正含义。他们之前把"异客"视为某种神秘的能量源、永动机，甚至是外星来客、史前异种，但现在这个发现意味着——"异客"的存在远比这些更加重要，也更加本源。

它的不动而动，彻底击穿了因果律。

就在大家都像刘佩一样痴痴然满脑子乱转时，意外发生了。

每秒拍二十万帧的摄像机运转功率惊人，每次只能运转数秒。尽管有严格的限制，但机器运转时依然会产生惊人的高热，所以需要强力风冷让热量散出。否则，热量一旦在机器里累积，设备就有起火的危险。

如果不是首次使用，他们不至于忽略了这点，舱内有加压循环装置，降低一些温度，控制一下湿度，也就没事儿了。

但是，他们没有经验。

实验室潮湿的空气携带着"异客"释放的 β 辐射，摄像机的强力风冷扇带来极大的空气流速，转眼就让摄像机的绝缘外壳积累了超量的静电。

就在所有人盯着回放影像，生怕看漏了一帧时，一道橙色的电弧向摇臂闪过。摄像机还没起火，摇臂的结构支撑点却因电弧而融化了，原本从上面垂下的摇臂变了形，整个朝前倾倒下去。

前面的显示器是用电缆吊在实验室中间的，线缆的临时接头被整个扯断，裸露的电缆就窸窸窣窣地朝下面甩了过去。

等听到声音不对，闪着火花的漏电线缆已经打在了"异客"身上。

刘佩和唐援朝的第一想法却不是"糟糕"，而是这次它为什么没有避开？

电缆是连接大型高功率设备的，纯铜线组成半径两厘米的电缆有孩童手臂般粗细，能容纳的峰值电流大得惊人。"异客"与电缆接触处电弧闪烁，一道激波迸发。激波过处的设备开始电流不稳，转瞬之间，数不清的照明灯、显示器、指示灯都混乱地闪烁起来。

忽明忽暗中，刘佩发现"异客"被那道激波照亮了。

唐援朝率先反应过来，"断电！切断实验室的电源！"话音刚落，整座小楼就晃动起来。

小楼可不是一座楼，是在山体边上掏出的一个洞窟。有什么东西拨动了实验室的岩体结构，让小楼整个颤抖起来……

"关闭实验室！"唐援朝果断下令，"所有人撤退！你！"他一把抓住刘佩的衣服，"你先走！马上！"

刘佩愣了一下，马上反应过来，也不争辩，点点头转身就往外跑。听到命令的众人给他让开一条路，之后也跟了上去。虽然实验室里明灭不定，墙壁地面晃动不息，但大家的撤退秩序井然。"唐工！快走！"

"我殿后！"唐援朝叫道，"我负责关闭实验室设备，你们先走！"

这是命令，无人争辩。刘佩冲到大门口，厚实的钢铁密封门紧闭着，他手忙脚乱地拉动开门的开关。

大门嘀了一声，不大的显示器亮了起来。

3.1415……

"册那！"刘佩忍不住骂了一句上海土话。陆续撤退的人员赶了上来，停在他身后半步。他扭头喊道："这东西到底是干什么的！"

"π。"有人回答。

"我知道是 π，我是说……"

刘佩话未讲完，就听门上传来急促的嗡嗡警报声。顺着声音，他望向那块不大的屏幕，屏幕上显示着：

  3.1415926535897932384626433832795028842031720974944594

23078164062862089986280348253421170679821480865132823066470

0938446……

后面的数字变得赤红，整个屏幕的外框都闪烁着红色的警报提示。嗡嗡的警报声随之而起。

"发生了什么？"刘佩焦急地问。

"π的值对不上。"有人回答。"用割圆法计算的圆周率对不上了。"

刘佩有点明白了，脑子里乱哄哄的，抓着门把手用力地拉。门锁得死死的，连穿甲弹都打不开，凭他怎么可能拉得开？

该死。

这时，他脑子里只有一个念头：自己儿子可怎么办？组织上会怎么跟刘子琦解释，刘子琦以后怎么办？

咔嗒一声，屏幕上赤红的结果清空了。机器时隔十秒，重启计算。

  3.1415926535897932384626433832795028841971693993751055

82097494459230781640628620899862803482534211706798214808651

32823066470938446……

嘀。

门开了。

第二十三章　秀　龙

薛晶病得突然，在医院里躺了两天。第一天还动个胳膊都困难，一口气昏昏沉沉睡了二十多个小时，第二天醒来就好了很多，指标也正常了不少，力气也有了，但医生却不肯放他出院，"搞不清楚病因，还需要观察一下。"薛晶心里嘀咕：要是让你们搞清楚了病因，我说不定这辈子都是小白鼠，更出不了院了。

虽然医生和父母都瞒着自己，但他还是知道了"急性白血病"。不过，他并没放在心上。"急性"嘛，来得快去得快，又猜到了为什么会犯病，他觉得自己跟死应该完全不沾边。只是这么一来，"超能力"就不能用了，这才是让他真正伤心的事情。

第二天有了精神，医生却不让随意活动，他只能在病床上发呆。医院又没有电视，一点娱乐都没有。老妈倒是给他把课本带来了，语数外，一样不落，但薛晶实在看不下去。他随意翻开课本支在腿上做做样子，脑袋里想起了游戏画面，两只手还假装起游戏机手柄来。主角自然是自己，左手拿着魔杖，右手装着激光枪，身上穿着黄金圣衣，带着一堆黑龙往敌人的恶魔城里猛冲。

为什么没人做便携的游戏机呢？他想，不是俄罗斯方块那种黑白的游戏机，是像超级任天堂、世嘉土星那样能换卡的游戏机，做成便携的。每天有多少人躺在床上没事做，要是有了这样的机器，那能赚多少钱啊。怎么就没人做呢？

想到这里他来了兴致，拿过床头的纸笔在作业本上画起来。屏幕肯定要用彩色液晶的，下面是手柄。但这样的话，屏幕就只有机器一半大了，画面好小。

有了，屏幕和手柄可以折叠，不用的时候屏幕可以收起来，这样减小体积好携带，而屏幕也等于放大了一倍。

薛晶望着草图看了会儿。要是下面也有屏幕，那画面不是就更大了？他画起第三张图，把下面的手柄按钮挪到了两边，在中间空出来的地方画了个屏幕。对了，听说现在已经有触摸屏幕了？要是用触摸屏，手柄按钮都不需要了！

第四张图上便是一个上下都是屏幕的翻盖机器。薛晶发觉图上只有两个框，看不懂是什么，只好写些备注来说明。字还没写完，他又想到，既然上下都是屏幕了，为什么还非要分开？直接做成一个完整的触摸屏幕呀！他疑惑了一会儿，突然反应过来：嗨，傻了，这不是为了让体积变小好携带吗？

那为什么非要是上下两块呢？要是有折叠屏幕，或者能卷起来的屏幕，那不就可以弄得好大好大……咦？如果光是为了屏幕大，可以用投影仪啊。假如有小的投影仪可以投到墙上，那游戏机就可以是一个手柄、一个投影仪……哦，不行，走在外面没有墙呢。

对了。眼镜！眼镜就是显示器，那眼前整个都是屏幕，那就是超级大了！没有比这个更大的了。薛晶兴奋地翻了一页空白纸，迫不及待地想要画出来。他先画了个棍子一样的人，带着漆黑的眼镜，手上拿着手柄，一根手柄线连在眼镜上。仔仔细细画完，他自己先忍不住笑出声来：这哪是什么游戏机，分明是一个盲人在摸盲文。

要是真能做出便携的游戏机，那世界上多少人会抢着买啊。薛晶想着，说不定一天就能赚几个亿，还是美元……

他盯着这张纸胡思乱想，不由得嘿嘿笑出声来。他爸正守在病床的床脚边，听见他笑，抬起头来问道："怎么一边看书还一边傻笑啊？写什么呢？有好好看书吗？"

昨天病重，顾不得别的，今天看他好了许多，当父亲的又担心他学习上会不会落后。说着就走上前来。薛晶吓得马上把本子翻到空白之处，所有的游戏机设计稿都盖了起来，然后假意胡写了些数字，装作在算什么题。他爸见状，知道儿子躲自己，也觉得自己这样没趣得很，摇摇头走开了。

这一来，薛晶也失了兴致。自己的得意之作不能给父母看见，可要是给王瑞他们几个看，王瑞肯定会问："你知道触摸液晶屏要多少钱吗？眼镜显示器技术只在实验室里有，至少几百万。你这东西卖给谁去啊，比尔·盖茨才买得起吧。"这一想就更没意思，也没继续琢磨的心情了。无事可做，他百无聊赖地在本子上又随手乱画了一会儿，便觉得困了，索性睡了过去。

正睡得迷迷糊糊，就听见妈妈的声音："大师，就是这边。就这个病房。您先看看……"他也没醒，好像听见一声："阿弥陀佛……"

等他一睁眼，就看到一个身披灰袍布衣的圆脸光头，正站在自己床头，吓得他一激灵，整个人都坐了起来，"爸！妈！"

"小施主醒了。"这人说。

薛晶的妈妈连忙抓住儿子的手，"我们都在呢。儿子，跟大师问好。"

薛晶这才看清，这人是个和尚。头顶烫着香疤，脖子挂着佛珠，手上执礼，口宣佛号："阿弥陀佛，小施主不碍事的。"他愣了一会儿，这才想起，昨天妈妈一直念叨"是不是撞邪了，要不要请人来看看"。厂医院管得不严，加上这病房也没有别的病人，薛晶妈妈还就真找了个和尚，来帮他"看看"。

薛晶的姥爷、姥姥都是信佛的，家里日常设着香案，自小耳濡目染，别说妈妈，就连他自己也多少信点儿。薛晶在病床上恭恭敬敬地双手合十。

"这是上寺的大师，轻易不出来帮人看的。"他妈妈说，"还是我们一家常去烧香礼佛，这才破了例。大师，你看看我儿子这气色，不是有什么东西作祟吧？"

大师若有所思地看了看薛晶，开口道："这个嘛……医生现在怎么说？"

"就是医生说不知道怎么回事。只说现在看起来好像稳定了，应该没什么大事。大师，依你看，是怎么回事啊？"

"嗯……嗯……"和尚点了点头，"医生看得也不差。还算不是乱说。你儿子呢，是命有此劫……"

"啊？什么劫？"

"你别急。治病不救命，你儿子命有此劫数，本来是不容易化解的。但你爸妈都是结了善缘的，这是因果报应，福泽子孙，本来的大灾也就化小了。"

"大师，你说我儿子这个劫，是因什么而起啊？"

和尚看了薛晶一眼，年轻人不好糊弄，十几岁尤其浑不憷，"前世因缘，不提也罢。你们也不要乱打听，天机不可泄露。"

"哦哦，罪过罪过。那我儿子是没事儿了吗？"

"也不能说完全没事。要是真没事，又怎么会生病呢？"和尚摇头，掐指算了起来，口中念念有词，过了片刻，"医生看不出这是什么病，这就再正常不过了。医生只治此时病，不懂前世命。小施主，你是不是觉得没有力气啊？"

"现在已经没啥感觉了。"薛晶答。

"那就是之前有感觉，对吧？那现在灾星已退，波澜未平。嗯……"他观察薛晶父母的表情，见二人郑重至极，这才又望向薛晶，见他手里握着笔，本子还放在胸口上，便笑道，"小施主本与文曲有缘……"

"他学习最不行了，一天就知道打游戏。"提起这茬儿，妈妈本能地一阵数落。

"是，小施主'本来应与'文曲有缘，都是这煞星所致，以前才有缘无分……"

这话果然说到了薛晶妈妈的心尖上，她无比关切地问："大师的意思是，我儿子成绩不好也跟这个有关系？"

"那是自然。"大师道，"小施主这一劫若走得好，则一煞退二凶……咦？"正说着，他突然对着那本子一愣，"这是你画的？"说着伸出手指，指在那作业本上。

顺着和尚的手指，薛晶看到纸上随手乱画的图案，自己也是一愣，因为正是那个东西。那东西模样古怪，别人即使见过或许也画不出来，但薛晶当时迷糊，心中纠结，寥寥几笔涂鸦，竟画出了大概的意思来，外形未必准确，但无限重复，大小相叠的分形体轮廓已经出来了。

"啊？这个？我随便画的。"

和尚从他手里拿过作业本，指着图案对薛晶的父母说："两位施主，这可就真是缘分了。你们知道这是什么吗？这是汉王庙当初供奉的秀龙啊。汉王庙好多年前就拆了，小施主随手这么一画，却正是秀龙的模样。这就没什么可说的了，我现在就回去安排，等小施主出了院，就到我们庙里来，我们专门安排下道场……"

接下来是一堆难懂的话，薛晶愣了一会儿，问道："什么……什么秀龙？那是什么东西？跟《天龙八部》有关系吗？"

再想问，大师却只跟他笑，"小施主一家都是有缘人，我们在庙里恭候了。"然后便拉着他母亲出去说了。

这天到了夜里，薛晶的体征数据还真完全稳定了下来，就"出院自行观察"去了。

那神叨叨的大师只给薛晶说了"秀龙"两个字，便把他给吸引住了，回家后立刻给三人打电话。可薛晶自己尚不明白，说给朋友听，另外三人更是听得迷迷糊糊。对于薛晶提供的情报，大家的想法自然各有不同。

王瑞从听到就不信，且不说科不科学，和尚的话一听就是满嘴跑火车。那"秀龙"又是什么东西？难不成庙里和尚真掌握了什么惊天大秘密？但是薛晶大病初愈，自己也不好当面反驳他，何况这时也找不到别的线索。这周不停地折腾，又累又怕，再不济就当散散心吧。

李勇是来者不拒，但也半信半疑，抱着听听也好的心态。

刘子琦的脑子已经挤不下更多东西了，"那个东西""异客"又来个"秀龙",这些到底是一个东西不是?

说到底,只有薛晶诚心诚意地觉得,那庙里真藏着秀龙的秘密。要不怎么和尚一见到那个东西的涂鸦,就能叫出名字呢?

在讨论秀龙的过程中,李勇也把实验室的事情告诉了薛晶,大家你一言我一语地分析着,但感觉电话里实在说不明白,于是约好第二天去庙里当面聊。

汉旺的庙宇不算少,都零落分散于404厂所在的这片山上。山顶的云悟寺算是小小的名刹,庙分三院,由北往南沿山而下按高度称"上寺""中寺""下寺",薛晶母亲请来的和尚就在云悟上寺修行。山腰还有一座船头寺,以形似船头而得名。乡下的寺庙有许多说不清是佛是道,有的更是这殿玉皇大帝,那殿如来佛祖,许是为了孙悟空大闹天宫时方便去请救兵。寻常善男信女们也分不清楚,不过见庙磕头而已。

这一天又是周六,转眼已经过去了一周。上个周六,他们五个人去山上惹来了一堆事情。今早几人一碰面,都有一种恍若隔世的感觉。

十点钟时,薛晶家请了庙里的和尚做道场。道场大小要看金主财力,以及怎么操办。薛晶家是寻常工薪家庭,也没什么外水富贵,只能请几位庙里的和尚小小办一场。薛晶是事主,当然要跟自己的家人同去。其余三人先另行会合,再一起上山。

王瑞一行走了近一个小时,来到庙门前已经十点一刻了。只见庙里烟火缭绕,诵经之声不绝于耳。大殿里,一群和尚一边敲着木鱼,一边叽里呱啦地念着经,也听不出是梵语还是汉语,是普通话还是四川话。

刘子琦和李勇还好,王瑞却很不适应这种场合,一是他不信,二是香烛蜡火熏得他喘不过气。

正殿摆着道场，薛晶家父母、姥姥姥爷都跪在两旁闭目诵经，却没见薛晶的踪影。王瑞他们见不便打扰几位诚心祈愿的长辈，就绕去寺院的门后找了小沙弥。那小沙弥正倚柱发呆，望着正殿里的热闹，探头探脑一脸顽皮。

王瑞问他："这位小师傅，我们是来找同学的，就是……嗯……"他也不知道怎么称呼，指了指薛晶父母，"就是他们儿子。"

"那个小施主啊，"沙弥说，"就在里面跟我们师父说话呢。"他指着一间有青布遮挡的屋子，继续倚门看着热闹，也没有带路的意思。三人走到屋外，正听见薛晶的声音："大师，那个啥灾星，就是你昨天说我画的那个东西吗？"

李勇走在前面，不打招呼便掀帘子进去，另外两人也鱼贯而入。旧式的木屋采光不好，三人定了定神，才看见薛晶坐在堂屋正中，对面是一位慈眉善目的圆脸和尚。这和尚年纪不算轻，似乎接近六十了。这年纪平常看来属于爷爷辈，但跟一般意义上的高僧比就差了点意思。

和尚一身青袍，见三个孩子进来，便率先起身施礼，口持佛号，"阿弥陀佛。"

薛晶叫道："你们也太慢了。"便向和尚引荐，"大师，他们就是我之前说的同学。"

和尚和善地点头，"三位小施主请随便坐。"薛晶连忙介绍："这是庙里的惠岸师父。"

李勇和刘子琦都合十还礼，王瑞却有些排斥，只是一点头。

薛晶招呼说："快过来快过来，"说着抓起放在面前的一块木板，"你们快看，这上面刻的东西。"

李勇接过木板来。那是一块川西地区常见的木雕饰板，两尺见方，旧时富人的房屋、庙宇之类的地方有很多这样的物件。这木板看上去很旧，已经辨不出底色，也不是什么特别名贵的木料，有些开裂。木板上雕着一条龙，雕工也很一般，奇怪的是龙身小，龙首大，这颗头占据了整个画面的一大半，身子和龙爪被挤得奇小无比。龙头上还精刻着繁复的纹饰，那些花纹比龙身龙爪精细太多。正因太过精细，加上年代久远保存不善，那些纹饰都已经皲裂了。

三个人看着这龙头上的花纹，相互递了个眼神，心脏都是狂跳不止。

虽然不是完全一样，但那密密卷积的纹路正像山洞里的那个东西。

不等他们发问，薛晶便对惠岸说："师父你刚才说到哪里了？这块木板是清代的？"

今天薛晶家正砸着钱办道场，惠岸自然比往日更加慈眉善目，"三位小施主坐下说话嘛。这也是跟几位有缘，不知几位小施主打听这东西是要干什么？"

"这个……"薛晶方才一直没跟和尚聊下去。他自然不敢说出实情，乱编倒是会，但又怕编出纰漏跟王瑞他们对不上号，便一直在跟和尚兜圈子。他望向王瑞，让他拿主意。

王瑞最是擅长口胡，张口就来："师父，这是个秘密。我们几个不是参加学校素质教育兴趣小组吗？有个学期作业，要给汉旺镇设计一个徽章，拿去省里参加比赛的。可一直都没有合适的，有天薛晶突然画了这个图，我们都觉得挺好看的，但不知道什么意思。问他怎么想出来的，他也说不清，就说好像在哪儿见过，在哪里他也不记得。这种比赛好烦的。"也亏他编得下去，还露出一脸苦相，好像真的深受困扰，"又要好看，又要有来历，还要结合汉旺历史。不光要画图案，还要写设计思路。所以我们一直在帮他找出处，想要弄清什么意思，这才好写上去，我们甚至还可以发挥发挥……"

薛晶见状，也接过话头一路顺着往下编："我就觉得是在哪儿见过的古迹，他们偏不信。非说是我自己编的。要是得了一等奖，还有五千块钱的奖金呢。"

听到奖金，和尚忽地眼睛一亮，嘴上却说："阿弥陀佛。"

这被王瑞看在眼里，连忙接嘴："要是这东西真有什么文化典故，师父你讲给我们，要是得了奖，我们可以拿出一部分来还愿。"

惠岸虽然心动，但毕竟年长太多，面容整肃淡淡道："小施主说哪里话，施主都是结善缘的人，又喜欢我们这里的历史文化，你们想听我肯定愿意讲了。"

说到这里，他忽然惆怅地叹了口气："这些东西啊，现在都没人关心了。东西也要丢完了，以后就没人晓得啰。"

刘子琦问："那这个东西到底是什么呀？"

惠岸从薛晶手里接过那块木板，说道："这个东西啊，有个名字，叫作秀龙。"

"秀龙？"

"是秀气的秀。不是绣花的绣，也不是铁锈的锈。说起来话就长了。也是你们有缘，现在不要说普通人不晓得，就是在汉旺的庙宇里，恐怕除了我，也没得人知道了。薛小施主可能是以前在我们庙子里看到过，要不就是在船头寺看过，别的地方也没有了。而且船头寺的那些道士，肯定也不明白这是个啥东西。年轻人啊……"

和尚年纪大了，说话絮叨，王瑞生怕他东拉西扯没完，忙问："这个东西是庙里才有的？"

"是。"惠岸轻轻摸着那颗龙头,"唉,这木板呐,其实刻得不对。听我师父说,但凡往上刻龙的都是不对的,都是清朝的师父根据名字胡猜乱刻的。秀龙秀龙嘛,就刻了一条真龙。可在清代以前,塑像和画里都没有龙,只有龙头上的这个花纹。这个才叫秀龙。只可惜,'文革'的时候破四旧,连菩萨都砸了,好多东西都没了,都看不到了……"

这一听,四个孩子觉得更对了,同时又觉得意外。清朝以后传错了,以前才是对的?那这东西得有多少年历史?

"所以秀龙不是一条龙?"王瑞问。

"说起来就复杂了。要不怎么说有缘呢?"惠岸那苍老的手抚过木雕裂纹,"这个东西,是我师父藏起来传给我的,那时我比你们可大不了好多。"

王瑞他们知道这里面肯定有故事,也不说话,就听和尚讲:"我从小是个孤儿,几岁就被人送到汉王庙出家当和尚。那时候汉王庙里这种东西还多,好多佛像后头都有这个秀龙,有的是雕刻,有的是绘画。那时候也不懂是啥,也就没注意过。

"当了没几年和尚,你们404厂就来了。那时候,我们都不晓得这是要干什么。庙子里不管世事,没人关心那些。突然有一天,师父把我们几个徒弟叫一起,说我们的庙子要拆,这片地国家要征用。

"汉王庙不大,一共也没几个人,又在山腰上,我们当时搞不懂嘛,征用山腰的庙干啥?现在你们都晓得了吧,整座山都用来修你们404了,不是光一个庙子的事情。那时候我们都是些小和尚,连汽车火车都没见过,哪儿想得到。

"这些就不说了嘛。反正有一天庙里来了人,师父跟对方在屋里说了半天话，然后就喊我们进去。进去以后，就看到师父耷拉个眼站在边上，来的那个人给我们讲话。大概意思就是：根据国家政策，和尚不是劳动者，属于寄生虫。劳动光荣，寄生可耻。正好庙也要拆了，希望大家听从国家号召，还俗当一名光荣的劳动者。不过国家也有政策，信仰自由，非要当可耻的寄生虫也不是不让，可以去其他庙子里。当时就让我们一个个马上做选择。

"我问师父，师父说，不要管他，看我们自己。我几个师兄弟就都还俗了。我是个孤儿嘛，从小在庙子长大，还俗也没去处。我就想跟着师父走，结果只有我没还俗，继续当和尚。反正没过好久，人就都散了嘛，庙里就剩下我们两个。

"庙要拆，但一时还没拆。过了两天，师父就把我叫到他面前。明明庙里只有我们两个人，我一进门，师父立刻就说：'把门关了。'"

四个孩子本来也听得专心，听到这句更是连耳朵都竖了起来。

"我把门关好，师父又让我坐。看这阵仗，我也晓得是有重要的事情要吩咐，我就乖乖老老实实坐正。师父多久都没说话，然后才说：'现在徒弟就只剩你一个了。本来你还小，有些事情现在传给你也不合规矩，但是以后，这间汉王庙也没其他人了，合不合规矩也没办法了。'

"啥叫以后没人了？我还没明白过来，师父就从桌上拿了这块木板给我，问我：'你知不知道这是啥？'"

虽然已经看过了，孩子们还是不约而同地低头望向那块木板。

"到了那时，我才第一次晓得了这个东西的名字：秀龙，是秀气的秀，也是刘秀的秀。刘秀你们知道吧？东汉开国皇帝汉光武帝刘秀。汉旺的名字，就是从刘秀那里来的，你们总听过吧？汉旺，东汉从这个地方兴旺起来，所以叫汉旺。汉王庙的汉王，就是指刘秀。"

四个孩子有的点头有的摇头，无论摇头点头，他们对刘秀都没有什么了解，汉光武帝在课本里不过是短短一句话，不像三国里的人物有那么多精彩的故事。他们所知道的刘秀更多是广场上那个很丑的巨大雕像——骑着马，手擎宝剑，面容僵硬。

"刘秀？"王瑞问，"那差不多是两千多年前的事情？"

"对，是有近两千年。我师父说就是从那时传下来的。"

反智之火烧得王瑞焦躁不安，直言反驳道："两千年前哪有佛教哦？我们都学过历史。东汉后期才有佛教流传，到我们四川怕是更晚。你师父肯定是乱说的。"

话一出口，他就意识到这有多难听，于是赶紧找补："可能你师父听来的就不太真……"找补完他又想，师父一定是听师父的师父说的，反倒越描越黑，只好闭嘴了。

惠岸和尚似乎全不在意，笑道："小施主不用不好意思，当年我不懂，后来读了些书，也想到了这点。那我问小施主，刚才我说了，船头寺也有这个秀龙印，船头寺是道观，你知道吧？你说刘秀那时候有没有道教呢？然后，为什么佛道两家的观宇里都有这个秀龙印呢？"

这么一说，王瑞他们就更迷惑了。和尚见状一笑，"依我之见，两千年前汉旺没有佛堂，但却有汉王庙，那时庙里供奉的就是刘秀和秀龙。至于变成道观，还是佛寺，那都是后来的事情。"

和尚说得敞亮，王瑞连忙追问正题："那这个秀龙到底是怎么回事儿啊？那天你师父都给你说了些什么？"

惠岸挥挥手，"扯远了扯远了。我师父说，这个东西叫秀龙。秀龙者，刘秀之龙也……"和尚摇头晃脑起来，似乎是学起几十年前那天师父在他面前拽文的模样，"在秀龙身上，有一个两千年代代相传的秘密。这个秘密本来应该只有汉王庙的主持保守，但以后就只能靠惠岸你一个人了。

"我当时听师父语气古怪，问师父什么叫靠我一个人？师父也不回答，只叫我不要多问，老老实实听着。秀龙的秘密肯定要从刘秀说起。师父就给我说……"因为薛晶他家不算"四川人"，惠岸一直跟他们讲的是普通话，现在回忆起当年就不自觉地换了乡音，"刘秀，就是那个汉光武帝，建立汉朝的。他跟人家项羽打仗打输老（王瑞"嗯？"了一声），剩个光杆儿司令，跑到汉旺山后头来躲起。人家要斩草除根噻，就派大军搜山。这个深山老林，路都莫得，哪里跑得脱嘛？眼看就要给这个娃儿围到了，要抓到起了，突然一哈子，垮嚓一哈，晴天白日里一道闪电打到这娃儿面前，把这个娃儿劈到了。

"你以为他死了哇？没有。人家是真龙天子，咋会给雷劈死呢？他就遇到了这个东西——"惠岸模仿着当年师父的话语和动作，点了点那块木板上龙首的秀龙印，"秀龙。秀龙其实不是龙，这个后头再说。秀龙跟刘秀做了一个交易，就把刘秀救起走啰，本来大军围得严严实实的，就在眼皮子底下，一个大活人，莫得了，不见毬了。"王瑞听这话粗野，心想他那师父也不是什么有德高僧，怕也是个蒙事的。

"追兵搜遍了整座山都莫找到。（王瑞又想，汉旺山这么多，他们能搜完？）后来追兵退了，刘秀又突然冒出来老。这时，刘秀已经得到了秀龙的本事，他就在汉旺重新拉杆子招兵买马，收了张良、萧何、马超、魏延这四员大将，后来就一路打胜仗，在新野火烧七军，兵出祁山，十多年就统一了中国，建立了东汉。你晓得不，这哪儿是刘秀自己的本事，这都是遇到秀龙以后，秀龙给他的能耐。"

前面倒也罢了，后面真的越听越不像话。刘秀的敌人是王莽，倒搞出一个项羽打刘秀来，后面更是前汉、后汉、蜀汉一勺烩，愣把刘邦、刘秀、刘备三位一体成了一个人。汉初三杰的张良、萧何是他祖宗刘邦的人，比刘秀老大约两百岁，三国的马超、魏延则是他不知多少代孙的刘备的人，又比刘秀差不多小了两百岁，关公战秦琼也扯不了这么长的战线。更别说火烧新野跟水淹七军串了频道，出祁山还真遂了武侯之志，统一了全国。虽然三个姓刘的是一家，又都是白手起家最后称孤道寡，颇有些家族血脉的神奇，但也不能揉一块儿都安在刘秀头上……

几个孩子大眼瞪小眼，都不知道该从何说起，王瑞更是想立马告辞走人。这时和尚却转回了普通话，笑道："你们倒是给和尚面子，都没人笑。不是我打诳语，那时我师父就是这么给我说的。现在嘛，咱们都知道这里面漏洞百出，但那时的和尚都是穷人没饭吃了才来当的，不要说历史书，就连评书都没怎么听过。我师父也不知道这里面有几分真假，我当时就更不懂了。

"后来，我出去读了书，又四方云游了些年，这才慢慢知道师父说的都是些啥狗屁不通的东西，但我在全国走了这么多地方，愣是没见哪个庙子里有秀龙印。有一段时间，我就把这些东西都忘得差不多了。"惠岸的回忆仿佛有些苦涩，他慢慢摇了摇头，端起茶杯喝了口水，"又后来，我考上了佛学院，上了几年学，又读了些书。这时才发觉，事情好像没有那么简单。"

王瑞虽然觉得和尚有些故弄玄虚，但依然被他吸引住了，问道："怎么个没那么简单？"

"刘秀这个人，相当奇怪。首先，他虽然是皇室血脉，但已经是刘邦第九代重孙的旁支了，史书上说他从小务农，也没读过什么书。当时王莽篡汉不是建立新朝，把西汉灭了吗？刘秀还是因为逃难迫不得已才起兵的，最初也没显出多大能耐。奇怪的是，到了地皇四年，刘秀突然豹变，一下算无遗策，战无不胜了。

"然后，不到十二年，他就一统天下了。这只是其一。《后汉书》上说，刘秀'举无过事'，什么意思呢？就是所做决定没有错的。这是神仙也做不到的嘛。三国你们都知道嘛，三国里面把诸葛亮吹得通神，又会借东风，又算准曹操会走华容道，还七擒孟获，摆空城计，简直是神仙。但你知道诸葛亮这个神仙怎么说刘秀的？说他'神略计较，生于天心。故帷幄无他所思，六奇无他所出'。

看到孩子们听文言吃力的样子，和尚解释道："意思是谋略太强了，只有天神的心才能算得这么完美。天下之事没有不在他思考计算中的，所有谋臣属下加起来也比不过他一个人。就是说，诸葛亮觉得自己跟刘秀比，刘秀要是神仙，那孔明撑死了算个普通人。"

四个孩子并没有听过什么刘秀的故事，《后汉书》也没读过，所以前面并没有什么反应，但听到诸葛亮如此称赞刘秀，这才有些明白。惠岸见他们还是没什么具体概念，便举例道：

"你们都知道赤壁之战嘛，赤壁之战是曹操二十万军诈称百万，孙刘联军五万，最后孙刘大败曹操，曹操败走华容道，险些送命。这里面还是靠了诸葛亮借东风、周瑜打黄盖巧施苦肉计，天时地利人和加起来的功劳。最后也不过是五万战胜二十万，可就已经是著名的以少胜多了，对吧？可你们知道刘秀指挥的昆阳之战吗？"

大家都齐齐望着王瑞，王瑞一脸无奈地连连摇头。

"昆阳之战，王莽大军四十二万人，比赤壁之战里的曹操多了一倍。曹操输了至少自己还逃了命嘛，可昆阳大战中，王莽四十二万大军惨败，主帅王寻被刘秀斩杀。这也是以少胜多，你们猜刘秀这边多少人？"

李勇算起了数学，说："十万。"

薛晶猜："十二万。"

刘子琦估了个五万，王瑞本来想敌军翻一倍，那自己不变也是神迹了，也想猜五万。但刘子琦猜过了，他只好咬咬牙，再往小了猜："三万五。"

惠岸和尚一笑，伸出了一个指头。

李勇得意地说："怎么样？我对了吧！按比例嘛……"

"一万。"大和尚说，"昆阳之战，刘秀率军一万，大败王莽四十二万人。"

一时间四人都怔怔发呆，这个数字终于让他们明白了为什么诸葛武侯会说刘秀"神略计较，生于天心"。这哪里是人的本事，这是神能。

秀龙，刘秀之龙的能耐。

刘秀和秀龙的交易。

王瑞初时的不耐烦早就烟消云散，此时突然惊觉，便转头望向李勇。如果刘秀根本不是什么"举无过事"，他只是把自己做错的那个现实涂改掉了呢？除了刘秀，谁也不知道那个他没有成功的现实。

"我读了这些书，才重新想到我师父给我说的秀龙的秘密。说不定师父那些狗屁不通的话里隐藏的秘密反倒是真的。就像他说的那样，刘秀是被秀龙开了天眼的。"

惠岸师父换了声色，有些郑重其事，王瑞听完却不解其意，

"啊？开天眼，开什么天眼？"

大和尚讶道："开天眼你们都不懂了吗？哎哟。"他略感失落，"按你们现在流行的说法叫预言，预知未来。就比如那个1999年世界末日的预言，按老说法，那个诺查丹玛斯就是开了天眼。"

大和尚真是什么都知道。提到诺查丹玛斯，四个孩子俱是一愣。惠岸却以为是他们还没听明白，又解释说："秀龙让刘秀开了天眼，能预知未来。刘秀有这样的本事，那当然什么都不会做错了，当然就'神略计较，生于天心'了。就算没有读过兵书，不懂文韬武略，只要知道未来会发生什么，他当然就'举无过事'了。"

这个与王瑞所想全然不同，但似乎也另有一番道理。他转念一想，不对，"涂改现实"是自己亲眼所见，开天眼是和尚的猜测，两相比较当然是涂改现实更对一些。惠岸见他颦眉沉思，哪知道他在对比自己的亲身遭遇，只当他不信有"开天眼"，便又说："光这么讲你们肯定不信。我这个说法呢，是有史书为证的。"

这话更是稀奇了，李勇一脸的不相信，"这也能有史书为证？别是什么胡编的野史吧？"

"《资治通鉴》，不是野史吧？《资治通鉴》至少有三处记载，刘秀老年时痴迷算卦，叫作'好图谶'。靠算卦决定国事，大臣自然不同意，说不信算卦，他就把人家给流亡了。流亡还是好的，还有人因为不信卦差点被他杀了。史书上说，那人痛哭流涕着求饶才得以赦免。史书上只记大事，大的冲突都这样，大臣有几个敢跟皇帝对着干的？刘秀老了是啥样你想想就知道了。

"把这个细节连上，一切就很蹊跷了嘛。以前打仗的时候'神略计较'，当了皇帝以后又'举无过事'，不仅一手建立后汉，还搞出了光武中兴。可当他老了，突然不务正业，来了个一百八十度大转弯，开始痴迷算卦。你们想想这是为啥呢？"

薛晶不由自主地问："为啥呢？"

"因为秀龙给他的天眼关上了。"虽是猜测两千年前的往事，惠岸却一副尽在掌握的模样，"算卦是干什么的？预测未来。刘秀为啥要算卦？因为他年轻时开天眼的能耐终于耗尽，不能靠自己预知未来了。你想想，他开了一辈子天眼，突然没了，就跟突然瞎了一样，换成你怕不怕？他为了找回天眼的能力，就天天在那儿算卦。"

王瑞一时竟找不到这说法的漏洞，引经据典、人心揣摩得似乎天衣无缝。难道真有这样的可能？最开始还有些难以接受，后来转念一想，他已经亲眼见到秀龙让几个人拥有的其他能力，开天眼似乎并不比别的更荒唐。但秀龙本身到底是什么呢？

事情更复杂了。

他的脑子有万千思绪，只听刘子琦问："大师的师父说的秘密就是这个吗？就是刘秀遇到了秀龙，开了天眼。但这好像不值得搞个庙，还要把这个故事传两千年？这一切跟这个庙又有什么关系？"

"有关系，有关系。"大和尚点头，谈兴很高，"正要说到这里。刘秀当了皇帝以后，没多久就派了兵马回汉旺。回汉旺来干什么，有两个说法。

"第一个说法，是害怕秀龙的龙脉被人发觉。刘秀能遇到秀龙，夺了王莽的天下，那将来别人遇到秀龙，又来夺他的天下怎么办？所以必须把汉旺的秘密封存起来。怎么封存呢？就是把当时这里的所有知情者都杀光。"

四人听得全神贯注，"杀光"二字冒出来，都吓得浑身一激灵。"传说中，修帝王陵墓的工匠都要殉葬嘛。一个道理。但刘秀犯了个错误，他派来的心腹是当年在汉旺跟他一起起兵的义士。这个心腹怎么可能杀光自己的老乡嘛，所以就隐瞒了下来。这件事也才得以流传。"

"不对不对。"王瑞听到这里，突然摇头插话，"这个传说不成立。"

"怎么不成立？"薛晶问，"我觉得挺成立的啊。"

"如果前面说的成立，这个说法就不成立。"王瑞认真看着惠岸和尚，"刚才师傅才说了，刘秀开了天眼，能预知未来，还'举无过事'。这么重要的事情，他怎么可能会犯这种错误？刚当皇帝那会儿他还没老嘛，既然开了天眼，那肯定知道这人会心慈手软啊！这么要紧的事情，他怎么可能犯错？"

"对啊！"这么一说，大家都醒悟过来，连声称是。惠岸没想到王瑞小小年纪，思维竟如此缜密，也是一惊，连连点头，"你说得对。我刚才说了，有两种说法，这种是汉旺镇上普通人流传的说法。还有一种，才是我师父继承下来的说法。"

"什么说法？"

"刘秀跟秀龙做了交易，开了天眼，既然得到了秀龙的力量，就应该完成对秀龙的承诺。秀龙就跟孙悟空一样是被镇在这里的，孙悟空被镇压在五指山下，秀龙也被镇在这龙门山里。按说刘秀做了交易，应该在得了天下后把秀龙放出去。但他没有。

"因为刘秀开了天眼之后，知道了秀龙的真正目的。一旦释放秀龙，它就会冲出龙门山引发天劫。刘秀跟秀龙做了交易以后，这才知道秀龙的真面目。本来秀龙被压在龙门山没法现世，刘秀按交易该当秀龙的帮凶，结果他不仅没有帮秀龙出来，反而派自己的心腹来汉旺，世世代代镇压秀龙，免得它诱发灭世之变。"

说到"天劫灭世"的时候，李勇正含着半口茶，这句话让他一惊，茶水喷出险些没让他呛死。王瑞想要帮他拍打后心，他连忙摆手表示没事。山野传说里，有天劫灭世什么的也是常见，但这会儿却戳中了几人的心事，脸上都纷纷变色。

"灭世？什么灭世？"刘子琦最为紧张，"怎么还有个灭世？"

和尚却不知道他们在怕什么，"你们有没有想过，为什么我们这边的山叫龙门山呢？鱼跃龙门化为龙，如果让秀龙跃出龙门，就会引发天劫。刘秀开了天眼能预知未来，这才知道了将来秀龙会引发灭世大难。所以统一后，他马上派人前来镇压，要世世代代镇住这个秀龙，免得它跃出龙门引发天劫。所以根本就没有灭口的那些事儿，也不知道是怎么传的。那个心腹根据刘秀的指示，在山上修了五间庙，分别镇压秀龙的头、心、爪、腹、尾。汉王庙处在核心位置，以镇龙心，云悟寺上中下三院镇爪、腹、尾，船头寺压龙头。"

王瑞奇道："不是说秀龙不是龙吗？怎么还按龙的样子来布置？"

"这……我只能这么说，我师父就这样告诉我的。这东西又没有史书为证，我只能怎么听来就怎么传了。你们想，这就算是真的，传了两千年，哪儿还搞得清本来实情？"

惠岸哪知这四个孩子就是想要搞清楚"本来实情"。之前说得言之凿凿，他又自有一份庄严相，听起来更让人信服，到了此刻才觉得露了底色。

王瑞心中一沉，说到底也还是乡野荒谈，当不得真。可薛晶听得起劲，连忙追问："五庙镇压五方，汉王庙居中，那汉王庙要被拆了怎么办呢？不就镇不住龙心了？大师，你师父肯定给你传下什么法宝了吧？"说着薛晶眼中闪烁，一把抓过那木板，"莫非就是这个？"

惠岸不由一笑，"小施主玩笑了，又不是《封神演义》，哪来那么多法宝？惭愧得很，并没有那些神奇的宝贝。要真有，我也不在这儿了，各位小施主也听不到我的这些故事了。"众人心想也是，都叹了口气。只听和尚继续说："师父最后给我说：'这些东西你信也好，不信也好，都由你。以后汉王庙的和尚，除了你就莫得别人了，师父不给你说，这些东西就再也莫得人晓得了。反正你记得就是老，给其他人说由你，烂在肚子头也由你。反正也没见哪个真见过秀龙。'然后师父就让我坐直，说：'来，你给这块木板磕九个头。'我就老老实实磕了九个头。磕完以后师父说：'这是你师祖传下来的口诀，我也不晓得有球用。反正莫断在我手里头。你背下来嘛。'"

惠岸已经一把年纪，但三十年前他师父也才不到四十，比他现在年轻，用土话学起师父当时的模样颇有些欢脱，几个孩子都忍俊不禁。听到口诀，几个人都凝神专注起来。就听惠岸念道：

> 时非时，刹那万劫尽。
> 色非色，一念众相生。
> 雷非雷，电转寂灭清。
> 无空无色，四神归一，切切万亿化身。

四个孩子听他念完，都晕头转向。又是时又是空，又是相又是色，像是佛经，却又不是，也不押韵，谁也不明白在说什么。在他们大眼瞪小眼时，惠岸已经摸出桌下的钢笔，从功德簿上裁下一张纸埋头写好，伸手递给了他们。

薛晶接过纸来仔细看了一遍，依旧是不懂，然后又传给别人。几个人大眼瞪小眼地看着，上面每个字都认识，连起来一句话也看不懂。惠岸也不等他们问，就笑说："我也不知道什么意思。不过，你们那个比赛，抄上去就完事儿了。"

"比赛？"李勇完全忘记了"比赛"的谎。

王瑞一拉他，赶忙谢过惠岸师父，他仔仔细细又看了两遍，"雷非雷，电转寂灭清"让他一阵不安。梦里那句"那不是闪电"一下又冒出来，连了上去。他把纸条递给刘子琦，正想发问，却听薛晶说："大师，我想问一下，当时只是汉王庙要拆，您师父把这些东西传给你是什么意思啊？还说什么以后汉王庙除了你就没别人了。不还有你师父吗？他怎么……难道说……"

王瑞心中突然冒出一个想法：难道惠岸的师父殉了庙不成？这念头吓了他一跳，但再往下想，恐怕也只有这个可能了。镇守秀龙两千年的责任，在他师父手上被斩断，连庙都要被夷平。除了以身殉庙，他还能怎样呢？

他瞪大了眼睛望着惠岸。惠岸也不说话，却端起茶碗来，慢慢用盖子撇去茶沫，轻轻吹了吹碗口试试温度，然后喝起茶来。王瑞心跳更快，也端起手边茶杯喝了一口，却觉得茶叶顺着茶汤进了嘴里，一阵不舒服。

"唉……"惠岸叹了口气，又摇了摇头，"第二天我才晓得，我师父那龟儿子还俗了，跑到隔壁镇磷肥厂开拖拉机去了……"

噗！王瑞一口茶水全喷在了李勇身上。原来是这么个"明天汉王庙就剩你一个和尚"。

四个孩子哭笑不得，屋里本来严肃的气氛一扫而空，王瑞自己捶打前胸把呛进气管的茶叶咳出来后，这才问："靠这个口诀，就能镇压秀龙吗？咋镇压？对着秀龙念口诀？"

"这个师父也没说，按理说可能就是这样吧。"

听这话说得模糊，王瑞哭笑不得，"师父，您说的，到底是不是真的啊？"

和尚倒不挑礼，摇头晃脑地说："这种事情，还是那句话，信则有，不信则无。谁说得清呢？你要说我师父说的每句都是真的，我自己都不信。退一步说，就算两千年前真有其事，但靠小小一个汉王庙里的和尚口口相传——这些和尚连佛经上的字都未必能认全——肯定早就面目全非了。

"莫说两千年，就是刚才我给你们讲的，也跟师父对我讲的大不一样。我师父哪里知道什么《后汉书》《资治通鉴》……他给我讲的，又未必不是添油加醋，混进了从茶铺说书先生那里听串了的战国春秋、东汉三国呢？我觉得我加入的史料是对的，删刘邦、刘备删得对，可那一代代传下的和尚，就连那些加张良、萧何、马超、魏延的也未必觉得自己是错的？"

惠岸和尚话说了不少，又抿了口茶润润喉，"乡下传说不就这样吗？话说回来，哪个又真的见过秀龙呢？"

第二十四章　龙　门

不知不觉，大和尚说完乡野荒谈竟已到了正午时分。正殿的诵经祈福也停了，素斋也已经备好，小沙弥过来请师父和几位施主用餐。山庙的素斋别有一番滋味，但几个孩子都吃得心不在焉。

王瑞满脑子里都是秀龙。和尚的故事有几分是真的？再过几个月他就要满十四岁了，早过了大人说什么都会信的年纪，而且惠岸自己也表示拿不准。

饭桌上，薛晶家一直在称赞寺里的斋饭，劝几个孩子多用些，尤其是薛晶，大病初愈，先要少吃肉，多吃养人的素菜，而且用斋饭有功德……几个人轮番变着花样地喋喋不休，王瑞是客，主人说话不能不理，可他心里又有事，赶忙三口两口填饱了肚子下桌。

云悟寺上寺紧邻山巅，王瑞顺着庙墙信步走来，没几步便已身在崖边。山高云低，层层积云被风卷着，势如轻涛朝这边涌过来。

云接悬崖，掩住了脚边的万仞险峰，潮湿的水汽扑面而来，更是寒气逼人。王瑞不敢再往前走，便就站住了。脚下变幻的云海不时透出层峦叠嶂的远山，龙门山近观青翠欲滴，远眺却如云中穿行的墨汁。

过了一会儿，忽然听见背后轻叹："你们这里风景真好。我们那里可没有这么高的山。"说话的当然是刘子琦，王瑞顺嘴答："所以你们那里也没有妖怪啊。"

两人都笑了。刘子琦走到他身旁，"你觉得这个惠岸师父说的，是真的吗？"

"萧何跟马超一起在新野火烧七军吗？"王瑞又想笑又头痛。

刘子琦也笑了，"你知道我说的不是这些，是其他的。"

"你说的其他，具体是指的哪些？"

"我们见到的是秀龙，是一个至少被镇压了两千年的妖怪。"

王瑞的心狂跳了两下。

谁又真的见过秀龙呢？

刘子琦继续说："先不管什么天劫灭世，也不管什么五间庙本来是来镇压它的。先说，你觉得我们在洞里见到的那个东西，就是秀龙吗？"

为什么要问我？我怎么知道？我又不是刘秀。王瑞努了把力，却还是没法回答吃不准的问题。

刘子琦说："你之前见过我爸，其实他也不一直这么忙，一年到头还是能陪我几次。他很喜欢跟我讲一些新知识，有一门数学理论叫分形，是前几年才有的学科。分形的意思就是图形的整体形状跟细节类似，看起来像是一层层的无限重复。秀龙的样子就很分形。这门学科很新，那块木板至少也有一百年了，清朝人哪能懂这么新的数学概念。最早画这个的人，一定是见过它。"

你才多大，你爸就给你讲这个？王瑞心中疑惑，终于说："我们见到的，应该就是秀龙。"

刘子琦往悬崖边走了两步，伸出自己的左手静静地望着，也不说话，脑子里思考着关于秀龙的一切，还有关于父亲的秘密……

周围一时沉默，王瑞犹豫了一会儿，终于开口问："我有个问题，一直想问你。那天从实验室出来我就一直——"

话还没说完，就听山门那边传来一声大叫："你们两个怎么跑到这里来了，不怕摔下去吗？"李勇和薛晶快步走来，只见前者一边走一边说："王瑞你居然敢来这种地方，以前你没这么大胆子吧？"

是吗？王瑞有些诧异，好像真是这样，以前自己会尽量离危险地方远一点。

"怎么办？"薛晶走到旁边，找了块大石头拍了拍灰。那石头大约是被坐得多了，光可鉴人，他一屁股坐下，问："你们说，不会真有1999世界末日吧？"

薛晶什么都信，但他说起世界末日来却是一脸轻松，好像并不当回事儿。李勇都比他认真一些，接着说："不会诺查丹玛斯的预言就是先从我们镇上应验吧？"

王瑞不满道："别胡说八道，你们也要去当和尚吗？满口神叨叨的胡话。"但嘴里这么说，心里却起了波澜，忽然想到：如果世界末日跟想象的不一样呢？万一程凡就是天劫的第一个受害者呢？

"切，人家说正经的呢，怎么就去当和尚了。"李勇说，"到现在程凡还人间蒸发着，音信全无。反倒是我们几个遇到的事情越来越奇怪。本来还以为会有什么高僧帮我们指点迷津，结果好嘛，给我们说，我们遇到了灭世的魔王。什么两千年镇守秀龙，连个法宝都没有，就几句咒语，有屁用啊？"

> 时非时，刹那万劫尽。
> 色非色，一念众相生。
> 雷非雷，电转寂灭清。
> 无空无色，四神归一，切切万亿化身。

"是口诀，不是咒语。"薛晶纠正他。

李勇冷哼一声，"那还不如咒语呢，拿来有什么用啊？"

"肯定有用啊。"薛晶很有些当真。

李勇大摇其头，"肯定有用，那就是不知道该怎么用。"

"行了行了，别闹了。"王瑞笃思半晌，认真道，"我们必须找到秀龙。"

是的，必须找到秀龙。是恐怖大王也罢，是被镇在龙门山、能开人天眼的妖怪也罢，必须重新找到它。

可他生怕谁问自己："找到以后呢？"他心中只有一些模模糊糊的感觉，并没有确切的答案。若程凡还在，他肯定会说："车到山前必有路。"大家听了就不会有什么意见。可同样的话他却说不出口。

李勇耸耸肩，"你说得简单，去哪里找呢？"

大家都陷入了沉默，过了两分钟，刘子琦终于深吸一口气，抬起头来："我知道。"

三个人的目光都盯着他，他像是又被吓住了，等了几秒钟才重新又说一遍："我是说，我可能知道秀龙在哪里。"

王瑞看他的眼神中包含着一种很复杂的情绪，薛晶却惊喜非常，连忙从石头上跳起来，"哪里？快说！"

"你们……我们厂的十二层大楼。"

"你在说什么呀?"王瑞皱着眉头,"十二层大楼?那是总厂办公室啊。"他察觉话里隐含着很可怕的意味。

"你们还记得黄阿婆之前讲的事情吗?"他说,"黄阿婆,她是在抢修重点厂房的时候遇到了地震,然后遇到了异……秀龙,记得吗?还记得阿婆说的重点厂房的位置在哪里吗?"

除了刘子琦,当时谁也没关注这个细节,纷纷摇头。王瑞逆推道:"十二层大楼那边,对吗?"

刘子琦点头,薛晶这才说:"是啊是啊,我好像记得。但这也说明不了什么吧?"

"是,光这个说明不了什么。"刘子琦说,"刚才我去问了惠岸师父,你们知道他说的那个汉王庙在哪里吗?就是那个以前他出家、后来拆掉了、本来应该主镇龙心的位置,你们猜在哪里?"

"十二层大楼?"薛晶问,"难道说,后来黄阿婆他们炸掉拆走的地方,就是惠岸大师出家的汉王庙?"

这么一说,众人都有几分信了。"但是……但是……"李勇连说了两个但是,"这只能证明以前秀龙在那里出现过,不能证明现在的十二层大楼能找到秀龙啊。"

过了足足有一分钟,刘子琦像是松了口气般说:"有些事情,我其实一直想告诉你们。"说着,他掏出那张一直窝在口袋里的纸条,放在大家面前。

孩子们不明所以,都挤了上去,脑袋攒动,围着那张小小的皱巴巴的纸片,上面只有残缺的几行字,每行都不全:

我怀疑用正常的方
对"异客"存在的解释需要回到物理基
双缝干涉的学院派解释是不
至是单电子假

"这是什么鬼?"薛晶问,王瑞盯着"双缝干涉"四个字,其他人则一句也没看懂。

"我从我爸公文包里捞出了这张纸片。"

"捞?"

刘子琦伸出自己的左手,做了一个掏的手势,"之前……我没有说实话,大前天下午你们发现自己异常的时候,我这边不是什么也没发生。"

这时,他终于把那天下午的事情从头到尾告诉了大家——箱子、纸条以及对父亲的怀疑。事情并不复杂,他说话的时候一直低着头,偶尔才敢抬头偷看一眼大家脸色。王瑞的脸色越来越青。虽然没有打断他的话,但刘子琦知道那种表情,大家是在等他说完,等他把所有的理由借口都讲完。

刘子琦想要解释为什么一直不告诉大家。原因很多,他害怕大家发现自己的父亲跟程凡人间蒸发有关系,害怕他们怪罪自己,害怕这里唯一的朋友抛弃自己……

但他什么原因也没说。

"说完了?"王瑞问。他面无表情,但李勇已经脸色发白,"王瑞,有话好好说。"

"我没问你。"王瑞像是换了张脸，面如止水，但让人更加害怕。他跟之前任何时候都不一样，哪怕是那天吵到要绝交，王瑞看起来也一点不吓人，但现在不一样了。"我问刘子琦，你说完了吗？"

刘子琦发现自己不禁有些发抖，"说完了。"

话音刚落，王瑞像出膛子弹一样扑向刘子琦，闷不作声地抡圆左拳揍向他的脸。刘子琦只觉得脑子嗡的一声，险些直接晕死过去，连退了三步才站住。

"你背后是悬崖，你先过来。"王瑞握着拳头，声音还很冷静。

"别打了！"向来脾气火爆的李勇反而站在中间，护手挡住王瑞，"王瑞你正常一点。"薛晶早就呆住了，不知道自己该做什么。

"刘子琦你先过来。"王瑞不理李勇，眼睛只盯着刘子琦。

至少他不是要把我杀死。刘子琦想的竟然是这件事，至少他还知道后面是悬崖。他走了回来，"你打吧。"

"正常一点。"李勇挡在中间。王瑞并不理他，照着脸又是一拳，"为什么不早说？！这种事情为什么不早说？！"

盛怒下，李勇根本拦不住他。连续几拳就这么打上去，刘子琦靠墙缩着，任由王瑞这么打着。他没办法回答这个问题，为什么不早说？"你什么意思啊？你是故意放着程凡等死是吗？说话！"

接连打了四五拳，李勇见他仍然没有住手的意思，这才看准机会从背后锁住王瑞的胳膊，把他往后拖了拖。"好啦！好啦！够了吧！"

"不够！"王瑞吼道，"他为什么不早说？！"

"如果是你，你会说吗？"李勇拼命压制住王瑞，一面问。王瑞比他高大，真发起狠来比他有力气。

"当然会！"王瑞一面挣扎一面叫，"为什么不会?！"

"会个屁！"李勇也火了，"站着说话不腰疼，你他妈怎么永远都是这个样子?"

王瑞本来盛怒之下理智全无，但李勇劈头盖脸一阵骂，倒把他骂愣了。他"嗯?"了一声，挣脱李勇转身问："你说什么?"

李勇的话像机关枪一样快："如果是你，你跟着你爸转学几千公里，到了个人生地不熟的镇上，转学第一周，刚认识的同学就人间蒸发了，见鬼了；老师同学，所有人你都认识不到一周，你身边还没有妈，就只有你爸一个人。然后你发现你爸可能跟这个事情有关系，你咋办? 你他妈会跑去跟刚认识的两天同学说，程凡消失可能跟我亲爹有关系?"

若是冷静下来，王瑞自己也能想明白这些。但这时他怒火中烧，这种重要信息刘子琦居然瞒着大家，王瑞觉得自己被朋友欺骗了、背叛了，"他明明可以早点告诉我们！如果早知道的话……"

"如果早知道你会怎么样?"李勇虽然没有王瑞高，但此刻却仿佛压着他的脸，"他早告诉你，你要去干什么?"

"我们可以去十二层大楼……"

"那周二发觉程凡不见了，我们为什么没有一起去那个山洞?"

王瑞愣了一下，"因为……"他一时说不出原因。

"我们那时候什么都不知道，刘子琦也什么都不知道，即便给你这么一个纸条，又有什么用?"李勇很少这么条理清晰，连他自己都吓了一跳。没有其他的证据，光靠刘子琦那点猜测又能做什么呢? 早说晚说并没多大区别。

王瑞犹豫了一会儿，好像理智上被说服了，但还是不甘心地叫着："但是他不该瞒着我们。"

"得了吧，王瑞。敢说要是你是刘子琦，你不会瞒着我们？"李勇见他已经从狂怒中恢复平静，自己说话也慢了下来。王瑞刚要反驳，李勇有些无奈地笑了，"你当我们第一天认识你啊？你绝对不会。不是我说你，你爸妈不让你下河，你到今天都不会游泳；你爸妈不让你骑自行车，全班就你一个不会的。你这么一个人，现在你告诉我，是你你会讲？我信你的鬼啊！你要是刘子琦的话，我看你到现在都不会说出来！"

这么一说，王瑞才第一次意识到，原来自己是这样的一个人。这让他有些愣神，"我……"

这时，李勇仿佛自顾自地说起话来："其实吧，我们大家都一样。我们是没有办法选择自己父母的。"

这种话不像是李勇会说的，或者说，不像是任何一个这么大的孩子会从嘴里说出来的。脸已经肿了的刘子琦，对这场打斗不知所措的薛晶都抬起头来望着他，尤其是薛晶，像看到一个不认识的人。

"看我干吗？"李勇有点不自在。

"到底发生了啥啊？"薛晶问。李勇突然说出这种话来，一定不是平白无故的。李勇和过去不一样了，很不一样。王瑞也想知道，但那是别人的私事，他不愿主动开口问，但本能地竖起耳朵。

这时，李勇看着刘子琦和王瑞，"都不打了是吧？好了，别这样看着我，好别扭啊。其实也没啥事儿。"

还是薛晶接茬："说呗。"

李勇叹了口气，沉默了一会儿，这才解开自己的衬衣袖扣，把衣袖挽了起来。刚露出小臂就看到一道道乌青的印子，王瑞倒吸一口凉气，不觉转头看了刘子琦一眼，他的两颊也都乌了起来。李勇继续卷袖口，上臂的伤痕很多。

"大人打的?"王瑞心惊。在中国，要找个没挨过打的小孩，恐怕比登天还难。王瑞也是挨打经验丰富，但打孩子是有讲究的，像屁股、大腿这种皮糙肉厚的地方才打，很少有打上半身的。这肯定是一顿昏天黑地的狠揍，不知怎么下得去手。

伤痕不是很新，至少不是昨天的；而且他们几个的血细胞都偏低，愈合起来比正常要慢，李勇身上的伤痕就更吓人。几人看在眼里比血癌还惊心。

"大前天被打的。"李勇解释道，"就我们回家晚了的那天。"

就是去找了黄希静老人，然后差点被掉下来的窗玻璃拍死的那天。之后地震，薛晶进了医院。

"那天我们是回家太晚了。"王瑞回忆起来，怕是有十点过了，"但是……"

他的"但是"没好意思说下去，李勇接着说："回家以后男女混合双打，木头尺子都打断了。"

他说得轻描淡写，居然还自嘲地笑了笑。薛晶同情地说："至于吗? 不就晚回来一会儿吗?"

"我躺在床上，一直都没有睡着。倒不是疼。"他在床上一直在哭，"越想越生气。"人家有电脑，有老师辅导，送去学音乐，给买圣斗士，你们除了打牌就是打我。成绩好，怎么成绩好? 从哪里去成绩好? 我有啥? 我凭啥? "我……"他犹豫了一会儿，"我觉得活着特别没意思，还不如死了算了。"

王瑞说："至于吗?"

李勇忍不住瞪了他一眼，"至于!"那恶狠狠的眼神让王瑞吃了一惊。

　　李勇觉得很孤独，很委屈，但这种话在男生间实在开不了口。关键不是被打，是心里难受，是没有人在乎自己，是爸妈没有道理可讲，那些委屈和孤独都说不出来，说出来只会被打。

　　"然后半夜的时候，就地震了。"李勇孤独地笑，"其实当时我没睡着。我感觉到床在摇。我明白地震了。你们知道我在想啥吗？"

　　没人回答。

　　"我当时就眼睁睁地看着床边的衣柜晃。砸下来把我砸死，就一了百了啦。不是开玩笑，我当时就是这么想的。我动都没动，没站起来，更没跑。"

　　王瑞发现记忆中有前后矛盾的地方，"可早上在学校里，你说全家在外面躲了一晚上啊。"

　　"是啊。"李勇的表情有些微妙，"听我说嘛。我就看着那个衣柜晃来晃去，真就倒下来了。那个衣柜质量也是……但我爸那时候跑了进来，看到柜子倒下来，一下子就扑到我身上。"

　　"啊？然后呢？"薛晶紧张地问，发现李勇眼圈有点红。

　　"哎呀，没啥。被子先滚出来了，柜子就被卡住了，也没压到我。我爸反手就把柜子推回去了。"

　　说到这里，李勇回忆起当时的场景。

　　爸爸一边用砸肿的胳膊顶开柜子，另一个胳膊拼命给自己留出一个三角空间，"勇儿你没……没事儿吧？快快快跑。"

　　他没有动，也没有回答。说不清楚是什么原因。

　　"勇儿没事吧？"妈妈也冲了进来，打开灯，看他瞪着眼睛一动不动，吓得脚一软，啪地坐在地上。李勇这才心软，嘟囔道："老天爷看你们没把我打死，来帮你们了。"

　　他妈妈这才知道他没事儿，连忙站了起来。李勇没穿衣服，挨揍的地方暴露了出来，片片淤青，她这才意识到自己下了多重的手。出乎自己的意料，妈妈哭了起来。

"打那么重干什么?!"她流着泪骂丈夫，"给他个教训就是了，肯定都是你用那么大劲。"

其实两人下起狠手来并没有太大区别，木尺也是妈妈打断的。

"这会儿还说这些。快跑啊!"爸爸说着去拽李勇，李勇却憋着气，躺在床不肯动。爸爸拉了他两下，见他软在床上，一下慌了神。"勇儿，勇儿，你没事儿吧?"想到儿子刚才睁着眼一动不动的样子，这时全身无力，心里认定是自己把儿子打坏了。

李勇发觉父母误会了，有些尴尬，刚想起身，爸爸把他连被子带人一裹，对妈妈叫："扶一下，扶一下!"说着便翻身把儿子背了起来。他已经一米六了，不比父亲矮多少。

"我没事儿。"他这才说，但父母已经不听他的。他爸只穿了一条内裤，背着儿子也不能动弹，光着脚就往外逃。

"其实地震一点都不厉害。"李勇坐在地上对王瑞他们说，"根本不用跑。结果没穿衣服，反而还给搞感冒了。"

父母吵了半天，一面哭一面埋怨把儿子打坏了，骂自己，骂对方，好半天才相信李勇说的"我真没事儿"。

三个人抱头痛哭，裹着一床被子，第二天一家人全都感冒了。

"那天半夜在外面，我问他们，为什么你们非得去打麻将呢?就不能不去吗?"三个人哭了半天，李勇痛哭流涕，终于问出这句一直想问的话。

他以为父母会像电视里那样抱着他保证："我们不去打麻将了。以后再也不去了。回去就把麻将、扑克都扔了。以后你做作业，我们就在旁边看书，一起学习。"

　　谁知妈妈愣了好一会儿，却对他说："其实我们也想不去啊。可是，可是我们忍不住。"

　　李勇沉默了一会儿，看着身边的三个朋友，"我那时才明白，其实大人跟我们都是一样的。我们也知道应该好好学习，不该不写作业，不该贪玩；半夜不睡觉玩电脑、上课看小说、抄别人的作业，谁都知道不好。可一样，都是忍不住的。

　　"然后我突然就想通了。"他说，"他们也跟我们一样。也有错了但偏以为是对的，也有知道不对但还是忍不住的。学生有第一名有第一百名，家长其实也一样。父母总强求我们做我们做不到的事情，好像这是理所当然的，做不到就骂我们：'你看看别人。'其实我们自己也是一样，也总是责怪父母，希望他们做到他们做不到的事情。

　　"他们不肯承认我们做不到，总是说我们不肯努力；我们也不肯承认他们做不到，觉得是他们不爱自己。

　　"其实，我们都没有对方想象中那么好。那天晚上之后我就在想，我爸妈是爱我的，并不比王瑞你爸妈爱你爱得少。但他们没法给我辅导奥赛，没法忍住不打牌，不会存钱给我买电脑。这跟我忍不住上课要说话，数学考试最后一题就是做不出来是一样的。我把这些想法都跟他们说了。"

　　王瑞和薛晶像是完全不认识自己的朋友一样呆呆地盯着他，刘子琦则低下头，若有所思。父亲是爱他的。他理智上当然明白。但他从没这样想过，大人和小孩一样，有些事情虽然明白，但是做不好。

　　"你都给他们说了？"薛晶问，"你爸妈说什么？"

　　"没说什么。"李勇说，"就算他们能同意我的看法，我想将来也不一定能有什么变化吧。我们是没办法选择父母的。我们只能努力不要变成他们，不让他们的问题变成我们的问题。"

这一刻他们意识到，李勇真的变了。其实到了初中，每个人都跟过去不一样，或迟或早，或突然，或缓慢，只是那仿佛永恒不变的朋友和环境让他们忽视了这点。

不管刘子琦的爸爸到底是怎么回事儿，都不要把他的问题变成刘子琦的问题。王瑞在心中暗想。

他们觉得花钱学音乐、绘画是浪费，花在庙里就是正当的。因为他们明明错了，依然觉得自己是对的。但怎样才能让他们明白呢？薛晶想。

李勇摆摆手，"好啦好啦，不说这些了。还是正事儿要紧。嗯，那个秀龙应该在十二层大楼。"他望着王瑞，"我们现在应该怎么办？"

王瑞深吸一口气，走到刘子琦面前，伸出了手。刘子琦还靠墙蹲着，犹豫了一下，握住他的手借力站了起来。王瑞用很小的声音说："你要是想，可以打我一拳。但是不要打脸，打脸会被家长发现的。可以打肚子。"

"等这事完了。"刘子琦回答。

四个人重新围成一个圈，薛晶开口笑着说："今天你们都吃了我的饭，可不能白吃呀，说吧，到底要怎么办？"

"去十二层大楼，找到秀龙，把程凡救出来。"李勇说，"如果秀龙真是恐怖大王，就顺便把秀龙干掉。"

"话是没错。"薛晶说，"问题是具体怎么办？情报太乱了，两位参谋，是不是该梳理一下？"

王瑞低头对身高一米五的薛晶翻了个白眼，"参谋向拿破仑将军汇报。"

"据说，在大约两千年前，刘秀在汉旺这个地方遇到了一个叫秀龙的东西，AKA'异客'。"

"AKA是什么？"

"哎呀，文盲，Also Known As，别名的意思。"

"好好说中文，装什么老外啊。"

"据说刘秀与'异客'做了交易，开了天眼——也就是预知未来的能力。刘秀当了皇帝以后，派人回汉旺修了五个庙来镇压秀龙，因为秀龙的真正目的是灭世。以上都是传说。"

"王瑞你能不能说得不那么啰唆啊？"

"别那么多废话，这里面有些线索要再拉一下，都给我闭嘴好好听着。"

"差不多两千年以后，1965年，我们404开始在这里筹划建厂。这个时候，汉王庙，就是惠岸师父说修来镇压秀龙的五个庙中的主庙被拆了。动手拆庙的，应该就是黄希静奶奶他们。

"根据黄奶奶的说法，当时有苏联专家老米援助建设404厂，而且老米说过一句话，重点地区，就别让女人去干活了。所以老米，说不定修这个厂的时候就可能知道些什么。黄奶奶晚上干活儿时，在原汉王庙的位置遭遇了地震，然后在山洞里看到了秀龙。她碰了秀龙，然后整个世界都变了。苏联领导人变了，中国和苏联也从亲密战友变成了对头。黄奶奶可能也得到了一些特殊能力，但肯定不像刘秀那么厉害，而且她说很快就会消失。我觉得很可能就类似刘子琦那样，能穿墙。"

"为什么？"

"很简单。因为黄奶奶一看到刘子琦手穿门，就相信了我们。说明她见过。"

"哦……"

"然后就是我们，四月三十号以前，薛晶听说山里出现怪事，刘子琦的爸爸也是四月底紧急调来。五月一号，我们五个人就在山里遇到了秀龙。程凡碰了它，两天后，程凡人间蒸发，然后我们各自得到了奇怪的能力——穿墙、涂改现实、分身，还有，呃……脑洞？"

李勇扑哧笑出声来，"脑子里面有洞。"

"我现在满脑子事情，没空来抽你，你先等着。这里面没有预知未来，如果再加上开天眼，那就是五种。这些能力之间有没有什么关系，反正我是想不明白。这些能力使用的时候会产生辐射，用多了会死。不过，幸好一旦停止，恢复得还比较快。"

"双缝干涉……"刘子琦插话。

"哦，对，双缝干涉等一下说，就快提到了。我觉得这些能力肯定跟秀龙的真相有关系。包括辐射，这些能力会不会有什么内在联系？这些能力如果都来自秀龙，那或许是秀龙不同方面的能力？"

"双缝干涉，刘子琦你爸十有八九是在十二层大楼，也就是过去镇压龙心的汉王庙上，做研究秀龙的工作。刘子琦从他爸的秘密公文包里拿来的纸条，上面写了'双缝干涉'几个字。"

薛晶疑惑地瞪大双眼，李勇却面露难色，"别……别再从头扯双缝干涉了。听得我头晕，一点没懂，光听名字胃里就有点恶心。"上次使用能力带来的急性辐射伤害和这个概念牢牢绑在了一起，刻在了他的大脑深处。

"行吧，具体说起来也累。双缝干涉证明几个反常识的事情可能是存在的，比如一个量子可以同时出现在几个不同的地方，做不同的事情。"

"一个打五个？"薛晶眼睛一亮。

"量子的态叠加——就是刚才说同时出现在不同地方的意思——但这种态叠加一被观测就会消失，变成一个唯一的现实。（"坍缩。"刘子琦在一旁补充道。）这一点跟……"

"等一下，什么叫观测？"薛晶问。

"这……"王瑞想了一会儿自觉解释不清，"你就当成看见好了。"

"哦……"薛晶虽然点头，但表情茫然，王瑞知道他不是真明白。但此刻不宜扯远，他赶忙拉了回来，"态叠加的消失，或者说波函数的坍缩……算了你就随便听听吧，我真不知道怎么才能解释清楚……这一点很像李勇说的，他看到很多现实，然后能够把大家送到某个现实里去。但这其实跟'一个打五个'，也就是态叠加矛盾。如果说薛晶的分身是量子态叠加，那为什么没有因为我们看见而发生坍缩？反正我不懂。"

"所以我们两个是磁铁的南北极？"薛晶大胆地说，"叠加侠和坍缩侠……呸，什么破名字。"

"啊？"王瑞从没想过这种类比，"我……不知道……"

李勇嘘了一声，再度看向王瑞，"你先让他说完，不要打断。别回头这货忘了自己要说啥了。"

王瑞重新定了定神。

"我们的能力，这个很关键，但是现在还摸不到什么头绪，只能暂时先不管。不过有一点我觉得很重要，就是使用能力的时候伴随的辐射。"

虽然刚警告了大家不要插话，但李勇还是忍不住小声问："我们还能用这些能力吗？"刚刚在病床上躺了两天的薛晶连连摆手。

王瑞摇头道："别用。会死人的。"

李勇又问："那如果像前两天我救你命那样，不用会死呢？"

王瑞哆嗦了一下，"那就……那就……非用不可的话，还是用吧。"

"我们必须尽快把这件事情了结。"刘子琦说。

王瑞点头说："是啊。"这样匪夷所思的事情对任何人来说责任都太重了，何况一群十四岁的孩子？

"又被你们岔开了。我想说的是，我们当时拿盖格计数器测过，没有测到辐射。贴着皮肤都测不到。但我们确实都受到了辐射伤害，有血液报告作为证据。那说明辐射只可能有一种，β 辐射。"

"β 辐射有什么特别的吗？"薛晶问。

"β 辐射是自由电子。"薛晶和李勇都没有特别反应，只有刘子琦皱起眉头，王瑞继续道，"你们还记得惠岸师父说，刘秀遇到秀龙的时候，看到了什么吗？"

"哦……"薛晶恍然大悟，"天雷！"

"闪电。然后黄奶奶说，她看到一道闪电从地上蹿向天顶。然后薛晶你听到的传闻，是夜里山上出现了金龙。"他犹豫了一会儿，本来不想提到自己的梦，但最后还是加了上去，"然后还有我那个梦，我梦见电话里程凡的声音不停地说'那不是闪电'……"

提到这里，王瑞已经颇有些紧张，一句话里连说了好几个"然后"。连李勇也听得后脊梁发冷，薛晶喃喃念道："'雷非雷，电转寂灭清'。"

"那个口诀。"刘子琦突然意识到什么，"那个口诀！"

"这里面肯定有关系。"王瑞说,"问题是什么关系呢?"他看着大家。四个人面面相觑,过了一会儿,最后还是李勇唉的一声打破了沉默:"四个臭皮匠都是顶不了一个诸葛亮啊,没人知道啊。"

"那怎么办?"王瑞失望地问,"我是想不出来了。"

"我觉得,实在想不出来,就只能走一步看一步了。"刘子琦开了口,他这话已经想了很久,"哪怕没搞明白真相,我们也不能再等了。"

此刻,周围萦绕的层云之下,这龙门山底,隐藏着人们无法想象的东西。

"不能磨蹭了。"李勇点头,"去十二层大楼,找到秀龙,车到山前必有路。"他深吸一口气,看着三个人,"现在,只有我们四个知道发生了什么。我们非去不可。"

刘子琦率先点了头,然后是王瑞,薛晶看了看他们三个,也点头同意。得到了朋友们的认同,李勇露出往日那种天不怕地不怕的笑容,"别忘了,我们还有从秀龙那里偷来的能力,虽然不能乱用,但真到了紧要关头,该用还是得用。"

"齐心合力。"他看着三人,"不管会发生什么。"

王瑞一把握在刘子琦手上,"不管会发生什么。"

薛晶也连忙伸手叠在上面,然后不放心地问:"你们觉得咒语管用吗?"

他掏出收好的纸条,放在大家中间。四人再一次仔细地看着口诀。

时非时,刹那万劫尽。
色非色,一念众相生。

雷非雷，电转寂灭清。

无空无色，四神归一，切切万亿化身。

王瑞笑道："要是到时候实在还想不到办法，就对着秀龙念咒好了。瞎猫碰到死耗子，总要试试啊。都把它背下来吧。"

四人各自念念有词，转眼还真把这个纸条背了下来。等背完，众人商量了一下，做了决定。

刘子琦明早跟踪爸爸刘佩，看他到底去哪里，在十二层大楼的什么地方上班。只要找到他爸，就能找到秀龙。所有人一早做好准备待命，刘子琦随时电话召唤。

计划商定，三人辞别薛晶一家，先行下山。告辞的时候刘子琦躲在厕所，没被人注意到他脸上的淤青。

下到山腰的时候，刘子琦想起什么，取出纸条又看了一遍。看完以后他追上王瑞，把纸条递给了他。

"怎么？"

刘子琦指着纸条上最后一句："你觉得这里面会不会有什么？因为前后少的字太多了，我没查到什么。"

至是单电子假

又是"电子"，却不知道怎么断句。

第二十五章　单电子

当晚回到家以后，王瑞打开了电脑。

这还是自打那天下午他逃学回家，在电脑上见了鬼之后，第一次开电脑。

经过一系列越来越诡异的事情后，几天前的"电脑灵异事件"反而无足轻重了。"见鬼"最经不起往深里推敲，回过头来细想，当自己后面做了诡异的梦，脑海中突然流出新知识后，王瑞意识到："见鬼"可能不是发生在电脑上，而是发生在自己的脑子里。

尽管这么想，但那种恐惧感依然不可抑制地涌上来。他在电脑桌前坐了几分钟，又去把房间门敞到最大，这才敢按开电源。

他爸的声音从客厅传来："电视声音吵不吵你，要不要关小点儿？"

王瑞忙说："没事儿，不用关，不用关。我玩会儿游戏！"

这是他有生以来第一次"假装在打游戏"。

　　……至是单电子假……

　　刘子琦说自己因为不知道怎么断句，去图书馆找了半天资料，一点有价值的信息都没找到。王瑞看了许久判断，"至是"中的"是"应该是动词，那前面可以不管，那"单电子假"或许是某个概念?

　　电脑开机了。王瑞半边屁股虚坐着，戒备真有什么怪事，趁爸妈都在客厅看电视，自己赶紧逃出去。

　　伴随硬盘的嗒嗒声，桌面在屏幕上显现出来，什么也没发生。光盘版的《大英百科全书》就放在手边，他却不敢把目光从屏幕上移开，过了许久，终于还是小心翼翼地拿出D开头的光盘，放进了光驱托盘里。D-单、D-电，无论是哪个，都应该在这张盘里。

　　光驱已经老了，大概是因为读盗版游戏盘太多的缘故，光头性能下降得厉害。光盘进去以后嗡嗡响了半天，也没有自动运行百科全书的界面。机箱共振起来，宛若飞机起降，就在王瑞担心读不出来的时候，期待已久的界面弹了出来：

　　搜索：单电子

　　又是一阵光盘飞转的狂响。事实上，1999年的搜索技术其实根本不能叫"搜索"，最多算是"索引目录"。连模糊查找都没有，更别说智能断句、联想、修正错字、分拆词这些搜索引擎上的基本功能了。加之，《大英百科全书》对电子化的重视程度很低，一个基本的搜索功能弄出来一堆乱七八糟的结果。

　　王瑞是第一次用搜索功能，看着眼前这堆杂乱无章的信息，禁不住嘀咕："这破玩意儿，是给人用的吗？"但说归说，他还是一条条点开看。

翻了十来条不知所云的结果后，"单电子宇宙假设"几个字出现在他眼前。

单电子宇宙假设，由约翰·惠勒在1940年春天打给理查德·费曼的电话中提出。该理论认为，宇宙中的所有电子，以及正电子，实际上是由唯一的电子在时间中正向运动、反向运动造成的。

换言之，宇宙中所有的物质均由此唯一的电子构成，构成这个宇宙的所有电子都只是这个电子的不同运动形态。

王瑞集中精神反复读了几遍，确定自己确实没法读懂。宇宙中的所有电子其实只有一个？所有电子都是这个电子？一个电子怎么可能同时在整个宇宙中分身出……再读一遍：

"该理论认为，宇宙中的所有的电子，以及正电子，实际上是一个唯一的电子在时间中正向运动、反向运动造成的。"宇宙中所有电子其实都是一个电子的分身？

"换而言之，宇宙中所有的物质均由此唯一的电子构成，所有构成这个宇宙的电子都只是这一个电子的不同运动形态。"他想起双缝干涉、态叠加、量子态……它们有关系吗？该死，那些来自神秘脑洞的信息，自己只记得皮毛，根本不懂它真正的意义。王瑞继续硬着头皮往下读，希望之后的信息能给自己一点提示。

"该假设解释了为何宇宙中所有电子都完全一模一样（因为都是唯一的一个）。费曼用数学方法证明了费米子等价于它在时空中反向运动的反粒子……"

他长叹一口气。他知道自己没有看懂，而且是一点也没看懂。数学工具、相关背景知识，自己一点也没掌握。即使脑中的那个神秘信息洞开启，把一切秘密像水一样流出来，他还是没法懂。就像黄奶奶说的一样，需要专家，需要真正的专家，自己真是一点办法都没有。

刘子琦的爸爸就是专家，但是……

他思绪飘忽起来，想起《X档案》，想起《飞碟探索》里的51区，想起《黑衣人》。这是他在书籍、电影、电视剧里接触到的"秘密机构"。另一方面，他从小听说过很多周围的秘密机构的传说，比如风洞，比如九院。这些东西离自己好像很近，但其实又很远，比如据说旁边山里就有导弹基地，但谁也没真去看过。而404厂，自己长大的地方虽然跟这些机构有一些遥远的"亲缘关系"，但毕竟只是一个民用设备厂啊。一个制造汽轮机组的电力设备厂，并不属于军工，也不属于国家机密系统。

但在惠岸师父、黄奶奶相互印证的故事里，可不仅仅是这个样子。

404顿时变得陌生、变得可怕起来。

十二层大楼，404厂的总厂办公室，这个封闭三线世界的心脏。它控制着自己所熟悉的整个404世界的运转。

也许，它所控制的，还不仅是一座深山孤厂这么简单。

明天的计划，是不是太过乱来了？

正胡思乱想，就听电视声音越开越大，吵得自己头痛。他正想喊"爸妈把电视声音关小点儿"，他爸却先说话了："快出来！出事情了！出大事儿了！"

王瑞连忙跑向客厅，只见《新闻联播》的主持人正满腔悲愤地说着：

"北京时间5月8号凌晨，当地时间7号午夜，以美国为首的北约悍然轰炸我国驻南斯拉夫联盟共和国大使馆……

"新华社记者邵云环、光明日报社记者许杏虎、朱颖同志，在北约的野蛮暴行中不幸遇难……"

王瑞盯着电视机说不出话来，满脑子想着：

它想做什么？

第二十六章　墙

会打起来吗?

地处偏远山区的汉旺镇消息闭塞，那时也没有网络之类的信息渠道，小镇居民们通过《新闻联播》得知北约轰炸南联盟大使馆，已经是当天晚上。

5月8号正是周六，这个话题迅速在404厂人的嘴里传开了。

第二天早上七点半，王瑞接到刘子琦的电话，"昨天晚上我爸一夜没回来。"

"大使馆被炸你知道吧?"

"这我怎么可能不知道。"刘子琦没料到王瑞会提这个，按计划，他今天应该跟踪他爸，潜入十二层大楼。没想到的是，刘佩居然整晚没回家，只给他留了一个电话，这一下打乱了他们的安排，"我们现在怎么办啊?"

电话这头王瑞吞吞吐吐地说："你还记得刚转学时，你听到汽笛的时候说过什么吗？"

"我说什么了？"

"你说我们这里是美国的核打击目标。"王瑞道，"你不觉得恐怖大王从天而降，这个预言很像是在说核弹吗？"

这话搁平时，怎么听都是荒诞不经的胡扯，但现在……好在刘子琦不像王瑞那么思绪纷杂，行事更有条理，他说："想这些有什么用？能解决问题吗？我们现在要怎么办？我爸没回来，我现在跟踪谁去？别想那些有的没的。"

他这几句话迅速把王瑞拉了回来，"嗯，我一下也不知道怎么办。还是在迎春门集合吧，我们四个再商量一下。实在不行，就先去十二层大楼再说。"

虽然是周日，但周围的气氛完全不同以往。厂党委已经第一时间把人组织了起来。反对美帝国主义的游行示威还在筹划，文宣部门已经把之前的劳动节标语拆了下来，改为反轰炸暴行、反北约的宣传材料，还有专题报道，以及大使馆被炸的照片……

目前，家属区的普通人都还是当寻常谈资一样围观、喧闹，但肃杀已经在镇上弥漫开来。

不多时，四人在404家属区的大门口——迎春门碰了面。

"他爸没回来，我们就自己溜去十二层大楼呗。先去找了再说。"最后是李勇言简意赅地做了总结，另外三人没有更好的想法，只好同意去了再说。

这让王瑞很是焦虑。

途中，他们路过了镇中央的喷泉广场，刘秀的雕像依然持剑立马站在喷泉中央，四人平生首次细细打量。薛晶双手合十，口中念

念有词："刘秀保佑，秀龙是该你镇压的，你的人事情干得不行，现在我们要去帮你擦屁股。麻烦你保佑大家平安无事，保佑程凡能顺利回来。阿弥陀佛，阿弥陀佛。"

王瑞本能地想要出言讥讽，但今天却没什么力气，甚至也双手合十意思了一下。

不久，他们就像八天前那样，依然从大门进了厂。十二层大楼就矗立前方，他们都不约而同地远远驻足。

这栋大楼如今看来已经不够高了。它并不是很老，是王瑞他们小时候修的，代替了六十年代修的总厂办公楼。八十年代初新修时，十二层已经非常高了，别说汉旺，成都的普通"高楼"也不过五六层。为了完成修建，厂里还专程从成都请了国家级的建筑公司来承建。

大楼四面方正，仿佛一个标准的立方体钉在山腰，外墙蓝白两色多年未粉刷，已经泛黄。

四个初中生远远站着。这栋楼就是404厂的标识，在所有介绍404的宣传封面上都能见到，本厂的人对它再熟悉不过。但其实并没有多少人真进过楼里，知道里面是什么样子。

"那是什么？"李勇眼尖，指着不远处地上的圆筒问。大楼附近的草坪上像长蘑菇一样插着很多圆筒，拳头大小，以前从没见过。薛晶动作最快，跑上前去仔细看了看，上面贴着标签："地震测绘用，请勿移动。"蘑菇状的小圆筒几米几个，铺了很远，直到十二层大楼才没有。

四个人继续前进，可越走越慢，等到了大楼正门还有二十多米的时候，大家再度停了下来。

此刻，这栋大楼的阴影将他们彻底覆盖了。在初夏的白天，透出一丝渗骨的冷来，某种说不出来的味道，某种无法言说的力量，压在每个人的心上。

"好吧，怎么办？"到了再说，也已经到了，王瑞问。

"进去啊，还能怎么办？"李勇说。

王瑞也不客气，"进去之后呢？"

"找秀龙啊。"

"拜托啊大哥，怎么找？"王瑞说，"十二层大楼那么大，我们难道就进去瞎晃？遇到保安怎么办？'你好，叔叔，没事儿，我们就随便每个房间到处看看。要干什么？哦，叔叔，世界要毁灭了你知道吧？啊，别别别，不要把我们抓起来。我们四个中学生没疯，真的没有疯啊……'"

王瑞学得绘声绘色，连李勇都忍不住笑出声来。

刘子琦笑过一阵，问："你们都没进去过吗？"

"幼儿园的时候进去过。"薛晶回忆道，"那时候十二层大楼刚修完，幼儿园老师带我们坐电梯到楼顶看风景……"

"对哦，是有这事儿。"李勇点头。

"好吧，后来呢？"三个人都摇头。

王瑞沉默一阵后说："程凡去过。他爸在十二层大楼上班，我们家长都是别的车间的。"

"所以其实没人知道里面是什么样子，对吧？"刘子琦说，"那我们先进去，先了解一下大楼的基本情况，看看有没有什么可疑的。"

"具体怎么了解呢？"李勇问。

"四个人，一人三层，我们先进去大概看一圈。"刘子琦说，

薛晶赞同道："对，我们毕竟是初中生，只要别露出马脚，大人应该也不会拿我们怎样。"

"如果有人问，你们就说是来找我爸的。"刘子琦说，"你们就说我有急事儿找我爸，但是不知道他到底在哪里上班，也没电话。我爸叫刘佩。"他其实并不愿意用这招，但是这时候非要有点办法才行。

"行！"李勇以拳击掌，"就这么着吧！我去最上面三层。"

"等一下。"王瑞叫了停，"要是你爸知道你来找他，会不会有什么问题？会不会起疑心？"

"起什么疑心？"刘子琦说："他根本不知道我们知道些什么。他压根儿不知道我现在是什么情况。"

王瑞听出他话里暗藏不快，"好，就这样吧。那刘子琦你七至九楼，我四到六楼，薛晶你就……"

"为啥？"薛晶说："我也想去最上面三层。"

"万一被人发现，要跑呢？你病刚好，底楼逃起来快啊。"王瑞解释之后，补充了行动方案的细节，"如果发现可疑的地方，千万不要自己一个人去，先记下来，然后大家一起商量对策，OK？"

"OK！"

"对了。再强调一遍，不到万不得已，千万不要使用能力。"

四个孩子这才进了十二层大楼的大门。大楼入口不远处倒是有个接待台，但周围并没有像是门卫的人，他们这才松了第一口气。薛晶先跟他们分手，三个人进了电梯，然后按照约定，各自去了不同楼层。

王瑞刚踏上四层的楼板，心率就破了百。像间谍，更像做贼，他蹑手蹑脚心惊胆战地走进大厅，没两分钟就发现，大楼里并没什么可看的。

这里就像教师办公室一样，一间连着一间。有的大，有的小，有的上了锁，有的有人名，有的办公室里有人，有的像是将要开会……毫无新鲜可言。

正东张西望，王瑞不小心撞上了一位大叔，大叔刚从卫生间出来，"哎哟"了一声。王瑞吓得不敢动弹，哪知道大叔只是随便地看了他一眼，埋怨道："谁又把小孩儿带来加班？你谁的儿子啊？"

王瑞已经吓傻了，"刘佩，不，不是，我找刘佩叔叔。"

"刘佩？"大叔摇头，"不认识。"也没再刨根问底，径直离开了。

王瑞这才知道，其实根本没啥值得担心的。这里跟其他车间一样，没有太大区别。

此刻，楼下传来喊口号的声音，愤怒之声响彻天际。他从窗户往外看，只见一群安保人员正聚集在大楼后方的空地上游行演练。看来今天的侦查行动不会有太大阻力。王瑞心想。

他胆子大了起来。一气逛完了四楼，又去了五层、六层。只花了十多分钟，三层楼全部走遍。

除了办公室，还是办公室。假如这里有秀龙，那怎么也不是这番模样，就连他爸车间的质量检查站都比这些办公室更像秘密研究所。

他心情复杂地下了一楼，来到会合地点——大楼门前等待。过了一会儿薛晶出现，远远见他就摇头。

"你有看到什么可疑的东西吗？"薛晶先问，"一二三楼什么都没有啊，十二层办公大楼，还真就是一层一层的办公室啊。"

果然都是一样，王瑞顿感头痛，"是啊，只是办公室，什么都没有。等等他们两个吧。"

过了一会儿，李勇也回来了，只见他无奈地耸了耸肩，两人就知道也没有什么结果。

李勇皱着眉头开了口："你们知道我们厂要和日本的三菱重工合资吗？"

"啊？"王瑞从没听说过。

李勇说："楼上三层都是办公室，什么都没有。有个会议室里有人，我就扒着门缝偷偷瞧了一眼。"

"不是说不要一个人冒险吗？"王瑞埋怨。

"哎呀，没事啦。我看到一个日本人，多半就是那个让黄奶奶剃头的日本人。"

"哦？然后呢？"

"他们在里面大声讨论大使馆的事情，会不会影响三菱重工和我们厂一起合资建分厂的计划。"

"我们厂会跟三菱重工合资吗？"薛晶问，"三菱重工不是日本军工企业吗？"

"就是说啊。"李勇也说。

"喂！"王瑞叫道，"这事儿跟我们现在有什么关系吗？"

"没关系啊。"李勇说。

王瑞无奈地叹了口气："拜托，动动脑子。现在什么时候了，关注重点。"

正头痛着，刘子琦回来了。"什么也没发现。我看了那三层，就是正常的写字楼格局，我算了一下空间面积，也没有能藏密室的地方。"

"什么是写字楼？"王瑞问。

忽然被问，刘子琦一愣，"就是……就是办公用的建筑。"

"不就是办公楼吗……"王瑞嘀咕，"所以十二层大楼里，什么都没有?"

难道全都搞错了? 十二层大楼虽然只是一个猜测, 没有证据, 但是所有的线索都指向这里, 不可能只是一个巧合。可为何什么都没有发现呢?

孩子们怔怔地望着面前这栋楼。大楼静静耸立着, 风沿山而来, 密林响起一片沙沙声。王瑞一点想法也没有, 刘子琦、薛晶也都如此。李勇见大家目不转睛地盯着大门, 自己却心不在焉地东张西望着。忽然, 一位身材苗条的大姐姐从门里走了出来。那姐姐大概二十出头, 年轻貌美, 穿着一身时髦的裹臀短裙, 身体曲线恰如500ml装的可口可乐。只见她走出大门, 倚着外墙从包里摸出香烟, 点着后轻启红唇, 吐出淡淡烟圈。

李勇不知不觉看呆了, 他不由自主地想起《故事会》《法制晚报》里的故事, 李勇推了薛晶一把, 笑指那姐姐:"女秘书……"

薛晶也看到了漂亮姐姐, "女秘书怎么啦? 能带我们去找秀龙吗?"

这句毫无关系的话不知为何让李勇心中一惊, 突然想到了什么。他一把抓住王瑞, "啊啊"了两声, 指着那女子, "女秘书! 女秘书!"

"女秘书? 女秘书又怎么了?"王瑞不解其意。

"女秘书啊!"李勇为自己记起的事情激动起来, 可半天也没找到合适的词, "就是那个, 那个女秘书啊。"

"哪个?"

"那个!"李勇叫道, "幽灵干部! 幽灵干部的女秘书! 你们记得吗?"

刘子琦不知所云地看着他们, 可薛晶、王瑞慢慢露出若有所思的表情。

幽灵干部的传说不知道有多少年了，薛晶小学二年级的时候就听说过，还讲给他爸听过。记得他爸爸听完笑道："我上404技校的时候就听过了，那时候还没你呢，而且那时候还不是十二层大楼呢。"

传说是这样的，有一个新来的女秘书，进厂后分配到厂里总部办公大楼，也就是十二层大楼去上班。大楼虽然有十二层，但大家基本只在工作的那一层活动，很少去其他楼层串门，很少有人认识楼里所有人。但女秘书是新来的，又好说话，就让人安排了很多额外的工作，不是自己的事情也不推脱。于是她每天忙得跑上跑下，给上面送文件，给下面通知发福利，什么杂事都有，整栋大楼跑了个遍。

之后，她就注意到一件怪事。她跟几名领导干部在大楼门口和过道见过好几面，但每间办公室里都没这些人。女秘书觉得有点奇怪，就跟同事打听，哪知同事听了这话脸色一下就变了："别打听。以后你看到这些人，也假装没看见。"再问就打死也不说了。

可越不让问，她越想知道，甚至长了心眼留意起来。有一天，她又碰到了其中一位干部，那干部一头白发，一看年纪就很大了。女秘书按捺不住好奇，就偷偷在后面跟着他，看他到底在哪里办公。

她跟着老干部走啊走，越走越觉得不对，怎么这些路她都不认识了呢？这时再看老干部，发现他身上穿的衣服也不对劲，很旧了，是三十多年前的那种老土布劳保服，穿得很旧了，还有补丁。

女秘书知道糟了，但现在回头也找不到路了。这时候，周围的干部也多了起来，有的她觉得眼熟，有的没见过，但都穿得老旧朴素。她只好大着胆子走上前装糊涂："同志，我迷路了，请问去十一楼的电梯在哪里啊？"

一名干部听她问话，转过身来，女秘书觉得这位老干部很慈祥很眼熟，猛地想了起来。她确实见过这位老干部，但见的不是活人。

是遗照！

在进厂培训的录像资料里，有介绍404厂的历史。在讲平山修厂的第一篇章里，出现过这位老人的照片。当年工程建设时牺牲的最高级别领导。

录像里有黑色的相框，照片上是和蔼的笑容。

就跟眼前这位一模一样，一点也没变，一点也没老。

女秘书吓得不敢动弹，领导说："这位小同志以前没见过，刚来吗？以后就不要去什么十一楼了，既然来了，以后就在这里上班嘛。人力处的帮她把手续办了，转过来吧。"

女秘书吓得魂飞魄散，转身就跑，也不知道跑了多久，也不管路不路的，总算是跑了出来，一直跑出十二层大楼的大门口，这才松了口气。她进去的时候还是早上，这时已经是半夜十二点了。她的领导和几名同事一直都在找她，找了一天，都没找到，直到她自己跑了出来。

领导问她怎么回事儿，女秘书支吾了半天，才把自己的经历说出来。领导找来厂里的档案资料，让女秘书看是谁跟她说话。女秘书一眼就认了出来，就跟面前遗像上的人一模一样。

"给你说了别打听，看到了也当没看到，你非不听。好在我们把你全须全尾地找到了，要不真出了事，责任谁担啊？"领导沉声说。

"不过没事儿，你放心。既然找到了你，我这就通知一下人力处，抓紧时间帮你把手续办了，现在就转过去吧。"

从此以后，谁也没见过那个女秘书。

听这个传说的时候，他们都还是低年级的小学生，也只有那时候才会相信鬼故事。

"如果这个故事是真的呢？"李勇兴奋地叫道，"如果说，真的有在十二层大楼上班，但没在任何一层上班的干部呢？这些人不是幽灵，只是在一个大家都不知道的秘密地点上班，有没有这种可能？所以才会有这样的传说。肯定是这样的，对吧？"

"如果不在十二层大楼的十二层里，那会在哪里呢？"王瑞问。

"地下！肯定是在地下啊。"李勇说，"电视里各种秘密基地，都是在地下。"

薛晶也想起了那个故事，他也许不是那么聪明，但却有过目不忘的画面记忆力，"我记得，最开始我听到的幽灵干部的故事里有这么一段。"说着他蹲下来，在草坪里拔出一个圆筒。

王瑞急道："唉，干吗？人家测地震的，写着别乱动啊。"

"用一下啦。"他将圆筒上的长钉当作笔，在草地里画起图来，两三笔便凭借记忆勾出一幅平面图，王瑞很快认出这是刚才一楼的道路图。只大概走了一遍，薛晶就记住了准确的空间，而且几笔就勾了出来，清晰明了。这样的本领他从没在别人身上见过。

薛晶说道："女秘书跟着老干部走啊走，穿过大厅，没上电梯，也没上楼梯。"他的手指在平面图上滑行，划过"大厅""电梯""楼梯"。

"女秘书想，这前面我去过，没见过这位同志啊。跟着老干部往前走，一直走到头，才往前拐。"划过"办公区"，一路走到头，直到大楼边缘才拐弯。

"走廊周围的门越来越少，她记得前方已经没路了。但这回跟着老干部，路竟比以前要长，一直在走。"薛晶的手走到了平面图的尽头，停住了，"周围也越看越奇怪……"

"所以这里有个秘道！"李勇叫道。

王瑞听着女秘书跟着鬼走进阴间，这时候只觉身上毛毛的。他咽了下口水，"要不……我们去试试看？"

这时，那位站在门口抽烟的"女秘书"已经不见了踪影。王瑞身上一激灵，大着胆子说："走不走？要去就赶紧！"

"走！"四个人相互壮胆。

一回生两回熟，虽然听着鬼故事，但这次再偷跑进去，却比刚才自在了些，也没那么像做贼了。顺着薛晶刚才画出来的路线，穿过两边都是办公室的走廊，到了尽头，左拐。

之后逐渐变成卫生间、杂物间、风道通道……门的间隔越来越远，最后终于成了一条死路，转眼就到了尽头。

那个年代的建筑有一条什么都没有的死路并不奇怪。因为设计水平和施工能力都不够，建筑往往简单地搞成方方正正。外面整齐了，内部的空间分割利用就只能看情况来，最后剩些犄角旮旯并不稀奇。他们也经常在别的地方见到这样的"死胡同"。

但今天，没人相信这是一条简单的死路。

长长的走廊没有一个工作人员，又处于背阴处，四周没有窗户，虽然是早上，但只有头顶的稀疏灯光照耀着。其他声音被悠长的走廊挡在外面，只有四个孩子的脚步声，显得分外阴森。

走过这个拐角的时候，王瑞不由自主地看向来时的方向，背后走廊太直了，太远了，要是一会儿有什么奇怪的东西出现，这么远的路要跑多久？

"来都来了，就别走了……"李勇走过拐角的时候低声玩笑道，王瑞恨不得捂住他的嘴，"好了，可以了，别说了！"

虽然明知不会有早就死了的老干部在这里徘徊，但他们还是觉得后脊发凉，指尖冰冷。

尽头。

尽头的墙面和大楼所有地方一样，粉刷着灰白涂料的底，地面往上一米涂上了蓝漆。蓝与白是404的厂徽主色调，这个颜色也贯穿了404的所有建筑，从工厂学校到家属楼内墙，无一不是这个颜色。

没路。

"这个位置，"薛晶闭着眼睛想了想，判断着这里的方位，"好像快到山边了。"

"所以如果有密室的话，"刘子琦接着说，"可能根本就不在十二层大楼里，而是在山里面！"

虽然只是猜测，可联想到秀龙出没的山洞和黄奶奶的故事，大家顿时信心大增。学着武侠片里的样子，四人在墙上到处摸索敲打。电影里，密室外总有个机关，有的是书，有的是花瓶，一旋转门就开了。但他们此刻，眼前只有一面光秃秃的墙，连个凸起都没有。

"秘道，秘道……"薛晶嘴里念念有词，"上上下下，左右左右，BABA……"

"你当开《魂斗罗》水下八关，还是调命呢？"王瑞扑哧笑骂。

大家继续瞎戳乱点，十多分钟过去了，薛晶连脚下的地板都踩了一遍，什么也没发现。李勇最先失去耐心，一屁股靠墙坐下，"什么也没有啊。好啦，别试了。"

薛晶紧跟着停了手，王瑞也消停了，只有刘子琦不甘心。他看了看自己的左手，对大家说："我想……"

"不行！"王瑞坚决地摇头。

一阵叹息，又过了两分钟，李勇问："那还等什么呢？回去呗。"

大家无精打采地回头往外走，刚走回拐弯，忽觉脚下传来一阵微微颤抖。

四人立刻扶墙站定，四处张望，薛晶叫道："地震了？是不是又地震了？"

"有点像。"王瑞说，他觉得脚底发麻，但好像又不太对，"等一下，好像不是。"

说话间，他正扶着的墙面动了起来。整整一面混凝土墙，六米来宽，三米多高，开始向上提升。

刚才的颤抖不是地震，是机械拖动数吨重框架结构的声音。"怎么……"薛晶话还没说完，李勇一把捂住他的嘴。刘子琦瞪着墙傻了两秒，连忙示意大家躲起来。

四人往旁边拐角处快步闪过去，挤进一根混凝土柱后面。地方很窄，好在他们还没成年，没有啤酒肚。

那墙体虽大，但抬升起来却寂静无声，只有微微的震动，然后传出一阵混乱的脚步。只听一个声音高喊："直接送去医院，你先把车开出来，在大门口接我们，不要管救护车了，快去！"然后，一个急促的脚步率先冲出，后面紧跟着一串负着重物不太齐整的脚步声。

薛晶小心翼翼地探出头去，王瑞才拉住他，刘子琦又探了出去。

刘子琦慢慢回过头来，双眼怔怔发呆，"那是我爸，他好像出事儿了。"

等声音走远，王瑞才敢问："你说什么？"

"那个人，背的是我爸。他们是说送去医院吗？"刘子琦有些不知所措。

"你……确定？"王瑞又问。

刘子琦点头，"我爸的头歪在那个人的背上，额头上还在流血。"

突然发生的一切让孩子们有点蒙。十二层大楼真有秘密房间。刘子琦的爸爸真是幽灵干部。他现在出事了，要去医院抢救。

"那我们现在……怎么办？"李勇问。他们从柱子后面走了出来，瞠目结舌地盯着旁边这道已经重新降下的墙，刚打开的地方彻底闭合，没有一丝缝隙，但脚印的灰却截断在墙底，隐隐显出半个脚掌。外面传来汽车轮胎的摩擦声，然后呼啸着远去。

"你爸爸怎么了？"王瑞问。

刘子琦脑子有点乱，"我不知道。我只看到一眼，就看到他额头上流血。"

薛晶说："我们是不是该去医院？"

正在刘子琦不知所措之际，王瑞突然觉得背后汗毛倒竖，一股寒意闪电般穿过脊椎，他忙回头。

一个奇怪的东西无声地从地板下穿透出来，慢慢地升起。它与当时在山洞里所见之物全然不同，但王瑞却隐隐又觉得哪里相似。那东西像是藤蔓，又像是宝塔，更像是泡沫一样从地板上冒出来，越升越高，宛若拱出地面的春笋。最初还不及王瑞的膝盖，转瞬便已高过了他的头顶。

王瑞盯着地板，那水磨石地板坚实无缝，他们都还站在上面。可那东西穿过的位置也没什么洞，绝不是异形那样用酸液腐蚀了金属和水泥，仿佛只是静静探出了水面。

他脑内瞬间空白一片，一动不动地呆呆看着。还是李勇见他神色不对，这才循着他的目光望去。那东西直朝四人冲了过来，王瑞更是首当其冲。

李勇大喊："小心！"抢上一步把呆若木鸡的王瑞往旁边猛拽。

这声喊立刻让另外两人有了反应。

王瑞被李勇这一拽，上半身险险避过，但脚却没能躲掉，那东西的卷须正撞上王瑞的脚踝。

伴随着一阵失声惊叫，那东西连鞋带脚淹没过去，然后悄声无息地继续向前。王瑞觉得那脚已经不是自己的了，仿佛已经彻底麻掉，再想动已经不可能了。

刘子琦和薛晶见触手扑向自己，忙向左右两边闪开。它从地上掠过扑个空，转眼又沉了下去，消失了。四人被这突变吓呆，愣了几秒，薛晶指着空空如也的地面，"刚才那是什么鬼？"

"秀龙的须。"王瑞怔怔地说。

李勇见王瑞被接触到，忙问："你没事儿吧？"

王瑞像瘫了一样，费力拖过自己脚："我的脚，我的脚没知觉了。"他试着动了一下，脚踝以下完全不听使唤，险些摔了一跤，还是李勇扶着他才站稳。

"刚才那是什么鬼？"薛晶继续大叫。

李勇瞪他一眼，"王瑞受伤了！"

"那是秀龙。"王瑞说，"你们没看出来吗？"

"秀龙？秀龙有那么大？"

"它……"王瑞抓着自己麻木的腿，想了半天要怎么解释，"它展开了。我们在洞里见到的那个秀龙只是它很小的一部分，甚至只是一个角。它每个部分都和整体一样，可以不断放大……"

"分形体。"刘子琦低声说。

薛晶瞪大眼睛，正要说什么，忽听见刘子琦让大家收声。

走廊里的某个地方又传来轻轻开启的声响。李勇拖着王瑞，四个人再次躲到柱子后面，没一会儿，一串脚步急匆匆朝外去了。

四人不敢作声，又等了足有两分钟，直到外面彻底安静下来，李勇才敢说话："王瑞你没事儿吧?! 你的脚……"

"能动了。"他试着动了一下，虽然不太灵便，一动就酥麻得难受，像蹲太久了一样，但确实重新有了知觉。李勇伏下身，碰了一下他的脚，"啊！啊！别碰！别碰！"他觉得像触电一样古怪。

"秀龙的卷须？"薛晶终于接过刚才的话头，"秀龙不是那么小吗？那东西比秀龙大多了。它是怎么从地板下面直接……"薛晶说着，仿佛自己一脚踏进了蛇窝，想找高处跳上去躲开。

就听刘子琦说："你们不觉得眼熟吗？"他伸出自己的左手，"你们不觉得眼熟吗？"

四个人望着刘子琦的左手，想起了穿门而过的情形。

力不会凭空产生，也不会凭空消失，一切都有源头。所有的能力都是这样。

"我们要想办法进去。"刘子琦一边说，一边蹲下，薛晶和他一起检查起地板来。

"有印子！"薛晶叫道。看是看不太出来，但刚才触手滑过的地方，有一些古怪的痕迹，光滑的水磨石上留下了一丝波纹，仿佛没干之时就遭强风吹过。

王瑞的脚开始恢复，他试着去猜测这是怎么回事儿，但一点线索也没有。他脱下鞋袜，检查了一下自己的脚，并没有发现什么问题。他问刘子琦："那你爸呢？你爸不是去医院了吗。"

"我去了医院又能怎样？"刘子琦说，"我又不是医生。"这话说得古怪，细究道理并无不妥，但却显得不讲人情。王瑞一时不知道该说什么。

"我要用了。"跟之前不一样，刘子琦不是在征求意见，而是单纯地告知朋友。

他伸出左手，回忆起刚才的边框，然后慢慢顺着秘墙的缝隙摸过去。

这时，那只左手像插进沙土似的猛然陷进了墙里。

第二十七章　超　越

自打出了意外，"异客"周围就封闭了起来。

谁也说不清那天的实验结果到底是怎么回事儿。

他们只知道，"异客"的不动之动，彻底击穿了科学赖以成立的因果律。

现在，小楼的办公室里烟雾缭绕。不光唐援朝，好些工作人员都一根接一根地抽起烟来。五八事件、诡异的实验结果，他们盯着之前的实验数据和录像想要找出一个解释，将这一切彻底搞清楚。

小楼本来就不是开放空间，又不能开窗透气，全靠中央换气通风系统。烟大了，味道就散不出去，甚至还有来自别的房间的逆流。其他人心里憋闷就抽烟，可不抽烟的刘佩连气都喘不上来。

刘佩忍不住的时候就会离开小楼，到外面去呼吸一会儿新鲜空气。404厂总部大楼的背面有一片雅致的小树林，可以坐在里面喘口气，呼吸一下带着青草味的风。

只是，每当刘佩走过长长的过道刷卡出门时，他都会回忆起从实验室往外逃的感觉，那种全身发凉的寒意，想起显示器上疯狂跳动的数字。

3.1415926……

π，刘佩只能记住小数点后这么几位。中国人对这个数字有些神秘的迷恋，之前刘子琦在上海读书时还参加过背 π 的比赛，为了帮大家背住这个值，还有人发明了一首打油诗：

> 山巅一寺一壶酒（3.14159），尔乐苦煞吾（26535），把酒吃（897），酒杀尔（932），杀不死（384），遛尔遛死（6264），扇扇刮（338），扇耳吃酒（3279）。

刘佩完全不理解死记硬背一个无理数的意义是什么，对学生能有什么帮助。有一次，刘子琦正兴奋地表演背诵 π，他越听越皱眉头，最后忍不住打断儿子："五毛钱买本常数表就查到的东西，背它干吗？有这精力，还不如多背两首李白的诗。"

但刘佩知道 π 代表着什么。

π，圆周率，圆的周长与它直径的比例，一个无理数。这是数学上的定义。

圆是平面空间中与定点（圆心）距离等于定长（半径）的所有点组成的封闭曲线。这个封闭曲线的长度，也就是圆的周长。

所以，决定 π 的不是几何逻辑，而是空间结构。

空间结构是什么样的，决定了与圆心固定距离的点组成的封闭曲线的实际具体长度，就像是气球的充气程度决定了气球表面上两个点之间的长度。

π 是一个描述我们所在宇宙结构的数学常数，它的名字是数学常数，但却是一个物理世界的结构常量。

π 是一个超越数，理论上任何有限数值都会潜藏在这个无限不循环数之内，它以有限的方式蕴藏了无限的信息。

实验室用 π 作为钢铁大门开关的核对子，这潜藏着一个可怕的隐忧。

如果那个设备不是因为故障出了问题的话，那设计这道门的人所担心的事情可能正在发生。

穿透这个世界的因果律，动摇我们这个世界的结构常量，虽然二者还没真正影响到这个世界，但却暗示它所拥有的可怕能力。

树林里透着微风，四川的阳光稀少，刘佩看向黯淡灰蓝的晴空，斑驳的光透过细长的竹叶织下一片萧瑟的寒意。他意识到，穿透这个世界的因果律和动摇我们这个世界的结构常量或许是一体两面的。你必须超越这个世界，站在这个世界之外，才可能穿透这个世界的基本逻辑。

这意味着什么呢？

刘佩已经搞不清自己连续工作多长时间了，有多久没睡觉了。脑子里晕晕乎乎，吹了一阵风反而头痛起来。他摇摇头，想回小楼办公室去。

路过电梯间时，里面闹哄哄的，多半是楼上某位领导的熊孩子。刘佩头脑昏沉地穿过长廊，刷卡从隐蔽门走回小楼，这时正看到一群人围在桌前大声争吵着什么。

"不行，不管这是什么意思，都不行！"唐工高声叫道。

"只需要几秒时间！不需要接触它，只需要射线……"说话的人叫高尚坤，是做"异客"辐射领域研究的。

唐工斩钉截铁地说:"现在绝对不行!我知道你觉得这个发现很重要……"

"我觉得很重要?这光是我觉得的事儿?我……"

高尚坤竟比自己强硬得多,眼看就要以下犯上打起来,刘佩在哪儿也没见过这样的争执,忙走上前去问:"什么情况?怎么啦?"

高尚坤转头看向他,脸色骤变,燃起一股邪火来,"原来是刘专家!你的实验做得好啊,整个实验室都给搞封闭了。现在我们的正经事不让做,你说怎么办?"

怎么还扯上自己了呢?刘佩正一脸茫然,对方一把从唐援朝手上抢过几张纸,甩在他脸上,"现在不准我近距辐射采样,你来告诉我怎么办!"

"高尚坤!"唐援朝叫道,"够了!"

刘佩不明所以,也顾不得两眼喷火、恨不得吃了自己的高尚坤,他抓起在空中乱飞的纸张看了起来。

这是一份 β 射线数据分析报告,射线源是"异客"。从发现"异客"开始,它就一直持续稳定地在释放 β 射线,所以从最开始他们就一直在做"异客"的 β 射线分析。

β 射线,也就是高能自由电子束,通常来自不稳定放射性元素的衰变,不是什么特别罕见的辐射,穿透力很一般,对生物的伤害也不强,一张薄纸就能挡住。刘佩一目十行地看着报告,可半天也没找到到底是什么东西让高尚坤同志激动成这样,恨不得要吃了自己。

高尚坤见他半天找不到重点,轻蔑又焦急地吼道:"看电子量!看我们从'异客'阴极射线分离出来的高能电子的基本电荷电量!"

刘佩翻到了一堆电荷电量分离实验的数据，有张表里显示着一大堆受辐射浮尘微粒电荷电量的数据：

以此计算，来自该射线源的电荷最小公约数为 -0.611×10^{-19} 库仑。

-0.611×10^{-19} 上有一个大大的红圈，旁边还潦草地写着"基本电荷电量?"字样。

"我不懂。"刘佩很干脆地回答，"什么意思?"

高尚坤气得破口大骂："白痴!"他连哼哼了几口气，大约是平静了一点，"一个电子的带电量是多少? 基本电荷电量是多少?"

电子是自然界的最少带电基本单位，世间所有电量都是电子电量的整数倍，所以电子的带电量也被称为电荷电量。

刘佩并不生气，平静地回答："e啊。"电荷电量作为一个基本单位标称为e。

"废话! e的数值是多少?"

"这我怎么记得?"刘佩看着报告，开始隐隐明白什么情况了，"你是说……"

高尚坤并不接他的话，自顾自恨恨地叫道："e，电子电量，也就是电荷电量，也就是我们世界最小基本电量，是 -1.602×10^{-19} 库仑!"

刘佩盯着报告上那个 "-0.611×10^{-19} 库仑" 的值。比电荷电量小? 怎么可能?

高尚坤继续恶狠狠地叫着："原子理论认为基本电荷不可再分，但夸克理论认为一个带电强子是由带电的下型夸克和上型夸克组成。其中，下型夸克的电量是三分之一的基本负电荷，上型夸克的电量是三分之二的基本正电荷。这是我们所有微观物理模型里唯一比基本电荷更小的电荷数据。你用小学数学算一下，报告上这个值是我们基本电荷值的三分之一，或者三分之二吗？"

顾不得高尚坤的愤怒和粗口，刘佩看了一眼这个数据。不是基本电荷的值，不是基本电荷值的三分之一，也不是三分之二。

报告上的值：-0.611×10^{-19}

正常基本电荷值：-1.602×10^{-19}

没有任何肉眼可见的比例关系，而且要比基本电荷值e小很多。

不管是夸克模型还是弦论，都不支持这种带电量跟基本电荷数不零不整的物质的存在。这就像一台黑白显示器上无论如何也不该显出一个彩色的鹦鹉一样。

这个宇宙中，不该存在任何一个这种带电量数据的基本粒子，至少在现有的物理学体系里是不应该存在的。

"我必须进去重新测一遍！"高尚坤对着唐援朝大叫。

"不行！"唐援朝断然回绝，"我不是科盲，不用你给我科普这项数据的重要性。实验室关闭了，任何人不得进出，不得接触'异客'，这是死命令，不会因为任何原因改变！"

"我不怕死！"高尚坤朗声道，"就算进去了出不来也无所谓，我必须把这个数据拿到手！唐工！给我一次机会！你连他都给了机会！"他指的自然是刘佩。

一向菩萨脾气的唐工也火了，"我才不管你小子死不死！你以为真出了事儿是你一个人吗？说不定是这座山，整个镇。你也明白这个数据是什么意思，真出了事说不定是整个地球一起！"

他们对吼着，刘佩顿时热血上涌，突然间，他感觉除了自己脑血管突突的跳动声，什么都听不见了。

超越我们这个世界之外的另一种东西。

他记起了那个当大家逃离时被蓝色激波照亮的封闭房间。那一瞬间，他好像看到"异客"后面一个硕大无朋的结构被照亮，一直伸出实验室的墙壁，飘忽地穿透坚实的钢板，耐热绝缘工程树脂的夹层，深入岩壁之内。

那景象只在脑海中存在了须臾，随即就被逃亡的慌乱所淹没。那不可能是真的，应该只是自己吓呆后出现的幻觉。

但如果"异客"的物质结构跟我们的物质的底层结构就不同呢？如果它的电磁力基本数值框架就不一样呢？

他惊恐地意识到：也许关闭实验室并没有什么意义。

如果这个报告是真的，那现有物质构成的牢笼根本关不住它。

疲惫，头晕，缺氧，血压骤升。刘佩像根棍子一样直愣愣地朝前栽倒过去。

不对，不光是物质牢笼。是因果的牢笼。

如果它在我们宇宙的因果之外，我们不仅关不住它，我们甚至无法知道它到底在做什么。

这些想法没有任何人知道，因为刘佩已经失去了说话的能力。

第二十八章　龙　变

刘子琦的手穿墙而入，王瑞三人在一旁盯着，大气也不敢出。使用这种力量的感觉古怪得很，像是伸进一锅豆腐里，整只手被黏稠地挤压着，不光是皮肤，整只手都肿胀得仿佛马上就要爆开。

穿透自己筋肉的物体密度、黏稠度各有不同，刘子琦没有 X 光眼，看不透墙，只能通过这种黏稠恶心的触觉去猜测。他摸了好一会儿，才终于开口道："应该是个开关。希望是个门开关吧。上帝保佑，菩萨保佑，刘秀保佑。"

听他口中念念有词，一旁的王瑞初时有些好笑，心想这话要是薛晶说还算正常，与刘子琦相识不久，却不知他也是这样的人。又一想，才明白他祈祷的不光是开关。忽听咔啦一声，刘子琦已经摸到了什么，一拉，却不是暗门打开，反让内外灯一起黑了。

众人吓了一跳，李勇道："好吧，至少不是警报。"

薛晶怕出事，低声叫："快拉回去，快拉回去。"

刘子琦有些手忙脚乱，一阵乱摸，终于把开关重新扳上去，灯再度亮起。

唯恐出事，四人到处张望，幸好没人注意到这里的异常。恐怕是刘佩送医吸引了所有人的注意力。

摸索中，就觉得整个地面微微晃动，刘子琦犹豫了一下，说："这应该跟我没关系吧？"

说话间周围墙壁传来轻响，王瑞扶住柱子，"不是你，是地震。"

"怎么又是地震？"李勇愠道，"怎么老是地震？"不用他说，谁都能想到这地震绝不简单。"快点！"他催促刘子琦。

刘子琦一面答应："知道了，别催。"一面手忙脚乱地乱摸。只得片刻，他停下了手，深吸了一口气，大约是找到了什么按了下去。

嘀的一声，身边的墙壁微不可闻地一颤，终于是找到了。刘子琦这才把那口一直憋着的气喘出来，王瑞生怕墙后有人，低声叫着："后退！"这面墙缓缓地抬了起来。

一条粗砺、如矿坑一样的隧道出现在面前。原始的花岗岩岩块不规则地拱在隧道里，制造出浓重的暗影，仿佛藏着什么东西。整个隧道都没铺水泥，地上的原始岩层石块也只是简单被凿平，仿佛是临时挖出来的。但顶上的钢铁梁架整齐排布着，吊在架上的照灯应该很有历史了，散发出一股老气。隧道往内延伸，放眼望去竟一时看不到尽头，唯有悠远惨白的日光灯在嶙峋的岩壁上照出明暗相间的影子。

四个孩子是为了这处不存在于十二层大楼的秘所而来，但暗门真正出现在自己面前时，都还是看得呆了。传闻归于传闻，自己从小长大的404居然真埋着不为人知的秘密，刘子琦还罢了，三个厂子弟眼直犯呆，一时心头起了无数念头，又是惊疑，又是兴奋，又是恐惧。

"像是煤矿……"李勇脱口而出。就在404厂的边缘，有一座天池煤矿，李勇胆大，曾跟着煤矿的子弟偷偷下过井。此时，他觉得这里跟矿洞有几分相似，只不过黑煤换成了花岗岩。"我们进去吗？"

四人此时都有些胆怯，反倒是王瑞发了话："当然啊，不进去的话，我们来干什么呢？"话说了，人却还没动，"秀龙一定在里面。是神仙是妖怪都得去看看了。"

最后，刘子琦带头往里去，三人跟上。四人进了墙内，王瑞又振动开关，墙重新降下，恢复如初。长长的隧道寂静无声，四名少年只听见自己的心脏不争气地狂跳。

灯光明亮，隧道里回荡着微微的风响，空气闷热潮湿。直道向前没有拐弯，按薛晶当时画的地图，现在大家已经应该来到山腰了。隧道的坡度略有一点向下，但不明显，更不知尽头在何处。薛晶率先打破了沉默："这里面到底有多大？"刚开口，似乎害怕声音传远被听见，他又压低了些，"你们说，会不会这里才是我们厂的真身啊？"

王瑞和刘子琦全神贯注地注意着四周，无暇接话，只有李勇不解地问："什么叫真身？"

"你爸妈就没跟你说过，我们厂修在这里很不科学吗？"薛晶说，"交通不方便，运输又困难，连修厂的土地都是开山开出来的。"

"这有什么啊。"李勇说，"三线工程的厂不都是修在山里头吗？"他隐隐猜到薛晶的意思，但脱口而出的还是从小被灌输的"常识"。

"并非都是如此哦。"薛晶说,"我们电力集团另外两个厂都在城里,不在山里啊。现在想起来不觉得很奇怪吗?如果都是防轰炸,那三座厂都该修在附近啊,为啥光404在这里?"

这么一说,连王瑞都疑心起来。他说的集团是东方电力集团,由三个厂构成,分别生产锅炉、汽轮机、电机。锅炉产生的蒸汽把热能转化为蒸汽动力,汽轮机把蒸汽动力通过电感转化为交流电,电机承担中间的转换和输出功能。这三套设备构成了完整的发电系统,缺一不可,各自的战略地位也是相当。这样想来确实奇怪,为何三个厂里唯独404偏据山区,远了上百里的山路?

薛晶越说声音越小:"而且藏在山里的不都是军工单位吗?我们厂又不是,所以……所以404厂会不会只是掩护伪装……"

王瑞没有答话,李勇说:"太夸张了吧。"谁也不知道李勇说的是猜想太夸张,还是这要是真的就太夸张了?他自己似乎也说不明白。

刘子琦没有接话,而是一指隧道周围凿入花岗岩的钢梁道:"这里也不是新修的,应该很有些年头了。"看似没有发表主观意见,但他短短一句话却比一切揣测都更有分量。

正值惊异之际,隧道的尽头传来了急促的脚步声。四名非法闯入者赶紧闭嘴,往边上一躲,原始的岩石隧道里有的是藏身之处,孩子们缩进去,挤成一团。

刚闪身而入,隧道的灯莫名闪烁起来,一阵刺耳的警报声响彻隧道——

"糟了,我们被发现了!"四人的心突突狂跳。

将晕倒的刘佩紧急送医后,唐援朝把高尚坤狠狠训了一顿。此刻，他正对着"异客"怔怔发呆。

实验室已经关闭，他守在顶层监控室里，通过探头观察"异客"。他们之间隔着十六阶复合隔离层，包括树脂密封层、重铅玻璃黑室，还有那个需要割圆核算和指纹识别的屏蔽门。有这个穹顶形状的隔离层盖着"异客"，理论上连微型氢弹核爆也能隔绝。

监控室里，几名工作人员静静等候着，百无聊赖地盯着屏幕上的数据。

此时，"异客"依然待在岩石上，之前掉落的电缆和摄像设备已经清掉，周围的一切仿佛都与它毫无关系。

这毫无变化的宁静不仅没让唐援朝安心，反而更觉得恐惧。

唐援朝已经在这里守望了三十多年。初到此地时，他尚怀着一股"敢叫日月换新天"的万丈豪情。当年，一支编号404的小型科考队为了给三线机密军工机构选址，为了能在大山深处藏下风洞、导弹基地这些国之重器，踏遍了龙门山脉几乎所有人迹罕至的角落。在那个年代，他们靠人力肩扛手提，拖着笨重的测量设备，筛查分析群山里的磁场、射线、地质……

最开始，谁也没想到会发现"异客"的存在。即使是熟悉乡野传说的本地同志也没想到，秀龙这种东西竟然真的存在。

回想起来，当笨重的探测设备显现无法解释的异常时，当上级不惜炸开一座山也要找到"奇点"时，其真正原因并非为了寻找传说中的秀龙，而是为了确保百公里内其他几个秘密机构的安全。

但真正发现"异客"后，一切都变了。

"异客"蕴含着改变国家面貌的强大力量，蕴含着足以扛起国家脊梁、面对苏修美帝夹击也毫不退却的传奇力量。

然而，就在首次接触的短短十天后，"异客"消失了，一切悄无声息地结束了。他为此失眠了足足半年，直到十多年后还常在梦中惊醒，反复忆起知晓噩耗时的场景。

来汉旺之前，唐援朝就听过刘秀的传说。他不信什么镇压千年的秀龙，但是就像屠呦呦能从《肘后备急方》这种术士偏方里发现青蒿素一样，当见到"异客"后，他就相信某种未知领域的力量一定深藏其中。

就像"物理学的两朵乌云"一样，足以改变整个世界。

1900年，物理学家开尔文男爵表示，物理学大厦已经落成，只要解决了最后两朵乌云，人类就能得到物理世界的全部真理。这两朵乌云是"以太假说"和"黑体辐射"。然而，这两朵小小的乌云却引来了相对论和量子力学的倾盆大雨，几乎把整座物理学大厦冲毁殆尽。随后，相对论带来了核能，核能带来的核武器重构了世界的政治格局，三线建设应运而生，塑造了唐援朝的整个人生。

也许，"异客"带给我们的力量，甚至不逊于曼哈顿工程给美国带来的力量。

刘佩并不知道，他给唐援朝说的那些话，对方早在三十年前就想透了，早想得辗转反侧。

可惜，"异客"的凭空消失把一切都埋进了时光——404工程渐渐隐去，本是障眼法的工厂登上了前台，变成了404厂。

那是1965年的事情了，转眼三十四年。就算是一把百炼利剑，闲置了三十四年，也会钝，也会生锈。他已经老了。当"异客"重现，面对全新的设备、当年无法想象的技术条件，他的眼里却多了好几分恐惧。

那种恐惧，名为力量的失控。

直到5月8号，愤怒压倒了恐惧。

他并不后悔让刘佩放手实验，甚至实验引发的意外也没有让他后悔。唐援朝只是觉得奇怪，说不出来的奇怪。

很多事情太巧了，巧得有些违反常识。突然失灵的机械臂、地震、五八事件、融化的电缆，还有刚才……刘佩看到异常数据后，眼神里明明透露出发现了什么，但还没来不及说就晕了过去，很有可能是急性脑梗。

从医学的角度看，他好几天没有休息加之压力骤升，心脑血管出问题实属正常。但恰恰是这种正常，仿佛是冥冥中的安排，早已写下剧本一般。

唐援朝死死盯着"异客"，思绪渐渐陷入疯狂：有什么在暗处潜伏着，咬动着概率事件的齿轮，把原本不应该，不可能发生的事件一步步往前推，掌管着一切的命运。

这不科学！他的理智奋力疾呼，可心里又忍不住质问"异客"：是你做的吗？如果是，你想做什么？

就在这时，仿佛在回应唐援朝一般，他视野边缘的监控屏幕上跳出了一个红色数据框。他心中一震，正要定睛去看，监控室的警报声响了起来。

"报告！电磁波动异常上升，已经超过警戒线！增速还在变快！"骤变突起，监控室右侧的副研究员声色为之一变，"之前没有出现过这种情况！"

"慌什么！"唐援朝沉声断喝，稳住局面，"继续观察……"

话音未落，另一边又传开急报："顶上零点到四点的天穹区域 β 射线激增！"

"电磁交变已经开始引发感生电流，监控设备数据异常波动失真！"

"β辐射仍在升高。屏蔽装置已经到达临界值……唐工，信号消失，检测器烧毁！"

"感生交变电流电路过载，三号到五号……还有八号区域检测器全部失去信号！"

不到十秒时间，各种数据感应器纷纷中断，监控屏幕上一片赤红。唐援朝如坠冰窟，眼下连摄像机都断线了，所有依赖电线传输数据的设备也尽数烧毁。

发生了什么？

"光纤！"他灵机一动，"光纤影像呢？"

好在预埋了光纤，那是玻璃，不会因为电感和辐射烧毁。影像组马上动手，几秒钟后，实验室的情况重新出现在屏幕上。

画面出现的刹那，所有人都倒吸一口凉气。

一道光从"异客"的躯体里分裂出来。分形体本来就盘卷着无数卷须，现在这些卷须犹如缓缓展开的绒羽。所谓"分形"，指的正是整体和局部的无限近似，分形体卷曲伸展而出，内里淡蓝边缘明黄的羽状物越来越大，显出层层无限堆叠的内部结构。羽中叠着羽，不知有多少层，无限分形的结构宛若旋涡，给人一种不知道是放大还是缩小的幻觉，无穷无尽地蔓延着。

转眼间，原本只有巴掌大的"异客"已经一人大小，状似妖魅般闪着斑斓的光。唐援朝似乎被无穷的"异客"贴面碾压，整个人都要被它吸进去。唐援朝用力掐了大腿一把，唤醒自己的理智，但周围的工作人员已有不少双目无神，只痴痴地盯着屏幕，叫"异客"夺走了神智。他一把按下手旁的紧急状态按钮，更加刺耳的尖啸报警在整个基地里回响。

这警报声才把那些失神的部下唤醒。此时众人都明白，"异客"

已经失控，转瞬之间情势就要大变，谁也说不清会发生什么。

"唐指挥！"有人叫道，"怎么办？启动销毁程序吗？"

怎么会突然变成这样？不到一个小时，技术负责人晕倒，目标异变。启动销毁程序吗？自己好容易刚下了决心，好容易才有点进展，一旦销毁，自己一生心血便化为乌有，也许这个世界永远没有机会发现"异客"的秘密了。

"唐指挥！"又是一声喊，唐援朝才回过神来。眼见"异客"越来越大，这完全不像是生物，也不像机械，更接近自然奇观。此时间不容发，来不及再犹豫了，唐援朝厉声下令："销毁'异客'！基地二级封闭！"

"几号预案？冷冻，激光还是……"

"二号预案。"唐援朝已经从犹疑中冷静下来，"真空冷冻。"

真理和安全，他知道怎么选。

喇叭里传来基地二级封闭指令："警告，C2以下工作人员全部撤出小楼！这不是演习。C2以下工作人员全部撤出小楼，十分钟内全部撤出小楼！……"伴随着警报，整个基地都亮起了血红色的警报灯。

应急预案的开关是原始的钢丝线拉闸，这种古老的开关不受任何电磁电子问题影响。操作员这才明白其中的深谋远虑，两个中年男人用尽全身力气拉动钢丝绳，加压循环装置迅速抽干空气，将充盈于禁室内壁的急冻剂倾泻出来。

实验室的温度骤降至零下两百五十度，连空气都凝成了固态。室内瞬间一片白灰，什么都看不见了。监控室一片死寂，在这样的低温下，连质子电子的振动都变得微弱起来，物质的绝大部分能量都被夺走，无论是生物，还是机械，没有任何活性保留下来。室内完全密封，这个温度会保持相当一段时间。

唐援朝这才长长叹了口气，待心绪稍微平复后，他开口道："准备接收残余物……"

凝成固体的空气像细沙一样飘然落下。实验禁室内的视野慢慢恢复了。此时，"异客"的表面盖着一层霜，原本的空气凝在了它的表面。忽然，一名工作人员猛地把脸贴近屏幕，失声尖叫："它还在动！"

分形体的诡异外形很能欺骗人脑的视觉系统，本来很难看出它有没有在动。但这时，空气在它表面凝成的霜壳成了参照物，"异客"全当它不存在，从霜壳上穿了过来，继续变大。

零下二百五十度，几乎能令原子停止振动的低温并没有派上用场。

唐援朝来不及去想为什么了，他知道此时已经没有选择。"零级预案。"他面无表情地低声下令，"通知总厂，零级疏散令，即刻生效！"

零级疏散，二十公里内所有人员以最快速度疏散至二十公里外。全镇疏散。同时，基地零级封闭预案解冻，进入预备状态。所谓零级封闭是小楼的绝命状态，一旦启动，小楼内每隔十五米就有一道重钢密封闭门，五分钟内锁死一切。速干混凝土和强化树脂会快速填满这里的每个角落，以免任何东西离开，包括射线和空气。

听到这个命令，所有人心中一沉，旋即明白了自己的命运，反而轻松起来。

"收到！零级疏散令发出。"

"701至704通道，封闭门加压完毕。"

"11至13层，树脂容器启封。"

　　唐援朝不动声色地说："不要紧张，还没到那时候呢。处置兵进入监控室，准备包围周围通道，预备和'异客'正面接触。十六阶复合隔离层还拦在实验禁室外，一层都没坏，这是能挡住小型核弹的。"

　　话是这么说，可真要对隔离层有信心，就不会执行零号预案了。

　　"异客"动了。虽然它之前躲避橡胶、激光时也动过，但那只是微微移动躲避，现在它离开了岩石，蠕动着，向禁室的墙壁靠近。这时，监控室的门打开，荷枪实弹的战士拥了进来，队长报告："应急处置三队集结完毕，请……"唐援朝没空理他，只是摆了摆手。六个战士端起枪，如临大敌地守在门口。

　　禁室就在监控室脚下，透过监控室窗户能看到下面的穿顶，看到那十六阶隔离层。通过穿透隔离层的光纤，摄像机把下面的影像投在屏幕上。"异客"移动到墙壁边上，停住了。

　　接着，它开始往上爬。不是像蠕虫、黏菌那样贴着墙壁移动，而是像游泳一样，轻描淡写地穿进树脂隔离层，朝外部爬行。

　　什么隔离层，什么抵御核弹的终极穿顶，统统没有任何用。它没有撞击，没有发出死光、热射线，而是视若无物地钻了进去。它是一个幽灵。

　　"异客"或者说秀龙，到底是什么？

　　它到底要做什么？

　　没有任何东西能阻止它的行动。

　　没有任何人能阻止它的行动。

　　唐援朝脑子里嗡嗡乱响，本能地下达命令："处置队准备迎敌！"所有人屏息凝视，一动不动地盯着那东西一层层穿过隔离层。像是撩拨了池水一样，实验室的穹顶复合材料被它带得荡漾起来，本来坚硬的固体竟像液体似的微微波动。波动顺着花岗岩和钢梁传来，众人栖身的铁网板也随着抖动，接缝处传来细密碰撞的嗡嗡响。

监视室的操作台已经没用，研究员纷纷退了下来，战士们移步上前，端枪，把他们挡在身后。

第一处卷须从穹顶上穿透出来。

"降下窗户。"唐援朝下令。"唐工，没有窗户隔离的话……"

"隔离？'异客'像是隔离得了的吗？"

当窗户降下去时，"异客"的卷须犹如奇怪的深海植物，从穹顶上蔓生了出来。

"开枪！"一声令下，不光是这个监控室，环绕密室穹顶的一圈房间早就布满了士兵，只听枪声轰鸣，钢铁洪流的子弹倾泻而出，枪口的火舌染黄了眼前一片。

唐援朝用望远镜盯着"异客"，弹片激起的碎片瞬间将其淹没。可在那之前，他看到子弹像穿透气雾一样从"异客"身上透射过去。

他没有说话。一轮弹夹打完，士兵们快速换弹，等待指令。可唐援朝仍然没说话。

"异客"慢慢地升了起来，升在空中。它其实不需要岩石的支撑，固体、液体、气体对它来说没有太大区别。它一直浸润在这些物质里。

唐援朝侧身向前，拉开紧急控制闸，零级封闭方案的三把钥匙已经全部拧开，只需要按下中间的开关，钢门就会快速落下，铅水泥、树脂就会倾泻而出，填满所有的缝隙。

必须按了。

念头丛生之际，他的手已经朝按钮而去。这时，旁边的人一把拽住他的衣服，在他耳边叫道："唐指挥！撤退！不是怕死，封闭已经完全没用了！没用了，唐指挥！"

他这才醒悟过来：是啊，没有用了。别管几级封闭，能挡住的只是人，而不是"异客"。

它从一开始就不属于这个世界。

"你们全都撤吧。"唐援朝道。

"指挥你呢？"

"我得留下。"他说，"其他所有人撤离！马上！这是命令！"在"异客"的神秘力量下，一旦出事，留给自己的时间完全无法预计。

话音刚落，"异客"就有了行动。数条卷须缓缓从它身上展开抛了出来，径直朝周围几个房间而去。转眼间，卷须已经长大到腰般粗细，横扫过钢筋和混凝土，如同手腕抓进果冻，承重几百吨的框架瞬间柔软地变了形。房间里的设备被它抚过，电路短路损坏，火花四溅。

"撤退！"唐援朝大叫，可门还没来得及打开，那粗壮的卷须就横扫了过来。一名战士躲避不及，被那东西飞快掠过前胸，没有一丝迟滞。年轻的士兵立刻颤抖起来，整个人抽筋般蜷缩成了虾状。

再是训练有素，也没见过这样的场面，他身旁的战友惊叫起来，不顾指令朝着"异客"就是一顿扫射。可子弹仅仅穿过卷须，并未伤到它分毫。

"住手！住手！"分队长大喊，枪声这才停了下来。那条卷须也停止了原本的动作，在空中静止不动。

几乎是本能的反应，监控室里所有人都停下了动作。窗户外传来其他房间开火的声音，伴随着尖叫。

分队长打了个手势，指示部下护送唐援朝他们走。门慢慢拉开，所有人都紧盯着"异客"静止的卷须，生怕它突然动作起来。

忽然，门口传来一声脆生生的惊叫："什么鬼！"

李勇和刘子琦站在最前面，王瑞、薛晶跟在身后，四人正站在监控室门口。四个孩子呆呆地看着，连嘴都合不拢。

"我的天！秀龙！"薛晶脱口而出，"这也太大了吧！"

房间里的人做梦也猜不到四个孩子是怎么回事，此刻也顾不得许多，唐援朝愣了两秒，本能地要把孩子赶出危险区。他对孩子们大叫一声："快跑！"转头对战士喊："掩护大家撤退！"

凭空出现的几个孩子反倒让已经吓得半傻的工作人员回了些神，两名壮年研究员先冲了出去，伸手要拉李勇和刘子琦，"你们怎么回事？快跑！"哪知道这两人提防被捕，几乎同时闪身避过，研究员都拉了个空。

"秀龙要冲出龙门山了！"薛晶叫道，"再不阻止它，就要世界末日了！"

唐援朝愣了一下，不由惊疑地问："你们是什么人？"

周围突然安静下来，连"异客"的卷须也静止了。

薛晶胸有成竹地走上前说道："我们是404中学的初中生。我们是来阻止秀龙的。"

所有人都搞不清是什么状况。薛晶接着说："你们快走，接下来的事情交给我们！"

听了这番话，任谁都摸不着头脑。万分危急关头，四个孩子突然出现在这种绝密场所，自称是404中学的初中生，还知道秀龙这个传说中的名字。一系列不可能的事情让唐援朝拿不定主意。

这时李勇一拍胸脯，一面走一面叫道："让开，你们都靠后站。

刘子琦、王瑞，上来啊！"

刘子琦？这名字怎么这么耳熟？唐援朝更迷糊了。

薛晶和李勇信心满满地迎着浮空的秀龙走去，刘子琦和王瑞万分迟疑地跟在他们后面。王瑞低声问："喂，我们该怎么办啊？"

薛晶白了他一眼，"亏你这么聪明，这还不明白。念咒啊！"

"念……念咒？"

李勇点头，"对，念咒。"

众目睽睽之下，薛晶定了定神，挺直了腰板。深入监控室的卷须离他不到两米，可他凛然不惧。

"秀龙啊秀龙，你运气真不好。"他深吸一口气，然后大声念道，"时非时……"

李勇声音洪亮，剑眉凝视秀龙，朗声道："时非时，刹那万劫尽。"

王瑞皱着眉，被薛晶推了一把，才迟疑地加入："色非色，一念众相生。"

四个孩子的声音一齐往下念：

"雷非雷，电转寂灭清。"

秀龙一动不动没有任何反应，既没有退缩，也没有前进。

"无空无色，四神归一，切切万亿化身！"最后一句，薛晶和李勇几乎是吼出来的。按他们的想法，就像港台鬼片里的妖怪一样，咒语念完，秀龙应该怪叫一声逃窜，或者显出原形，然后把吃进肚里的程凡吐出来。

什么也没发生。

"不齐心啊。"薛晶说，"再来一遍！"

四个青春期的初中生正在变声期，鼓足中气以后略带沙哑、略带稚气的声音响亮地喊了出来：

> 时非时，刹那万劫尽！
>
> 色非色，一念众相生！
>
> 雷非雷，电转寂灭清！
>
> 无空无色，四神归一，切切万亿化身！

依然没有反应。薛晶等了一会儿，然后用力挥手，"退散！滚蛋！孽畜，还不显出原形?!"

大约又过了两秒，几道电光忽然从秀龙的核心闪出，扫过实验禁室的周围，巨大的能量在钢筋上化为高温，监视室外墙铁水一样融化下去。四个孩子站立不稳，都跌倒在地。那个雕塑般悬在半空的卷须动了起来，朝王瑞扑过去。

唐援朝暗骂一声"胡闹"，王瑞已经吓得尖叫起来。大人想救他也来不及，只听一声枪响，可子弹穿过"异客"时除了显得黏稠些，没有任何作用。就在唐援朝以为这孩子要送命时，刘子琦一个箭步拦在前面，伸出左手朝卷须一挡。一击之下，这孩子竟没像旁人一样被穿透，而是真正挡了下来。虽然挡住，但巨力传来，刘子琦和王瑞滚地葫芦一样被甩了出去，滚到了唐援朝和身边的战士脚下。

唐援朝再没有犹豫，一把抱起王瑞，身边的战士也架起刘子琦，周围人见状也赶紧抢过薛晶和李勇，齐齐朝外飞奔。

基地开始疯狂震动，碎石落下，墙上的灯拼命闪烁，荧光管亮到极点，砰砰炸开。狂奔撤退的大人们说不出话，只有扛在肩上大头朝下的王瑞生气地对薛晶大叫：

"我不是早说了吗？封建迷信要不得啊！"

第二十九章　父　子

四个孩子机缘巧合间在小楼最混乱的时候闯了进去，若是平日，别说进不去，就算进去也早被警卫兵抓捕，扔进了审讯室。正是由于秀龙的异动，唐援朝和属下混乱中顾不得别的，无辜孩子的性命要紧，先把四人抢了出来。

转眼间，小楼已化作崩塌的火狱，山体里掏出的建筑体崩塌，强大的时变磁场诱发金属产生了感生电流，在导体内部形成涡流发出高热，连钢梁都直接烧融成铁水。转瞬间，小楼准备的一切应对措施都泡汤了，幸而"异客"似乎并没有直接攻击人类的主观意愿。可尽管这样，波及之下，十四名战士、八位研究员还是牺牲在了崩塌和爆炸中。

出逃时只顾着小楼的崩塌，还不知道外面是什么样子，等出了连接通道回到了十二层大楼，他们才看到外面的情形。

山崩地裂，整个龙门山脉都在低鸣，十二层大楼像一根旗杆般左右晃动。电光，无数电光像蚯蚓、像蛇、像龙一样拱出地面，在汉旺小镇里穿行着，朝这里涌来。山下的房子开始崩塌，碎裂，尘埃四起。

孩子们已经吓得目瞪口呆。唐援朝叫道："车呢？先带孩子走！"话音刚落，大楼的一块外墙砸下来，落在外面的大巴车上，硬生生把车砸成了两段。王瑞四人一片尖叫，唐援朝正想带着他们往外跑，恰在这时，十二层大楼的大门入口垮塌下来，封住了去路。

王瑞的那个梦境终于侵入了现实。

薛晶终于接受了咒语无用的事实，冲王瑞大叫："快！快想想办法！"

"想办法？"王瑞失魂落魄地望着这一切，"想什么办法？"

"你们几个到底是怎么回事儿？"唐援朝这才有机会问出这个问题来。

刘子琦反问他："你们那里到底是什么地方？我爸到底是做什么的？"

"你爸？你爸是？"

"我爸叫刘佩。"

唐援朝立刻瞪大了双眼。

王瑞顾不得听他们说些什么，争吵声、尖叫声、山脉的低鸣，合着垮塌崩坏之音汇成巨流。短短几分钟，这座平静的山谷小镇就换上了另一副面孔。这本是美好的初夏，青山绿水合围的小镇在怡人的暖风下奏起籔籔的虫鸣，薄云后的太阳在山谷里投下淡淡的天光，淡雾如纱从山顶淌下，堪比避世清雅的桃花源。可现在，一切都在震颤崩塌，小镇中央刘秀雕像的头断开了，在喷泉里摔得粉碎。

在目光不及的远处，镇子的边缘慢慢卷了起来，朝上，朝下，开始变成一个球。不是肉眼可见的空间卷曲，而是在十的负三十五次方米尺度下，量子潮汐尺度的卷曲。土地、空气、水、人，还有一切的因果都被完美地卷了起来，开始灰飞成彩色的飞沫微粒朝山上而去，化为攒动的电光朝十二层大楼奔流。

王瑞看不到那么远，但只有他知道一切在发生。这里只是起点、源头，震荡波朝外扩散，撩拨起构成这个世界的基本粒子。汉旺－绵竹－德阳－成都－四川－中国－东亚……

粒子开始魔方一样地翻转，改变自己的面孔，原本稳定的地球开始剧烈波动。敏感的观察者认为自己出现了幻觉，眼前的一切出现无数重影。但那不是幻觉，狂躁的量子潮汐正在重构这个世界的底层。

在这波震荡的最源头，王瑞头顶上的楼板砸了下来，在不远处摔个粉碎，整个地面为之一震。王瑞惊叫一声，忽然明白了。

这个宇宙中没有任何东西能阻止秀龙，因为它掌握着比逻辑更基本、更原初的力量。人们甚至没办法察觉和意识到它具体做了什么。

除了和它接触过的人。就像刘秀一样，他们的力量都是秀龙的一部分。

剧变已经吓得李勇、刘子琦他们失了神，只在不停尖叫："怎么办？怎么办？"

怎么办？武器对秀龙毫无作用。就像刘子琦的手，没有任何东西能挡住它。这个世界的规则对它来说不起作用。他们能拿它怎么办呢？

除非，能找到它的弱点，明白它是怎么回事。

但这怎么可能做得到呢？已经没有时间了，大人一直在秘密研究秀龙，也许已经研究了很多年了。如果连专家都没有办法，那仓促之间又怎么能……

不对，不对，不是这样的。

这些专家，这些大人，包括刘子琦的爸爸，他们是无论如何也搞不清秀龙的秘密的。

因为他们根本不知道秀龙的力量，他们没办法察觉秀龙真正做了什么。只有自己、黄奶奶、刘秀这样真正接触过秀龙、得到了它的力量残片、能用秀龙的眼睛来观测的人，才知道秀龙做了什么，知道世界发生了什么变化，现实怎样扭曲。

大人们有知识，但他们看不见秀龙的真正力量。自己能看见秀龙真正的力量，但没有揭破背后本质、找到秀龙秘密和弱点的知识。

怎样才能把两块拼图拼合起来？王瑞身边就是唐援朝，虽然他不知道这人是谁，但也猜到他有举足轻重的地位。在这样的情况下，他们哪有时间建立信任，把事情说清，还要找到办法……

这完全不可能。就算不在这样的生死关头，几个初中生想要跟一个快退休的基地主管说清楚这一切，就算他能信，至少也要几个小时……

自己果然不是一个能拿主意的人。王瑞绝望地想，多虑少决，只能做做参谋，不能做将军。

此刻，他扫过自己的同伴，另外三人都已经吓蒙了，没有人能帮他做决定……

对了！刘子琦！他的目光停在了刘子琦的身上，炙热得仿佛看见最后一根救命稻草。

王瑞一跃而起。有一个办法，能争取到一点时间，找到能相信自己的专家大人，去争取一丝希望。

他一把拉住李勇，见他吓得失魂落魄，连打了他两个响亮的耳光，喊道："李勇！李勇！"两个耳光让李勇回过神来，王瑞抓住他的肩膀，"听着！你得把我们刚才做的所有事情抹掉，听明白了吗？"

混乱之际，李勇哪能立刻明白，"什么，什么意思？"

"把我们刚才做的所有事情抹掉。"王瑞紧盯他的眼睛，"就像那天你抹掉地震一样，把世界线重新抹掉！想办法让我们留在家属区，别去十二层大楼，更没有进到那个密室里。让我们回到家属区！能做到吗？！"

李勇大概明白了一点，"为什么？"

"没空解释了！"震动越来越强，"能不能做到？"

"我不知道……"

"试一下！"

见王瑞面色凝重，李勇也不再多问，"好。我试一下。"

涂改现实并不简单。李勇真正使用力量的次数并不多，上次能抹掉地震也是一时情急，下意识做出的反应。在周围惊心动魄的轰鸣声中，想要把"来十二层大楼"整个事情抹掉，他一时不知道如何下手。

之前自己是怎么做到的，做了些什么，他搞不清楚，一切都模糊难辨。

他想起了刘子琦之前对自己说的话：

"集中注意力，不要多想。"

"就像平常用手拿东西一样，觉得这是理所当然的，然后伸手，就穿过去了。"

不要多想。

怎么找到这种可能性呢？该死，这跟之前不一样，不是地震，不是玻璃砸下来，这是一个非常复杂、非常混乱、几乎不可能的要求，自己怎么才能满足这样的要求？

无数影子冲入李勇的脑海，瞬间就占满了脑容量。必须思考，必须想办法，必须……动脑子……

不行，怎么可能，王瑞他也没有想到呀。他要是想到，就会告诉自己怎么做，他都没有想到，我怎么想得到？一道白墙横亘在他思路的前方。

他望向王瑞，望向刘子琦，甚至是薛晶。没有人能帮自己思考，没有人能代替他使用他的脑和心。

不对，不是不能多想，就是要多想，要拼命地想，用尽自己的力气去想。

李勇深吸一口气，慢慢地闭上了眼睛。不是我要发动超能力，是……是……

他闭着眼睛，想象现实变成无数个影子，飘浮在周围，变成一朵巨大的云。他在里面穿过，寻找……

寻找一种逻辑上的可能，寻找一种把他们四个拦下来，没有离开家属区的可能。在无数影子中寻找一种并没有发生的现实，然后用它替换眼前正在发生的大毁灭！

替换，李勇明白了。关键是替换，不是涂改，不是抹杀，而是替换。寻找另一种现实的可能性。

任何一道题，不管多难，一定跟你学过的知识有关系。首先就要找到那个知识点，找到解题的钥匙。这是王瑞给自己说过无数遍的。

自己见过什么跟王瑞出的题目有关呢？有什么能阻止他们实施本来的计划，把他们堵在迎春门里？

"很多时候，某个知识点看起来好像跟题目没关系，但是你要去想这个点的各种变体、各种可能，让一个原理像种子一样生长，你才能找到题目和知识点之间的关系。"

今天早上，他们离开迎春门前可能发生什么，周围的一切可能会有什么变体？让它们生长……

一颗奇异的种子在李勇心里生长起来，快速撕裂那道仿佛坚不可摧的白墙。他开始动脑子，开始思考，开始妄想，让疯狂的想象找到他要的可能性，然后把妄想化为现实。

一圈微弱的震波在李勇周围慢慢聚拢，只在一瞬间，周围的一切都变了。

"打倒美帝国主义！"一个声音高喊着。

一支长长的队伍齐声呼应："打倒美帝国主义！"

"打倒北约野蛮行径！"

"打倒北约野蛮行径！"

"追查真凶到底！"

"追查真凶到底！"

长长的游行队伍堵住了迎春门。王瑞回过神来，发现大家被拦在宾馆门口，游行警戒线就在身前几尺处，维持秩序的工作人员还在不断散发传单。

一早就开始的游行还没结束。在游行队伍通过前，他们困在家属区没法离开。

李勇在他旁边晃了一晃，差点往前一栽。王瑞忙把他拉住，"你还好吧？"

"刚才……刚才不是做梦吧？"李勇问。

没等王瑞答话，薛晶问："我们刚才，是去了十二层大楼里的秘密基地，对吧？不是做梦吧？"

"到底……到底是怎么回事儿？"刘子琦问。

薛晶又急着问："我们安全了吗？"

李勇摇头。

"没有！"王瑞道，"只是暂时不会死。李勇只是暂时涂改了现实，把我们刚才的行动更换成了另一种可能，让我们没有去十二层大楼。这样一来，秀龙或许不会那么快苏醒。"他朝山上看，看不到厂区大楼，不知道那里是什么情况，但地震还没开始，电光也尚未出现。

"不过，这也推迟不了多久。李勇涂改现实的力量来自秀龙。从秀龙身上偷来的本领，是不可能正面和本体对抗的！我们必须抓紧时间！"

虽然力量有限，他们却成了唯一能够对抗秀龙的人类。游行的队伍愤怒地喊着口号，丝毫不知道更可怕的灾难已经发生。现在，关于异变的记忆只存在于他们四人的脑海中。

话音刚落，李勇觉得颅内一阵剧痛袭来，不由得惨叫出来，双手紧箍住脑袋。

"怎么了？"薛晶问。

李勇只觉眼前的世界忽然闪烁了一下，像一盘录像带没有洗干净，窜出了之前的影像来。他的眼前出现了两团模糊的影子，叠加在一起，冲撞撕扯着。

"它想要改回来！"李勇咬着牙说，"王瑞你要做什么就动作快一点。"

"坚持住。"王瑞一面说，一面抓住刘子琦，"我们现在得去找你爸。"

"找我爸？"刘子琦还没有缓过劲儿来，听了这话心中一阵别扭，但马上明白这不是耍小孩子脾气的时候，"我知道了，去哪里找？"

"医院。"王瑞早想好了，"你爸不是送医院了吗？他现在应该在医院里。要让你爸相信我们，只能靠你。只有让你爸搞清楚秀龙是怎么回事，我们才能找到对付它的方法。"

话虽如此，王瑞却没太大把握。刘子琦此刻身负重任，满心担忧爸爸是否真会相信自己。但他没有推辞，而是咬着嘴唇点了点头。

当游行队伍远去，周围平静了下来，只有中气十足的口号声不时响起，现在谁也说不清那山崩地裂的灾变是否会在几分钟后发生。"快走！"王瑞催促着刘子琦，薛晶搀着李勇，纷纷朝医院跑去。

五脏俱全的家属区里，功能建筑都挤在一起，医院离宾馆很近，他们转眼就跑到了急诊室。那里二十四小时有人值班，患者却不多，值班医生见四个孩子慌慌张张冲进来，以为是玩耍中出了什么意外，连忙问："出什么事儿了？"说话间，他已经认出薛晶来，地震那晚就是他接的诊，连忙起身，"你的病情复发了？"

薛晶连忙摆手，"不不不，不是我。"说着一推刘子琦，"是他爸。刚晕倒送急诊了。"

　　刘子琦没有说话，医生问："你爸叫什么名字？什么原因送来的？"

　　"刘佩。"回答了医生的话，刘子琦对父亲晕倒这事才有了实际的感觉，心里不由紧张起来。

　　只听医生说："啊，是他啊。你爸的同事怎么回事儿？刚才把他送过来，转头就走了，连个陪护的都没有。你是他儿子？快跟我过来。你爸有没有心脑血管病史？"

　　医生边说边起身，领着大家往病房走去，一路上继续询问刘佩的病史：中风、遗传性高血压等等，可刘子琦一问三不知。医生生气地埋怨道："你这儿子怎么当的，怎么什么都不知道？"

　　"那他现在是什么情况？"刘子琦问。

　　"目前情况还好。"医生说，"虽然是急性脑梗——也就是中风——但幸好抢救及时，刚刚已经脱离危险。之后的恢复关键得看过往病史，这样我们才知道后面有多大风险，会不会有什么后遗症问题。唉，本来打算问他家里人，你又不知道，你妈呢？"

　　刘子琦的妈妈在他很小的时候就意外离世了，他不知怎么给医生说，张了张嘴最终没说出话来。医生见状了摇头，"好吧，应该没有瘫痪的风险，但不排除神经受损的可能。"说着到了病房，他推开房门，领着大家进去。只见刘佩穿着病号服，躺在床上一动不动，鼻子里插着氧气管，胸口贴着电极片。"你们安静点，不要影响病人休息。"医生叮嘱完毕，转头回去值班了，只留下他们四个。

　　再紧急的事情，这时候也不好催。薛晶见刘子琦目光发直，轻声问他："你还好吧？"

　　刘子琦脑子里乱糟糟的。平心而论，刘佩不是一个称职的爸爸，本来妈妈走得早，都说父子相依为命应该是很亲密的，但刘佩的工作忙碌得远超正常限度，父子间的交流少得可怜，甚至还不如陌生人。连从上海转学到汉旺，这么重要的事情，爸爸都可以说是不闻不问。对叛逆期的少年来说，他感觉不到爸爸对他的爱，自然慢慢生出逆反的恨意来。更糟糕的是，现在刘子琦发现，就那点仅有的可怜交流，还不知道他爸往里掺了多少假话。

尽管如此，当看到爸爸昏迷在病床上，干瘦的身体插着管子，连着导线，刘子琦积攒了一肚子的气也很难再生起来了。他走上前去，轻声唤道："爸，你没事儿吧？爸？"他看着心电监护，眼角竟湿润了。

刘佩之前一直昏迷不醒，这时也不知道是治疗起了作用还是儿子的声音，他的身体竟有了反应。本来以为是幻觉，但睁眼果然看到刘子琦，心中一宽，下意识地想要坐起来，"儿子？你怎么会在这里的？这种地方你怎么进来的？唐工呢？"他以为自己还在小楼里，可转眼觉得不对，"这是哪里？"

"这是医院。"刘子琦说，"你刚才在单位晕倒了。"

"医院？我晕倒了？"刘佩这才想起之前发生的事情。王瑞在一旁等得无比焦虑，轻推刘子琦示意。刘子琦说："爸爸，我有重要的事情……"他话还没说完，刘佩就伸手拔下了氧气管，"我怎么能在医院？儿子，我现在没空跟你说话，我得马上……"

"爸爸！"

"子琦，我现在没时间。回头等我忙完了……"他说着就要起身。

"爸！你听我说！我们有很重要的事情！"

本来敏锐如刘佩，自己疾病送医，儿子赶来不关心病情还要说事，他早该察觉不对劲，但他现在满脑子都是"异客"，异常的电子电量是一个极端重要的信息，意味着"异客"的可怕超乎想象。

"你能有什么重要的事情？听话，爸爸的工作很重要，不能耽误！"说着就开始扯身上的心电监控。

这些话刘子琦听了太多遍。从小就是这样，爸爸的事情很重要，听话，别闹，下回吧……刘子琦积年邪火猛地上涌，一把摔上病房的门，咚一声巨响。刘佩正挣扎着要爬下床，找床底的鞋，听门口巨响抬头，只见儿子冲上前去，把他往床上一按，硬是让他躺了回去。

"刘子琦，你……"刘佩竟没有力气抵抗，这才意识到儿子的力气已经比自己大了，"你要干什么？"

"工作工作工作，你就知道工作！都这个时候了，你能不能好好听我说句话啊！"刘子琦又是狂怒，又是伤心。

刘佩却不明白"都这个时候"是什么意思，"刘子琦！你别要小孩子脾气，爸爸的事情……"

"'异客'都要毁灭世界了，你还不知道吗？我们都要死了！整个镇都要完蛋了！"刘子琦对父亲吼道，"这都什么时候了，你能不能好好听我说回话啊！"

刘佩从没见过儿子这模样，听到"异客"二字更是一愣，"你说什么？'异客'，是什么意思？"

刘子琦从裤兜里掏出一直存着的纸条，"'异客'，秀龙，那个十二层大楼密室里的东西。你以为我什么都不知道吗？"

刘佩惊疑不定地接过那张破破烂烂的纸条。他一直没明白为什么公文包里有张报告文件缺了一块，公文包没有打开过，报告也不像是自己不小心损坏的，此刻听到儿子说出这样的话来，又是惊讶又是糊涂。他连忙坐直，认真地看着刘子琦，还有他的伙伴。

此刻，他坐在床上，刘子琦站在他面前。他这才发现，必须仰着头才能和儿子面对面说话了。"到底怎么回事儿？这张纸你是怎么拿到的？"

这一问，刘子琦反而不知从何说起了。这时，王瑞把放在病房柜子上的硬壳本递给了他，那是医生记录病情用的，又硬又厚实。刘子琦略一疑惑，马上明白了过来。

只见，刘子琦伸出左手，穿物而过。刘佩刚才还满心不解，此刻立马瞪圆了眼睛，"这……你这是怎么回事儿？你没事儿吧？"儿子的异常让他顾不上"异客"，本能地想要握住儿子的手，刘子琦忙抽回，"这时候不能碰！"

等他抽回左手，一切恢复原状，刘佩连忙紧握在手上，心惊胆战地仔细看着，"这是怎么回事儿？儿子你到底怎么了？快说啊！"刘子琦从没见过父亲这般关切，一时呆了。

还是王瑞在一边说："我们遇到了秀龙。"

薛晶也补充道："就是'异客'，叔叔你肯定知道。"

刘佩紧紧抓住儿子的手不肯放，硬把他往自己床边拉。刘子琦先是不肯，最后拗不过才坐下了，另外三人就在父子情深的背景下把事情讲了出来。时间不多，来不及说清所有细节，但也大概说了个明白。

刘佩万万没想到会有这样的事情发生，听着孩子们匪夷所思的经历，他半个脑子狂转，对照着自己对"异客"的猜想。这些经历在普通人的感知和理解范围以外，尤其是李勇的涂改现实。这听起来荒诞不经，但刘佩却意识到，这正可以解释"异客"的奇特现象。

为什么它能抢在激光器开启前躲避？为什么有那么多不可思议

的巧合围绕它?

他想要认真思考,但只有半个脑子能用在正事上。也许还不到一半,更多的脑力深陷于愧疚之中,刘子琦之所以遭遇这一切,全因自己非要把他带到这个镇上。

听孩子们说起天崩地裂的地震时,刘佩忍不住颤抖起来。但只持续了一瞬,为了工作,他经受了长期训练,若不是因为刘子琦,他本应泰山崩于前而面不改色的。

突然,他伸手一把抱住刘子琦。十四岁的儿子虽然还比他略矮一点,但已经比他重了。刘佩心中一颤,几滴热泪从眼眶滚落而下,"儿子,对不起。"

刘子琦惊讶地瞪着眼睛,不懂爸爸为什么这么讲,正要问,刘佩已经擦去眼泪,长叹苦笑道:"你刚才骂得对,爸爸一直忙来忙去,从没把时间留给过你。现在也来不及了,我哪儿也不去了,就在这里陪着你。"

刘子琦觉得这话不对,王瑞多聪明的人,顿时惊得浑身冰凉,"叔叔,秀龙是怎么回事儿?现在还有没有什么办法?它有没有什么弱点……"

刘佩一笑,"唉,说是陪你,爸爸也不知道该怎么陪。我大概猜到'异客'是怎么回事儿了。弱点……"他摇了摇头。

"孩子们,你们说你们查了双缝干涉,知道波粒二象性,知道了量子态叠加,还查到了我那张纸条上写的单电子宇宙假说。很了不起,你们才上初中啊。唉……"他长叹一口气,有些出神,旋即平复过来,"但是双缝干涉实验衍生了一个非常重要的推论实验,你们应该没有查到,叫延迟选择实验,你们知道吗?"

这话只有王瑞和刘子琦勉强听得进去,却不明白这个节骨眼儿上为什么要说这个。王瑞透过窗户看了一眼十二层大楼的方向，刘子琦则摇了摇头，"延迟选择实验？没听说，爸……"

刘佩中风刚恢复，精力不济，对他摆了摆手，"没有时间了。听着吧。谁能想到我们父子好容易有机会说说话，居然是说这个。也好，足球、篮球、羽毛球爸爸也都不会，儿子你呢？"

可他没有想到，连说这个的机会都没有了。

话音刚落，橙色的电光从他们脚底窜过。伴随着薛晶的尖叫声，头顶的预制板直直砸了下来。刘佩一把抱住刘子琦，扑向床边三个孩子，把他们四人用手臂护住，推向墙角的三角区。

医院楼塌了。惊慌中，李勇想要故技重施，却觉得脑内一阵剧痛。他一直绷紧着意识，努力维持这个现实，这时终于断弦，整个世界再度扭曲。刘子琦看见预制板砸在了父亲的背上，刘佩身上一片鲜血，立刻尖叫起来。尖叫声中，王瑞晕了过去。

第三十章　延　迟

王瑞被刘佩护在胸口下面，然后感觉李勇又激起一阵波纹。完了，刘子琦的父亲还什么都没说呢。

他听刘佩的意思，对方似乎已经想明白了秀龙的真相。当听完他们的经历后，他的表情颇为古怪，那是一种放弃挣扎后的坦然。如今，王瑞只觉手脚冰冷，果然，自己想得太轻松了。

他还是不甘心，初生牛犊不怕虎，小孩子很难感到绝望，就算有一丝可能也要全力以赴。

双缝干涉的延迟选择实验，那又是什么？到底怎么回事儿？该死！只听到这么半句。为什么偏偏在这个时候……

不对。王瑞突然明白过来。这个世界在针对他们几个。是的，在针对他们几个，没有什么巧合。秀龙在拼尽全力抹杀他们，在彻底掩埋一切的真相。这说明它在害怕，害怕王瑞他们拿到对付自己的武器。

他眼前一黑，晕了过去。

也不知道过了多久，王瑞觉得自己迷迷糊糊地醒来了。周围一片深邃的黑，远处遍布无数光点。他"爬"起来，向四周呼喊："刘子琦？薛晶？李勇？你们在哪儿，听得见吗？"

连喊了几声，王瑞觉得很奇怪，也不知道自己是动弹了还是没动弹，身体的知觉仿佛很缥缈。这时，突然听见对面传来一个声音：

"关键是延迟选择实验。"

声音乍听很陌生，但又好像在哪里听过。

"刘叔叔？你没事儿吧？"

"关键是惠勒延迟选择实验。"这声音并不是刘佩。完全不像，没有上海口音，反倒带着本厂人的口音，是那种夹杂着多地方言味道的普通话。

"惠勒是谁？不对，你是谁？这里是哪里？"王瑞紧张地问。

"这里哪里都不是。"对方回答，王瑞四面张望，在漆黑中看到一个人影，坐在角落里，看不清样子，更看不清脸。他想过去看，却怎么也做不到。那声音说："至于惠勒，你不记得了吗？约翰·惠勒，你自己查过资料的，费曼的老师，就是那个提出单电子宇宙假说的人，你忘了？"

王瑞想起来了，"那你是谁？李勇他们呢？秀龙……"

"你会想起我是谁的。"那声音说，"宇宙最终极的秘密可以用双缝干涉实验来诠释，而惠勒延迟选择实验是其中的关键部分。"

"我不懂。"

"没关系，没有人懂量子力学。没有智慧生命能完全理解自己诞生的宇宙，生命的智慧被限制在宇宙的规则以内，而宇宙的诞生源自宇宙规则以外。想要用规则内的思想去想象理解规则外的世界，这本来就是不可能的。"

这个声音在哪里听过呢？王瑞越听越觉得熟悉，但怎么也想不起来。他问："什么是延迟选择实验？"

"你已经知道，通过发射单电子的双缝干涉实验证明了量子存在态叠加，还记得吗？量子同时处于多个状态，彼此叠加在一起同时存在，甚至能相互影响，自己与自己发生干涉。"

王瑞点了点头，突然想起对方大约看不见自己点头，刚要回应，那个阴影中的人已经说了下去："但是，态叠加只会在不被观测的情况下出现，一旦被观测到，量子的所有波函数可能值，也就是所谓的量子态，就会变成一个确定值。学院派，也就是哥本哈根学派把这个叫作波函数坍缩。双缝干涉的量子擦除实验证明了波函数坍缩里观测的作用，一旦尝试对电子经过双缝的哪个缝进行观测，双缝干涉就会消失，因为观测让波函数坍缩了，态叠加也不存在了，电子就无法自己跟自己干涉了。"

王瑞又出现了之前的奇怪感觉。他知道波函数坍缩这个东西吗？如果知道，是怎么知道的呢？从哪里知道的呢？他听见自己说："薛定谔的猫。"

"对，薛定谔不接受观测导致波函数坍缩的这个解释，所以提出薛定谔的猫这一经典悖论。如果不观测波函数就不会坍缩，态叠加就不会消失；那如果不开黑盒，猫难道会是既死又活着的叠加态吗？按照传统物理学的理解，观测跟整个实验过程是毫无关系的。你观测电子也好，不观测电子也好，它该怎么样就怎么样，只要你不干预它的行为，怎么可能影响实验结果呢？但偏偏双缝干涉的量子擦除实验证明了，'观测'这个本来应该跟实验系统无关的行为对实验的决定作用。没人理解意识和观测怎么会跟物理世界的因果过程发生关系。

"这才是波函数坍缩概念的本质，承认我们不理解宇宙的微观本质，承认我们不理解意识和观测在这个宇宙中的真正意义。"

王瑞本来脑子里一直想着秀龙、地震，还有自己的伙伴们，这时听着听着却入了神，一时竟然忘了那些迫在眉睫的灾难，"这个我有一点概念……"

"但是你还不知道这跟秀龙有什么关系。"

"是的。刘子琦他爸说的延迟选择实验……"

"惠勒的延迟选择实验，本来大家认为这个实验就像薛定谔的猫一样，只是一个思想实验，没想到真有办法做了出来。"那声音说着，黑暗中竟慢慢浮现出一堆设备。说不清为什么，王瑞不觉得这有什么奇怪，反而努力辨认着这些事物。那个声音没有向他解释这些是什么，他一个个仔细看着，竟然慢慢认了出来。

有单光子发射枪，后面是双缝挡板，然后是一堆复杂的东西。他自然而然地认了出来，棱镜组、半透镜、反射镜、显像屏。

"发现波函数坍缩之后，'观测'正式进入了物理世界，成为量子世界的一个关键决定性因素。针对观测对波函数坍缩的决定作用，惠勒提出一个非常诡异的问题：量子通过双缝挡板，再到最后的检测屏是需要时间的，不管是光，还是电子，都有速度。就算光速快到每秒三十万公里，也是有速度的。实验装置有距离，那么整个过程是会消耗时间的。

"光子到达观测设备需要时间。这就很奇怪，因为双缝在观测设备之前，也就是说，从时间上，光子是先通过双缝，然后到达观测设备。"

听到这里，王瑞心中一颤，想到了什么，但还不够明朗。那声音似乎读懂了他的心思，也停了几秒，才接着说："有没有观测决定了波函数的状态。实验已经证明，如果坍缩，那光子就表现为粒子特性，通过双缝时不会发生干涉；如果处于态叠加，光子就表现为量子特性，会发生自我干涉。那么问题来了，既然是先通过双缝，后面才有观测设备，那通过双缝的时候，它怎么知道后面有没有观测设备、波函数有没有坍缩呢？"

一阵极度的寒冷爬上了王瑞的脊椎。那声音继续说道："如果双缝离后面的观测设备有一光年，那光子穿过双缝后要过一年才能知道自己有没有被观测，但它通过双缝时表现量子态还是粒子态已经在现在确定了，那是由什么决定的呢？由一光年外有没有这个观测设备，也就是未来一年后有没有这次观测来决定。如果在物理世界里，观测真是这样起作用的，这意味着未来可以决定过去，未来一年以后的事情能决定现在。"

时非时，刹那万劫尽。

这太难想象了，王瑞立刻说："这不可能。"

"本来惠勒认为这只是一个思想实验，无法进行。但后来通过量子纠缠的方法，有人证明了这个过程。"空中那套棱镜系统亮了起来，"虽然时间差只有八纳秒，但实验证明，八纳秒之后的观测决定了八纳秒前光子的状态。

"所谓因果顺序，因在前，果在后。虽然实验只是八纳秒，但已经完全打破了我们对世界逻辑规则的理解。这不是可不可能的问题，这是实验的现实结果。这就是延迟选择，把是否观测的选择延迟在结果之后，未来决定了过去的波函数是否坍缩。"

听到这里，有远超同龄人思辨能力的王瑞立刻想到，因果关系首先是因果顺序，如果顺序能颠倒，那所谓的因果还存在吗？

天啊，当然不存在。他突然明白过来了。自己怎么那么蠢？这还需要说吗？因果关系在这个宇宙中本来就是一个假想，所以李勇才能涂改现实。所谓涂改现实，本身就是将因果打破，把毫无关联的未来剪辑进原本的过去。

他的心脏狂跳起来，"你说的这个实验，为什么我们查资料都没有找到？你到底是谁？"

那个声音并不回答他的问题，而是自顾自说下去："因果关系应该是宇宙逻辑的第一法则。如果没有因果，那么一切科学的基石——数学会不复存在。我们所有知识都是基于因果，先发生的原因决定后出现的结果，这个原则构成了我们的理性。当实验证明一切理性的基石其实只是一个幻觉，这个宇宙根本没有所谓真正第一性的因果逻辑，这就是说……"

"时非时，刹那万劫尽。"王瑞喃喃念道，他明白了这句话的意思，"时间实际是不存在的。"

"你终于明白了，或者说你终于想起来了。""明白"代表从过去到现在，"想起来"代表从现在到过去，两者并没有区别。

"你到底是谁?!"王瑞再三问，说话时忽然一闪念，"秀龙？你是秀龙？"

对面发出爽朗的笑声，"你以为秀龙会有兴趣和我们交谈吗？"那个声音说着，从阴影里站了起来，慢慢朝王瑞走来。他终于要看到这个声音的真容，这个幽灵般盘旋在他脑子里的声音，他的身份，他的来源，他为什么要对自己说这些，自己又是怎么得知本不该知晓的秘密……

那个模糊不清的面孔终于显露出来。

一直都是他——那张电脑屏幕上的雪花脸，那些梦中的低语，那个从电话里传来的声音，那个精神分裂般传送秘密的人。

他看到一张自己无比熟悉，又非常陌生的脸。那人比他高一点，脸上长着跟他酷似的眼睛、鼻子和嘴，但额头和眼角上已经有浅浅的皱纹，眼睛里刻着岁月的痕迹。

是他自己。

王瑞吓得往后一仰，朝虚空中摔了下去。

时非时，刹那万劫尽。时间只是被意识规范的逻辑，作为一个基本概念，在这个宇宙底层是多余的。

秀龙没有给刘秀开天眼，和王瑞一样，刘秀只是接触了真理之门，打破了意识对时间的限制。十四岁的王瑞不可能明白秀龙的秘密，黄奶奶说得一点也没错。

但是三十四岁的王瑞可以。

延迟选择是一切的关键。当时间的概念不复存在，宇宙在十的负三十五次方米的尺度里打开了真理的大门。

第三十一章 宇 宙

最开始什么也没有。

连"开始""什么""没有"也没有。

然后是大爆炸，这是开始。但其实不是开始。

因为有开始，就要有结束，于是在开始和结束之间有了时间。

但是并没有时间。

在十的负三十五次方米的尺度下，几乎无尽的能量奔涌起来，编织一切的可能。

在十的负十九次方米的尺度上，量子潮汐显得平静了一些，被称为夸克的结构稳定了下来。夸克像是地壳，看起来坚实稳固，实际却如一层薄纸飘浮在奔流狂躁的熔岩之上，而现实世界浮在它上面，真空中奔涌的量子潮汐被掩在下面。

一切的可能都在这无尽的能量中诞生，一切可能的宇宙常数都出现了。

构成宇宙的粒子数量大约是十的七十九次方，这是难以想象的庞大数量，但依然是有限的。所有粒子所有的态在量子潮汐中出现，又汇聚成几乎无限能量的量子潮汐。

如果把宇宙的每一个可能看成一张胶片，那在宇宙诞生之时（如果非要用时间这个概念的话），宇宙从诞生到毁灭的所有状态所有可能都已经完成。所有的胶片都已经出现，它们无差别地平摊在虚无里。

然后，剪辑师开始影响这个宇宙。

剪辑师不是智慧生命。

"生命"是它的工作小有成果后，在宇宙的量子胶片被剪出某些结果后才诞生的概念。它不能用"生命"来定义，也不能用"智慧"来形容，它在宇宙之外，它创造了宇宙的逻辑，不能反过来用宇宙的逻辑进行描述。

剪辑师为无关联的宇宙胶片寻找意义。我们可以假设这项工作很庞大，需要耗费巨大的时间（它并不受这些概念的束缚），一位辛苦工作的剪辑师为无限的胶片寻找关联，创造他想要的意义，再把胶片创造成故事。就像作家在几千个常用词汇中挑选出字词排列起来，画家在颜色和坐标中创造光与影的组合。

剪辑师从所有的量子可能中找出需要的，进行排列，定义出本无关联的胶片之间的关系。他用 -1.602×10^{-19} 库伦的电子作为经纬，就像计算机用某个电平电位差定义1和0一样，用这个电子编织出整个宇宙的量子信息关系。

色非色，一念众相生。

宇宙的一切，不过是量子潮汐上的信息。

于是诞生了意义，诞生了因果。

被选中的胶片信息浮上来，没有被选中的胶片信息沉入量子潮汐，那些被抛弃的胶片隐藏在十的负三十五次方米以下，数量远大于"现实"。它们形成了狂暴的潮汐奔流，它的能量远远大于真空之上所有的物质、反物质、暗物质、能量、暗能量的集合。

我们把这些无限叫"真空能量"，或者叫"真空不空"。

毕竟，每部电影的废片都要比正片的胶片多几倍，每部小说删掉的文字都要比读者看到的多几倍。这条公理到底是超越宇宙的存在，还是剪辑师故意留下的线索，谁也说不清。

剪辑师创造了意义，把本无关联的胶片结成了因果。我们被束缚在因果之中，然后我们分辨出了因果，意识到一加一之后会得到二的逻辑，然后我们把构成因果时序的认知定义为——时间。

认知创造了时间。

人类的意识被限制在创造胶片的因果逻辑以内，正因如此，虽然没有任何物理法则限制时间的流向，但时间却不能逆流。限制时间方向的不是物理法则，而是意识。

人类眼中，宇宙诞生于一百五十亿年前的大爆炸，不可逆的时间箭头一路向前。在剪辑师的眼中，宇宙从开始到结束所有的一切都平摊在面前，经它之手，把量子潮汐下的无数可能拉入我们称之为现实的世界。

没有什么波函数坍缩，没有什么平行宇宙，宇宙是狂野的量子潮汐上浮动的小舟，剪辑师从"可能态"的潮汐中选出胶片，更换成小舟上的故事。

剪辑师的一块残片不知为何遗落在这个宇宙中。残片的影子从不同的胶片中穿梭而过，不稳定地出现在时空中，超越宇宙的外物和现实的叠合并不稳定，有的残影落在了汉旺这座小镇的山里。刘秀、黄希静、程凡、王瑞、薛晶、李勇、刘子琦，也许还有别人，触碰到了剪辑师的残片，不属于这里的力量从宇宙之外泄漏进来。

但这份残片不属于这个宇宙。这个宇宙由同一个电子在时空中往返穿梭，经纬交织而成，这个电子的电量是 -1.602×10^{-19} 库仑，而构成这个残片的电子的电量则是 -0.611×10^{-19} 库仑。残片的电子构成完全不同，单凭自己完全无法影响这个宇宙，但这块残片很快找到了办法。

与这个世界交换电子，取得一个能在这个世界行走的化身。于是，五个孩子与它接触，与这个残片交换了基本粒子的构成。残片得到了这个宇宙的量子信息，从残影化为实体；而孩子们也得到了宇宙之外的构成，突破了世界限制。

那道伴随秀龙出现的电光不是雷，是"非电"与"电"的电子交换——

雷非雷，电转寂灭清。

刘子琦的左手被波及，左手的电子交换基本构成，那外来电子电量不到正常电子的一半，左手结构的电磁力变得比正常稀薄得多。粒子间电磁力相互排斥构成了物质的边界，现在本来致密的栅栏变成了稀薄的篱笆，于是刘子琦的左手无法被阻挡，就像秀龙无法被阻挡一样。

薛晶和李勇解开了量子信息剪辑的钥匙，但一个控制的是自己的潮汐，另一个控制的是外在的现实。他们不可能有真正剪辑师的力量，就连秀龙这个残片也远远不及。

只有王瑞被影响的是有关记忆的海马体。和刘秀一样，他穿破时间的幻觉屏障，信息从澎湃的未来奔涌而来，将二十年后自己的记忆带到了现在，将2019年与1999年相连。

王瑞终于知道了自己一直想知道的真相，自己那个梦的真相，大家力量的真相，秀龙的真相。他也终于明白为什么之前查的资料里没这个"延迟选择实验"——这个实验完成于一个可能的2000年。

不光是这些，一切倾泻而来，整个宇宙超越人类理解能力的秘密击穿海马体的屏障，剪辑师创造的"因果逻辑"不复存在，他看到了量子潮汐里无数废胶片的光。没有了剪辑的过滤保护，无尽的信息撞入王瑞的意识，所有不曾存在的现实，所有没有发生的过去和不会发生的未来，都挤了进来。

千亿宇宙在他眼前同时诞生和毁灭。他看到了剪辑师才能见到的画面，宇宙创生之际所有的可能信息，从诞生，到毁灭，每一瞬间的无数可能都平铺在了眼前。

好在人类的大脑无法处理这样的信息，这永恒的一瞬间他一点也没记住。

他只记住了一点：秀龙——剪辑师的残片——这个本不应该存在于这个世界的力量早已经苏醒。

它不属于这个宇宙，它更不愿被囚禁在这个小镇。

所以它交换电子，渗入这个世界。只有将这个宇宙彻底抹掉，它才能打开通往剪辑师本体的外宇宙之门。

他这下知道为什么刘子琦的爸爸听他们说完之后是那副表情。

因为没有任何办法能阻止秀龙。

在剪辑师赋予意义的宇宙中，一个生活在地球上的如渺小尘埃般的一群生命，人类，能用什么办法去阻止伟大剪辑师的残片？

别说这个小镇、这个地球，就连这个宇宙在剪辑师眼中，也不过像一卷电影胶片、一本书而已。

全选，删除，在剪辑师力量下，这个宇宙的一切都会瞬间归于虚无。

它不是开始，不是结束，它不是阿尔法，不是欧米伽。

它定义了开始，定义了结束，定义了阿尔法，定义了欧米伽。

一切都不过是它在量子潮汐之上编织成的信息之歌而已。

第三十二章　终　末

王瑞恢复神智的时候，现实的胶片已经被秀龙重新剪辑。李勇奋力找到的那个让他们回到家属区、让刘子琦父子相见的片段已经被秀龙剪掉，他们被重新拉回了十二层大楼，跟唐援朝他们困在一起。

世界上所有人都感觉不到刚才因果的错乱，无知无觉，只能沉默面对这一切的毁灭、一切的"巧合"，惊慌失措。唯有这几个孩子与秀龙交换了电子，知道刚才真正发生了什么。

刘子琦在一边痛哭大叫："爸爸！爸爸！"剪辑发生前，刘子琦亲眼见到父亲为了保护他们而被掉落的天花板砸中后背，当场遇难，薛晶和李勇完全劝不动。

王瑞整个人浑浑噩噩，眼睛发直，全不知自己身在何处，周围的大人只知道他们困在楼内，逃生无路，以为几个孩子是被地震吓傻，吵得心慌，不住地安慰他们："没事儿，楼不会塌的，别怕，别怕。"

只有唐援朝隐约意识到四个孩子没那么简单，不管是闯入小楼，还是他们说的话，都不寻常，何况这里面还有刘佩的儿子。李勇和薛晶见劝不住刘子琦，转头抓着王瑞问："怎么办？怎么办？你听懂刚才刘子琦他爸死前……说的话了吗？你说知道了秀龙的真相，就能想办法找到对付秀龙的弱点，找到了吗？"

说话时也管不得声音大小，更没避开唐援朝他们。王瑞有些呆傻地抬起头，先没有说话，李勇又问："喂！听到了吗？"

"听到了。"他答道，脸上不自觉地露出与年龄不相符的无奈笑容。

薛晶见状隐觉不妙，赶忙补了一句："有办法吗？"

"没有。"王瑞很干脆地回答，"没有办法。"

"所以我们还是没搞清楚秀龙是怎么回事儿……"李勇叹道。

王瑞却摇摇头说："不是，我搞清楚秀龙是怎么回事了。但没有用，一点用也没有。"

唐援朝本来思考着怎么脱身，有一句没一句地听着几个孩子说话，此时听他们不断说起秀龙，自己心头一跳，不由凑近过来。

王瑞完全理解了刘子琦他爸不紧不慢的原因。反正没有办法，世界末日已经来临，他反倒放松下来，把自己知道的一切慢慢讲来。他知道薛晶和李勇并不能完全理解这一切，刘子琦也不行，于是干脆放弃了最复杂的内容，用了许多比喻来努力向他们说明。一切的起源，力量的源头，他们身上到底发生了什么，电子交换时的 β 辐射……

太难听懂了。李勇越听越不耐烦，反倒是薛晶越听越专心。反正横竖就是一死，世界的毁灭是不可避免的，王瑞也安下心来，没什么可急的，遇到不明白的他就慢慢解释，一种方式说不明白就换另一种，甚至比平时给同学讲题都更有耐心。刘子琦有一搭没一搭地听着，慢慢也止住悲声，他理解得更快更多，唯有骇然无语。

之后，连偷听的唐援朝也不关心外面如何，十二层大楼会不会垮下来了。有些事情一旦点破，一切豁然。

可一切明白之时，正是这个世界的末日。

不该叫末日，应该叫：全剧终。定义了宇宙底层逻辑的神之力，就要在此刻为宇宙画上句号。不是神，是神的残片，但也差不多。

王瑞隐约记得那个瞬间——在不存在的时间中，触及秀龙意识的漫长瞬间。那种远超一切生命的意识触须倾泻而下，那强大冰冷的意志翻检着无尽的信息，开始勾绘世界的终结。

它要冲破这个宇宙，回到它的诞生之地——一个永远无法描述的宇宙之外的存在，一个超越了时间与空间、独属于剪辑师的"外宇"。

这就是自己用了一辈子想要揭示的秘密吗？唐援朝听着王瑞的话，下意识地自问。自己耗费几十年看守、追寻的秘密终于浮现，几乎是在听到的那一瞬间，他的本能就告诉自己，这孩子说的是真的。

他脑子里冒出的念头居然是，自己要是能看一眼，哪怕只是看一眼这几个孩子脑子里的世界剪辑，那该多好。

之后，他又猛然意识到：这个孩子说得对，没有办法。如果真是这样，以人类的力量没有任何办法。

孩子自然不知道旁边这个老人的念头。薛晶听得迷迷糊糊，完全不懂，但是他把王瑞说出的话在心中翻译了一遍，把类似的名词和概念替换了一遍。他知道这样理解其实是错的，但这是他唯一的办法了。见王瑞快要说完，薛晶问："那我们到底要怎么干掉秀龙呢？"

"你没有听明白我说的，"王瑞耐着性子说，"我们没有办法干掉秀龙。"

"我听明白了啊。"他瞪着大眼睛说，"我就是不懂，为什么没有办法干掉秀龙。"

王瑞深吸一口气，"因为秀龙是超越这个世界的因果……"

"这个我听懂了。"薛晶坚持说，"秀龙是电影的导演，我们都是电影里的角色嘛。那我们为什么不干死那个导演呢？"

"嗯？"王瑞被这话问得有点不知所措，一时不知道该怎么回答，李勇也插话进来："对啊，我们一起干死那个剪辑师啊！"

"不是啊！"王瑞往外望了一眼，穿行在地下的电光渐淡，第一波地震渐渐平息，而下一波马上就要到来。他一边担心万物即将终结，一边对两个学渣的问题感到头痛不已，"不是那么回事儿啊。"

"怎么不是啊。"薛晶回忆起问王瑞考试大题时两人鸡同鸭讲的情形，"这不是你说的吗？就好像我们这个宇宙是量子信息组成的程序，就跟电子游戏一样。它是做了这个游戏，那它能保证一定通关吗？"

王瑞都被问得结巴起来，"啊？不，不是，这个……这个……"

"你听我说，我不知道哪里有问题啊。就算大家都是游戏里的NPC怪物，就算我们都是《三国志》里的赵家兄弟，我们就不能想办法把关羽锤死吗？锤死不就完了吗？"

"嗯？"王瑞这下完全愣住了，面对宇宙本源力量的绝望，此刻被薛晶的荒诞问题一扫而空。这到底在说什么啊？哪里都不对，但好像……

"对啊，对啊，锤死就完了啊。赵家四兄弟满屏轮流撞，关羽也没办法啊。"李勇赞同道，两人完全陷入《三国志》的游戏逻辑里了。

"薛晶说得对。"刘子琦附和道，"不可能没有办法。就算秀龙是剪辑师的残片，只要它想操作这个宇宙的量子信息，就必须进入这个宇宙，换上属于这个宇宙基本结构的化身。所以，它才会跟我们交换电子。"他已经从悲痛中恢复了理智，从窗户缝隙往山下望过。医院还在，没有塌，在眼下的这个宇宙剪辑里，他爸爸还活着。

他得想办法让爸爸活下去！他总得跟爸爸住进一个像家的房子里，绝不能就这么世界末日了！

这股力量催动了刘子琦的头脑，他的才智本不在王瑞之下，而面对危机的定力更是远在常人之上。听王瑞说出秀龙的秘密，他没有像王瑞和爸爸那样直接吓得投子认输。他正愁没有头绪，听了薛晶、李勇的胡搅蛮缠，竟然打开了思路。

"你刚才说，秀龙需要跟这个世界交换电子，这样才能得到这个世界的量子信息，得到在这个世界行动的化身。对吧？"说话间，大楼里，秀龙缓缓穿透地板，浮了上来。众人都吃了一惊，往后退了一步。分形体的卷须像张牙舞爪的怪物，虽然没有眼睛，但每一个突刺里都像长着无数眼球，冷漠地盯着在场众人。

如今再见秀龙，同样的模样，它在王瑞眼中却跟之前大不相同。王瑞终于明白这不是生命演化而成，而是在有限空间中凝聚着无限世界的投影。它的卷须里闪烁着代表绝对力量的惊人之美。

"它在这个世界行动需要化身。"王瑞定定地看着眼前的秀龙，真有办法对付它吗?

"和尚传下来的那四句话不是咒语。"刘子琦紧张地盯着秀龙,呼吸忽然急促起来,他边说边想,"'时非时,刹那万劫尽',意思是时间是幻觉;'色非色,一念众相生',指的是,万物是量子信息构成的;'雷非雷'应该是说,秀龙身上的'电子'不是这个世界的电子。那以此推导,'电转寂灭清'是什么意思?'无空无色,四神归一,切切万亿化身'又是什么意思?"

王瑞说:"和尚的话,你也信吗?"

"不是和尚的话。"刘子琦沉声道,"你能从未来的自己那里知道秀龙的真相,也许这几句话,是刘秀从过去传来的办法呢?"

这时,一位老人的声音响起:"我想起来了。我们对它开过火。最初子弹会直接从它身上穿过去。但后来,周围电光被它吸收以后,子弹好像有了点用!"

说话的人正是唐援朝。孩子们吃了一惊,转头望向他,就听老人说:"我不知道你们几个是怎么回事儿,现在我也没空多问。我就问一句,你们刚才说的,都是真的吗?"

四个孩子一起点了点头。唐援朝不知道这些孩子身上经历过什么,但王瑞解答了他对"异客"的所有疑问,他早已相信了他们。

唐援朝问:"电转寂灭清,'电转',会不会是指秀龙的电子交换?"

王瑞心头大跳,"那'寂灭清'是指它电子交换后毁灭世界,还是指能把它消灭呢?!"

说话不清如钝刀子杀人,正猜不透,刘子琦问唐援朝说:"爷爷,你说它吸收电光以后,子弹变得有点用了,是有什么用呢?"

"也有可能是我眼花了。"唐援朝说,"子弹穿过秀龙时,我好像看到它的形状变了一下，但马上又恢复了。"

王瑞和刘子琦对视一眼，王瑞一下明白了过来，低声叫道："它是超越我们世界的神，我们拿它一点办法都没有，除非把它拉进我们的世界里！"

"然后用我们的武器把它干掉。"

"什么意思？"薛晶问。

王瑞和刘子琦同声大叫："电它！"

秀龙为了得到能在这个世界行走的化身，之前一直在进行电子交换。这就是电光多次产生的原因，正因如此，几个孩子才能得到力量。但这时橙色的电光早就熄灭了，它的组成粒子已经和这个世界交换了近半，便不再继续了。

要影响这个世界，秀龙必须得到这个世界的电子，但要维持超越宇宙的强大能力，必须保有不属于这个世界的电子成分。如果它完全化为实体，就能被这个世界的力量清除。

薛晶说得对，游戏厅的玩家是不能被消灭的，但游戏里再厉害的关羽、张飞，都是有血条、有生命值，都是会被赵家兄弟围上去轮死的。

"电它！让它交换完所有的电子，把它变成实体！爷爷，听到了吗？"

"要多大电压，多大电流？"

话音刚落，他就觉得自己犯了傻，当然是电压越高越好，电流越大越好。

唐援朝立刻命人拆解大楼的输电线路，把供电线缆扯出来，全力攻击秀龙。十二层大楼的供电负荷其实不高，但小楼的供电能力却比一座普通工厂都大。为支持这样的供电能力，秘密基地的供电骨架用粗壮的铜柱制成，与建筑钢筋框架一体。正因如此，哪怕基地的混凝土结构已被秀龙撕裂，但供电的框体依然在地下挺立着。

整个电路的设计安排唐援朝烂熟于心，转眼就让手下拆开已经破损的墙板，拉出足有胳膊粗细的线缆来。

秀龙仍是一动不动，似乎毫不在乎。

唐援朝突然想起什么，"不对，我们怎么……"

话还没说完，最后的灯光忽然一闪，全都熄灭了。

停电了。

唐援朝一边保护四个孩子，一边指挥手下。震动虽剧烈，但并不持久，十二层大楼的楼梯本就是军工级别加固，主体结构并未损坏，但周围零碎激射，烟尘纷飞。片刻之后一片天昏地暗，唐援朝问孩子们："大家没事儿吧？"

"停电了。"王瑞一边说着，一边失神苦笑，"哈哈哈，停电了。"

不光是大楼的电停了，事实上，整座小镇都断电了。剧烈的震动从地下传来，国家电网的电力塔在地震中陆续倒塌。公路、桥梁、铁路遭到龙门山传来的巨力扭曲，像麻花被拧断，小镇瞬间成了一座孤岛。

最后的救命稻草，就这样轻易地断成两截。

那东西平静地浮在空中，一动不动。王瑞突然觉得，此时的它宛若一只猫，正戏耍濒死的猎物。

哪知道唐援朝说："没事。"

"没事？"李勇问，"没电了啊爷爷，你还说没事？"

"没电？"唐援朝目光一凛，"我们404是干什么的？"说罢指挥手下，三个战士很快集结起来，拖着没电的电缆，对准了秀龙。唐援朝沉声道："问题不在于没电，问题在于怎么才能碰到秀龙。"

秀龙可以任意剪辑自己所在位置，调整自己的位置信息态，连激光都打不到。唐援朝真正担心的是这个。

这时，李勇站了出来，"这个我能行。但是电呢？"

在这个世界上，唯一能使秀龙位置固定的，只有拥有同样剪辑力量的李勇。唐援朝当然不知道这件事。但他知道，此时此刻，这些孩子是这个世界上最接近奇迹的力量。

"孩子，你真的能行？电？我们404一个火力发电机厂，旁边是煤矿，你以为这样安排是为什么？只要这个镇没被美国飞机炸平，就不会没电！"

不光是刘子琦，连其他三个厂子弟都恍然大悟过来。

"他行的。"王瑞说，"加油，李勇，靠你了，你撑得住吧？"

李勇深吸了一口气，站在三个战士的最前面，拔河一样抱住电缆，死死盯着秀龙。"电呢？"

话音刚落，头顶的灯亮了起来。

自建火力发电站位于404主厂不远处，在国家电网全面断电的瞬间，立刻自动进入战备程序。为第三次世界大战核末日准备的全封闭工业体系竟然在这样的情形下启动，来自本镇天池煤矿的煤在火力发电机组里燃烧起来，404本厂生产的"自用小型发电机组"开始咆哮，功率为一百万千瓦时的供电开始恢复，通电的第一个建筑，就是十二层大楼。

"电它！"唐援朝还没下令，薛晶就已经大喊起来。

"电它！"王瑞和刘子琦也齐声高呼。李勇也不等唐援朝发话了，带头往前冲。四个人把黑色电缆举在腰间，朝着秀龙奔去。

果然，秀龙化出许多影子。量子潮汐下的其他可能被叠入了这个世界，在一排备选项中，它会把原本位置的自己剪掉，换上一张处于安全位置的胶片。

"做梦！"李勇叫着，一挥手，指尖那来自秀龙的电光微微闪烁，把排列平行的胶片扇了出去，胶片坠入量子潮汐的底层，转眼隐而无踪。

"给我死！"伴随着李勇稚嫩成熟参半的怒吼，电缆刺入了秀龙的中央。

巨大的电流——咆哮的百万千瓦时全效输出，倾泻在秀龙身上。自由电子冲刷着剪辑师的残片，-0.611×10^{-19}库仑电子在巨大电势下被狂风吹散，β辐射朝四面喷发，碎在地上的荧光管都放出了强光。

"保护孩子！"唐援朝大叫道，把孩子们挡在身后，用自己的血肉之躯阻挡电子辐射。

刘子琦喊着："别管我们，打它！可以打它了！"

"开火！自由开火！"唐援朝这才反应过来。

那十几名冲出小楼的战士早就急不可待，已经散开队形等着命令。此刻一声令下，子弹像金属风暴一样朝秀龙泻去。电光击穿空气，在子弹上结成一片光网，唐援朝盯着秀龙，大气也不敢出。

第一波子弹穿过秀龙像是击中了水；一秒后，第二波子弹像是打穿果冻；三秒后，第三波子弹像是打中了橡胶。开始有分形体的碎片被削了下来。

"太好了！弄……死……"薛晶欢呼到一半，忽然没了音。听他声音不对，大家不由望去，这一看，也都呆住了。

一个巨大的透明影子浮现了出来，以眼前的秀龙为起点，穿过十二层大楼被堵塞的大门，朝外面旷野而去。分形体的每一个部分都类似整体，整体都类似部分。那个几米大的秀龙随着电子交换的进行，将真正的自己拉进这个世界。

原来的秀龙变成了卷须的小小尖端，这群人被堵在楼里，通往外界的一切通道都被塞得满满当当，根本不知道它有多大，几十米，还是几百米？

李勇骇然，自己在洞里就见过这一幕，却完全忘记了。

十多把枪将原来的秀龙打得稀烂，落下一地闪着古怪光芒的碎屑，碎屑随即消散而去。他们终于伤到了秀龙的实体，但这片实体大概只有脚指甲那么大。

弹夹陆续打空，大家停了下来，谁也没说话。

鱼跃龙门，化身为龙。

秀龙满不在乎地从十二层大楼的深处爬了出来，堵塞通道的杂物也被那巨大的身躯朝两侧压缩，通往外面的道路已经豁然开朗。

只是，十二层大楼外，此刻正盘踞着秀龙。

插在地上的地震监测器早就爆表，纷纷从地上跳了出来，长脚一样满地乱跑，这时候被秀龙一扫而去。

唐援朝迟疑了一下，说："走。"

面对这样的巨物，枪已经没有用了，但战士们还是换了弹夹。士兵在前，唐援朝护着四个孩子跟在后面，走出了十二层大楼。

外面已经完全认不得了。

整个镇子都笼罩在地震激起的烟尘中，成片的楼塌了，远山滚着浓烟，整个山林都被推下了河床。王瑞的梦终于成了真，整个世界都要在眼前碎成齑粉。

他失神四望，刘子琦一拉他，这才注意到一切的罪魁祸首。秀龙已经占据了头顶大半个天空，仿佛一座飞在空中的大山，巨大的阴影覆盖大地，虽有几只卷须垂在地面，但明显不是靠机械力量的支撑浮在天上。

山脉依然轰鸣着，落石激起的混乱尘风刀子一样割着他们的脸。刘子琦指着秀龙大声叫道："它还是实体！还可以攻击！"

"枪已经没用了。"王瑞明白，转头对唐援朝说，"得用坦克，得用炮！得炸它！"

唐援朝原本也是怔怔望着远方，这个生活了三十年的第二家乡，瞬间成了地狱模样。他想起刘佩先前说过的话，如果不抓紧时间搞清楚"异客"的秘密，要是"异客"有异动，那岂不是一切都晚了。

晚了，还是晚了。

但是，只是晚了，并不是完了。直到最后一秒，他也有工作要做。

"你说得对，得炸它！"唐援朝望着横陈于天际的巨大魔王，像是传说中化而为鹏的鲲。

老人苍老的眼中燃烧着熊熊火焰，这火焰跟三十年前刚燃起时一样炽热。"这里没有炮，也没有坦克。"他盯着空中的怪物。

"但是，我们有防空导弹！"

听到这话，刘子琦瞪大了眼睛。他终于知道这个镇拿防空警报当上班汽笛后，拿什么来代替防空了。

这时，唐援朝已经转身跑进了摇摇欲坠的十二层大楼里。

"爷爷，危险！"薛晶大喊。

老人回头："你们别过来，我去找电话联络导弹基地！"

这位其貌不扬的老人，手里握着导弹基地的紧急军事指挥权。

唐援朝冲入大楼,抓起离自己最近的电话,还没拨号,就听见里面一片死寂。

地下坚固的输电铜柱虽然挺立着,但细薄的电话线早已经断了。

此时,孩子们已经追到身边。他们已经历过远超过唐援朝所能理解的危险,又哪里会听他的劝?唐援朝苦涩地摇头,扔下电话,"我们镇跟外界的线路断了,电话打不出去。"

"手机!"王瑞叫道,"大楼里一定有人有手机。"

"手机?"少年的勇气涌入老人心中,但想了想,"不行,手机也要通过基站走电信线路,但这阵仗基站肯定保不住的。"

听了这话,连李勇也丧失了力气,他本就累得不行,现在整个人瘫倒在地,摆了一个大字。

"就真的一点办法都没有了吗?"薛晶还有精力说话,"小灵通也不行吗?移动全球通也不行吗?"

唐援朝看着眼前的少年——拼尽全力永不放弃的少年——他努力思考着。

一旁的刘子琦回答了薛晶:"哪怕是全球通,也要基站的,基站都被切断了——"

"除非……有什么东西既不依赖基站,又不用电信线路,还能打出电话来。"劳累过度的唐援朝一屁股坐在地上,咬牙给出了最后可能。

听到这话,刘子琦兴奋地大叫起来:"啊!啊!有办法了!"

他跳了起来,几步冲到李勇身边一把抓住对方,"你说在楼顶看到了那个日本人?!"

"啊?什么日本人?"

"你说你在楼顶看到那个三菱重工的日本人,说跟厂里谈什么合资的。在几楼?"

李勇努力回忆了一下,"在十二楼,怎么了?"

"你看到他手上有没有拿手机?有很大天线的那种。看到了吗?看到了吗?!"

没人明白他为什么突然这么急,李勇还没说话,王瑞就在一边说:"手机不是没用了吗?"

"他那个不是手机!"刘子琦大叫,"那个小日本拿的是铱星电话,直接走通信卫星!地球每一个地方,不管有没有基站有没有信号,都可以通过卫星把电话打出去的!"他又转头问唐援朝:"铱星电话可以吗?可以吗?"

"铱星电话?"唐援朝对这个新科技模模糊糊有些印象,但并没有刘子琦知道得那么清楚。这时,唐援朝从这个孩子眼里看到了刘佩的影子,这股不肯认输投降的勇气甚至在他父亲之上。

"只要能打出电话,剩下的一切,交给我!"唐援朝此时已经站不起来了,他向刘子琦和薛晶伸出苍老的手,两人一起把老人家拉了起来。

他看了看楼道,电梯早震坏了,楼道的情况一定也好不到哪儿去,"这时候上楼很危险。"

"我去。"薛晶跳了出来。王瑞刚要开口,他一笑,"什么危险不危险的,最后BOSS关了,也该高手上场了。"

说罢,他一个人冲上了楼。

唐援朝大喊:"不行!你们孩子不能再冒险了,我派人去!"他忙叫战士追上去。

这时候薛晶早已不见了踪影。

对初中生来说，爬十二层楼算不了什么，但地震的时候就不一样了。跌跌撞撞很难站稳，好在薛晶的手眼协调能力极好，仍是一步几个台阶，转眼就喘着粗气跑上了十二楼。

顶楼一片混乱，比一楼更糟。越高摇晃越厉害，原本整齐的桌椅，此刻七歪八倒地堵住了方正的通道。

薛晶深吸一口气，先没有挪动步子，而是向四周望了望。

平心静气，越难的关卡越不能慌乱，先观察地形，观察怪物的技能，明白自己的位置，想好怎么移动。

薛晶的心沉下来，周围的嘈杂"音乐"、乱晃的无关"贴图"都被他屏蔽在外。他远远听见会议室的提示音效，知道任务角色和任务道具就在里面。适应了大楼的摇晃频率后，他调整自己的步伐，选好前进路线，规划好了备用路线，然后开始闯关。

这条路当然不是一帆风顺，跑不多远，头顶就有墙皮掉下来，途中的桌子也倾倒拦住了去路。但薛晶早有防备，他精准地控制着身体动作，转眼就有惊无险地到了会议室，拉开门。

一群大人缩在角落里，用会议桌挡在头上。一直在震动，他们不敢往外跑，这时见有人进来，纷纷惊恐地探出了头。

自己接的任务可不是救人。所有的救援任务都要等消灭关底BOSS秀龙，才能完成。薛晶没有犹豫，一眼就认出了那个小平头的日本人——那发型绝对出自黄奶奶之手，而他手上正拿着一部手机。"铱星电话给我！"

"纳尼？"日本人没有回过神。

他更换了对话选项，换了威胁项："想要活命的话，马上把你的铱星电话给我！不想死赶快！"

对方正值混乱之中，被薛晶一吓，竟下意识地递了出来。

果然是任务道具，薛晶心下狂喜。那个巨大的天线，谁也不会认错。就在他夺过电话的那一刻，脚下又是一阵乱晃。

此时，薛晶已经做好挑战下半场的准备。没有心慌，只有一片宁静和一丝狂喜，他转身离去时大喊一声："什么叫只会打游戏？打游戏能拯救世界！"

在剧烈的摇晃下，桌椅像长脚一样飞奔起来，平时抬也抬不动的钢架和硬木架子仿佛得了魂魄，开始满屋追赶他。他侧身避过，一跃而起落在桌子上，那桌子竟做起了布朗运动[1]。

薛晶努力保持着平衡，看准了道路，本来要不了几步就能回到楼梯处。谁知这时候，天花板照着他的后背砸了下来。千钧一发之时，薛晶仰起头，对着天花隔板怒目道："不行！"

迎面砸下的日光灯骤然狂闪。

薛晶身体里仅有的秀龙电子用尽，他没法像李勇一样控制现实，却从秀龙掀起的怒涛中拉回他自己的可能性。薛晶没办法躲开头顶的天花板，但另外两个自己出现在前方。他一扬手，把铱星电话朝自己扔了过去。

这是薛晶一个人的队伍。

这是最后的力量，他无法像以前那样召唤出许多个自己，但他还有三条命。

第一条，把电话送了出去。第二条，飞身越过障碍，滑向楼梯，可楼梯门此时已经被杂物堵住。第三条，从楼梯间里伸手，从缝隙里接过铱星电话，跳上楼梯扶手，踩着光滑的木头扶手从十二楼一

---

1. 指微小粒子或者颗粒在流体中做的无规则运动。

路滑下去!

"冲啊,晶仔!"第一条、第二条、第三条命一齐对自己喊。

这是世界上唯一一次人类以态叠加的方式自己与自己发生的干涉。

"冲啊,晶仔!"

他在量子潮汐中踏浪冲锋。

二十秒后,薛晶从一楼楼梯的扶手尽头飞身而下,大喊:"铱星电话!接着!"刘子琦扬手接过电话,递给了唐援朝。

在四川待了三十三年的上海人接过日本人的电话,用美国公司的卫星系统打出了镇上唯一能用的电话。这不是安全电话,唐援朝说了一大串神秘的代码,但是孩子们听明白了最后一句:

"照着天上打,别说什么雷达、激光故障的鬼名堂!我管你怎么制导!天上那么大,瞎子都看得到!制导个屁!给老子往死里打!"

这个身穿蓝厂服的老人看上去那么普通。在四个孩子眼里,他一点也不气派,别说厂领导,就连分厂车间主任都比这老人威严得多。他跟普普通通的退休老工人没什么区别,走在家属区,走在厂里,看到这么一个老工人,你绝不会多注意一眼。

然而,就在他打完电话的六十七秒后,从远山深处,拖着火焰长尾的巨箭接二连三地破空而来。与此同时,这位平凡的老人指挥士兵继续向秀龙放电。

"我说我们山里有导弹基地吧?!"薛晶兴高采烈地说,"你们还不信。"

"真理的铁拳"一个接一个炸在神的躯体上。

转眼间,秀龙的碎片纷纷从天上如雨而落。剪辑师的力量被四个孩子合力压制住,神被拉入了人间,来自宇宙之外、定义宇宙现实的力量终于粉碎。

"无空无色，四神归一，切切万亿化身。"刘子琦站起身来，低声自言自语道，秀龙的碎片冒着火焰纷纷落下，分形体内的无数斑斓宇宙快速消散，隐于无形，沉回真空量子潮汐以下。

刘子琦轻轻回应："刘秀这句话是说给我们的。"

"管他呢。"李勇大笑，指着头顶的爆炸火焰，"王瑞，看，恐怖大王从天而降了！"王瑞一愣，旋即也是一阵大笑。他突然想到，或许诺查丹玛斯也跟自己和刘秀一样，在哪里接触到了秀龙的力量，穿透了意识的时空感知，看到了眼前的一切。

只是，欧洲的预言家看到的是毁灭，而中国的预言家看到的是扭转毁灭的希望！

"什么管他呢！"薛晶叫道，"李勇起来！你还有事情要做！"

"什么事情？我已经累死了，让我歇一会儿……"

"程凡！程凡！你傻不傻！程凡呢？赶快剪回来啊！要来不及了！"

这个位于成都东北方向，沿着大件路大约行驶一百公里，藏在龙门山脚的三线小镇上，一场重新剪辑世界的震波开始向外扩散。

第三十三章　余　烬

只有四个人能察觉的震荡波向外散去，这个世界重新改变。最后的力量已经很弱，量子信息因果链接出现了些许纰漏，有些旧时的余烬没能成功地从人类记忆中抹去。

震荡的近点　成都　四川联合大学篮球场　研究生篮球赛

"矮子"身高不足一米八，却飞一样跃上篮板，硬生生把一个三分球盖在篮板上。场边传来一片女声的尖叫："流川枫，流川枫！"对面脸一下就变了。"矮子"传球，冶金队开始反击。文学院投三分球的哥们儿心中不忿，使了个眼神，一左一右两个人夹击"矮子"，趁主裁判不注意，他偷偷利用身体优势犯规冲撞"矮子"。

"矮子"倒了下去。

副裁判眼尖，吹了犯规。

场外冶金学院队和文学院队的拉拉队立刻吵了起来。冶金学院原本是"成都工学院",文学院之前则是"四川大学",都是相当不错的大学,两校合并后成立"四川联合大学"。如今,全校都知道"四川联合大学"要重新把名字改回"四川大学",原成都工学院的人都觉得自己被川大摆了一道,生生给吃了下去,连个骨头都没剩,心中不平。本科生还好,研究生是见过两校合并前的模样,心结不小,这就憋着起了冲突。

撞人的那位假惺惺地把"矮子"拉起来,笑道:"哎哟,穿的还是阿迪达斯咧。荷花池买的歪货嗦?好多钱一斤?"

"你才荷花池买咧!""矮子"一把将他推回去,"老子人民商场专柜买咧!"

"人民商场专柜买的?"文学院队的另一名队员冷笑,"专柜买的字母都少一个?adidas,商标上还有个d!"

"哪里还有个d?""矮子"被问愣了,拉起自己衣服看了一眼。adidas,对的啊。"你娃找不到话说了嗦?"

"哪个不晓得阿迪达斯,A、D、D、I、D、A、S。"他指着"矮子"的衣服,"你们院女娃喊你流川枫嗦?流川枫连个牌子都认不得哦?addidas,德国牌子,人家是德文,两个d在前头才是真的。"

"哪里来的a、d、d野鸡牌子哦!"

这时,两个队的队员已经顶在一块,冶金队另一位嘲讽道:"你说的怕是阿迪塔司哦,瓜货!阿迪达斯,前头一个d,后头一个d,adidas,你娃是不是只见过假货,没见过正品哦?不晓得哪辈子有两个d的山寨牌子。"

阿迪达斯到底是几个d?分不清找碴还是较真,两边推搡起来,裁判大声吹哨,场边观众席有人喊:"四川大学的瓜娃子!是

'成工'的给我上！"

整个场子一下彻底乱了。

震荡的远点　深圳　某出租车上

小张坐在副驾上，一脸疲惫。车后的行李是自己的全部家当，窗外这个崭新的城市更像一个大工地，到处都是正在建设的房屋，没多少人味，冰冷而荒凉。他一时害怕起来，就这么个地方，真像朋友吹嘘的那样，是中国未来的软件公司摇篮，而且一定会超越中关村？

深圳是不是来错了？他一时恍惚起来。

司机似乎敏感地发觉了他的心思，一边摆动车上的磁带机，一边问道："来深圳打拼啊？欢迎欢迎，来了就是深圳人。"小张听着这话，心头一热。司机按下播放按钮，车载喇叭用粗糙干裂的音质播放起粤语歌：

> 钟声响起归家的讯号
>
> 在他生命里
>
> 仿佛带点唏嘘
>
> 黑色肌肤给他的意义
>
> 是一生奉献
>
> 肤色斗争中
>
> ……

小张突然激动起来，"师傅，你也喜欢Beyond啊。"司机愣了一下，"哦，还……还可以啦。我主要就喜欢这一首。"

"比起《光辉岁月》，"小张说，"我比较喜欢《长城》。"

"这首歌……"司机在头脑里搜寻着恰当的评价,"我觉得曲子倒是一般啦,但歌词意境很好。"

"哦?"小张很意外,"师傅你知道这首歌是唱什么的吗?"

司机转头看了小张一眼,"曼德拉啊。南非反对种族隔离的黑人领袖,曼德拉。"

没想到一个出租司机还知道这么多,小张真的吃了一惊。镜子照出他此刻的表情,司机一笑,"怎么了,出租车司机不该知道曼德拉吗?"

小张一下很尴尬,"不,不。"

"这首歌吧……"师傅沉默了片刻,用很糟的粤语跟着唱,"'年月把拥有变做失去,疲倦的双眼带着期望'……'一生经过彷徨的挣扎,自信可改变未来'……'今天只有残留的躯壳'……"

小张突然明白过来,这个司机一定也是有故事的人。也许他曾经也是"万元户",是"改革开放前沿的弄潮儿"?如今在深圳从头开始,从出租车司机开始。他收起之前的不敬。

司机淡淡地说:"我听说曼德拉七十二岁才出狱,才迎接自己的光辉岁月。没人愿意这么老了才光辉岁月吧,但他就是没有放弃,还当了南非总统……"

"啊?"小张一愣,"南非总统?曼德拉不是死在监狱里了吗?"

"谁说的啊?"司机也是一惊,"死在监狱了?"

"是啊,就八十年代末的时候。那会儿我虽然还小,但《新闻联播》专门报道过曼德拉去世,还有专题节目呢。"

"啥玩意儿?!"司机惊得飙起东北话来,"曼德拉现在还是南非总统呢!"

"不可能!"

"这我骗你干啥呀?"司机哭笑不得,"唉,哥们儿,你想啊,曼德拉要是死在监狱里,这《光辉岁月》里的光辉岁月是啥玩意儿啊?啥叫'残留的躯壳,迎接光辉岁月'啊?死都死了,还迎接个啥啊?"

"咦?《光辉岁月》是他去世后没多久,南非结束了种族隔离政策,他一生的理想最终实现了,所以Beyond才写这首歌呀。'家祭无忘告乃翁',就这个意思啊。光辉岁月是指南非的光辉岁月啊!死了下葬了,才叫'残留的躯壳'啊!哪有大活人叫残留的躯壳啊!Beyond一群香港人最懂口彩,有这么咒人的吗?"

"嗯?"司机一时觉得很有道理,愣了几秒,"什么啊!人家现在还活着,还是南非总统呢!你不信去看新闻,肯定有。"

"我记得清清楚楚,新闻里纪念南非自由斗士曼德拉去世,苏联还发行了纪念曼德拉的邮票,我还买过,你说的不可能。"

"这我骗你干啥啊?骗这个有啥好处啊?我骗你不知道多绕路多收你点车钱?人家曼德拉真活得好好的!"

"师傅……咱们不说曼德拉了,您没给我绕路吧?"

"小伙子,你就说曼德拉是不是还活着吧……"

震荡的尽头 巴黎 罗丹美术馆

两辆警车疾驰而来,在美术馆外刹停。三名警察,两男一女下了车,往罗丹美术馆走去。美术馆已经临时闭馆,两名馆内工作人员迎上来。

"我们一接到报警就尽快赶来了。"伊莲警长说,"所以,到底发生了什么?"

"我不……"满头白发的馆员有些支吾,"我是说,我们不太清楚。是馆长报的警，我们本来想阻止他，但是……临时闭馆也是他的主意，所以……现在……"

这话一听就不对，"什么意思？到底发生了什么？"

"是雕像。"另一名年轻馆员说，"我们自己也弄不明白。"

"不是雕像的问题。"老馆员说，"我们不是检查过了吗？"

"是的，我们检查过了，但是……"

罗丹美术馆前的草坪刚刚修剪过，淡淡的草香在秋日阳光下沁人心脾，但五人都没有心情欣赏，尤其是三位警察，完全不明白馆员在说什么。报警电话里，德高望重的馆长西蒙先生急得大吼，很难想象什么事情会让一个从不大声说话的馆长大人急成这样。

"什么东西被盗了吗？"警长问。

"西蒙先生是这么觉得的，但是……"话正说着，远远就看见西蒙先生踩着草坪一路跑向他们，一面冲警察大叫："停！停下！别靠近了！别看！别抬头！不，转过头，别看！"

三名警察完全不知道发生了什么，馆长的叫喊更是让他们手足无措，只能面面相觑。旁边的两名馆员一脸苦笑。

警长朝他伸出手，"您好，西蒙先生。我是警长伊莲，我们……"

"看着我，看着我，别看别人，别看美术馆那边。对对对……"馆长西蒙绕过他们，绕到他们后面，背对美术馆的方向，"好，你们三个，你们知道'思想者'吗？"

思想者雕像，罗丹最著名的作品。1902年用铜铸造了第一尊原作，后来陆续翻铸了五十座，遍布全球。而第一尊原作就放在这里，巴黎的罗丹美术馆正门。任何受过初等教育的人都知道思想者，毕竟跟断臂的维纳斯一样，它是全世界最著名的雕像了。

一名警察本能地回头，想去看正门的雕像，西蒙先生粗鲁地用手里的书拍了他的头一下，"看我，别看那东西！"

"到底，发生了什么？"伊莲警长困惑地问，"西蒙先生，您报警……"

西蒙根本不让她说完，"你们都记得思想者是什么样子吗？都知道它是什么姿势的对吧？不许偷看！你们能模仿一下思想者的姿势吗？"

"能是能，但是……"警长完全晕头了，是思想者出了什么问题吗？

"模仿一下给我看看。你们三个都模仿给我看！"

伊莲迟疑地蹲下，右手握拳，右手的肘部枕在左大腿上，拳头顶在额头。"是闭眼的吗？我不太记得有没有闭眼。"伊莲问馆长，"您要我这样？"

馆长左手一摊，问另外两名警察："这是思想者的样子，对吗？你们觉得警长学得像吗？"

"我记得是闭眼的。"

"不不，思想者是目光朝下，看起来是闭眼，其实是睁着的。"

两位警员讨论着，西蒙一摆手，"不重要！眼睛不重要！这个姿势，你们觉得这个姿势对吗？"

"蹲着，右手握拳，顶着额头……或者是左手？"

"好！我再问一遍，手是顶着额头，还是托着下巴？"

伊莲警长站了起来，这个姿势实在尴尬。可听到这个问题，她发现两名馆员的脸色，尤其是老馆员的脸色很难看。

"托着下巴？"一个警员试了试，"这个姿势不是很奇怪吗？"

西蒙大叫："跟我来！"

六人快步跑向美术馆的大门。

刚才伊莲警长的姿势跟美术馆前的雕像一模一样，只有一个小问题。

思想者的右手并没有顶着自己的额头，它俯首而坐，右肘支在左膝上，右手手背顶着下巴和嘴唇。额头离它的手有整整一张脸的距离！

"他们把它偷走了！"西蒙馆长大叫。

"谁？"伊莲警长望着雕塑，最开始是震惊，然后……慢慢觉得，自己记得并不准确。看着这个既没有握拳、更不是顶在额头上的思想者，她有些糊涂了。或许是自己记错了？思想者应该是这样？

"某些大学的疯子学生！还能有谁？我猜不是巴黎第二大学，就是高等师范学院的疯子学生们！你们应该把他们都抓起来，说不定是第五大学，巴黎政治学院也不一定。说不定他们都参加了！"馆长狂躁地说，也不管自己的话听起来有多荒唐，"只有这些疯狂、脑子有问题、全身胆汁用不完的大学生才会做这种事情！偷走这么大的一座铜像，这需要机械，绝不是一般的小偷，而且一般的小偷也不会铸造另一个来换掉它……"

说着，他把手上的那卷书啪的一声扔在地上，书页翻开，露出许多张思想者的照片记录。

"还伪造了所有的档案资料，把我们全馆的图册都换掉了！他们是怎么混进来的？！只有这群无所事事至极的疯子大学生才会拿这种东西恶作剧！"

伊莲警长从地上捡起图册，惊讶地翻阅着。身边的白发老馆员重重叹着气，使劲地摇头。

当一切都被剪辑重新抹去，被秀龙掀起的量子潮汐重归平静。除了四个孩子没有任何人知道，这个世界曾如此接近过彻底毁灭，连唐援朝、刘佩他们的记忆也随之重组。

随着李勇最后的剪辑，诺查丹玛斯预言的毁灭变成了废片，只有些许微不足道的拼接差错留在了人们的记忆里，引起了很多奇怪的争吵。这些琐事并不重要，也难以尽表。

而程凡，出现在了教室门口，忙碌张贴着他用自家A4纸打印的标语。纸上是一个靶子，下面字写着"BOMB HERE，NATO（炸这里，北约）"。他全然不记得发生了什么，连五月一号上山的事情都不记得了。

随着一切过去，四个孩子的记忆也快速模糊了，只留有一点印象，具体的细节愈发淡忘。那些超越智慧生命的逻辑、超越常识概念的记忆，开始被大脑的自洁机能——逻辑——清除。

李勇直到长大以后很多年，还经常做梦梦见小时候自己买彩票的事情，气得从梦里醒来。他初二那年买过一张体育彩票，开奖那天，自己买的号码分毫不差，中了特等奖。但当他从衣服口袋的底子里翻出彩票来，却不知道自己发了什么神经，号没问题，只是买成了福利彩票。后来他的儿子很听话，他和老婆每天轮流陪着儿子做作业，这让儿子很烦。

薛晶会想起十四岁那年，自己不知从哪里来的勇气，和家里大吵一架，然后绝食，闹到离家出走。最后父母服软，让他去学画画，艺考上了美术学院。如果不是这样，他大概考不上大学，也不会加入学校的游戏战队，后来还去打了国际大赛。虽然没拿什么奖，但急流勇退去直播游戏，卖肉松饼，狠狠赚了父母一辈子都没见过的那么多的钱。

王瑞没有考上清华，本科毕业以后去了美国科罗拉多大学，兜兜转转还是当了理论物理学家。直到二十年以后，他才在梦里见到少年时的自己。在那个梦里，他瞬间明白了无数真理，解决了他要研究的所有课题，他从惊慌中醒来，等打开电脑想要记下的时候却怎么也想不起，一条也没想起。那年的404同学会上，他问初中的班长温佳燕当年是不是喜欢自己，温佳燕大大方方地承认了，他有些小得意。

刘子琦后来发现他爸是一个话痨。他年纪大了以后常问刘子琦："你能不能给爸爸说说，你现在到底是做什么工作啊？"刘子琦每次都说："再过三十年你自然就晓得啦。"刘佩一点办法也没有，只会气得直哼哼。

在王瑞高考失利那年，高考前几天，他大晚上拉着死党程凡去厂里散心。程凡给他聊起自己的私事，说父母离婚前，他经常恨自己为什么要出生，恨不得自己干脆不要出生才好，父母根本没结婚才好。反倒是他们离婚以后，一切好多了，父母的偶尔见面也相处得很愉快。

那是最后一次王瑞被唤醒了记忆，但只是一瞬间。他确信自己想起了非常重要的事情，但具体是什么怎么也记不起来，结果高考前夜，他在床上翻来覆去没睡着，第二天语文考试写作文时，悲剧地睡了过去。

因为高考场上睡着，王瑞的高中班主任小谭老师足足念叨了四年，一直念叨到王瑞赴美读理论物理硕士为止。"早知道我当年就该调走，就不该当你的高中班主任。"那时的谭老师已不再说"考上清华北大又咋样"，但教书育人的压力也让她越来越暴躁，时常跟

2001年就调到山里导弹基地的丈夫吵架。她自己也说不清，当年一直闹着要调走的那位小谭老师，最后为什么又留了下来，变成了高中班主任谭老师。

他们经历了全宇宙最为神奇的一次冒险，但这并没有让他们未来的人生变得完美。和六十多亿人类一样，他们后来的人生依然满是荆棘，充满遗憾，不时品尝痛苦和酸楚，为得到的、为失去的流泪。渐渐地，他们再也不记得少年时的奇遇，渐渐长成了几个平凡的大人，而且没有获得隽永坚强的完美灵魂。

但这都不重要。

重要的是，在1999年，在整个三线工程已经被历史大潮抛在脑后的1999年，在一个毫不起眼的小镇上，四名少年一起拯救了世界。

后　记

　　2018年的5月12日，母亲的十周年祭日，我决定要写这么一部小说。

　　那天，我驱车回到汉旺小镇，在那里待了大半天。作为5·12地震核心灾区，小镇旧址已经完全荒废，封闭了起来。因为十周年的缘故，守门人为过去的厂里人打开了铁门上的锁，我走在里面，像是回到了某个不可名状的世界。

　　我记起很多零零碎碎的过往，想要把它们写进小说里。当时，虽然故事全无头绪，我却下定决心要在2018年底写完。没想到，先是《白银尽头》意外花了很多的精力，之后家中又连番变故，等到真动笔时，已经是来年五月了。

　　《小镇奇谈》的故事背景正是汉旺镇，序章里对这个小镇的描述基本是写实的。404厂也有真实的原型——"东方汽轮机厂", 简称 "东汽", 是一个造发电机组设备的三线重工央企。我十七岁以前都在这个镇上, 或者说在这个厂里长大。东汽的代号也确实是40开头, 但不是404, 之所以改用这个编号, 是为了借用最著名的HTTP状态错误码: 404 Not Found, 目标不存在。自然了, 东汽厂只是一个普通的重工厂, 并不是什么秘密研究机构的掩体。

和很多三线子弟一样, 我不大的时候就意识到, 自己生活的微型世界跟厂外 "地方上" 的本地老乡不太一样。在我的记忆里, 关于身份的最初认知不是 "某地人", 比如 "四川人" "绵竹人" "汉旺人", 而是 "东汽子弟"。但小时候, 这种感觉是很模糊的, 直到我成年之后离开家乡, 站在汉旺之外, 才开始有最真切的理解。

普通人的同学是分初中、高中、小学的, 可我们的同学是从幼儿园开始的。

老乡们是会讲方言的, 但 "东汽子弟" 却有一大半完全不会讲四川话, 更有甚者, 其中很多人上大学前就没出过川。像我一样去了外省的还好, 考上川内大学的, 那种尴尬难以描述。我也是上了大学, 才从方言电视剧里知道 "丁丁猫" 这个词。

我在南京读的大学, 每逢 "九·一八" 是要拉防空警报的。我刚入学报到没几天, 当防空警报响起时, 我本能地看了下表, 心想还没到十二点下课的时间吧? 直到那一刻我才知道, 自己已经听了十几年的防空警报。

后来我才认真了解了三线工程的始末, 开始明白这一切的由来。

　　小说在第四章时，薛晶讲了一个他听来的荒谈，把千年虫和诺查丹玛斯的末日预言扯在了一起，把电脑病毒跟生物病毒混为一谈，把程序BUG和妖怪传说无缝相连。

　　1999年，我在一个摆路边烟摊的阿姨那里听到了这个说法，真是听得怔怔发呆。2018年5月12日，我走过那条街时，突然想起这个早被遗忘的段子，于是把它用进了自己的小说里。

　　我想，这大概揭示了这部小说的创作初心。

　　从小到大，我在家乡听过无数奇谈，有关于汉旺过去的野史传说，比如刘秀和汉王庙；有关于东汽厂的鬼怪故事，比如阴魂不散的牺牲元老；更多的呢，则是关于龙门山脉里藏着的各种各样神秘机构的传说。

　　这些传说有的是添油加醋，有的是捕风捉影，有的则彻底是民间谣传。偏偏龙门山里确实有不少三线往事，公开的有绵阳九院、亚洲最大风洞。我是浸淫在这些传说中长大的，小时候不以为意，甚至嗤之以鼻，等我长大之后却不断想起。

　　当我回到四川，开始创作长篇科幻时，这些传说自然而然地成了故事里的重要元素。《群星》里，那些可以通往无垠群星的构造体；在《白银尽头》里，那个由亚洲最大风洞改造而成的超算核心。

　　当我回忆起关于汉旺、关于东汽厂的林林总总，我决定把这些传说放在一起，然后通过对量子力学的幻想，创造一个关于小镇和三线大厂命运的传奇。

提及汉旺和东汽厂，5·12地震是绕不开的。

在许多关于5·12的文章里，常常提到一座在地震那一秒停止工作、指针永远静止在那一刻的钟楼。那个钟楼其实就在东汽厂的大门前，但本书的故事发生在1999年，钟楼还没有修起来。

我本打定主意不去写这些可怕的记忆，但还是不知不觉地回想起来。

2018年的5月12日，我走到自己家的老房楼下，看那郁郁葱葱的草和树已经完全掩去了家属区的道路。有些家养的植物居然熬过了地震，歪歪扭扭地长到了楼上去。楼体的裂缝里也生出草来，十年不见人踪后，大自然迅速地夺回了自己的领地。

我曾许多次梦见那一切从未发生。容我在小说里造一个梦，把那一切从现实中剪去。